EM UMA CIDADE ESTRANHA

LAURA LIPPMAN

EM UMA CIDADE ESTRANHA

tradução de ALICE XAVIER DE LIMA

EDITORA RECORD
RIO DE JANEIRO • SÃO PAULO
2013

CIP-Brasil. Catalogação na fonte
Sindicato Nacional dos Editores de Livros, RJ.

L743c Lippman, Laura, 1959-
Em uma cidade estranha / Laura Lippman; tradução de Alice Xavier de Lima. – Rio de Janeiro: Record, 2013.

Tradução de: In a strange city
ISBN 978-85-01-08584-9

1. Poe, Edgar Allan, 1809-1849 - Ficção. 2. Monaghan, Tess - Personagens fictícios - Ficção. 2. Ficção americana. I. Lima, Alice Xavier de II. Título.

11-2781 CDD: 813
CDU: 821.111(73)-3

TÍTULO ORIGINAL EM INGLÊS:
In a strange city

Texto revisado segundo o novo Acordo Ortográfico da Língua Portuguesa.

Editoração eletrônica: Abreu's System

Direitos exclusivos de publicação em língua portuguesa somente para o Brasil adquiridos pela
EDITORA RECORD LTDA.
Rua Argentina 171 – Rio de Janeiro, RJ – 20921-380 – Tel.: 2585-2000
que se reserva a propriedade literária desta tradução.

Impresso no Brasil

ISBN 978-85-01-08584-9

EDITORA AFILIADA

Seja um leitor preferencial Record.
Cadastre-se e receba informações sobre nossos lançamentos e nossas promoções.

Atendimento e venda direta ao leitor:
mdireto@record.com.br ou (21) 2585-2002.

Em memória de Dulcie (1993-2000)
e Spike, o Velho (1984-1997)

E com gratidão a Spike Jr.,
que torna suportável o insuportável

Vede! A morte ergueu para si um trono
Numa estranha cidade, tão isolada
Nos confins do oeste nebuloso,
Onde o bom, e o mau, e o pior, e o melhor
Foram buscar o eterno repouso.

— Edgar Allan Poe, "A cidade no mar"

Agradecimentos

Em 19 de janeiro de 2000 — na verdade, à noitinha de 18 de janeiro de 2000 — Jeff Jerome abriu as portas do Westminster Hall, dando-me o privilégio de observar a visita anual do Poe Toaster, o Celebrante de Poe. Em contrapartida, prometi ser um tanto lacônica em relação a certos detalhes identificadores. Se meu relato não der impressão de ironizar os poucos fatos conhecidos acerca do visitante ou da visita a Edgar Allan Poe, uma tradição desde 1949, então terei feito meu trabalho da forma pretendida.

Tenho uma dívida com outros estudiosos de Poe, principalmente com Jeffrey Savoye, que partilhou seu conhecimento do escritor por intermédio de entrevistas e do site de Poe, onde recolheu uma lista de artigos variados referentes ao autor. Meus agradecimentos a Richard Kopley, Shawn J. Rosenheim, Kenneth Silverman e todos os especialistas que se reuniram em Richmond, em outubro de 1999, data do aniversário de 150 anos da morte de Poe. Minha lista de leituras acerca do prestigiado autor incluiu a biografia de Poe escrita por Silverman e a edição da Johns Hopkins University Press da obra *Poe: A Critical Biography,* de Arthur Hobson Quinn. O livro *A Gentle Madness,* de Nicholas Basbanes, também foi uma leitura crucial. A biblioteca Enoch Pratt Free Library, um dos tesouros perenes de Baltimore, ofereceu respostas a muitas dúvidas.

Mary Butler Davies contribuiu com inestimáveis informações sobre joias do século XIX. John Roll e Joan Jacobson leram versões iniciais desse manuscrito e, como sempre, fizeram sugestões maravilhosas. O "segundo time" — Vicky Bijur e Carrie Feron — fez o mesmo. Generosos colegas do *Baltimore Sun* — Rob Hiaasen, Peter Hermann, Rafael Alvarez — deram contribuições das quais talvez não estejam conscientes. Agradeço também a todos os colegas da Allegheny Avenue (Harry, Don, Brian, David, Dennis, Hal, Joe, Lynn, Nancy, Suzanne, Tim e Mark) que fingem que sou uma colaboradora normal.

Os romances partem de lugares estranhos. Este livro surgiu do assassinato de Don McBee, um querido professor do ensino médio, crime ocorrido há muito tempo e ainda não resolvido. Não há nestas páginas nenhuma personagem que lembre Don McBee, um dos homens mais generosos que já conheci. Mas este livro pertence a ele.

Prólogo

Ele começa em 1º de janeiro, sempre em 1º de janeiro, brincando com o relógio interno de seu corpo até se tornar cada vez mais noturno, capaz de ficar acordado até o dia raiar.

Embora tenha aprendido a não fazer da cafeína uma muleta para atravessar a madrugada, ele às vezes procura uma lanchonete que fique aberta a noite inteira. Levando consigo um livro, bebe água ou suco, come coisas triviais: um ovo cozido, uma torrada de pão integral, arroz-doce. São necessárias quase três semanas para se preparar, e mais três para se recuperar, mas a preparação é crucial, lição que aprendeu no primeiro ano.

O primeiro ano. Há quanto tempo tinha sido? Já não deseja contar. Como era ingênuo, irrefletido! Ou seja, como era jovem. Não tinha parado para avaliar a enormidade do compromisso que estava assumindo, o fato de que este logo começaria a parecer uma sentença condenatória. Não sabia que por dias inteiros a friagem se instalava nos ossos da gente. Não imaginou que o manto se esgarçaria, a bainha se desfaria, obrigando-o a aprender a consertá-la, pois não podia se arriscar a levá-la à costureira da tinturaria. Não tinha previsto a logística de comprar rosas nessa época do ano, a obrigação de percorrer as floriculturas e comprar mais que o necessário, para ninguém matar a charada.

O conhaque, ao menos, era fácil: comprava-o em caixas, com dez por cento de desconto na Beltway Liquors.

Qual é a diferença entre um ritual e uma rotina? Era uma pergunta que se fazia quase todo dia. Os rituais são melhores que as rotinas, mais elevados? Ou será que os rituais acabam invariavelmente se convertendo em rotina, até esquecermos por que os começamos e por que continuamos? Outra boa pergunta, mas ele teme que pensar na resposta só irá tentá-lo a adormecer e hoje está decidido a ver o sol raiar. *Numa meia-noite agreste...* Ah, mas essas alusões de nada valem, são o tipo de trocadilho óbvio e descuidado que alguém espera dos jornalistas de baixo nível que escrevem a respeito dele. Não conseguem captá-lo sequer na página impressa.

Ele não o diria em voz alta — para começar, por não ter ninguém a quem dizer —, mas tinha começado a sentir um parentesco com Papai Noel. Quem sabe São Nicolau provavelmente existiu algum dia. Um homem resolve usar roupa vermelha, visitar algumas casas da aldeia e deixar presentes à sua passagem. No primeiro ano, trata-se de uma brincadeira. No ano seguinte, já virou obrigação. E depois desse viera mais outro e outro mais, até ele não poder mais parar.

Mas, no caso de Noel, a tradição transcendeu o homem, de modo que outros precisaram se apresentar para preservá-la. No caso dele, não se pode contar com isso. Ele fora escolhido, e em breve lhe cabia escolher.

O quarto está gelado. À noite o senhorio desliga a calefação. Ele revira as brasas do fogo morto, envolve as pernas com um cobertor de estádio. Ele conhece esse cobertor xadrez azul e branco. Pertenceu a seu pai; chegou para ele numa sacola de plástico, fechada com zíper, que tinha sido usada exclusivamente para o propósito mencionado. Lembrava-se de ter se abrigado debaixo dele no Memorial Stadium, assistindo ao jogo do Colts, tomando chocolate trazido numa velha garrafa térmica, a mesma que agora estava pousada sobre sua escrivaninha, amassada em alguns pontos e repleta de chá de ervas em vez de chocolate, mas ainda em plena forma.

"Ele cuida tão bem das coisas dele", ouviu a mãe dizer certa vez a uma amiga, em tom de admiração; pouco acostumado ao tom orgulhoso na voz dela, ele decidiu se tornar para sempre conhecido por essa qualidade. *Ele cuida tão bem das coisas dele.* Ainda tinha seu trenzinho de brinquedo, seus blocos de montar, uma bala de prata dada a ele por Clayton Moore e até os pratos Currier & Ives com cenas litografadas em azul, da cozinha de sua mãe. O Museu de Mim — era assim que ele pensava em seu apartamento aqui em North Baltimore, onde cada objeto tinha uma história. Que imagem fascinante: seu apartamento atrás do acrílico, visitantes de voz abafada a percorrê-lo em grupos, como se fosse Monticello, a residência de Thomas Jefferson, ou Mount Vernon, a propriedade rural de George Washington. *Senhoras e senhores, essa garrafa térmica esteve presente ao jogo em que o Colts perdeu para o New York Jets, ao qual também esteve presente esse cobertor xadrez.*

De fato, ele se lembrava mais do cobertor que dos jogos; na época, o tecido espetava mais, porque ainda estava novo; e como jamais conseguiam dobrar a peça, devolviam-na para dentro da caixa. A mãe era quem sempre tinha de dobrá-la para eles quando chegavam a casa. Ele imagina o que aconteceu com a caixa, uma vez que o cobertor sobrevivera, e ela não.

Mas o mesmo acontece com o corpo, não é? A embalagem não pode sobreviver, porém talvez deixe atrás de si alguma coisa. Ele não tem filhos, nem muito dinheiro, e suas coisas — seus livros, as diversas coleções — serão enviadas à faculdade onde se formou, por mais inferior que seja College Park. Seu único legado é esse segredo, e ele só pode entregá-lo a uma pessoa. No entanto, parece cada vez mais provável que ninguém vá recebê-lo. Ninguém o deseja.

Uma geração atrás teria havido mais possibilidades, disso ele tem certeza. Mais homens como ele próprio, dentre os quais escolher. Nos dias atuais, ele não encontra muita gente, parecida ou não com ele, fato que o entristece. Houve alguém, encontrado por acaso no restaurante da rua 29, que fica aberto a noite inteira — mas não, aquele rapaz evidentemente não era o que parecia. Ele se surpreende fazendo hora em sebos e lojas de antiguidades, nas quais as moças entram em êxtase quando encontram velhos amassadores de batata com punho verde e cortadores de biscoitos. Ele sente que não é tão diferente assim — uma ferramenta estranha, valorizado por sua qualidade pitoresca e decorativa, mas que não tem utilidade.

Ele achava que gente não podia sair de moda, mas pelo visto ele saíra. O vocabulário usado para descrever um homem como ele, outrora cheio de solene dignidade, reduzia-se a uma palavra covardemente irônica: solteirão. Às vezes, quando apresentado a alguém, fingia ser viúvo. Se a nova conhecida fosse mulher, seu rosto se acenderia de um jeito que ela nem imaginaria. Um viúvo! Quer dizer que ele foi capaz de viver com alguém, ao menos algum dia. Mas essa era a única coisa de que ele jamais fora capaz, e também não conseguia terminar uma frase com uma preposição. Ele precisa de solidão, sente falta dela da mesma forma que alguns anseiam por comida, sexo ou bebida. Seria assim tão esquisito o desejo de viver sozinho?

A cabeça dele cai para a frente, movida pelo próprio peso; jogando-a para trás, ele fixa o olhar na paisagem. Uma fímbria de luz se eleva no horizonte. Não há nuvens, o que significa que hoje o dia vai ser mais frio que ontem, e amanhã, ainda mais. A noite agendada nunca foi menos que gelada; ele nunca teve sorte com o clima, e houve ocasiões — geada cortante como faca, as ruas intransitáveis por causa da neve — em que ele se perguntava se conseguiria suportar. Este ano não promete ser diferente. Por que janeiro?, indaga ele, não pela primeira vez. Por que não outubro, o mês em que ele morreu? Em outubro o tempo é muito mais confiável.

O clarão fantasmagórico se expande a leste; a fímbria do céu está rosada. Mais dez minutos assim e ele irá cair no sono. Talvez se recitasse alguma coisa... Ele se recorda de um jogo que fazia com P, em que alguém pegava uma palavra isolada — sonho, noite, meia-noite, alma —, e os dois se revezavam nos recitativos, até seu conhecimento esgotar-se. P sempre venceu, mas faz tempo que morreu; ele é obrigado a jogar sozinho.

Vejamos a palavra "noite". *A noite — mesmo limpa — vai fechar a carranca.* "Alma". *Há um silêncio duplo — mar e praia — corpo e alma. Vivemos em lugares ermos.* "Céu". *Graças ao céu! a crise — / o perigo passou, / e a doença persistente terminou afinal — e a febre chamada "viver"/ foi conquistada enfim.* "Sonho." *Tudo que vemos ou que parece existir / não passará de um sonho dentro do sonho?*

O que o leva a pensar em mais um verso: *Eu tive felicidade — embora apenas em sonhos / eu tive felicidade — e adoro o tema.*

Vivemos em lugares ermos. A febre chamada viver. Hoje à noite ele não está mórbido? Por outro lado, parece que não havia muitos versos animadores de onde escolher. Não fomos nós que o escolhemos, afirmava P; foi ele quem nos escolheu. Ah, naqueles tempos iniciais, P tinha sido sedutor como um vampiro, e o objetivo visado por ele não era muito diferente. Mas não foi a poesia que o conquistou, nem os contos. Para ele, foi a descoberta da casa em que três homens se encontraram, concederam um prêmio e mudaram o curso da história literária. Para ele era assombroso que aquilo tivesse acontecido ali em Baltimore.

Tinha 15 anos na época e a certeza de prêmios à sua espera — não como escritor, mas como ator ou diretor. Quando não vieram nem prêmios nem louvores, ele aceitou seu destino na vida. Entendeu que alguns foram feitos para criar, e outros para apreciar. Transformou-se num apreciador de primeira linha; tornou-se aprendiz de P, e o resto foi... Ele dá um riso forçado, recusando-se a completar o clichê, que além do mais nem sequer é correto. Como poderia alguém ser história se ninguém sabe quem você é?

O sol nasceu, o que quer dizer que ele pode ir se deitar. Seu corpo está quase pronto, mas por quantos anos ainda? E se acontecer alguma coisa inesperada — um acidente, uma agressão? Aquele homem que ele tinha abordado... Agora, pensando bem, havia nele alguma coisa inquietante. Talvez tenha sido para o bem dele, o homem não querer acompanhá-lo à casa naquela noite; foi bom ter entendido mal o convite. Não muito longe daqui um homem foi espancado em sua casa, pouco antes do Ano-Novo. Um homem solteiro, que vivia sozinho. Um solteirão. Um homem que tinha uma assinatura da temporada lírica, e frequentava determinada academia de ginástica e possuía uma casa de praia em Dewey Beach. Coisas que ele também tem — quer dizer, com exceção da casa de praia e o camarote na ópera. Como seria engraçado, que imensa ironia, se este ano ele conseguisse completar a missão só para morrer a caminho de casa, espancado por algum tarado.

Este ano eu vou conseguir alguém, promete ele a P — e a si mesmo. De algum modo, seja como for. Ele precisa. *Nunca mais será para todo o sempre, mas não para mim. Esta será minha última visita ao túmulo de Edgar Allan Poe.*

Capítulo 1

O cartão dizia que ele se especializava em porcelana, mas Tess Monaghan não pôde deixar de pensar no cliente em perspectiva como o Porcino. O homem tinha uma barriga protuberante e a aparência geral rubicunda, realçada por uma vermelhidão nas faces que parecia brotoeja, lembrança do dia frio. As pernas eram tão curtas que Tess se sentiu indelicada por não ter um banquinho baixo que permitisse a ele não precisar balançá-las no ar como criança. As pernas terminavam em pés minúsculos, calçados no que deveriam ser os menores sapatos sociais de couro preto do mundo — e os mais lustrosos. Aqueles pés tinham atravessado o assoalho de madeira da sala dela trotando como dois pequenos cascos. E agora, depois de trinta minutos na companhia do homem, Tess começava a se sentir tão irascível e inamistosa quanto o ogro debaixo da ponte.*

Mas aquela história era sobre um bode, recordou ela. Estava misturando suas metáforas de contos de fada. Ainda que tagarela,

* Escultura monumental (5,5m e 2t) de um ogro, obra de arte pública instalada sob a ponte Aurora, em Seattle, estado de Washington, e inspirada na lenda do folclore norueguês *Os três bodes Gruff*. (*N. da T.*)

ele parecia um homem amável. Pois que soprasse e resfolegasse à vontade.

— Eu não tenho uma loja, não exatamente — dizia ele. — Até já tive, mas descobri que posso fazer muitos negócios por intermédio de meus antigos contatos. E da internet, naturalmente. Um bom caçador de antiguidades não precisa de loja.

— Naturalmente.

Desde a chegada ele estivera conversando sobre aparelhos de jantar Fiesta e peças de vidro pesado e transparente do período da Depressão. Não dava para saber se ele havia percebido que estava no escritório de uma investigadora particular. Mas tudo bem; numa tarde de janeiro ela não tinha outra coisa com que ocupar seu tempo.

— Essas páginas de leilão na internet são realmente para amadores, se você me entende. É nelas que vou quando quero desovar objetos sem nenhum valor real, mas que podem ter valor afetivo para as pessoas. Por exemplo, digamos que eu estivesse tentando vender uma molheira Fiesta cinza-azulada, uma cor muito rara. Teria que colocar o valor da reserva tão alto que o público se ofenderia, achando que eu estava tentando enganar alguém. Mas basta anunciar uma lancheira da série de TV *Perdidos no espaço* e todo mundo enlouquece, mesmo que ela esteja amassada e sem a garrafa térmica original.

Tess arriscou uma olhada para as anotações, onde até agora só havia escrito o nome do homem, *J. P. Kennedy/pesquisador de antiguidades* e não muito mais. Ela acrescentou *molheira/cinza-azulada* e *Perdidos no espaço — sem garrafa térmica.*

— Puxa, *você* tem coisas muito bonitas — disse Porcino de repente. — Esse vidro de amendoim da Planter's e o pote de biscoitos Berger. Eu poderia lhe conseguir um bom dinheiro em troca desses objetos. E do relógio de parede. Esse então...

Ele ficou olhando quase faminto para o relógio com a inscrição "Hora de Cortar o Cabelo", que estivera pendurado numa barbearia em Woodlawn. Tess imaginou se ele ficaria igualmente impressionado pelo anúncio luminoso em néon que havia na sala de jantar dela anunciando "Cabelo Humano". Viera de uma loja de produtos de cabeleireiro, em que a procura por cabelo humano já não era tão grande que precisasse ser apregoada.

— Veja bem, Sr... — Ela esquecera o nome dele, então olhou discretamente para a agenda de mesa — ... Kennedy...

— Me chame de John. Mas não sou parente do outro. — Ele deu uma risadinha; não havia outra expressão para defini-la. Uma líder de torcida ou uma participante de um grêmio feminino ficaria envergonhada ao emitir um guincho tão coquete. — Pode-se dizer que sou o JPK. É por isso que às vezes uso o nome completo, John Pendleton Kennedy, para evitar confusão, mas só parece aumentar a confusão. Pode me chamar de John.

— Sr. Kennedy — repetiu ela. O tratamento pelo prenome parecia um costume supervalorizado, na opinião de Tess. — Tive a impressão de que o senhor estava interessado em me contratar, e não em avaliar meus pertences em troca de um dinheiro fácil.

— Ah, eu estou, sim, com certeza. Digo, interessado em contratá-la.

Mas agora ele estava olhando para o frasco de amendoim, no qual ela guardava os recibos relacionados aos negócios até ter tempo de arquivá-los. Ele até estendeu a gorducha mão rosada, como se para acariciar as curvas do frasco. No sofá do outro lado da sala, o galgo de Tess, Esskay, ergueu a cabeça, empinando as orelhas. A mão porcina estava perigosamente próxima ao frasco de biscoitos, que continha os petiscos favoritos do animal.

— Hoje em dia as pessoas são tão apressadas — opinou o Sr. Kennedy. No entanto, ele falava tão depressa quanto qualquer pessoa que ela tivesse conhecido, as palavras atropelando-se nervosamente. — Nada de amabilidades, nada de papo. Imagino que muito breve vamos parar de dizer "Como vai você?". Não consigo lembrar qual foi a última vez em que ouvi "Deus te proteja!" ou "Saúde!" depois de alguém espirrar. Aliás, culpo a internet. Ela cria a ilusão de velocidade. E as mensagens eletrônicas... Nem me provoque a começar a falar de e-mails.

Nem provocá-lo? Tudo que ela queria era imaginar um jeito de fazê-lo parar.

— É muito difícil ser um homem honesto — disse ele, depois pareceu surpreso, como se apanhado desprevenido pela própria declaração inconsequente. Um bom sinal, pensou Tess. Sem querer ele havia tocado no assunto que motivara a presença dela ali.

— Como assim?

— De negociantes como eu, todos esperam que nós nos desdobremos para garantir a legitimidade dos artigos que compramos e vendemos. No entanto, quando somos enganados, a lei quase não nos oferece proteção. Quando eu compro uma coisa, faço o possível para garantir que estou lidando com alguém honesto. Depois, se aquilo aparece em alguma lista negra, espera-se que eu o devolva, sem nenhuma recompensa pelo meu tempo e dinheiro.

Tess nem imaginava do que ele estava falando.

— O senhor comprou uma coisa que era roubada e foi obrigado a devolvê-la?

— Algo por aí. — Ele cruzou as mãozinhas por cima da barriga redonda, relaxando na cadeira como se Tess fosse sua dentista, e a verdade fosse um molar inflamado que ela se preparava para extrair. Não, ele era mais como um paciente em terapia, alguém que tivesse prazer no processo infinitamente narcisista de pagar a outrem para adivinhar por que ele fazia o que fazia.

Mas ela não tinha paciência para esse tipo de jogo de adivinhação, embora já o tivesse jogado com outros clientes. Uma coisa era persuadir uma mulher a confessar o temor de que o marido estivesse tendo um caso, ou ajudar uma mãe chorosa a admitir que estivesse procurando uma filha fugitiva, praticamente expulsa de casa pelas atenções indevidas do padrasto. Este homem, o Porcino, o Sr. Kennedy, só estava interessado em objetos. Aos quais ele chamava, talvez inevitavelmente, *objets*.

— Por favor, Sr. Kennedy, será que poderíamos ir direto ao assunto?

— John. Ou Johnny, se preferir.

As mesmas risadinhas agudas emergiam dele, borbulhantes.

Tess apontou o relógio da barbearia.

— Eu detesto ser rigorosa, mas dentro de cinco minutos, se o senhor não tiver explicado o motivo de sua presença, vou começar a cobrar meu preço por hora. E eu cobro a hora cheia. Ou seja, daqui a pouco o senhor vai me pagar o equivalente a vários jogos de louça Fiesta.

Ele assumiu uma expressão pensativa.

— De que cor?

— Sr. Kennedy.

Ele ergueu as mãos, como para evitar uma pancada, embora ela não tivesse falado numa voz particularmente alta ou enérgica. Durante toda a conversação o galgo não havia se mexido.

— A senhorita pode pensar que se trata de uma rixa trivial. Um homem portou-se mal comigo numa transação comercial.

Portou-se mal. A expressão soou estranha para ela, mais adequada a um blues do que a venda de objetos roubados.

— O senhor avaliou o preço por baixo e alguém se aproveitou de sua ignorância?

Ele balançou a cabeça em negativa, o que fez tremer seu queixo duplo. Ele parecia tão flácido que poderia ter sido esculpido na manteiga. Ela o imaginou derretendo, à maneira da Bruxa em *O mágico de Oz*. Depois, imaginou-se limpando a pequena poça gordurosa que ele deixaria para trás.

— Não, ele vendeu um artigo que não correspondia ao que alegou ser. Os documentos de autenticidade eram forjados.

— E o artigo foi...?

— Isso é irrelevante. — Ele percebeu que a resposta não iria satisfazê-la. — Uma pulseira. Pertenceu a uma moça de uma família importante, ou assim ele afirmou. Essa foi a parte que se mostrou falsa.

— E daí? O princípio de que o comprador verifique o que está comprando se aplica ao senhor, não é?

— Ele me enganou.

O Sr. Kennedy apertava as mãozinhas para simular punhos cerrados, mas seus dedos eram tão curtos que ele mal conseguia segurar os próprios polegares. Tess, que media quase 1,75m desde os 12 anos, achava graça em homens baixinhos.

— Pois então você deve processá-lo.

— Um processo judicial não vai remediar e pode causar muito prejuízo.

Fez uma pausa, esperando para ver se ela o estava acompanhando. Ela não estava, e, por outro lado, tampouco se empenhava. Precisava de trabalho, mas não esse tipo de trabalho.

— Qualquer indenização financeira que eu pudesse obter lançaria uma sombra prejudicial à minha reputação. Foi uma falsificação sofisticada, muito astuciosa, e de vez em quando os melhores avaliadores são enganados, mas mesmo assim... Meus negócios dependem do boca a boca. Além disso, não foi muito o dinheiro envolvido. Só paguei mil dólares pela pulseira.

Tess apanhou um pouco de luz do dia.

— E por quanto o senhor acha que poderia vendê-la?

A pergunta irritou o Sr. Kennedy, que bufou indignado.

— Obviamente, a gente precisa ter lucro... Se alguém quiser obter o preço integral por um artigo, que o leve pessoalmente ao mercado e absorva todos os custos, todos os riscos. Eu não trabalho em uma casa de câmbio, não sou...

— Quanto foi que o senhor achou que valia, Sr. Kennedy?

Ele suspirou.

— Se aquela carta fosse autêntica, eu a teria levado para um leilão em Nova York. Devidamente encaminhada, teria rendido uma bela soma, embora não tanto como se a princesa Diana a tivesse usado. Vivemos em uma época estranha.

— A quem ela pertenceu? Quer dizer, teoricamente, quem foi a dona dela?

— Betsy Patterson.

O nome não significava nada para Tess, mas ela concluiu que deveria significar.

— Talvez a conhecesse melhor como Betsy Bonaparte.

Ela conhecia, mas não muito.

— A moça de Baltimore que se casou com...

— Jerome, o irmão de Napoleão. Depois, o imperador forçou-o a voltar para casa e se casar com alguém mais adequado. Mesmo assim, se isso tivesse sido verdade... — Ele juntou os lábios, como se fosse dar um beijo de despedida no sonho de ganho fácil que acalentara. Alguma coisa dizia a Tess que aquele era o único tipo de beijo que ele tinha chance de dar.

— Ele o enganou.

— Sim.

— Mas se a carta fosse autêntica, o senhor o teria enganado. Acredita em carma, Sr. Kennedy?

— Sou da Igreja Episcopal — guinchou ele.

Tess apertou com os dedos o alto do nariz. Estava à beira de uma dor de cabeça, coisa que normalmente só tinha nas ressacas.

— Por favor, diga-me o que acha que um detetive particular pode fazer em seu benefício.

— Acredito que o homem que me enganou tem um segredo, um segredo que ele se empenharia muito em proteger. Se eu soubesse o que é, ele seria obrigado a me pagar o dinheiro que me deve. Mas isso envolve segui-lo, e se tentasse fazê-lo eu seria reconhecido. Preciso de um detetive particular para provar que minha suspeita é verdadeira.

— Sr. Kennedy, o senhor está falando sobre chantagem, coisa da qual não posso participar.

Ele pareceu indignado.

— Qual é a diferença entre isso e rastrear fraudadores de seguro e maridos adúlteros pela cidade afora, fotografando-os e entregando as fotos aos advogados? Também não é uma forma de chantagem?

Ela se perguntava de que modo ele se tornara tão perceptivo em relação ao trabalho que preenchia a maioria das horas dela. Para cada caso de destaque que chegava às manchetes e a colocava à vista do público durante alguns dias, havia duas dúzias de trabalhos descomplicados que correspondiam à descrição sucinta feita pelo Sr. Kennedy.

— Talvez seja, mas é legalizada.

— Então digamos que verifique meu palpite e esqueça que eu disse por que desejava saber.

— Não posso simular amnésia, Sr. Kennedy. — A despeito de si mesma, ela estava ficando interessada. — Mas se o senhor conhece o segredo dessa pessoa, ou acha que conhece, por que não desmascará-la?

— Preciso de provas, e só posso consegui-las em determinado dia do ano. Que por acaso é depois de amanhã, nas ruas Greene e Fayette, em algum momento entre meia-noite e 6 da manhã, no dia 19 de janeiro.

— O senhor sabe o horário e conhece o local. Por que não espera por ele?

— Conforme eu disse, não sou muito bom em passar despercebido.

Isso ela podia constatar. Com o chapéu de feltro e o casaco de pelo de camelo que usara nessa entrevista, ele lembrava uma bola de boliche da cor bege. E seu andar rebolativo era inesquecível.

Ele olhou para ela com um ar solerte.

— A data não lhe diz nada, não é?

— Dezenove de janeiro? Não assim de primeira.

— É o aniversário de Edgar Allan Poe. E a noite da vinda do Visitante, o chamado Poe Toaster, o Celebrante de Poe.

Tess conhecia a história. Todo mundo em Baltimore a conhecia. Havia mais de cinquenta anos que alguém visitava o velho túmulo onde Poe estava enterrado, deixando à sua passagem três rosas e meia garrafa de conhaque. Ninguém conhecia a identidade do homem. Dizia-se que o bastão tinha sido passado adiante, que agora quem vinha era um novo Visitante, talvez até o terceiro. A revista *Life* o havia fotografado certa vez, mas de uma distância respeitosa. Era um mistério que ninguém queria desvendar. A não ser que...

— O senhor acha que o homem que o enganou é o Visitante?

— Conforme eu disse, não tenho provas. Mas se tivesse... — Fez um gesto erguendo no ar as palmas das mãos, mas o gesto não era tão encantador quanto pretendia ser.

— Mas isto é uma perversão. Por que o senhor não vai aos shoppings e diz às crianças que estão esperando na fila que Papai Noel não existe? O senhor terá estragado uma bela tradição amada pela cidade inteira. — Ainda que poucos a tivessem visto, inclusive Tess. Numa meia-noite de janeiro, fazia um frio horroroso. Mas todo ano Tess lia os relatos reverentes no jornal *Beacon-Light*. A visita era, de certa forma, a marmota de Baltimore, o ritual do auge do inverno que continha uma promessa de primavera.

— Eu não tornaria pública a informação obtida. Eu a usaria somente para garantir que ele pagasse o devido. Se eu estivesse certo — acrescentou. — Talvez possa estar enganado, imagino.

— O que só iria piorar tudo. O Visitante poderia ser afugentado sem motivo algum.

— Pensando bem, trata-se de um costume infantil — o Sr. Kennedy fungou — e que terminará algum dia, seja lá por que for. Tudo termina. Aquela mulher ainda vai ao túmulo de Valentino? Joe DiMaggio ainda manda flores a Marilyn Monroe, agora que ele morreu? Tudo se extingue. Um final espetacular seria melhor. Daria ao público... Qual é mesmo aquela palavra hedionda? Ah, um encerramento. Poderia também lhe render algumas manchetes de jornal, publicidade a que você nunca foi avessa.

Essa última observação não procedia, chegava a ser injusta. Tess abominava a mídia com uma intensidade que só uma ex-repórter seria capaz. O jornal *Beacon-Light* nunca havia escrito a respeito dela sem se equivocar em pelo menos um fato importante e ao longo dos anos lhe atribuíra quatro diferentes iniciais ao segundo nome. E quanto à propaganda gratuita, ela havia percebido que o pico de interesse que recebera depois de qualquer atenção da imprensa, pequeno ou grande, pouco havia rendido em trabalho concreto. O tipo de indivíduo capaz de procurar um detetive particular porque seu nome tinha saído no jornal da manhã não era alguém que refletisse com cuidado sobre as coisas.

— Como foi que me achou, Sr. Kennedy?

— Com franqueza?

— Sim, por favor.

— Para falar com franqueza, fiz uma pesquisa na lista telefônica, concentrando-me nas agências menores. Nenhuma concordou em me ajudar, e hoje já é dia 17 de janeiro.

— Ou seja, o senhor tem pouco mais de 24 horas ou qualquer oportunidade se fechará durante um ano. Não haveria outra forma de encontrar esse homem e fazê-lo pagar o que lhe deve? O senhor o viu, conhece sua aparência, tem um nome para ele.

— Ele desapareceu. Poderia ter virado fumaça. Ele me deu nome e endereço falsos.

— Como pode saber tão pouco a respeito dele e ter tanta certeza de que se trata do Visitante?

— Bem... a pessoa que nos apresentou deu a entender a mesma coisa.

— Pois então vá procurá-la. Ou procurá-lo.

— Essa pessoa... se mudou para longe. Daí a senhorita vê por que preciso de sua ajuda.

— Nunca. — Ela ficou tentada a dizer "nunca mais", porém procurava não escarnecer dos clientes na presença deles, mesmo daqueles que estava recusando.

— Mas se...

— Nunca.

O Sr. Kennedy ficou de pé, tamborilando com os dedos gorduchos na tampa do frasco de biscoitos. Esskay estava novamente em alerta, as orelhas levantadas em perfeitos triângulos, mas ele não parecia notar. Estava distraído, perdido nos próprios pensamentos.

— Sua agência não foi minha primeira escolha — confessou. — Tentei outras quatro, mas elas estavam ocupadas demais para me atenderem.

— Ótimo. — Talvez ele tivesse tido a intenção de ofendê-la, mas Tess estava aliviada em saber que o relógio estava trabalhando contra ele.

— Eu gostaria de declarar, só para deixar registrado, que eu não a contratei. — Ela ficou admirada com a declaração dele, o modo como fingira que tomara aquela decisão. — E vou concluir que nossa discussão foi confidencial.

— É assim que eu faço negócio. No entanto, não posso garantir pelos outros.

— Imagino que a senhorita não queira assinar um documento nesse sentido, mas até que ponto alguém precisa ser ingênuo para confiar em semelhante promessa, sem provas?

— Não sei. Até que ponto alguém precisa ser ingênuo, ou ganancioso, para acreditar que uma pulseira oferecida a preço de banana realmente pertenceu a Betsy Patterson Bonaparte?

— Não se trata de ganância — murmurou ele, mais para si que para ela. — Nunca é isso, realmente não, embora seja o que a maioria pensa. — Irrefletidamente, levantou a tampa do frasco de biscoito, escolheu um quadradinho marrom-escuro do alto e atirou-o na boca antes que a cachorra conseguisse rolar do sofá e exigir sua porção.

— Sr. Kennedy...

— Desculpe, eu devia ter pedido primeiro. Sou tão fissurado em doces, parece uma doença.

— Não, é só que... esses são biscoitos caninos artesanais, de uma confeitaria em South Baltimore. São feitos de soja com açúcar mascavo.

— Ah, bom, isso explica por que não são mais doces.

Abotoou até o queixo o casaco de lã de camelo e saiu sapateando pelo mundo afora. Tess quase — quase — sentiu pena dele. Mas ao vê-lo sair trotando, ela de repente se viu pensando no final do livro *A revolução dos bichos*, em que já não era mais possível distinguir homens de porcos, ou porcos de homens.

Capítulo 2

De cada cinco dias, em dois deles Tess ainda virava na direção errada quando saía do escritório depois do expediente, seguindo para o sul, de seu antigo apartamento em Fells Point, em vez de se dirigir ao norte, à casa em que estava morando há quase um ano. Tornando a fazê-lo depois da visita de Porcino, ela se repreendeu entredentes.

Dizer que era alguém que criava hábitos seria como dizer que Baltimore era a maior cidade de Maryland — um fato, e nada mais. Tess adorava rotinas, comprazendo-se nelas, entrincheirando-se nelas como um cachorro que cava um buraco no quintal para ali passar o dia de verão cochilando. Às vezes, preocupava-a o fato de estar a somente alguns capítulos de distância de se transformar numa personagem de Anne Tyler, uma afável excêntrica de Baltimore fazendo compras no supermercado Giant em calças de pijama e pantufas.

Na verdade, até havia chegado a ir à quitanda em calças de pijama, mas foi só uma vez, e de manhã bem cedinho. Além disso, eram calças xadrez de amarrar, impossíveis de distinguir de moletom. E em vez de pantufas calçava sapatos.

A troca de domicílio, mesmo sem ter sido ideia sua, prometia um recomeço, uma oportunidade de adotar mudanças. Agora estava ficando claro que ela só era capaz de substituir uma rotina por outra. Havia trocado o pãozinho do café da manhã no Jimmy's por um pãozinho com café no Daily Grind, transferido sua fidelidade da pizzaria egípcia na Broadway para a pizzaria egípcia do Belvedere. Havia começado a frequentar uma nova locadora de vídeo, a Video Americain, de acervo requintado. Acabava sempre alugando filmes que já tinha visto.

A nova residência enfatizava a excentricidade da moradora. Era uma casa, um domicílio, mas somente no sentido mais amplo da palavra — tinha quatro paredes, um teto, instalações hidráulicas e elétricas. Tess havia batizado essa obra em progresso de Tigela de Poeira, e estava se acostumando a passar a vida respingada com restos de gesso, madeira e tinta. Às vezes ela encontrava na cama as coisas mais estranhas: por exemplo, um ferrolho de um dos armários de cozinha; uma chave de fenda; e até uma lima sob o travesseiro certo dia, como se um carpinteiro ressentido tivesse mandado uma advertência.

Sabia que seria necessário muito trabalho e que levaria tempo. Mesmo na condição de proprietária de primeira viagem, tinha tido o bom-senso de perceber que as estimativas eram apenas uma fração daquilo em que se transformariam, seja em termos de trabalho ou de custos materiais. Mas ela havia se esquecido de Deus, e dos atos atribuídos a Ele. Durante a maior parte do ano anterior, o clima tinha estado alegremente voluntarioso, enviando chuva sempre que estavam planejadas atividades ao ar livre, fazendo cair a temperatura sempre que as atividades internas envolvessem solventes fortes que precisassem de ventilação, providenciando um deslizamento de terra no dia que o jardineiro chegou.

Mesmo assim, eles tinham conseguido realizar muitas coisas — e a casa ainda continuava um caos. Sob o olhar atento do pai, Tess havia providenciado devidamente o que considerava as benfeitorias essenciais, porém sem graça: o telhado, o sistema de calefação e refrigeração, a reforma do sistema elétrico, a substituição das janelas, a troca dos encanamentos, o material de revestimento externo. O resultado foi um pesadelo estético aconchegante e de alta eficiência energética, com trechos isolados de papel de parede e o tenebroso mau gosto dos antigos proprietários pairando como um fantasma, desde os azulejos rosa-chiclete no banheiro dos anos 1940 até os armários verde-abacate da cozinha acanhada.

Mas era um lar, e mostrava ao exterior um rosto bonito, conforme ela havia notado com satisfação quando entrou com o carro na East Lane. O pai se horrorizara com a decisão dela de escolher revestimento de plaquinhas de cedro em vez de faixas de alumínio, e apregoara o custo de manutenção com o passar dos anos. Nessa questão, Tess havia sido inflexível: queria a ilusão de ótica de uma casa que desaparecesse entre as árvores. O namorado dela, Corvo, tinha acentuado o efeito pintando a porta de verde-oliva. No verão, ao voltar para casa, ela se sentia como se estivesse entrando numa casa na árvore, penetrando pela porta verde num mundo particular que pendia dos carvalhos e olmos acima de Stony Run Park.

Mas agora era inverno, e a casa parecia ainda menor, não muito diferente de um gato molhado. Mesmo assim Tess a adorava. Passou de leve as pontas dos dedos na mezuzá que a mãe empurrara nela, sem ligar para os protestos de Tess de que era duplamente agnóstica. "Casa", disse ela, um tanto para si mesma. Tinha uma casa, ainda que fosse modesta. Não importava que suas unhas nunca mais tivessem ficado realmente limpas, ou que as manchas de tinta parecessem tecidas em seus cabelos castanhos, presos em trança. Poder entrar em casa e dizer "Querido, cheguei!" já valia a pena.

E ouvir Querido responder da cozinha: "Como foi o trabalho hoje?"

O namorado não vivia com ela, não oficialmente. Tinham tentado viver juntos quando a relação era nova e fracassaram fragorosamente. Portanto, agora ele mantinha seu próprio apartamento, embora passasse aqui seis noites de cada sete, indo e voltando com sua própria chave e usando o possessivo plural em relação à vida em East Lane. De certa forma a coisa funcionava. A mãe de Tess, logo quem, tinha se preocupado com o dinheiro desperdiçado no apartamento subutilizado de Corvo (o pai dela, por sua vez, era capaz de fingir que a filha de 31 anos ainda não tinha começado a fazer sexo). Tess havia argumentado que 550 dólares por mês eram um preço muito baixo para se pagar por um relacionamento que funcionasse.

Esskay correu direto para a voz de Corvo, com Tess imediatamente atrás dela. Infelizmente, ele estava preparando a madeira, e não o jantar, removendo a pintura dos armários de cozinha enquanto um aparelho de som lhe fornecia o próprio carnaval pessoal, cortesia da versão de Professor Longhair para "Big Chief". Ou talvez se tratasse de Dr. John.

— Por que você não telefonou? — perguntou Tess em tom queixoso, apoiando-se no portal, ou naquilo que em algum momento seria o portal. — Eu teria trazido comida.

— Perdi a noção da hora — explicou ele, distraído, examinando o único armário que estava quase pronto. O pai dela quis arrancar tudo da cozinha e começar do zero, substituindo os armários originais por módulos da loja Ikea. Mas Corvo tinha um palpite de que em algum lugar espreitava a madeira de bordo, sob camadas de tinta, além do verde-bile, do amarelo-gema, do marrom-argila, do branco já sem brilho. Os armários da cozinha eram um autêntico histórico do mau gosto americano, 1930-1975. A tarefa estava levando um século, mas agora a madeira surgia à vista. — Vai ficar lindo.

— Você é lindo — disse ela, querendo fazer graça, sem conseguir exatamente ter sucesso. O rosto dele estava lambuzado de sujeira, os cabelos eriçados em tufos estranhos; usava luvas de borracha até os cotovelos e óculos de proteção. E ainda assim, para ela, o namorado era lindo. Seu homem, seis anos mais jovem, estava amadurecendo de forma tão bonita, o rosto se afinando, o corpo ficando robusto. Durante o ano anterior ele fizera musculação junto com ela, só para fazer companhia, e agora muitas mudanças interessantes estavam ocorrendo. As amigas que antes a provocavam por causa dele agora também queriam um jovem assim, como se ele fosse uma bolsa Fendi ou um par de sapatos Jimmy Choo. Mas

Corvo não era nenhum acessório, e nenhuma versão falsificada dele seria comparável.

Esskay farejou o ar e saiu impávida, irritada porque não conseguiu detectar nenhum cheiro de comida sob o cheiro de removedor de tinta. Corvo folheou os cardápios de comida para viagem que formavam a espinha dorsal da dieta deles naqueles dias. Tess havia tido a intenção de começar a cozinhar quando tivesse a própria casa, mas a coisa não tinha funcionado exatamente assim.

— Comida tailandesa? Chinesa? Pizza?

Ela, que já tinha afrouxado o corpo, desanimava-se um pouco mais a cada sugestão. Nenhum cardápio parecia exatamente o indicado para os dias frios e luminosos de janeiro, quando a mente recomendava um equilíbrio abstêmio e o corpo tinha saudade dos quitutes saborosos do recente período de festas de fim de ano.

— E aí, o que vai ser?

Ela não sabia o que queria. Quanto mais coisas havia em sua vida, mais complicada parecia a pergunta. Ela sempre havia acreditado que seria o contrário.

— Com toda franqueza?

— Sempre. Esta é nossa única norma.

— Vou dar um pulinho no Eddie's antes de fechar, comprar queijo, cream-crackers, uma caixa de mistura para brownies e uma garrafa de vinho tinto.

Corvo, normalmente tão tolerante com os caprichos dela, franziu a testa.

— Será que desta vez nós poderíamos pelo menos assar os bolinhos, ou você vai comer a massa crua direto da tigela? — perguntou ele, tirando as luvas. — Eu me preocupo com você por causa da salmonela.

— Prometo que vamos assá-los. Só achei que brownies combinam com vinho tinto. Mas, Corvo...

— Sim?

— Talvez você pudesse não tirar os óculos de proteção. Quer dizer, para depois. Eles realmente dão um toque especial.

Enquanto ela corria para a porta, uma luva de borracha acertou-a na cabeça.

O depois chegou mais cedo que de hábito. Dentro de uma hora eles estavam na cama, com os corpos cansados, mas as taças de vinho ainda por terminar, a bandeja de brownies esfriando em cima do antigo fogão a gás. Risonha e relaxada, Tess começou a contar ao namorado sobre Porcino, pensando no assunto somente como uma boa história. O trabalho dela certamente rendia boas conversas de final de dia, embora não com tanta frequência quanto se poderia esperar. E as regras de sigilo profissional complicavam as coisas. Às vezes Tess pensava em "contratar" Corvo, pagando a ele a régia quantia de 1 dólar por ano, só para poder lhe contar tudo. Felizmente Porcino não era um cliente, portanto ela poderia fofocar sobre ele à vontade — e maldosamente.

Mas Corvo não achou tão divertida assim a história de John P. Kennedy.

— Meu Deus, seria horrível se ele encontrasse alguém disposto a fazer o serviço. O Visitante talvez nunca mais voltasse.

— Ele não vai encontrar ninguém. Um dia é só o que lhe resta, e ele fez questão de me dizer que não conseguiu ser atendido por nenhuma outra agência. Pelo jeito, todos os outros estavam muito mais atarefados.

— Ou isso foi o que ele disse.

— Por que ele iria mentir?

A cadela havia se esgueirado para dentro do quarto e se enrolado nos pés deles como um edredom pesado e peludo. Tess empurrou-a com os dedos dos pés, mas só conseguiu que ela se espreguiçasse com um suspiro, ocupando muito mais espaço na cama. Esskay endossava a teoria do Destino Manifesto ao espaço de dormir, e a cabeceira da cama era seu horizonte.

— Talvez ele queira fazê-la acreditar que ninguém vai aceitar o servicinho sujo dele. Mas a mim não surpreenderia que você fosse a primeira investigadora que ele visitou.

— Você quer dizer que de todas as agências particulares de investigação que há no mundo, ele foi casualmente entrar logo na minha?

— Você tem aparecido nos jornais ultimamente?

— Graças a Deus faz um ano que não apareço. Tenho sido apenas uma boa cidadã e me limitado na medida do possível à investigação de seguros e casos simples de pessoas desaparecidas. Nem mesmo um flagrante de adultério nos últimos dois meses.

Corvo rolou para fora da cama e se dirigiu às portas francesas do quarto. No antigo apartamento, Tess tinha um terraço com vista para o porto e para o letreiro da Domino Sugars no centro da cidade. Durante a expansão imobiliária do final dos anos 1990, aquela paisagem havia se tornado cara demais e chegou um momento em que já não conseguia pagar por ela. Aqui o pequeno chalé tinha varandas em três lados, e eles podiam admirar os bosques e o riacho Stony Run. Longe das luzes difusas do centro da cidade era muito mais escuro. Na verdade, Tess achava o lugar um pouco mais assustador, com sons inesperados e sombras, mas não tinha confessado isso a ninguém, nem mesmo a Corvo.

— Hoje o céu está extremamente limpo — observou ele. — A previsão do tempo não falou em neve?

— Não, pelo jeito a possibilidade de nevar não foi tanta que justificasse os gurus do tempo na TV ficarem frenéticos e criarem pânico na cidade inteira. A previsão é de clima frio com céu limpo.

— Você nunca foi? Quer dizer, você *morou* aqui a vida inteira.

— Fui aonde? — perguntou ela, demorando um pouco a entender. — Não, quer dizer, uma meia-noite em janeiro, na esquina de Greene e Fayette? Adoro a ideia, mas nunca fui capaz de arrastar o corpo para fora da cama.

— Eu acordo você. No fundo, continuo a ser uma ave noturna.

— Por quê? — perguntou ela, decidida a evitar a discussão, que já havia perdido, e passar diretamente ao cerne da questão.

— Porque a vida é muito curta, e aí a gente morre. Molière disse isso ou alguma coisa assim. Na verdade, é lamentável precisar explicar a alguém motivos para fazer coisas que sabe que deveria estar fazendo. Coisas fáceis, que estão bem na sua frente. É comparável a esperar a chegada de visitas para só então conhecer as atrações especiais da cidade em que se mora. Seu cliente potencial nos induziu a fazer uma coisa que nós já deveríamos ter feito. Você precisa fazer isso pelo menos uma vez; logo, por que não amanhã à noite?

— Se bem me lembro, você usou o mesmo argumento no Halloween passado, quando aquele grupo de teatro local estava apresentando "A máscara da morte vermelha" sobre patins.

— E você não gostou de ter ido?

— Só porque passei semanas jantando fora por conta da história. Faço qualquer negócio por um caso curioso.

— Então, por que não vamos ao cemitério amanhã à noite?

— Eu já disse que sim. Puxa, você não está com frio?

Ele voltou para a cama e não demorou muito para que Esskay fugisse para o sofá da sala, bancando a grande dama ultrajada. Tess e Corvo se conheciam muito bem, ou estavam começando a fazê-lo. Os gurus dos modernos relacionamentos afirmam que os casais devem falar honestamente e evitar os códigos, sempre afirmando de modo direto e simples o que desejam. Mas há códigos, e há linguagens. Os dois tinham a própria linguagem. Tess nunca seria o tipo de pessoa capaz de dizer "eu quero", por mais que o namorado a encorajasse. Portanto, ele se esforçava ao máximo para ler nas entrelinhas dos epigramas dela, traduzindo segundo lhe parecia. "Você não está com frio?" poderia ter significado muitas coisas, desde "Por favor, pegue os brownies, já que está de pé" até "Estou com frio, venha cá me esquentar". Na verdade, tinha significado as duas coisas, mas Tess estava contente em aceitar essa última. Era um preço baixo a pagar pela falta de clareza. O brownies ela sempre poderia comer *depois*.

Corvo, por outro lado, sabia o que queria, afirmava seu desejo e com isso quase sempre conseguia vê-lo atendido. Que conceito interessante, pensou Tess. E depois passou alguns minutos sem pensar — esse era o ótimo presente que ele dava a ela. Era a única pessoa capaz de fazer a mente dela se calar.

* * *

A velha igreja e seu cemitério ficavam na margem ocidental do centro de Baltimore, num setor ocupado pelas diversas faculdades da Universidade de Maryland. De fato, a universidade agora era dona da Westminster Chapel, que tinha sido transformada num auditório de artes cênicas. Atrás do cemitério estava em construção uma nova faculdade de direito. Aquilo tinha sido inegavelmente positivo para uma área outrora decadente e que provavelmente se tornara mais segura do que tinha sido em anos, embora ainda ficasse muito deserta à meia-noite.

Além de gelada. Dois carros estavam estacionados na Fayette Street, com o motor ligado, e ela os invejou. Como devia ser gostoso esperar dentro do carro com o aquecimento ligado, ouvindo fitas cassete ou rádio. Ela viu outras pessoas no portão principal, paradas lado a lado e bem juntas para aquecer, embora claramente não tivessem ligação entre si. Ela achou a situação repulsiva. Não sabia se queria conhecer a história de alguém que viera sozinho ver o Visitante fazer sua peregrinação de 19 de janeiro.

Além disso, nenhum deles parecia Porcino, cuja silhueta não dava para esquecer facilmente.

— Não seria melhor esperarmos no carro? — perguntou ela a Corvo. — Quer dizer, imagine se a gente precisar sair perseguindo alguém.

Estavam na rua lateral, Greene, mas parados no lado oposto aos portões do cemitério, perto das luzes brilhantes do hospital universitário. Corvo estivera ali mais cedo naquele dia e dera uma volta pelos arredores, reparando todas as entradas e saídas do cemitério. Tess tinha partido do princípio de que o Visitante entrava pelos portões da frente, a multidão abrindo caminho à sua passagem. Mas Corvo achava que ele talvez usasse o canteiro de obras para escalar o muro baixo atrás de Westminster Hall.

— O Visitante chega a pé, e não num Nissan. Além disso, parte da experiência é ficar ao ar livre, não acha?

— Os fãs de Poe ficam do lado de dentro — disse ela, apontando com o queixo em direção à velha igreja onde os frequentadores regulares, o curador do Poe Museum e seus convidados, realizam uma vigília todo ano. Ele era o guardião, permitindo que só entrassem na igreja aqueles em quem confia. Nunca permitiria que alguém interferisse na visita.

— Ora, se você começasse a comparecer todo ano, também poderia ficar lá dentro.

— De jeito nenhum. Houve um ano em que a revista *Life* fotografou o evento. Mas ficou combinado que eles nunca iriam desmascará-lo.

— Imagina só, um jornalista com ética — disse ele com suavidade. Corvo, que gostava de quase todo mundo, estava querendo fazer uma exceção para os membros da antiga profissão dela.

Eram 3 da manhã, e eles já haviam ficado três horas ao relento. Tess tinha trazido uma garrafa térmica de café, mas só bebia alguns golinhos, a intervalos irregulares, dentro do Volvo do namorado: sua preocupação era de que a bexiga não conseguisse aguentar. Segundo Corvo, às vezes o Visitante chegava perto das 6 da manhã, hora em que ainda estava escuro no mês de janeiro. Eles tinham brincado de jogos de adivinhação e testado seus conhecimentos sobre geografia, mas seus esforços para passar o tempo só os deixaram mais conscientes da lentidão dessa passagem.

Uma lufada de vento percorreu a Greene Street, e depois a noite ficou silenciosa, como se conhecesse o papel que desempenhava naquele drama. Uma figura tinha virado a esquina e estava se aproximando do portão da Greene Street. Tratava-se de um homem — bom, talvez não, pensando bem, mas decididamente era uma pessoa —, enrolada num manto, com um velho chapéu de feltro puxado até os olhos, as mãos erguidas como se para ocultar a parte inferior do rosto. De seu ponto de vista, Tess e Corvo tinham uma visão clara, mas os espectadores da Fayette Street estavam bloqueados na rua e distraídos. Ela achou que tinha visto um clarão branco numa das janelas da igreja, um rosto que apareceu e sumiu, mas o fato aconteceu depressa demais para ter certeza.

Os sons da cidade pareciam se dissolver na distância; e embora Tess estivesse consciente do trânsito das ruas próximas, ele poderia perfeitamente estar à distância de mais de 100 quilômetros — ou de cem anos.

A figura entrou no cemitério. Tess teve uma estranha empolgação, quase a contragosto. Sabia que era apenas um homem, realizando um ritual que outra pessoa tinha começado, mas mesmo assim a sensação era de magia. O passado subitamente estava acessível; ela se sentiu ligada a uma época que jamais conhecera, a uma pessoa que nunca havia sido particularmente importante para ela. Por intermédio desta figura insólita, ela podia viajar ao passado e voltar ao presente. Mentalmente buscou fragmentos de fatos acerca de Poe, que havia acumulado durante toda a vida. Ele inventara o romance policial. Tinha se casado com sua jovem prima. Tinha sido encontrado, vagando confuso, no dia da eleição, usando roupas estranhas. Tinha morrido num hospital em East Baltimore depois de alguns dias — Church Home Hospital, ela pensou, embora talvez tivesse outro nome naquela época. Corvo saberia, ela teria que lhe perguntar mais tarde.

Tess pegou a mão de Corvo, e os dois atravessaram correndo a Greene Street na ponta dos pés, encontrando nas sombras um lugar do qual pudessem observar um homem se aproximar do túmulo. A noite estava clara: a lua quase cheia, as lâmpadas da rua acesas, o resplendor da torre do Bromo-Seltzer de Baltimore acrescentando uma tonalidade adequadamente surrealista ao que eles podiam ver.

— Tess...

— Shhhh...

Ela não queria falar, não agora.

Corvo puxou-a pelo cotovelo, virando-lhe o corpo para que ela olhasse em direção a outro ponto do cemitério. Ali havia outro homem, perto da entrada das catacumbas que havia sob a igreja. Mais alto, envolto num manto mais majestoso, transportando um mesmo tributo de rosas e conhaque. Dois Visitantes? Como poderia ser isso? Alto demais, disse ela para si mesma, e magro demais para ser John P. Kennedy, seu amigo Porcino.

A primeira figura já estava junto ao túmulo — não junto ao monumento a Poe, que dominava a frente do cemitério, mas o túmulo simples nos fundos, onde ele fora enterrado originalmente. Tess quis correr atrás dos dois para ver o que aconteceria quando eles se encontrassem, mas não conseguiu se mexer. Disse a si mesma que tinha sido em sinal de respeito, mas na verdade ficou aterrorizada, como se o que acabara de ver fosse algo que não pudesse ser explicado. Certamente uma dessas figuras não podia ser humana. Poe havia retornado para encontrar seu amigo mais constante.

O primeiro homem recuou, afastando-se do túmulo enquanto o segundo depositava seu tributo. Seria sua imaginação, ou um deles estava tentando manter distância do outro? O primeiro homem fez um estranho movimento como se estivesse pulando uma cerca baixa em torno da própria lápide e tropeçou. O outro homem o apanhou pelo braço e depois o abraçou. O primeiro homem sujeitou-se ao abraço, com os braços caídos, o corpo encolhido como se esperasse receber uma pancada.

Separando-se, eles se moveram em direções distintas. O vento soprou mais forte, levantando os mantos de ambos. O mais alto, dirigindo-se para leste, parecia se mover depressa, enquanto o outro caminhava com o mesmo passo majestoso e medido que tinha usado para se aproximar. Quando atingiu o muro do sul do cemitério, voltou-se como para dar um último olhar a seu duplo fantasmagórico. Tess já não sabia ao certo quem era quem, qual dos dois tinha entrado pelo portão e qual tinha vindo das catacumbas.

E então só restou um deles.

Um disparo de arma de fogo é assustador a qualquer momento, em qualquer lugar. É um som que as pessoas supõem ter consciência de como é, mas ao escutá-lo percebem que nunca chegaram a conhecê-lo. Nenhuma maratona de filmes pode preparar alguém para a forma como um tiro corta o ar, a forma como deixa sufocados de pavor todos que o escutam. Alguns saem correndo, outros ficam congelados ali onde estão. Seja qual for a escolha, a primeira alternativa sempre parece mais sensata.

Tess conhecia bem o som, bem demais, o que só o tornou mais aterrorizante quando ele despedaçou esse estranho quadro vivo. Quando os espectadores do portão da frente gritaram, ela vivenciou uma sensação repulsivamente familiar — a sensação de que o mundo tinha parado por um segundo e depois acelerado para recuperar o atraso. A mente e o corpo dela se atiraram para a frente, e sem se dar conta do que fazia Tess percebeu que estava seguindo Corvo para o ponto do cemitério onde agora um homem estava caído, com as dobras volumosas do manto flutuando ao seu redor, mortalha improvisada.

Capítulo 3

— Da próxima vez em que eu ouvir um tiro, lembre-me de correr na direção oposta — disse Tess ao namorado, com um cansaço tão extremo que lhe fazia doer o corpo inteiro.

— Mas é a ética profissional, correto? — perguntou ele, enquanto tentava achar um jeito de colocar sua longa figura atravessada no duro banco de plástico e pousar a cabeça no colo dela. — Você se sentiu obrigada a ver o que tinha acontecido e depois tentou controlar as coisas até a polícia chegar. Além disso, o cara poderia estar vivo.

— Tudo bem, da próxima vez em que eu ouvir um tiro, dê um tiro em mim. Eu poderia passar o resto da vida sem ver o interior dessa delegacia de polícia e ficar perfeitamente satisfeita.

O policial da delegacia de homicídios encarregado de investigar o assassinato no túmulo de Poe chamava-se Rainer, Jay Rainer. Tess o conhecia suficientemente bem para não gostar dele. Alguns anos antes, quando os caminhos deles se cruzaram, Rainer fazia parte da polícia de trânsito. Numa outra era, ele jamais teria chegado ao esquadrão de homicídios, mas o departamento de polícia da cidade ainda estava abalado pelo destrutivo estilo vale-tudo de administração do penúltimo comissário de polícia. Os policiais gostavam de dizer que ele era mais legista que policial — tratava todos os subordinados como se fossem cadáveres. Os agentes da homicídios tinham ido para a delegacia de roubos e furtos; os de combate às drogas estavam no patrulhamento; e os policiais de trânsito como Rainer estavam agora lotados na homicídios.

— Não admira que os índices de casos esclarecidos na homicídios estejam mais baixos que nunca — disse Tess bocejando. — Ouvi comentários de que se não houver um Chevy de duas toneladas com sangue no para-choque, Rainer não tem ideia do que fazer.

— Eu também sou um grande admirador seu, Srta. Monaghan.

Rainer estava de pé no corredor com uma das últimas testemunhas da igreja, que se supunha ter tido a melhor visão do tiro. Era uma suposição que Tess estava contente em não contestar, embora para ela significasse ter esperado horas para dar sua declaração. Pode-se ter certeza de que no departamento de polícia da cidade haverá um café fervido a ponto de quase virar um ácido e creme em pó com sabor artificial — amaretto e creme de menta. São uns frouxos, pensou ela, franzindo a testa e sentindo a vergonha malévola da fofoca exposta. Estava apenas expressando a opinião de outro policial da homicídios, Martin Tull. Único amigo de Tess no departamento, ele a respeitava e confiava nos instintos dela. Os dois sempre faziam piada de que ele talvez deixasse a polícia e fosse trabalhar para ela, embora o que Tess ganhasse mal fosse suficiente para comprar a ração de Esskay.

Mas no departamento, Tull era o tipo do sujeito que levava tudo na boa para se dar bem. Se Rainer imaginasse que ela soubera da história do para-choque por intermédio de Tull, aquilo o prejudicaria. Portanto, ela engoliu em seco, e assumiu a autoria.

— Bom dia, detetive.

— Acho que tive alguns pesadelos como este — disse Rainer.

— Detetive, acho que a imersão em Poe tornou-o melodramático — replicou Tess, tentando suprimir um bocejo. — Nós não nos conhecemos tanto assim para aparecermos um ao outro em sonhos, sejam eles bons ou maus.

— E mesmo que você tivesse aparecido — disse Corvo, com sua habitual atitude descontraída atiçada pela ideia de Tess aparecer no sonho de outro homem — devia analisar qual interpretação seria mais adequada, se a freudiana ou a junguiana. Meu palpite é de que Tess representa sua *anima* perdida, o lado feminino de sua personalidade.

Rainer foi obrigado a pensar na questão, o que lhe fez ficar de boca aberta e queixo caído. Depois de alguns segundos, sua mandíbula enferrujada fechou-se num golpe, e ele fez sinal a Tess que o seguisse à sala de interrogatório.

— Ele não é exatamente Monsieur Dupuis — cochichou a testemunha anterior, quando eles passaram pelo corredor, e Tess concordou com um gesto, distraída. A mulher era professora de literatura do Hood College, que havia feito lobby intenso para conseguir um dos cobiçados assentos na igreja e tinha dirigido quase 100 quilômetros pelo privilégio de assistir a um homicídio. Finalmente percebendo o contexto, Tess entendeu que a especialista em Poe provavelmente estava se referindo ao detetive de uma de suas histórias policiais, aquele que solucionou os assassinatos da rua Morgue.

O engraçado é que ela nunca havia estado numa sala de interrogatório, pelo menos não em Baltimore, sua cidade natal. Ela havia sido interrogada em locais de crime, oferecido informação voluntariamente na mesa da cozinha de sua tia — de fato, foi ali que ela e Rainer haviam se encontrado pela primeira vez, quando ele era um preguiçoso investigador de trânsito decidido a crer que um morto no beco tinha sido fruto do descuido de um bêbado ao volante, em vez do homicídio premeditado que realmente fora. Aqui ela havia aguardado nos corredores que policiais consolidassem pistas que trouxera para eles. Porém, jamais se sentara dentro da famosa "caixa".

Eu não sou suspeita, repetiu para si mesma. Não sou uma desordeira. Sou uma testemunha.

— Em que está pensando? — perguntou Rainer.

— Estava pensando no grau de semelhança com aquele seriado, desde as paredes de azulejos amarelo-ocre até a escrivaninha com algemas acopladas — dissera aquela mentira por reflexo, numa reação intempestiva à autoridade. — Sempre achei que a televisão havia se enganado.

— Ah, *Homicide* era uma porcaria. Gostei muito quando tiraram do ar. — A afirmativa era uma heresia, se feita por um nativo de Baltimore, mas também era evidente que Rainer não nascera lá. Tess não conseguiu situar o sotaque. Era áspero e cru, um grasnar do nordeste sem a pronúncia cheia dos *os* redondos e cheios *erres* erradios que tornam o dialeto local difícil de entender até mesmo para quem tiver agilidade na leitura de lábios. De certo modo, a mãe a impedira de adquirir tal pronúncia, fato pelo qual Tess imaginava que fosse grata. No entanto, teria sido legal fingir aquele sotaque de vez em quando.

— Mas não o tiraram do ar. Ainda há reprises na TV por assinatura — disse Tess. Não tinha certeza se era verdade, mas implicar com Rainer era divertido demais. Também era fácil demais. Se não estivesse tão cansada, nem teria se dado ao trabalho.

— Bem, eu te telefono na próxima vez que precisar saber o que assistir na televisão. Você é um guia de TV ambulante. Mas neste momento temos outras coisas para conversar. Por que estava em Westminster Hall hoje à noite?

Se a primeira mentira que Tess contara a Rainer fora automática, a segunda foi medida e pesada. Sim, ela sabia alguma coisa, mas não tinha certeza do que se tratava, e naquelas circunstâncias não queria lhe confiar nenhuma informação.

— Só estou testemunhando um ritual de Baltimore. Morei aqui a vida inteira e nunca visitei o túmulo de Poe, muito menos vi o Visitante. Isso é como nunca ter ido ao Fort McHenry ou ter visto o time dos Orioles jogar.

— Corja de vagabundos — disse Rainer franzindo a testa. — Eu odeio a American League.

— Onde você foi criado, detetive?

— Jersey. Sou torcedor dos Mets. Você se lembra de 1969?

— Minha data de nascimento está aí na sua frente, basta fazer as contas.

A voz de Tess era imperturbável, mas a pergunta conseguiu enfurecê-la. O pai e os cinco irmãos haviam-na instruído cuidadosamente sobre as datas importantes da história esportiva de Baltimore: 1958 — os Colts ganharam o campeonato; 1966 — os Orioles varreram os Dodgers; 1972 — Frank Robinson foi vendido; 1979 — as séries "We Are Family" em Pittsburgh; 1984 — os Colts deixam a cidade no meio da noite numa picape de mudança da Mayflower. Mas 1969? 1969 foi Pearl Harbor multiplicado por três, o ponto mais baixo da história dos esportes em Baltimore, que ficou impresso no código genético de cada nativo da cidade. A derrota dos Colts para os Jets, a derrota dos Bullets para os Knicks, a derrota dos Orioles para os Mets. Tess podia não se lembrar do ano, mas ela o reviveu nos aniversários de 20, de 25 e 30 anos do acontecimento; e provavelmente estaria viva para o aniversário de 50 anos. E possivelmente ainda sentiria dor.

— Bem, então você, como é a Miss Charm City personificada, resolveu que é seu dever ir verificar quem diabos é o esquisitão que todo ano vem visitar a sepultura?

MISS CHARM CITY PERSONIFICADA — essa tinha sido a manchete de uma nota sobre ela numa matéria extremamente fútil publicada séculos atrás pelo *Beacon-Light*. Não era um bom sinal Rainer saber disso; significava que ele a estivera rastreando. Com que propósito?

— Foi mais ou menos isso.

— Então, o que aconteceu?

— Duas figuras que usavam manto convergiram para o túmulo.

Mesmo que ela estivesse inclinada a dizer a verdade, toda e nada mais que a verdade, nunca tinha sonhado em permitir que Rainer soubesse que ela havia imaginado, por um breve instante, estar testemunhando o fantasma de Poe.

— Eu ouvi um tiro; uma pessoa caiu, a outra correu.

— Correu para onde?

Ela repassou na lembrança o momento, depois tentou enquadrá-lo no traçado da cidade em geral. Norte e sul eram direções que evocava com facilidade, mas sempre tardava para se situar em relação ao leste e ao oeste. Rainer concluiu que ela estava enrolando.

— Não me diga que vai fazer como o pessoal que estava na igreja. Um dos homens assistia a esse lance quase todo ano, há 25 anos, mas de repente tudo ficou confuso, como se ele não soubesse com certeza de onde o cara saiu ou de como entrou no cemitério. Seis pessoas e nenhuma viu nada. Me diga que é coincidência. Eles estão protegendo o sujeito, o que é revoltante. E se ele for o assassino?

— É isso que está achando?

— Não tenho que dizer a você o que acho. Agora, você foi a primeira pessoa a chegar ao corpo?

— Meu namorado, Corvo, estava alguns passos à minha frente. — Menos experiente com os mortos que ela, Corvo hesitava menos nesse tipo de situação. — Ele procurou o pulso no pescoço, ou melhor, descobriu que não havia pulso. Tentamos manter as outras pessoas afastadas quando elas começaram a se aproximar, e eu peguei meu celular e liguei para a emergência. Acho que alguém dentro da igreja também telefonou.

— Você viu mais alguém?

— Às pessoas que estavam dentro da igreja saíram, e alguém, acho que foi o curador, pegou o conhaque e as rosas e os guardou na igreja em segurança. E vi alguns carros estacionados, com o motor ligado, algumas pessoas ao longo da rua. Depois que se ouviu o tiro, não sei quantos ficaram.

— Quase ninguém — disse Rainer com uma careta. — Que cidadãos! As pessoas já nem sabem mais o que significa a palavra cidadania. Elas veem um crime e só conseguem pensar que vai ser um transtorno para elas. Ver alguém ser assassinado é tão inconveniente. E a família que ficou? O filho ia escrever o trabalho de final de semestre. Com certeza conseguiu mais material do que esperava. Mas eles estavam estacionados na Fayette, não puderam ver muita coisa.

— Já identificou o morto? — Tess estava de costas para o morto, não queria ver o rosto dele. Qualquer vestígio de curiosidade mórbida que tivera sobre a morte havia desaparecido. A vítima parecia jovem, tinha um rosto magro e branco que não estaria deslocado num conto de Poe. Mas acima de tudo parecia demasiado jovem para estar morto.

— Provisoriamente. Ele tinha um documento de identidade, mas ainda precisamos encontrar alguém que comprove isso. A família é do oeste da Pensilvânia. Acho melhor telefonar para eles quando amanhecer; vou deixá-los passar a última noite de sono tranquilo que terão durante algum tempo.

Uma inesperada demonstração de consideração da parte de Rainer, que levou Tess a relaxar um pouco. Mas depois ela se lembrou que ele era torcedor dos Mets, e ainda por cima de Nova Jersey, que ele chamava de Jersey, o que só piorava as coisas.

— Ele é... Existe algum jeito de saber...?

— É o quê?

— Ora, ele é o autêntico ou só a imitação? Ou como diria Cole Porter: é a sopa de tartaruga de verdade ou a falsa?

— Como é mesmo? — Ela havia feito novamente o queixo de Rainer cair, oferecendo a plena visão dos dentes dele, que eram ao mesmo tempo pequenos e encavalados, sobrepondo-se em todas as direções, como se fossem quarenta, em vez dos 32 de praxe. Nada de ortodontista na infância para Jay Rainer. De certa forma, aquilo provavelmente também era culpa dela.

— Dois visitantes vieram ao túmulo hoje à noite — disse ela pacientemente. — Um deles possivelmente é o verdadeiro, um dos homens que vêm cumprindo o ritual desde que foi iniciado em 1949. O outro era uma fraude. Como nós nunca soubemos quem era o verdadeiro, como poderemos saber qual dos dois morreu?

— Isso não é bem minha prioridade neste momento — disse Rainer. — Preciso solucionar um homicídio e não imaginar qual dos doidos de Baltimore é o maluco certo e qual é o falso. Só digo uma coisa: o pessoal lá na igreja parece muito mais interessado no cara que escapou do que no cara que está morto.

— A vítima, ela foi alvejada de perto?

— Não é da sua conta.

Era sim, embora ela não pudesse revelar o motivo. E se John P. Kennedy tivesse estado aqui hoje à noite, num dos carros estacionados, ou escondido nas catacumbas embaixo da igreja? Ela achava que o tiro poderia ter partido daquela direção, mas era só um palpite da sua parte. Será que o tiro estaria ligado à rixa trivial de Kennedy por causa da pulseira?

— Só estou fazendo o tipo de pergunta que o repórter policial do jornal vai te fazer quando chegar aqui — disse Tess. — Eu já fui repórter. Posso prever o que eles vão querer saber. E não vai parar por aí. Todo ano a AP publica uma matéria sobre o Visitante. Isso é notícia até em alguns países europeus.

— Uma chance de você fazer seu nome aparecer no mundo todo, né?

Sua acrimônia, indício de mais uma rixa trivial, apanhou-a desprevenida.

— Não sei o que está querendo dizer. Eu nunca procurei publicidade.

— Sei que não procurou! Você é uma exibida que sempre monopoliza as atenções; quando não para si própria, então para seu amiguinho, o Tull. Será só uma mera coincidência o fato de ele terminar sempre recebendo todos os elogios da imprensa, quando você está envolvida num caso? Não pense que os outros policiais não repararam.

Francamente, pensou Tess, só alguém que nunca teve publicidade pode desejá-la com tanto empenho.

— Não é coincidência nem conspiração. Martin Tull sempre se sai bem porque ele é um profissional. — Tess não se importava que Rainer tivesse entendido a implicação de que ela não o achava profissional. — Se está se referindo àquele caso de um ano atrás, bom, diante de quem estava envolvido, é inevitável que houvesse muita atenção. Nenhum de nós procurou consegui-la.

— Não, foi só por acaso que todos os noticiários do país vieram à cidade por causa de um desaparecimento e colocaram a carinha bonita de Tull em todos os canais, e que depois o produtor, para o caso de querer filmar a história, lhe deu dinheiro por fazer uma coisa que era trabalho dele.

Rainer tinha se levantado e começou a andar de um lado para outro da sala, um cachorro mal-humorado numa pista pequena demais.

— Sabe, detetive, alimentar ressentimentos faz mal às vértebras.

— Eu não tenho ressentimentos. Só estou tentando dizer que agora é o momento de me contar o que sabe e depois cair fora daqui.

— Será um prazer.

Por um momento ela pensou em contar a ele sobre Kennedy. Ela deveria, sabia que deveria. Não queria ter nada a ver com aquilo. Mas Rainer se concentrava tanto nos detalhes que não conseguia ter a visão de conjunto. A mídia nacional e internacional começaria a pulular pela cidade nas próximas 24 horas, quase como se fosse guerra ou crise nacional. A história era sob medida para um janeiro pouco movimentado. Se ela contasse a Rainer sobre Kennedy, seria pura questão de tempo até alguém conseguir arrancar dele o nome; num piscar de olhos os cinegrafistas estariam saltando das moitas para a casa do sujeito.

Ela não tinha provas de que ele tivesse estado ali ou que estivesse, de alguma forma, ligado ao tiro. Seria uma irresponsabilidade submeter um cidadão a esse tipo de escrutínio, e Kennedy poderia acabar revelando o nome do homem que suspeitava ser o Visitante. Era um azar que Tull não tivesse pegado o caso; ela teria contado a ele tudo o que sabia e ido para casa, com a consciência tranquila. Mas eram quase 5 da manhã e a falta de sono a estava atingindo com força; Tess precisava tomar uma decisão agora mesmo. Ela pensou que tinha uma chance de 50 por cento de agir corretamente.

— Eu já contei o que sabia. Nós chegamos lá, vimos e ligamos para a emergência.

— Ótimo. Então não saia abrindo a boca para os repórteres, fingindo que sabe mais do que sabe.

— Uma mulher decente só vê seu nome no jornal três vezes na vida — disse Tess, recatada. — No nascimento, no casamento e na morte.

— Ninguém jamais a acusou de ser uma mulher decente.

— Epa, já faz mais de um ano que estou com o mesmo homem.

Dito em voz alta parecia deplorável, mas era sua melhor marca nas olimpíadas dos relacionamentos. Então ela entendeu que Rainer estava tentando irritá-la. Ele sabia que ela não dissera tudo e tinha esperança de provocá-la a fazer confidências. Uma técnica tosca, porém eficaz.

— Já terminamos aqui?

— Espero que sim. Mas ainda preciso conversar com seu amiguinho ali.

— Tenho certeza de que vocês dois vão se entender muito bem.

Tess e Rainer saíram juntos da sala para o corredor, onde ele chamou Corvo com um gesto, como se o rapaz fosse uma criança esperando na porta da sala do diretor da escola. Corvo saltou do banco, não muito satisfeito, pois tinha visto um homem ser morto, e tal visão não deixaria indiferente alguém tão terno e solidário quanto ele. No entanto, tudo aquilo era novo, e ele não era inimigo de novidades.

— Divirta-se, querido — disse Tess a ele.

Corvo voltou-se para beijá-la, o que pareceu enfurecer Rainer; logo, Tess prolongou o momento.

Depois que eles saíram, ela teve um pressentimento ruim, preocupada se Corvo iria cair em contradição com seu depoimento, contando ao policial sobre o aspirante a cliente dela. Mas ele era cauteloso com os assuntos profissionais da namorada. Jamais revelaria a alguém, sob circunstância nenhuma, que ela havia discutido o trabalho com ele. No mínimo, Corvo contaria a Rainer ainda menos do que ela havia contado, só que usaria uma quantidade muito maior de palavras. Ele falaria sobre sua infância na Virgínia, contaria que seu nome verdadeiro, Edgar Allan Ransome, tinha sido inspirado no escritor. E depois talvez explicasse que seu apelido era uma alusão a uma piada que tinha feito na infância sobre o poema "O Corvo". Revelaria ao policial a história de seu antigo conjunto musical, Poe White Trash, e diria que agora andava programando números para o pequeno clube que o pai e a tia de Tess administravam em Franklintown Road. Rainer seria convidado a aparecer lá naquele fim de semana e assistir a uma banda de blues de Luisiana. E Corvo lhe conseguiria ingressos de graça.

E seria tão sincero, tão genuinamente entusiasmado, e amável, e prestativo, que deixaria Rainer fora de si.

Sorrindo, Tess encolheu-se na cadeira e tratou de dormir durante o finzinho de noite que restava.

Capítulo 4

Tess foi a primeira a perceber a deliciosa ironia no fato de John P. Kennedy ter dado a ela nome, endereço e telefone falsos. Na verdade, foi uma ótima piada, um fato hilariante. Ela ficou dividida entre a vontade de rir histericamente e de bater com a cabeça na mesa.

Experimentou fazer este último. Tanto a mesa quanto a cabeça eram mais duras do que havia imaginado, e o barulho despertou a cadela, que olhou para ela com reprovação, virou-se para o outro lado e voltou a dormir.

Tess sentou-se, esfregando a testa. Como sempre, os gregos tinham uma palavra para aquele fenômeno: *hýbris*, ou orgulho arrogante. Apenas 72 horas antes ela havia se sentado neste mesmo lugar e sorrido com superioridade em seu foro íntimo diante das desculpas esfarrapadas de "Kennedy" para nomes e identidades falsas. O tempo todo ela havia pensado que jamais seria apanhada em semelhante apuro. Enganada por um cliente quando estava começando, ela agora se precavia muito mais. Sabia o que deveria observar.

Ou foi o que acreditou.

Naturalmente, Kennedy não tinha se tornado cliente, portanto ela não havia pegado seus dados fundamentais nem exigido pagamento, altura na qual ela tinha aprendido a pedir um documento de identidade. Consolada por esse fato, ela passou por cima de pilhas de catálogos telefônicos e se dirigiu à pequena cozinha no fundo do escritório para preparar uma xícara de chocolate quente. Parecia que sua temperatura corporal havia diminuído consideravelmente durante a vigília pelo Visitante. Manteve as mãos acima do bico da chaleira, tentando aquecê-las. A última vez em que sentira tanto frio tinha sido na faculdade, na devidamente denominada Frostbite Regatta, ou a regata do congelamento, na Filadélfia. O barco em que estava tinha desenvolvido bem, mas as mãos dela ficaram curvadas como uma garra durante o resto do fim de semana, como se a lembrança do remo houvesse se congelado nelas.

Quanto ao ataque da mídia, ela tivera razão, se é que isso servia de consolo. A história era perfeitamente macabra: um assassinato no túmulo de Poe, duas figuras cobertas por um manto, um amado ritual de Baltimore colidindo com o passatempo mais moderno da cidade: o homicídio. Antes que o sol se levantasse na manhã do aniversário de Poe, os carros da televisão local estavam disputando vagas na Fayette Street. Os repórteres de rede nacional não tardaram a chegar, seguidos de jornalistas estrangeiros — Poe exercia grande atração no exterior — até que a calçada em torno da Westminster tivesse se transformado num acampamento da imprensa.

Um empreendedor repórter de uma rádio norueguesa tinha até conseguido localizá-la nesta manhã. Tess suspeitava que Rainer estivesse pregando uma peça nela, dando seu nome a esse homem terrivelmente franco e mal-humorado que parecia ter a impressão de que ela era uma fanática admiradora de Poe. Ele exigiu saber qual era o valor que ela cobrava por hora e depois tentou convertê-lo em florins, ou arenques, ou sabe-se lá qual era a moeda norueguesa. Pedira até para ver a arma dela.

— Chego à conclusão de que todas as mulheres americanas precisam andar armadas — disse ele. — Você já foi violada muitas vezes?

— Imagino que você possa dizer que sim. — respondeu Tess, desculpando-se por ter muito o que fazer. Quem dera fosse verdade.

Depois de preparar o chocolate, ela o despejou numa caneca com a inscrição MARYLAND É LUGAR DE CARANGUEJOS — presente jocoso de alguém que tinha achado graça na alergia dela a frutos do mar — e levou-a para sua mesa, na qual Esskay estava à espera. Em vez de abanar o rabo, a cadela o balançava com a precisão de um metrônomo. Embora o relógio de barbearia na parede dissesse "Hora de Cortar o Cabelo", a cadela sabia que na Keyes Private Investigations, Inc. era hora de um lanchinho. O nome pertencia a um ex-policial do qual Tess era tecnicamente a aprendiz. Ele assinava os documentos de incorporação, ela enviava um pequeno cheque todo mês e eles nunca se falavam.

Era tudo que ela sempre havia sonhado num mentor.

Tess jogou para Esskay um biscoito caseiro, enquanto ela própria devorava um brioche do Daily Grind, de abóbora com pedaços de chocolate, e se sentava com o jornal da manhã que tinha esquecido de ler.

Competir com a imprensa nacional sempre deixava nervoso o *Beacon-Light*; a cobertura que o jornal fizera do assassinato no túmulo de Poe era ao mesmo tempo abrangente e cansativa. A matéria saltava para duas páginas internas, com numerosos boxes, e o colunista da sucursal da cidade lhe dera destaque na coluna O Que Significa Tudo Isso. Nada de bom, conforme se verificava, embora Tess não conseguisse entender bem de que forma esse homicídio isolado poderia ser usado para argumentar contra a política de tolerância zero.

Apesar de todos os centímetros de coluna que o jornal havia produzido, a informação sobre a vítima era bastante imprecisa. Tess inferiu que isso significava que Rainer ainda não havia notificado os parentes, pois o morto fora identificado como um jovem de 28 anos que tinha trabalhado "na indústria de restaurantes". Ou seja, era garçom ou cozinheiro.

Algumas reportagens especiais requentaram a matéria mais velha de todas, o resumo das teorias sobre a morte de Poe. Havia mais de vinte, e novas teorias continuavam surgindo. Tess acreditava na teoria de hidrofobia, elaborada por um cardiologista de Baltimore que tinha estudado a ficha médica de um chamado Paciente X que estava bastante consolidada, mas pelo visto não era assim. As teorias que o cardiologista desacreditava — morte em consequência de alcoolismo ou overdose de drogas — ainda dominavam a imaginação do público.

"É como se quiséssemos vê-lo morrendo na sarjeta, tiritando por causa do *delirium tremens*", espantou-se Tess. Não sabia que Freud havia teorizado que o trauma da primeira infância havia matado Poe, ou que a impotência tinha sido citada por outro especialista da medicina. Como a impotência poderia matar alguém? Ela imaginava que um homem talvez pudesse morrer de vergonha, mas só no sentido figurado. Sorriu, presunçosa, em seus 31 anos, apaixonada por um rapaz de 25, sem perceber que mais uma vez estava cortejando a soberba.

Mas seu subconsciente deve ter feito a conexão, pois subitamente Tess ficou taciturna, pensando no caso do desaparecido John P. Kennedy. Olhou para as listas telefônicas empilhadas a seus pés, a pasta de arquivos do computador intitulada "buscadores de pessoas", os CDs que teoricamente tinham todos os números de telefone, até mesmo os que não constavam na lista. Naturalmente havia Kennedy, boa quantidade deles, em Maryland e Washington e no norte de Virgínia e Delaware: uns John P. Kennedy, e J. P. Kennedy e até um Pendleton Kennedy. Mas as idades não correspondiam, ou as vozes não correspondiam, ou, no caso de Pendleton Kennedy, o gênero não correspondia. Todos eram extremamente convincentes ao afirmarem que jamais a tinham encontrado. "Queira fazer o favor de tirar meu nome de sua lista de chamada", dissera irritada mais de uma pessoa, confundindo-a com uma operadora de telemarketing.

Acredite em mim, teve vontade de dizer Tess, quem me dera eu estivesse tentando vender um serviço de interurbanos ou um seguro de cartão de crédito. Seria mais divertido.

Examinou o cartão de visita que ele havia deixado. *John P. Kennedy, comerciante de louças finas. Avaliações, vendas de espólio. Posso encontrar o que você quiser.* O número listado nem sequer existia em Maryland, e com aquele prefixo não tinha existido nunca. Ela se sentiu culpada, e depois burra por sentir-se culpada. Teria obrigação de saber de cor cada prefixo do estado de Maryland? O cartão parecia profissional, mas hoje em dia qualquer um que tivesse um computador poderia fazer algo assim. Ela mesma tinha o próprio estoque, cartões que a identificavam como várias pessoas em vários trabalhos. O melhor deles era "coordenadora de segurança" da Baltimore Gas & Electric. Alguém a impediria de entrar em sua casa se você declarasse que estava verificando denúncias de vazamento de gás inodoro?

O Porcino não parecera ousado o bastante para aplicar esse truque, mas aquilo só havia garantido seu sucesso. Nora Ephron escreveu: "Que importância tem sua inteligência, se alguém provar a facilidade com que você foi enganada?"

Tess folheou as Páginas Amarelas, notando que havia muitas páginas de antiquários. Com certeza seria mais eficiente trabalhar por telefone, ligando para aqueles que anunciavam grandes acervos de louça e perguntando se tinham feito negócios com um homem baixinho e rosado, de braços e pernas curtos. Ela olhou em direção às janelas do escritório, que tinham grades e sempre estavam cobertas. O esplendor de um luminoso dia de inverno se insinuava nos contornos das antiquadas venezianas. A frente fria havia passado, dando lugar a um dia refrescante e tolerável, com chance de nevar.

Por mais ineficaz que fosse sair batendo de porta em porta, ela o preferia, para estar ao ar livre. Podia tentar as lojas de Fells Point, seu antigo bairro. Mesmo sem conhecê-la pelo nome, os moradores conheciam-na de vista, por todos os anos que tinha morado ali. Ela frequentava o restaurante Jimmy e a livraria de sua tia, participava de jantares de celebração no Ze Mean Bean e no Black

Olive, passava correndo ao lado deles, ao longo da Thames Street, no dia seguinte.

Ela agora costumava correr num vale arborizado, que adorava, e depois se reprimia por tê-lo adorado. Para Tess, o prazer era uma fonte de dualidade. Tinha medo de estar sendo embalada pela felicidade só para algum dia alguém arrancá-la de suas mãos, como uma nota de 1 dólar amarrada num barbante. Ela gostava de um pouco de conflito em sua vida.

Portanto, que Deus abençoasse John P. Kennedy, ou fosse ele quem fosse, por evitar que a vida dela ficasse tranquila demais.

Esskay lhe fazia companhia nas rondas. A cadela pareceu reconhecer o antigo território, embora vivenciasse o mundo principalmente pelo olfato e paladar. Supostamente, tratava-se de um cão de grande acuidade visual, e de vez em quando localizava alguma coisa se mexendo, que a levava a erguer as orelhas e estremecer por instinto. Normalmente, o objeto de seu desejo era uma sacola de compras de plástico azul ou uma folha de jornal velho. No novo bairro onde moravam, os coelhos frequentemente cruzavam o caminho delas, mas Esskay era indiferente a eles, talvez porque corressem pelo gramado em trajetórias irregulares e interrompidas por paradas e partidas, em vez de se moverem uniformemente ao longo de uma pista de corridas.

Mesmo assim, Esskay era uma boa embaixatriz, principalmente vestida no suéter de xadrez vermelho que usava quando a temperatura estava abaixo de zero. Ela atraía as pessoas para Tess, e estas respondiam as perguntas sem perceber, com as mãos ocupadas no focinho e nas orelhas da cadela.

No entanto, as repetidas descrições que Tess fazia de Porcino não trouxeram sinais de reconhecimento.

— Louça Fiesta? — perguntou um homem alto e desgrenhado, que parecia estar perpetuamente coberto por uma fina camada de poeira. Sua loja ficava num quarteirão sossegado da Aliceanna Street, e tão apinhado de altíssimas pilhas de louça que Tess ficou observando ansiosa a cadela abanar o rabo. — Eu pensei que conhecesse a maioria dos comerciantes sérios aqui da cidade, mas ele não lembra ninguém com quem eu tenha negociado. Ele falou de coisas específicas? Mencionou algo que tenha vendido ou comprado?

— Em Louça Fiesta e porcelana? Não... Espere, ele mencionou alguma coisa hipoteticamente, sobre uma molheira rara, cinza-azulada.

O homem balançou a cabeça, desolado com a ignorância de Tess.

— Essa é uma das novas cores, você pode comprá-la no Hecht's.

Ela foi andando até a Fleet Street, onde o Antique Man, como ele era conhecido, tinha uma loja dedicada a itens locais e curiosidades. Na vitrine, o lugar de honra era ocupado por um gigantesco novelo de barbante, comprado na Sotheby's por 8 mil dólares. Formado de pedaços de barbante usados em embalagens que sobravam no restaurante Haussner, ele tinha ido a leilão no fechamento do famoso fast-food alemão, um ou dois anos antes. O restaurante também possuíra uma coleção de obras de arte de primeira linha, que fora vendida por milhões. Mas para Tess, como para a maioria dos nativos da cidade, só importava o novelo, e ela se alegrou por encontrá-lo num lar não muito distante de sua origem em Highlandtown. Só de olhar o novelo ela sentia saudade das especialidades do restaurante, das panquecas de batata e da torta de cereja.

Mas o Antique Man tinha saído, nesse dia de neve.

— Recebemos uma dica de que o farol da porta do jornal *Beacon-Light* fora encontrado na garagem de alguém — informou o auxiliar, arrastando a pronúncia da palavra garagem para rimar com barragem.

— Não diga! — exclamou Tess. Como alguém a quem repetidamente era negado emprego pelo último jornal da cidade, ela não teria se importado em possuir aquele artefato específico, uma réplica em baquelite de um farol que outrora ficava pousado num pequeno pedestal acima das portas de entrada do *Beacon-Light*, e que havia desaparecido quando o prédio foi reformado na década de 1980. — Por quanto seria vendido um objeto desses?

— Por milhares de dólares — respondeu sabiamente o auxiliar. — Se for o autêntico. Já houve um alarme falso antes, e este pareceu um pouco esquisito. Ainda assim, tivemos de averiguá-lo; é uma responsabilidade cívica, como o porco de ferro.

— O porco de ferro?

— Da Siemiski's Meats, a placa que ficava pendurada acima da porta. Eles iam praticamente jogá-la fora, portanto nós a compramos. Agora as pessoas entram aqui o tempo todo e oferecem muita grana por ele, mas não vendemos. Algumas coisas pertencem à cidade, não devem ficar numa casa particular nem no museu.

— Isso é consciência de cidadania — disse Tess com sinceridade.

De volta à rua, ela viu a bandeira ondulando acima de uma livraria instalada numa casa geminada, a Mistery Loves Company. Uma das proprietárias, Paige Rose, sabia tudo sobre todo mundo na cidade, e não se acanhava em compartilhar informações. Era especialmente versada na política local, mas conhecia também uma larga fatia da população de Baltimore, e era possível que conhecesse ou tivesse encontrado O Porcino.

— Kennedy? — Paige franziu a testa e acariciou a gata empoleirada em seu colo. O nome da gata era Nora, e os clientes que não conseguissem adivinhar o nome do irmão dela, Nick, provavelmente haviam entrado na loja errada. Paige estava num banco alto atrás do balcão, de olho num homem de aparência esquisita que se mostrava mais interessado na calefação da loja que nos artigos à venda. Ele parecia estar dormindo em pé, com o nariz quase colado na lombada dos novos livros da seção "H" — Hayter, Haywood, Henderson, Hiaasen, muitos dos favoritos de Tess.

— John P. Kennedy — repetiu ela. — Puxa, o nome parece familiar, embora eu não consiga lhe dizer por quê. Mas não me lembro de ter conhecido ninguém parecido com o tipo que você descreveu.

Não estou exatamente no mercado de pulseiras que pertenceram aos Bonaparte. Mal consigo dar conta das joias que vendemos.

Os olhos de Tess se ergueram para um pedaço de feltro no qual estavam presos pequenos broches e brincos. Eram imagens montadas em decupagem de Holmes, de gatos pretos e, naturalmente, do próprio Poe, um homem de aparência muito infeliz. Mas talvez ela estivesse indo muito além. No século XIX as pessoas não eram assim tão sorridentes; não era esse o modo como desejavam se ver imortalizadas. Até onde ela sabia, ele era muito animado. De repente lhe ocorreu que a maioria de suas informações sobre o escritor tinham sido recolhidas do jornal, e Tess não confiava que o *Beacon-Light* fosse capaz de acertar nem mesmo os acontecimentos do dia anterior.

— Você tem algum dos livros dele?

— Pensei que você tivesse dito que se tratava de um dono de antiquário.

— Não, não o meu homem misterioso, e sim Poe. Eu gostaria de uma boa biografia, ou de um compêndio de suas obras. Acho que eu não tenho nada, embora deva tê-lo lido na faculdade ou no ensino médio.

A loja era pequena e confinada. Mas algum tipo de ordem estava em funcionamento, pois sua dona tinha um jeito de encontrar as coisas que os clientes não tinham. Tirando o gato do colo, ela caminhou para os fundos da loja, onde um pequeno escritório transbordava de artigos, catálogos e brindes cada vez mais estranhos que os editores ofereciam aos livreiros — bonés, jaquetas, cartazes e até uma imagem recortada em cartão, em tamanho real, de um belo homem usando camisa havaiana. Quando passou por ele, Paige deu-lhe um tapinha carinhoso no quadril vestido de jeans.

Cinco minutos depois Tess saía cambaleando da loja, levando não só duas biografias de Poe e uma antologia de seus poemas e contos, mas diversos lançamentos em capa dura. As editoras tinham razão em paparicar Paige: ela era uma vendedora absolutamente formidável.

Tess seria obrigada a deixar essa carga em algum lugar, se quisesse continuar a trabalhar, e ela sabia exatamente aonde ir. Podia ter sido despejada, mas o tapete da hospitalidade estava sempre estendido para ela na esquina das ruas Shakespeare e Bond. Era difícil guardar ressentimento de uma ex-senhoria que calhava de ser tia da gente.

Capítulo 5

A tia de Tess era a mulher mais bonita de Baltimore. Isso não era lealdade filial, mas uma questão de opinião pública, conforme evidenciado pelo certificado emoldurado, concedido pelo *City Paper* no ano anterior. A bem da verdade, ele dizia "A mais bonita livreira" de Baltimore, mas Kitty era uma das raras mercadorias de Baltimore capazes de corresponder à hipérbole local.

— Tesser! — gritou ela, usando o apelido de infância que a sobrinha havia se atribuído, porque não conseguia dizer Theresa Esther. Que garotinha teria conseguido ou desejado dizer?

— Eu estava literalmente passando aqui pelo bairro e quis fazer uma visitinha — disse Tess. — Estava com saudade de você.

— E o Tyner? — provocou a tia. — Você também tem saudades dele, não é?

— Se você insiste.

Foi só então que Tess viu o advogado, Tyner Gray, mais baixo em sua cadeira de rodas, olhando de cara feia para ela, atrás do balcão de sorveteria em formato de rim que Kitty havia mantido quando converteu a drogaria Weinstein na livraria Mulheres e Crianças Primeiro. Se Tess soubesse que ele estava ali o tempo todo, teria dito alguma coisa um pouco mais indelicada

— Conforme diz a velha canção sertaneja — disse Tyner, em sua voz perpetuamente rouca, perpetuamente alta — "Como posso sentir saudades se você nunca sai de perto?"

— Eu poderia desaparecer de sua vida, caso você quisesse, mas então iria deixá-lo sem o dinheiro mais fácil que você pode ganhar, aquelas molezas de indicações que circulam entre nossos escritórios. Por falar nisso, você mandou para mim um cara chamado John P. Kennedy? Um sujeito baixinho, com cara de tender? Pagou um preço alto demais por uma velha pulseira. Parece familiar?

— Não, há semanas não mando ninguém para você, e por falar nisso, nem você manda para mim. Aliás, como vão os negócios? Espero que não esteja se permitindo distrair pela domesticidade recém-descoberta. Kitty me contou que você anda por aí com amostras de tinta, pedindo opinião a estranhos sobre qual tonalidade de azul-claro fica bem no quarto de dormir. E que pediu de Natal uma assinatura da revista *Martha Stewart's Living*, além de um vale-presente da Restoration Company. Ouvi dizer que tem passado horas namorando os móveis da Nouveau na Charles Street.

— Mentiras, mentiras deslavadas — disse ela imutável. Pelo menos a história da assinatura era mentira. Na verdade, tinha paixão por um dormitório *art déco* que estava à venda na Nouveau, mas não havia como Tyner ter tomado conhecimento. — Domésticos são você e Kitty, aqui em seu ninho acolhedor. Já esqueceu que foi a sua presença aqui, sua decisão de "juntar os trapos", como dizem os fofoqueiros das emissoras de rádio, que me forçou a sair pelas ruas inóspitas e me virar sozinha?

A disputa deles era bem-humorada, e tão familiar em seus ritmos e referências que até Esskay se entediava e ia para os fundos da loja. A memória da cadela era aleatória, mas ela se lembrava que a cozinha ficava nos fundos e que as boas coisas antigamente aconteciam ali: cafés da manhã de domingo com bacon, fatias de queijo que bastava pedir e, ah, aquele único dia glorioso em que o rosbife fora deixado sem vigilância.

— De qualquer forma, os negócios andam bem — afirmou Tess, omitindo convenientemente o fato de que tinha passado um dia inteiro num caso para o qual não tinha clientes e, portanto, nenhum pagamento. — E aqui, como vão as coisas?

— Bastante boas para um janeiro — respondeu Kitty. — Você reparou na alcova?

— Alcova?

— Finalmente decidi abrir a seção Dead White Males* de que estive falando todos esses anos; bastou reorganizar as prateleiras e criar a ilusão de um novo espaço. Isso me dá uma desculpa para botar à venda alguns dos clássicos.

— E como você justifica os autores brancos vivos que esteve vendendo o tempo todo, desafiando o próprio nome e a missão da loja?

— Ora, criei uma seção para eles também. — Kitty mostrou com o queixo um cartaz de um dançarino girando de forma sensual numa cueca fio dental, o bíceps coberto de óleo decorado com uma tatuagem feita com caneta, que dizia *Don DeLillo rules*.

O estreito beco sem saída formado por estantes fez Tess lembrar-se da forma como as locadoras de vídeo locais expunham os filmes pornográficos, a salvo de olhos curiosos e de crianças.

— Está vendo? Esta é a seção Live Boys Live.** Eu praticamente cobri todas as possibilidades.

— E por falar em homens brancos mortos — Tyner saiu de trás do balcão na cadeira de rodas —, o que você achou desse assassinato no túmulo de Poe? Que material interessante, hein?

— Na verdade, não estive acompanhando o caso — disse Tess, tentando mostrar indiferença, aliviada de que as compras feitas na Mistery Loves Company estivessem escondidas nas dobras de uma sacola comum de compras do supermercado Giant. Tyner se imaginava uma espécie de segundo pai, papel que tinha assumido muito antes de vir morar com Kitty. Ele não teria aprovado a decisão de Tess de ocultar a informação da polícia. Também não ficaria convencido por sua racionalização de que estava tentando

---

* Homens Brancos Mortos. (*N. do E.*)

** Garotos Vivos Vivem. (*N. do E.*)

proteger um homem potencialmente inocente contra um policial inepto e um ataque da mídia.

— É um caso fascinante — continuou Tyner, como se pudesse ler a mente dela.

— Se é o que você acha...

Indiferença casual era a melhor maneira de provocá-lo a falar de um assunto, qualquer que fosse.

— Hoje de manhã falei com um conhecido meu da Procuradoria do Estado, e ele me disse que a polícia já identificou alguém, mas não liberou a informação. O homem que foi morto era um garçom que tinha trabalhado em muitos dos melhores restaurantes da cidade. Todos têm certeza de que ele não era o Visitante habitual, pois só mora por aqui há cinco anos. Cartas deixadas sobre o túmulo durante os últimos anos indicam que o indivíduo que leva adiante a tradição está ligado ao homem que deu início a ela. Ninguém consegue pensar num motivo para alguém querer matá-lo.

Ah, mas pelo menos uma pessoa conseguiria, pensou Tess. O assassino. Mas ela resolveu entrar no jogo, para deixar Tyner confiante de que sabia mais sobre o caso do que ela.

— Então, o Visitante verdadeiro é um suspeito, ou só está convocado a depor?

— Convocado a depor, segundo minhas fontes. Afinal de contas, é quem esteve mais próximo do local do crime. O policial da homicídios escalado para o caso compareceu hoje de manhã a um desses noticiários idiotas e pobres de sábado e implorou que ele se apresentasse, inclusive prometendo proteger a identidade dele. Até agora, não deu sorte.

Tess teve uma imagem mental de Rainer, com a boca cheia de dentes, o cabelo brilhoso e lambido para trás e seu áspero sotaque de Jersey. Ele não conseguiria fazer um gato descer de uma árvore atraindo-o com uma lata de atum.

— A história está esfriando — disse Tess. — Se não tiver nenhum acontecimento novo dentro de um ou dois dias, a mídia vai esquecer isso.

— Mas pode haver algum acontecimento novo — disse Kitty. — O site do *Beacon-Light* publicou que a polícia está retendo informação.

— Esse site é uma porcaria. Nem sequer é escrito por jornalistas de verdade. Além disso, a polícia sempre sonega informação. Não revelar tudo é fundamental para o trabalho da polícia. — Tess percebeu que a presença dela talvez fosse a própria informação que eles estavam omitindo de seus boletins públicos, embora alguém tivesse dado a dica ao repórter da rádio norueguesa. Rainer, tinha que ter sido Rainer.

Erguendo o corpo, ela se sentou no balcão da sorveteria, onde ficou empoleirada, balançando as pernas. Em sua fase de pobretona ela havia trabalhado na loja de Kitty e ali conhecera Corvo, ali refizera sua vida. Gostava muito daquele lugar; tinha esperança de que a tia continuasse com seu negócio por 45 anos, para ela poder continuar voltando a ele. Como a casa dos pais tinha sido reformada radicalmente durante o último ano, ela precisava de todas as pedras de toque que conseguisse encontrar.

Tyner não estava disposto a deixar o assunto de lado. E se Tess não tivesse assistido de camarote ao episódio, talvez compartilhasse sua fascinação macabra.

— O site traz mais alguma informação? — perguntou ele a Kitty. — Talvez a identidade do Visitante seja o próprio elemento que eles estão escondendo, e a ida à televisão tenha tido intenção de despistar.

— A informação era muito imprecisa — admitiu Kitty.

Em algum ponto na casa dos 40 anos — Tess sabia a idade dela, mas preferiu não tocar no assunto quando as duas evoluíram da condição de tia e sobrinha para a de duas mulheres adultas —, Kitty ainda conservava a pele translúcida e os cabelos ruivos e ondulados, que só precisavam de um leve realce químico. Outras mulheres podiam ser corrompidas pelo poder que lhes conferia sua boa aparência. Mas a beleza de Kitty a tornara gentil, da mesma forma que os milhões herdados por alguns os transformam em filantropos. Antes de Tyner entrar em cena, ela gostava de compartilhar a fortuna, buscando novos amantes com uma vivacidade de atordoar a sobrinha.

Kitty e Tyner haviam ultrapassado, no outono, a marca de um ano, e ele foi o único a não se surpreender. Era convencido demais para perceber a sorte imensa que havia tido, mas bastante inteligente para valorizar Kitty. Ele a amava e não era só por causa do cabelo ruivo. Ela o amava, e Tess havia decidido que precisaria primeiro dominar a teoria das cordas antes de poder desconstruir esse enigma específico do universo.

— Bom, tenho certeza de que vão tratar o assunto como a bola vermelha que ele é — disse Tess. Bola vermelha era a gíria local para um caso que recebia prioridade máxima da polícia. "Numa meia-noite agreste..." É um conto digno do próprio Poe, imagino. A morte de um duplo.

— Tess — disse Tyner em voz solerte, de sondagem —, mas o que foi mesmo que a trouxe hoje a Fells Point?

— Eu precisava pesquisar algumas lojas de antiquários por causa de um objeto importante. Era um palpite em um milhão, mas de toda forma a polícia não iria correr atrás.

— John P. Kennedy e a pulseira dele?

Tyner estava na casa dos 60. Seria muito pedir a ele que de vez em quando começasse a ter um momento de senectude e a não se lembrar de alguma coisa que ela houvesse dito? Tess deu de ombros, evasiva.

— O nome dele era John Pendleton Kennedy, conforme ele insistia em me lembrar. Mas o homem era apenas um carrapato, não tinha nenhuma importância.

— John Pendleton Kennedy. Acho que conheço o nome — disse Kitty agora, andando pela loja, colocando as coisas no lugar. Ela era uma proprietária muito imbuída do sentido de propriedade.

— Você é a segunda pessoa que me diz isso no intervalo de uma hora. Você o conheceu? — falou Tess casualmente, ou esperava parecer casual. — O riso dele é extremamente irritante: quem ouve não esquece mais. Lembra uma hiena tendo um ataque de asma.

— Não, é o nome que me parece conhecido, mas não consigo dizer por quê. Como se tivesse lido a respeito dele em algum lugar. Provavelmente estou pensando em algum nome parecido. John Kennedy Toole, o escritor, ou um dos Kennedy-Kennedy. Ou talvez seja o simples fato de ouvir três nomes, o que me faz pensar em Arthur Gordon Pym, que tem estado em minha mente nos últimos tempos, pelos motivos óbvios.

— Quem é ele? — perguntou Tess.

— Quem é ele? — Quem a questionava era Tyner. — Meu Deus, Tess, você supostamente tem uma graduação em língua inglesa.

— Sim, e no passado remoto eu tive um belo documento para prová-lo, mas se perdeu com o tempo. E daí?

— *A narrativa de Arthur Gordon Pym* é uma novela da autoria de Poe. Lembro de tê-la lido aos 11 anos. Até hoje tenho pesadelos com Dirk Peters. Fico surpreso de ver que você não conhece.

— Pois eu não fico.

Raramente Tess ficava surpresa ou envergonhada diante da própria ignorância sobre alguma coisa. Ela se perguntou, por um momento, se poderia haver uma conexão. Mas o segundo nome de seu cliente misterioso era Pendleton, e não Pym.

Naturalmente, se seu nome era falso, sua história poderia igualmente ter sido falsa. Por que ela não havia pensado nessa possibilidade? Provavelmente jamais teria havido uma pulseira, ou uma transação comercial que se arruinara, um conjunto de documentos forjados. Ele mentiu sobre o próprio nome, enganou-a em relação à Louça Fiesta. Como podia ter presumido que fosse verdadeira alguma coisa dita por ele? E ali estava ela, a ingênua Tess, tentando proteger o espertalhão.

De repente, pareceu tolice vasculhar os antiquários, pois nevava muito e o dia já não era mais sereno e pacífico. As ruas tinham se transformado em lama gelada e cinzenta, e os carros produziam horríveis barulhos e rangidos enquanto avançavam com dificuldade pela pavimentação de tijolos da Bond Street. Tess chamou Esskay — uma vez, duas vezes, três vezes antes que a cadela emergisse da cozinha de Kitty, com cara de culpada e triunfante — e prendeu-a na correia. Kitty era perceptiva o suficiente para sentir a mudança de ânimo da sobrinha e bastante sensível para não perguntar o motivo.

O distraído Tyner pareceu se surpreender com a despedida abrupta, pois não notara que Tess não estava em seu estado normal.

— Até mais tarde — disse Tess, dando um beijinho na tia e acenando para Tyner. Recolhendo suas sacolas de livros, ela voltou para o escritório, uma caminhada que era quase toda subindo a ladeira. As calçadas estavam escorregadias, e, quando Tess tentava caminhar pela rua, os carros descuidados espirravam lama nela. Quando dobrou a esquina de sua quadra em Butchers Hill, já tinha marcas doloridas nas mãos, por causa do peso da sacola de compras. Tamanho foi o esforço para equilibrar os livros pesados, enquanto segurava a guia da cadela e procurava as chaves, que a princípio Tess não reparou nos objetos que a esperavam na soleira da porta, destacando-se sobre a neve.

Três rosas vermelhas e uma garrafa de conhaque pela metade.

Capítulo 6

— Meio vazia por quê? Essa parte eu não entendi.

Whitney Talbot, a amiga mais antiga de Tess, estava olhando fixamente com descrença para o martíni sujo, no bar do Brass Elephant. O drinque especial era a única coisa que se interpunha entre Whitney e sua única resolução de Ano-Novo — experimentar cada uma das receitas de martíni oferecidas agora no bar remodelado do restaurante —, mas os fragmentos de queijo gorgonzola que flutuavam na bebida estavam colocando à prova sua resolução. Ela puxou uma mecha de cabelos louros para trás da orelha e apertou os olhos verdes como se estivesse jogando pôquer com a bebida. Este era um *sujo* martíni sujo, um martíni imundo, a prova platônica de que se podia pegar duas coisas maravilhosas — gim de boa qualidade e queijo gorgonzola — e compor com eles algo francamente horrendo.

Tess, sentindo-se inusitadamente feminina, tinha pedido um Cosmopolitan. A bebida cor-de-rosa já não estava mais na moda, mas ainda era muito popular em Baltimore.

— Eu não sei por que a garrafa está meio cheia — começou Tess.

— Espera aí, você disse meio cheia, e eu disse meio vazia. Imagino que saibamos qual das duas é otimista e qual é pessimista.

Tess deu um sorriso sem graça. Whitney tinha uma aterrorizante autoconfiança que tornava supérfluo o otimismo. Partia do princípio de que tudo funcionaria bem para ela. E, até o momento, havia sido assim.

— De toda forma, o Visitante, o Celebrante de Poe, todo ano traz uma garrafa de conhaque meio cheia, ou meio vazia, para o túmulo. Pelo que fui capaz de perceber em meu curso relâmpago sobre Poe, a bebida carece de verdadeira relevância. Os especialistas estão fortemente divididos quanto à capacidade de Poe de tolerar bebidas alcoólicas em qualquer quantidade. E conhaque, em particular, não aparece em nenhum de seus contos. Afinal de contas, não se trata de amontillado. A melhor explicação é que se trata de um brinde, um tipo de homenagem.

— Você acha que *o seu* visitante tinha intenção de prestar homenagem?

O tom de Whitney era ao mesmo tempo travesso e preocupado. Sua voz, o tom claro e confiante que apenas os muito ricos se permitem, com frequência beirava uma paródia de si mesma, mas Tess sabia que ela estava genuinamente interessada. E genuinamente preocupada.

— Não sei. Parece assustador, mas não abertamente ameaçador. Alguém sabe que eu estive lá na outra noite, esta é a parte assustadora. Mas, e nesse ponto eu vou dar a impressão de estar realmente fora dos trilhos, não acho que seja uma ameaça ou uma advertência. Alguém sabe o que estou fazendo e quer que eu continue a fazê-lo. A questão é quem.

— A questão é quem. — Whitney conferiu a gramática, que considerou aceitável. — E por quê?

— E por quê — concordou Tess. — O homem que tentou me contratar? Talvez isso fosse um elaborado estratagema psicológico. Talvez ele quisesse minha presença ali naquela noite como uma testemunha; portanto ele me atraiu para lá achando que iria acontecer algo ruim. No entanto, não me pareceu esperto o suficiente para fazer um jogo tão complicado. Eu não teria comparecido sem a insistência de Corvo.

— Será que ele poderia ser o Visitante? Imagine que ele tenha ouvido dizer que outra pessoa planejava estar ali naquela noite e estivesse preocupado com o que poderia acontecer. Talvez ele estivesse tentando fazê-la cair na tentação de protegê-lo.

Tess já havia pensado nessa possibilidade.

— Não, isso tudo é vago demais, depende de um excesso de variáveis. Além disso, o homem que escapou não era baixo, mesmo não sendo tão alto quanto o que foi morto. E ele se movia firmemente, enquanto meu amiguinho suíno corre trotando, como um caranguejo que acabara de descobrir o jeito de caminhar para a frente. Eu imagino se meu visitante não será Rainer, o policial da homicídios, me pregando outra peça, tentando me botar à prova. Contei a você o lance do repórter da rádio norueguesa. Acho que Rainer queria ver se eu iria tentar ser o foco das atenções.

— Tess... — Whitney havia erguido o copo para levá-lo à boca, mas tornou a baixá-lo, pousando-o sobre a mesa, pegando apressadamente a bebida de Tess para tomar um gole. — Humm. Os Cosmos que eles preparam levam mais limão que em outros lugares. Gostei dele. De toda forma, mesmo me arriscando a parecer prepotente...

— ... coisa a que você jamais se arrisca.

— ... me arriscando a parecer prepotente, ou parecer que estou tentando mandar na sua vida, que sentido tem tudo isso? Você tentou encontrar um homem suspeito, porque não desejava entregá-lo a um policial inexperiente. Mas ele está desaparecido, portanto não há chance de ninguém encontrá-lo. Deixe isso para lá. Detesto tomar partido a favor de Tyner, mas você realmente precisa ganhar dinheiro: tem uma casa, uma cadela e um namorado para sustentar.

— Mas o conhaque, as rosas...

Como uma criança forçada a comer um alimento que detesta, Whitney agarrou o copo, tapou o nariz e bebeu de uma vez metade do líquido que estava no copo. Fez uma careta medonha, mas conseguiu engolir.

— Desculpe; eu gosto de martíni, eu gosto de gorgonzola, mas esse drinque está errado. O que eu tinha resolvido: beber até o fim cada drinque da lista, ou só experimentá-lo?

— Só experimentá-lo. Portanto, parabéns, amiga. Você é a única pessoa que eu conheço que cumpriu fielmente, e com sucesso, antes do final de janeiro, cada uma das resoluções de Ano-Novo.

— Trata-se apenas de saber o que é realista — disse Whitney, com seu eterno ar de autossatisfação. — Você não vai me ver tomar a resolução de ler algum livro absurdamente difícil — no ano anterior, Tess andara para todo lado carregando *Ulisses*, como Whitney bem sabia — ou tentando me aperfeiçoar de alguma forma deprimente e previsível. Dieta, exercício, ioga: quanta coisa chata!

— Seria mesmo possível para você se aperfeiçoar?

— Bom, não posso me tornar melhor em ser eu mesma, quanto a isso não há dúvida. E se alguém precisa ser eu, poderia perfeitamente ser eu mesma, você não acha?

— O que eu acho é que um fragmento de queijo gorgonzola foi direto para o seu cérebro e está bloqueando a passagem do sangue para uma artéria importante.

Elas pediram o jantar e Tess fingiu que deixara de lado todos os pensamentos sobre Poe. Whitney tinha um novo emprego, trabalhava numa fundação subvencionada pela fortuna da família, e parecia estar gostando mais desta encarnação que das anteriores, que incluíram ser editorialista, correspondente financeira em Tóquio e assistente não remunerada de Tess. Mas mesmo enquanto uma parte de Tess ouvia as fofocas astutas e bem fundamentadas da amiga sobre a vida cultural de Baltimore, ela ainda continuava pensando no conhaque e nas rosas cobertas de neve. Alguém a estava observando. Alguém estava esperando alguma coisa da parte dela. O que seria? Era como ter um fantasma como cliente, talvez o próprio Poe.

Segundo percebia, isso significava que a probabilidade de ser paga por seus esforços era de fato muito pequena, Poe sempre tinha sido pobre.

— Engraçado, não é? — disse Whitney, ao encerrar uma história, aguardando ansiosa a reação de Tess.

— Com certeza — garantiu Tess. — É totalmente hilário.

Tess tinha um lema: só por uma coisa ser fácil não quer dizer que não valha a pena fazê-la.

Era uma norma que havia estabelecido quando ainda estava no ramo do jornalismo, no qual havia tido a oportunidade de ver outros repórteres sair correndo porta afora sem nem ao menos ler a pauta ou sequer conferir o endereço no guia de ruas. A tais impulsos maníacos ela chamava viés inerente em favor da ação, aos quais tinha aprendido a resistir. Havia muitos argumentos a favor de se sentar e refletir.

Portanto, na manhã do dia seguinte, um domingo, ela se sentou no escritório e refletiu. Pensava olhando as rosas que tinha posto num frasco de geleia, e de vez em quando destampava a garrafa de conhaque Martell para dar uma cheirada rápida. O cheiro desanuviava a mente e lhe trazia lembranças de noites muito antigas, em que tinha trabalhado as seleções na seção de classificados e, a serviço da pesquisa científica, tinha aberto o vidro de cola da mesa da secretária entre um telefonema e outro.

Com a mente e as narinas agora abertas, ela enumerava todas as coisas que não sabia.

Não sabia quem deixara as flores e o conhaque. O bom-senso ditava que isso era negativo e que deveria lhe causar medo. Neste momento, porém, com um sol radiante brilhando em torno das venezianas e com sinos da igreja tocando à distância, ela simplesmente não conseguia se imbuir da sensação de pavor ou de ameaça. De fato, as flores alegravam-na imensamente. Eram rosas de boa qualidade, e não do tipo barato que murcha depressa. O presente dava a sensação de ser uma homenagem. Por outro lado, foi essa a impressão inicial dada pelo Cavalo de Troia, não foi?

Outros itens de sua lista: ela não sabia quem era o Homem-Porco, embora soubesse que ele era um mentiroso. Ela se perguntava se teria sido ele quem deixara as flores e o conhaque. E esperava que não.

Enquanto isso, havia coisas que não sabia, mas que podia aprender de forma indolor, coisas a respeito de Poe. Nesse aspecto ela havia tomado a iniciativa, lendo trechos de livros que havia comprado, aprendendo um pouco mais da obra dele, a respeito da qual era deploravelmente ignorante, e da vida dele, da qual sabia ainda menos.

O próprio Poe era a fonte da maior parte da informação equivocada, tecendo em vida histórias fantasiosas sobre sua biografia e depois confiando seu legado a um homem chamado Rufus Griswold, que se mostrou um narrador menos confiável que qualquer outro que o escritor houvesse criado algum dia. Era como se Mozart tivesse legado sua obra a Salieri, assinalava a biografia de autoria de A. H. Quinn.

Finalmente, sob os auspícios do *Beacon-Light,* Tess estava aprendendo muito sobre outro morto. A vítima tinha sido identificada, e o jornal continuava a ir fundo na história — lançando corpos dentro dela, para usar o linguajar da redação.

O nome da vítima era Bobby Hilliard, e teria completado 29 anos se tivesse conseguido viver dois meses mais. Tinha trabalhado no tipo de restaurantes que Tess só frequentava nos dias mais prósperos, e estabelecimentos de um nome só que lembravam lugares que ela mal teria dinheiro para frequentar: Hampton's, Charleston's, Savannah's. O último porto de escala de Hilliard tinha sido o Prime Rib. O rapaz, originário da Pensilvânia, tinha se graduado seis anos antes na Universidade de Maryland, onde fizera o bacharelado em inglês e um mestrado em biblioteconomia. Mas até onde todos lembravam, ele sempre tinha sido garçom.

O jornal tinha conseguido arranjar uma fotografia do morto. Tess examinou-a. Conhecia a rotina, sabia como os repórteres convenciam os pais e os amigos a abrirem mão de uma foto querida, como eles prometiam cuidar dela, mandá-la de volta por carta registrada. Sabia com que facilidade eles quebravam as promessas e como as fotos acabavam dobradas e amassadas, enfiadas entre outras numa gaveta de escrivaninha. Essa foto parecia um instantâneo barato, e ela podia jurar que Bobby tinha ficado irritado de ser apanhado no filme. Seu rosto e seus olhos eram estreitos, ele estava terrivelmente pálido ou a fotografia tinha sofrido superexposição. O rapaz estava segurando um drinque e usava uma camisa social branca; a gravata-borboleta estava torta. Poderia estar num casamento, mas Tess achava mais provável que estivesse num happy hour.

Por que um homem com formação superior acaba servindo mesas? Provavelmente porque o trabalho de garçom pagava mais que o de bibliotecário, e os clientes a que você atendia haviam pelo menos se lavado antes. Ainda assim, Bobby Hilliard tinha parecido nômade até pelos padrões dessa categoria itinerante, mudando de emprego mais ou menos a cada três meses.

Por que ele tinha estado no túmulo de Poe? Na falta de explicações, o jornal *Beacon-Light* oferecia citações ao estilo do próprio autor sobre solidão e meias-noites agrestes. Ex-colegas de trabalho do rapaz contribuíam com a não informação de praxe: "sujeito calado", "ficava na dele", "confiável". Pelo menos uma vez, Tess gostaria de ler uma matéria em que alguém dissesse "era um babaca e não é nenhuma surpresa alguém finalmente ter dado fim nele". Estava começando a pensar que "jeito calado/ficava na dele" era consequência de um planeta cada vez menos curioso, onde ninguém reparava em ninguém além de si mesmo. Como era possível o jornal ter encontrado uma foto, mas nenhum amigo de verdade para dizer trivialidades sobre o morto? Quanto aos pais, a caminho de Baltimore para reclamar o corpo do filho, até agora haviam conseguido evitar a mídia. Mas, o jornal anunciava provocante, Rainer estava prometendo para as 13 horas de hoje "disponibilidade para a imprensa".

Tess tirou os olhos do jornal, cheirou as rosas e, em seguida, o conhaque.

— Não foi tolice completa da parte de Rainer — confidenciou à cadela.

Num domingo de pasmaceira, tal evento tinha boas chances de dominar os noticiários da noite e a primeira página dos jornais do dia seguinte. Mas o que renderia semelhante circo, a não ser videoteipe e tinta? Rainer não ia colocar na frente da mídia os pais enlutados por achar que as perguntas atiladas dos repórteres iriam fazer surgir informações que ele não conseguira obter. Ou Rainer acreditava que o assassino era vulnerável à contrição ou era apenas um policial em desespero, com uma das maiores bolas vermelhas da história e sem a menor ideia de como lidar com ela.

As duas afirmativas podiam ser verdadeiras. A única forma de saber era comparecer à entrevista coletiva.

Naturalmente, seria imprudência de Tess aparecer por lá, colocando-se diretamente sob a vista de Rainer, confirmando as suspeitas deste a respeito dela. Se fosse esperta, tiraria a tarde de folga, brincaria com a cachorra e ficaria com o namorado, e só no dia seguinte se poria a par das notícias, como o restante da cidade de Baltimore.

Mas Tess preferia sua realidade sem filtro, sem ninguém entre ela e o que aconteceu. Sem ninguém para lhe dizer o que fazer. Além disso, a entrevista coletiva era fatalmente um verdadeiro circo, tão grande quanto uma coletiva da presidência, com equipes de filmagem e repórteres do país inteiro. Qual era a probabilidade de Rainer notar a presença dela, de espreitar no fundo da sala? Tess começaria seu domingo no devido tempo. Ela não era fissurada em trabalho.

Ou foi o que disse para ela mesma enquanto destampava o conhaque para cheirá-lo e manuseava uma pétala de rosa tentando imaginar onde alguém teria encontrado flores tão perfeitas em pleno inverno.

Capítulo 7

Rainer avistou-a imediatamente, como se tivesse a visão treinada para detectar a trança dela a 100 metros de distância; mas ele estava demasiado distraído para lhe conceder mais que um olhar zangado. Tess tentou encaixar um mundo de significados indiferentes no simples dar de ombros com que respondeu. *Estava só passando, vi meu amiguinho Herman Peters, o repórter policial. Havia uma multidão, não consegui deixar de ficar curiosa. É propriedade pública. Se quiser, me processe.* Mesmo que Rainer tivesse entendido a linguagem corporal dela, era óbvio que não se convenceu. Sua testa franzida lhe disse que a conta chegaria devidamente mais tarde.

Mas, no momento, os pais de Bobby Hilliard estavam chegando ao War Memorial Plaza — a multidão de repórteres era tão grande que a entrevista coletiva tinha sido forçada a transcorrer lá fora, entre os enormes cavalos da era da Depressão, na praça em frente à prefeitura — e Rainer estava completamente focado neles, enquanto se encaminhavam ao estrado e ao pequeno jardim de microfones que havia brotado ali. Os Hilliard caminhavam rígidos, como se tivessem saído de um desastre de automóvel.

— Boa tarde — disse uma das repórteres, que podia ser, ou não, de uma emissora local. Ah, ela era claramente *local.* Não tinha aquele acabamento polido e sério que as bonitonas dos canais de notícia adquirem quando fazem a transição, mas ela poderia ser de Baltimore ou de Washington, Pittsburgh ou da Filadélfia. Para Tess, todas elas pareciam a mesma.

Os Hilliard acenaram e ficaram olhando mudos para as câmeras. Tess percebeu que eles não sabiam o que era esperado. Não tinham absorvido, como haviam feito tantos cidadãos, o protocolo da mídia para tragédias pessoais. Ao longo dos anos, a televisão foi sintetizando a dor e reduzindo-a a seus elementos essenciais. "Como está se sentindo?", perguntam os repórteres aos que sobreviveram, e as respostas devem ser infantilmente simples: triste, com raiva, mal, feliz. E respondendo à deixa, as vítimas lacrimejam, sacodem o punho fechado para a câmera, juram vingança, ameaçam abrir processo. Elas sabem o que fazer, porque viram outras pessoas fazerem o mesmo. E porque também o fazem, as futuras vítimas sabem como se comportar quando chegar a sua vez.

Mas os pais de Bobby Hilliard não conheciam esse jogo, e muito menos sabiam como jogá-lo. Olhando entorpecidos para os repórteres, poderiam ter sido as pessoas que foram presas. Os repórteres retribuíram o olhar, inseguros quanto ao modo de se prosseguir diante de tamanha dignidade serena. Talvez Rainer soubesse o que estava fazendo. Se o assassino fosse capaz de sentir alguma coisa, o casal iria deixá-lo de coração partido.

— Estes são Webber e Yvonne Hilliard, da Pensilvânia — disse Rainer finalmente.

— Vonnie — cochichou a Sra. Hilliard, uma mulher magra que usava um vestido estampado azul-marinho e um antiquado casaco de lã da mesma cor. Evidentemente, eram seus melhores trajes de domingo; e, no entanto, ela poderia ter saído direto de um retrato feito por Dorothea Lange nos anos 1930. A mulher tinha aquele tipo de rosto fino e gasto pelo tempo. — Ninguém nunca me chama de Yvonne.

— Eles vieram buscar o corpo do filho e vão levá-lo de volta para enterrar na Pensilvânia...

— Os senhores sabem quando vai ser? — perguntou um repórter de fora da cidade. Tess conseguia ver as engrenagens tinindo em sua mente febril: enterros são sempre bons para imagens filmadas, e a visão dos dois túmulos era um sucesso infalível. Tess poderia escrever por ele sua matéria surrada: *Bobby Hilliard, que morreu em um cemitério, hoje foi enterrado em outro.*

Mas esse inquisidor de cabelos escuros era um dos repórteres fantoches de uma emissora qualquer, um ex-consultor político que tinha se reinventado depois de um escândalo. Jim Yeager, esse era seu nome. Apanhado com duas prostitutas, cujos serviços estivera lançando na fatura dos clientes, ele havia rapidamente encontrado Jesus e um contrato para escrever um livro, embora não necessariamente nessa ordem. Ele então negociou sua "recuperação" para começar um programa de entrevistas no qual seu status de pecador redimido o tornou ainda mais santimonial que seus colegas neoconservadores, uma façanha nada pequena. A matéria de Poe devia ter mais importância que Tess imaginara, ou então as coisas em Washington estavam ainda mais devagar.

— Não vai ser agora — respondeu a Sra. Hilliard, e depois olhou ansiosa para o marido, como se tivesse falado antes da sua vez. Tinha uma voz suave, um sotaque das montanhas, mais West Virginia que Pensilvânia ocidental aos ouvidos de Tess. — Nós realmente não tivemos tempo de fazer os... preparativos.

Caiu um silêncio incômodo. Quando ficou flagrante que o casal não iria acrescentar voluntariamente mais nada, uma âncora loura acenou para eles como quem acena para um táxi, confiante de ser reconhecida. Afinal de contas, ela e seus sequazes de estação sorriam aos habitantes de Baltimore do alto de outdoors pela cidade afora, afirmando a própria condição de amigos e familiares, conselheiros e vizinhos dignos de confiança. Não apregoavam ter integridade jornalística, mas, meu Deus, eles eram gente tão legal!

Sorrindo e balançando a cabeça, a loura envolveu o casal num contato visual incisivo como laser.

— Deve ser muito angustiante para os senhores — disse ela, com a gravidade de quem considerava suas palavras uma grande revelação. — Como vocês estão lidando com isso?

Por serem forasteiros, os Hilliard não tinham uma afinidade especial com a jornalista loura. Mas eram amáveis por natureza; portanto, esforçaram-se por responder à altura.

— Não muito bem — disse o Sr. Hilliard, que usava camisa abotoada até o colarinho, debaixo de uma jaqueta esporte de aparência rígida cujas mangas estavam curtas. Os pulsos dele eram grandes e nodosos, as mãos, ainda maiores, vermelhas e esfoladas do trabalho pesado.

Como a jornalista loura continuava sorrindo e balançando a cabeça, sorrindo e balançando a cabeça, o Sr. Hilliard lutou para encontrar mais alguma coisa a dizer.

— Não estamos nada bem.

Yvonne Hilliard levou as mãos à boca, e Tess teve uma súbita sensação de déjà-vu. O Visitante, aquele que escapou, tinha levado as mãos ao rosto de modo semelhante. Mas pelo jeito, o que preocupava a Sra. Hilliard eram os dentes dela, mal-alinhados e manchados.

— Estamos nos sentindo muito mal — completou ela, falando por entre os dedos.

Tess estava agachada lá no fundo, emoldurada pelas plataformas que tinham sido instaladas para as equipes de televisão e seus equipamentos. Rainer, com a testa suada apesar de a temperatura não estar muito acima de zero, estava preocupado demais neste momento para prestar atenção nela.

— Seu filho tem uma afinidade especial com Poe? — perguntou uma repórter de jornal, desta vez armada apenas com um bloco de rascunho e um ar de importância. Do *New York Times* ou aspirante a ele.

Os Hilliard olharam suplicantes para o detetive, mas diante da pergunta ele parecia tão atônito quanto o casal. Finalmente a mãe tentou responder.

— Você quer dizer, como uma coisa que não acaba?

A repórter mostrou delicadeza; pelo teor gentil da pergunta seguinte, Tess lhe concedeu mentalmente alguns pontos.

— Ele gostava da obra de Edgar Allan Poe? Estava sempre lendo seus poemas e contos durante a adolescência?

Os Hilliard se entreolharam como se aquilo fosse um jogo de um programa de televisão, e eles temessem desesperadamente dar a resposta errada e não serem autorizados a passar ao nível seguinte.

— Ele lia bastante — disse a Sra. Hilliard. — Lia muito, mas também fazia outras coisas.

— Tais como...? — perguntou uma moça munida de gravador, com todos os sinais de ser do *Washington Post*.

— Ele via televisão — respondeu a mãe, despertando entre os repórteres um riso nervoso, seguido de um silêncio. — Bom, era isso.

— O Bobby gostava de... — A mãe fez uma pausa e os repórteres se inclinaram para ela, com vários dispositivos de gravação nas mãos. — Ele gostava de coisas bonitas. Gostava de se vestir bem, gostava de antiguidades. Nos fins de semana, saía para visitar bazares, trazia para casa coisas que me pareciam lixo. Mas ele dava um trato nelas, ou reformava, e o quarto dele era muito bonito. Quando veio morar aqui, eu estranhei ele deixar todas essas coisas bonitas lá em casa, mas não levou nada.

Ela se calou, surpresa por tantas palavras terem saído de sua boca, e novamente levou a mão ao rosto, como tentando evitar que se derramasse mais alguma coisa.

— Nós podemos visitar o apartamento dele aqui?

— Não — cortou Rainer.

— Por que não? Não se trata de uma cena do crime. — Quem disse isso foi Herman Peters, o repórter policial do *Beacon-Light*. Agora sim, Rainer tinha pisado na bola, pensou Tess. Peters iria seduzir o senhorio com sua carinha bonita de bochechas rosadas, nem que fosse só porque Rainer havia declarado o apartamento zona proibida. Peters se especializara em obter o que fosse considerado inalcançável.

— É uma residência particular, que numa investigação contínua pode render informação relevante. Não podemos permitir a ida de repórteres em grupos ao local para apurar pequenos detalhes, como os livros que lia ou a marca de xampu que usava.

Mesmo a contragosto, Tess ficou impressionada. Rainer conhecia um pouco sobre o modo de funcionamento do jornalismo atual, como os repórteres reuniam fragmentos aleatórios e tentavam construir com eles um conjunto fajuto.

— Onde fica o apartamento?

Rainer fez que não, mas a Sra. Hilliard adiantou:

— É perto daquela escola grande, onde estão sempre jogando lacrosse, e a gente quase não consegue estacionar.

O norte de Baltimore, deduziu Tess, perto da Universidade Johns Hopkins. No setor havia muitos edifícios.

— A polícia tem certeza de que Bobby Hilliard era a vítima visada? — Isso foi novamente Herman Peters, e ele parecia irritado. Histórias sentimentais não lhe interessavam. Tess pensava que tinha visto muitas mortes, mas Peters já contava quinhentos cadáveres em apenas dois anos de plantão policial, e a contagem não parava.

— Sem comentários.

— Eu tenho que perguntar, já que têm surgido informações conflituosas. Dizem que o tiro partiu de certa distância e que veio da obra da faculdade de direito, mas também ouvi dizer que pode ter vindo das catacumbas.

— Não há nenhum conflito de informação porque não está saindo nenhuma deste departamento — insistiu Rainer, teimosamente. — Se você recebeu alguma, não foi oficialmente, e não deve publicá-la.

— Tudo bem, tudo bem. Mas se o outro sujeito estivesse parado entre Bobby e o assassino, supondo que o outro sujeito não seja o assassino, seria possível o atirador ter errado o alvo, e acertado a pessoa errada? Você alegou que Bobby provavelmente não era o Visitante habitual. Mas seria ele a vítima visada?

— Isso não é algo que eu esteja preparado para comentar no momento.

— Não consigo imaginar que alguém quisesse matar Bobby — intrometeu-se a mãe. — Ele era um bom moço. Nunca incomodou ninguém.

— Ele era um bom moço? — repetiu como papagaio um repórter da televisão, um bonito afrodescendente, membro do segundo time usado nas equipes de fim de semana.

— Ele era um bom moço — repetiu ela com firmeza, finalmente segura de alguma coisa.

— Algum dia ele falou de seus planos para o futuro? — Essa foi de uma jovem repórter da rádio WBAL. Tess acreditou ter visto seu amiguinho norueguês no grupinho de repórteres de rádio, mas não tinha certeza. Engraçado como os repórteres eram atraídos por sua própria espécie. Os repórteres de jornal ficavam com os repórteres de jornal, enquanto o pessoal da televisão se juntava na frente, e o pessoal do rádio assentava acampamento na margem.

Os Hilliard mostraram-se confusos.

— Quer dizer — a repórter da WBAL parecia constrangida —, ninguém faz planos de ser um garçom para sempre.

— Ninguém faz? — perguntou a mãe. — Ele adorava seu trabalho. E às vezes o deixavam levar comida para casa. Quando nos visitava, trazia para nós sobras do restaurante; e querem saber? O embrulho de papel de alumínio tinha forma de cisne.

Tess viu que o apetite de Rainer pela ribalta minguava rapidamente. Provavelmente tinha armado tudo só para a mídia largar do pé dele e imaginara que para os pais seria mais fácil passar de uma vez por esse corredor polonês e ficar livre. Tess desejou que Rainer tivesse tramado uma rota de fuga para eles, porque todos os presentes iam pedir aos brados a chance de fazer entrevistas individuais. Repórteres eram convidados incontroláveis, que recebiam cada gentileza como se fosse devida e reclamavam por mais — hienas que vieram para o jantar.

— A senhora pensou na possibilidade do seu filho ter sido vítima de um crime motivado pelo ódio?

A voz, que no ato pareceu conhecida a Tess, partiu de algum ponto no meio da multidão. Era uma voz feminina, clara e delicada, com aquela ausência de sotaque resultante do redobrado empenho na erradicação de uma inflexão teimosa. No entanto, não era a voz de uma apresentadora de telejornal. Tremia levemente de excitação, e era rápida, demasiado rápida, para a radiodifusão. Tess esticou o pescoço para ver quem estava falando, mas só teve uma visão rápida de cabelos curtos e escuros e um pescoço longo e delicado.

Rainer, no entanto, pareceu ter reconhecido a mulher. Seu rosto ficou vermelho, e ele sacudiu um dedo furioso diante da autora da pergunta.

— Esse entrevista é para a imprensa, não para baderneiros. Aqui não há lugar para você.

— Pois que seja. Então vou deixar o repórter da *Alternative* repetir minha pergunta, que você se recusou a responder, apesar das repetidas solicitações feitas por ele.

Uma rouca voz masculina gritou devidamente:

— Alguém lhe disse que seu filho pode ter sido vítima de um crime motivado pelo ódio?

— Não precisam responder a isso — latiu Rainer para os Hilliard, deixando-os tão assustados que recuaram para longe dos microfones. — De toda forma, não é verdade.

O pessoal da mídia começou a murmurar e a se remexer, embora Herman Peters parecesse apenas impaciente. Nessa história, ele estava na dianteira, percebeu Tess. Ele já tinha investigado — e rejeitado, ou, pelo menos, adiado — essa estranha e tantalizante tangente. Os pais estavam mais confusos do que nunca, e seus olhares oscilavam entre Rainer e a sala cheia de repórteres que eles queriam apaziguar.

— Crime de ódio — disse por fim a mãe. — Não sei muito bem o que é. Quer dizer, se uma pessoa mata alguém propositalmente, essa pessoa odeia a outra, certo?

Eles não sabem, percebeu Tess, enquanto se estabelecia um silêncio desconfortável. Os repórteres entenderam o significado porque o autor da pergunta era do jornal *Alternative*, uma publicação local da comunidade gay, mas os pais do morto estavam completamente por fora.

— Bem pensado — disse Rainer, tocando o ombro da Sra. Hilliard. — Muito bem pensado.

Na verdade, ele era apenas 99,9 por cento babaca. Infelizmente para Tess, ela jamais iria se beneficiar desse 0,1 por cento de gentileza. Ela se perguntava se ele iria tentar chamá-la para interrogatório, depois de vê-la por ali.

A voz da mulher se ergueu de novo; Tess estava quase conseguindo, mas a identidade da interlocutora ainda lhe escapava. Era familiar, mas somente como uma lembrança.

— Para os jornalistas interessados na história que não está sendo contada aqui, ativistas locais ficarão hoje à disposição, mais tarde, na Monument Street, em Mount Vernon Square, a oeste da Charles Street.

— Vocês têm credencial? — desafiou-a Rainer.

— Não precisamos de credencial para estar em uma entrevista coletiva — replicou a voz de menina sem se alterar. — E você, tem credencial?

Vencida pela curiosidade, sem se preocupar de aparecer de novo em plena visão de Rainer, Tess abriu caminho na multidão de repórteres e finalmente conseguiu ver o perfil da interlocutora.

Sim, ela conhecia a mulher que tinha falado, embora não tão bem quanto um dia julgou conhecer.

Capítulo 8

— Cecilia. Cecilia Cesnik.

Tess tivera esperanças de alcançá-la casualmente, para criar a ilusão de que os caminhos de ambas haviam se cruzado acidentalmente. Mas Cecilia saíra em disparada da área da imprensa, com tanta pressa que Tess praticamente fora obrigada a caçá-la pela Fayette e pela President Street, alcançando-a em frente à fachada berrante do museu infantil Port Discovery.

Cecilia Cesnik sempre estivera correndo.

Ao ouvir chamarem seu nome ela parou e se virou, com um sorriso desconfiado. A desconfiança não desapareceu quando ela reconheceu a pessoa que a chamou.

— Tess Monaghan — disse ela, depois de um momento. Não foi uma pausa em busca de um nome, mas um momento de reflexão, como se ela não soubesse ao certo o que dizer ou se desejava dizer alguma coisa. — O que posso fazer por você?

No mundo que Cecilia havia escolhido, a premissa era essa: todo mundo tinha uma plataforma. Afinal de contas, ela tinha.

Na aparência, Cecilia estava notavelmente inalterada em relação à estudante de direito que Tess havia conhecido dois anos antes, quando ambas estavam reorganizando suas concepções do que a vida podia ser. Se tinha havido alguma mudança, era no rosto dela, que estava mais delicado, os cabelos escuros ainda cortados como um gorro de penas que acentuava o jeito de passarinho. Naqueles tempos, Cecilia tinha sido Ceci, uma assustada, mas decidida jovem de East Baltimore, que resolvera querer da vida mais que um namoradinho do bairro e um desfile pela nave da igreja num vestido branco de 10 quilos, seguido de uma festa na taverna do pai e 60 anos de mesmice.

Mas Ceci também tinha sido mais hesitante, e sua decisão aumentava e diminuía. Ela abandonara o jeito vacilante, juntamente com o apelido.

— Você não mudou muito — observou Tess, referindo-se aos detalhes superficiais.

Cecilia se ofendeu. Tess teve a sensação de que a teria irritado igualmente se emitisse a opinião oposta.

— Veja só quem está falando: você nunca sentiu o impulso de cortar todo esse cabelo?

— Dou uma aparada a cada seis meses, ou quando a ponta da trança passa a linha do sutiã. O que vier primeiro. Como lubrificação de motor: três meses ou 5 mil quilômetros. Eu devia colocar um selo daqueles no meu espelho.

— Eu detestaria ser escrava do meu cabelo.

— Quando você usa o cabelo desse jeito, o longo é tão fácil de manter quanto o curto.

— Sim...

Em matéria de cabelo, Cecilia era uma extremista. O começo da sua transformação tinha sido se livrar do que denominou seu cabelo de Highlandtown — uma cachoeira de cachos desfiados e tingidos. Despojar-se do sotaque de Baltimore não tinha sido igualmente fácil, mas acabou também por livrar-se dele. O passo final tinha sido voltar para casa certa noite e dizer ao pai viúvo que não haveria nenhum genro; mas, o que lhe parecia a ideia de ter uma nora? O Sr. Cesnik havia reagido de maneira admirável. Da última vez em que Tess encontrara Cecilia, esta estava trabalhando como assistente de Tyner Gray, entre o segundo e terceiro ano da faculdade de direito. E Tess estivera mergulhando em caçambas de entulho por todo o setor de Highlandtown para confirmar as suspeitas do Sr. Cesnik de que seus concorrentes no ramo estavam servindo rissoles congelados como se fossem recém-preparados.

Mas aquilo tinha sido o verão do ano anterior. Agora Cecilia já devia estar formada, supondo-se que não tivesse deixado de frequentar as aulas por se envolver demais em suas várias missões.

— Então, você agora é advogada?

Cecilia confirmou.

— Passei no exame da Ordem na primeira tentativa. Estou trabalhando para uma empresa pequena que se ocupa principalmente de direito civil. Isso é estritamente extracurricular.

— E *isso* é...

— Trabalho com um grupo de ativismo local em defesa dos direitos de gays e lésbicas. É muito específico, não tão organizado quanto o ACT UP. Promovemos reuniões aos domingos num pequeno escritório do Medical Arts Building, partindo para a ação sempre que temos algo específico a resolver: a apresentação de projetos de lei à prefeitura ou à assembleia legislativa. Ou então uma ameaça à nossa comunidade, como esta.

— Desculpe, não sei do que você está falando — disse Tess, balançando a cabeça e sentindo-se burra. Cecilia sempre tivera esse efeito sobre ela. Era uma dessas pessoas que jamais conseguiam se lembrar de que os outros não tinham acesso a cada pensamento seu; gente que dispara na frente e perde a paciência com quem não alcança sua lógica fulminante. — Não sei do que você está falando. Muito bem, um crime motivado por ódio. Bobby Hilliard foi a vítima? Alguém o seguiu, foi atrás dele até o túmulo de Poe e o matou porque ele era gay?

Nada deixava Cecilia tão impaciente quanto uma pergunta que não soubesse responder. Ela agitou a mão no ar, como se estivesse despachando um pedinte que se aproximava.

— Nós não sabemos tudo neste momento. Recebemos uma informação de que a polícia estava examinando esse crime em conjunção com o ataque a Shawn Hayes, em sua residência de Mount Vernon, nas vésperas do Ano-Novo. Você o conhece? Ele faz parte de muitas diretorias de organizações artísticas. Foi brutalmente espancado e está na UTI. Provavelmente morrerá no momento em que a família mandar desligar os aparelhos.

A voz de Cecilia era monótona, quase sem emoção. Sua paixão se dirigia ao contexto mais amplo, não a indivíduos insignificantes.

— Era a isso que o *Beacon-Light* estava fazendo referência, em sua página na internet? Minha tia Kitty me falou sobre isso ontem.

O rosto de Cecilia se iluminou.

— Eu me lembro de sua tia Kitty e da livraria dela. Era uma mulher linda.

Tess estava tão acostumada a ver todo mundo se apaixonar por Kitty que quase não registrou o comentário.

— E ainda é. E então, qual é o vínculo entre Hayes e Bobby Hilliard?

— É isso que queremos que a polícia nos informe. Um policial simpatizante nos passou a informação de que a polícia acha que talvez os dois casos estejam ligados. Mas a nossa fonte está na delegacia de costumes; ele não sabe de mais nada. Nossa preocupação é que algum maníaco homofóbico tenha evoluído de espancar as vítimas a atirar nelas, o que transforma a situação numa questão de segurança pública para um grande número de moradores da cidade, coisa que a polícia parece relutante em reconhecer. Se fosse um predador de mulheres ou de crianças, a polícia e a imprensa já teriam trombeteado o fato há muito tempo.

Tess deu de ombros, pouco convencida. Normalmente, a polícia tinha bons motivos para não sair contando tudo o que sabia. A imprensa também, por mais que Tess detestasse atribuir bons motivos a ela.

— Então você sabe concretamente que Hayes foi espancado por algum tarado homofóbico?

— Não, mas o espancamento foi brutal e nada foi roubado. O problema é que Shawn Hayes não era totalmente assumido.

— Como assim?

— Os amigos tinham consciência da maneira como ele vivia a vida, e ao longo dos anos várias vezes esteve em relacionamentos longos, mas ele ainda era... extremamente reservado. Tem filhos, já crescidos, de um casamento que terminou em divórcio há alguns anos. Quer dizer, os filhos sabem, naturalmente, mas ele nunca foi do tipo escancarado.

— Então eu posso ver a relutância dos policiais em discutir publicamente a questão. Você não vai querer falar de crimes motivados por ódio contra homossexuais se as vítimas não forem homossexuais assumidas.

— Por que não? — A raiva de Cecilia explodiu tão repentina quanto uma tampa de bueiro que saltasse de algum bolsão oculto de pressão. — Ser homossexual é tão horrível assim? É difamatório ser chamado de homossexual? Você fica transtornada quando alguém a confunde com uma amável moça católica, por causa de seu sobrenome e de suas sardas?

— Não — disse Tess devagar, tentando não morder a isca. Pela primeira vez entendeu o significado da expressão "estar procurando briga". Naquele momento havia em Cecilia alguma coisa azeda, como se a confrontação com Rainer a tivesse deixado insatisfeita, insaciada. — Eu deixo passar muitos comentários antissemitas, porque a maioria das pessoas não sabe que existe uma Weinstein dentro da Monaghan, e nem sempre vale a pena o esforço de apontar tal fato. Mas antes de todos os fatos serem apurados, você não pode sair por aí alegando que houve um crime, para servir a seus próprios objetivos políticos. E se estiver equivocada? Se você configurar esses dois crimes de forma a influenciar o público, correrá o perigo de deixar confusas as testemunhas potenciais, que talvez tenham informações que não se encaixem na trama que você montou.

— Não vejo como. Depende dos policiais da delegacia de homicídios seguirem todas as pistas que conseguirem. Eu não notei que eles tivessem muitas; e você?

— Não, parece que eles não sabem muito.

A conversa chegou a um impasse. Tess se recordou de uma das razões pelas quais ela e Cecilia tinham saído da vida uma da outra, depois que suas missões já não tinham o mesmo propósito. O despertar de Cecilia como ativista tinha excluído tudo que ela considerasse opcional. Tess não conseguira escapar da eliminação.

— A respeito de Rainer... — Parou, ciente de que estava a ponto de dar um conselho que ela própria havia recebido, sem nunca segui-lo.

— O policial? O que tem ele?

— Eu não o transformaria em inimigo. Ele não tem um grande intelecto, mas tem uma memória eficiente. Ele se lembra de cada ofensa e não muito mais. É uma combinação mortal.

— Isso não tem nada a ver com ele. Não é pessoal.

— Ele não verá a coisa dessa forma. Esse caso é dele; aquilo foi a entrevista coletiva dele. — Ela parou, distraída pela lembrança da multidão no War Memorial Plaza. Como os Hilliard tinham parecido pequenos entre aqueles cavalos enormes. — Eu tenho pena dos pais.

— É natural, o filho deles está morto.

— O estilo de vida dele não parece ter, para os pais, um pingo de realidade. Não é só não entenderem o conceito de crime motivado por ódio. Eles também não conseguiram entender como o filho deles poderia ser vítima de um crime desses. Vocês realmente precisavam enfatizá-lo daquele jeito?

— Bobby Hilliard não estava no armário.

— Ele se mudou para um lugar que ficava a mais de 300 quilômetros, para viver da forma que desejava. Talvez quisesse permitir aos pais certa dose de negação sobre uma escolha que porventura não entendessem nem aceitassem.

— Não é bem uma escolha. — Cecilia levantou o queixo. — Além do mais, isso é maior que um policial, uma família, ou dois pais de luto. Isso afeta uma comunidade inteira.

— Se você tiver razão. Um palpite de um policial da delegacia de costumes não é garantia de nada.

— Bom, é tudo que estou tentando descobrir. Rainer podia ter respondido minhas perguntas ao telefone, se houvesse se dignificado a me atender. Ele não quis jogar. Portanto, fui obrigada a transferir a partida para o campo aberto. A propósito, o que trouxe você aqui?

Tess usou a desculpa que tinha preparado para Rainer.

— Eu estava passando e quis ver o que era toda aquela confusão.

— Você, hein, Tess, sempre curiosa, não é?

Cecilia estendeu a mão, um gesto estranhamente formal que serviu apenas para lembrar a Tess o quanto elas tinham se distanciado.

— Olha, gostei de ver você. Passe pela casa de Shawn Hayes às 6 da tarde, se quiser, e assista a minha entrevista ao vivo em todas as emissoras, uma após outra. Agora sou profissional.

— Você sempre foi profissional — afirmou Tess —, mas acho que eu não conseguiria aguentar mais um evento de imprensa hoje. Que tal me telefonar um dia desses e nós sairmos para tomar um drinque?

— Você agora tem escritório?

— Escritório, casa, cachorro e namorado. Virei uma pessoa totalmente respeitável. E você?

— Escritório, apartamento, gato e namorada. Acho que também estou bastante respeitável. Nós percorremos um longo caminho, não foi? Desde o dia em que eu a derrubei naquele café. Você se lembra?

— Só me derrubou porque teve a seu favor o elemento surpresa — sentiu-se obrigada a assinalar Tess. — Sob qualquer outra circunstância eu poderia ter vencido você.

— É claro que poderia, Tess. Com certeza você poderia. — Pela primeira vez, desde o começo da conversa, Cecilia estava sorrindo, com a expressão verdadeiramente calorosa. Então virou de costas e saiu correndo pela rua, rumo ao estacionamento.

Tess gostaria de ter certeza do rumo em que ela própria estava seguindo.

Capítulo 9

Baltimore tinha uma West Street, uma South Street, uma North Avenue, uma Eastern Avenue e diversas outras variantes dos quatro pontos cardeais, mas era a própria East Lane, onde Tess morava, que deixava confusos os entregadores de pizza. Por ela, tudo bem — por um lado, era essa a razão de às vezes receber uma pizza de graça. Por outro, aquilo significava que era difícil encontrá-la.

Ou foi o que pensou, até sair de casa na manhã seguinte e começar a procura diária por seu exemplar do *Beacon-Light*. O entregador era inconstante; às vezes deixava os jornais numa pequena pilha lá no pé do morro; outras vezes parecia ter agitado os braços no ar e deixado os jornais caírem onde calhasse. Hoje, Tess encontrara o dela — pelo menos esperava que fosse o dela — no quintal da casa em frente.

Só ao voltar à soleira de casa percebeu, na cesta de vime que usava como caixa de correio, o envelope branco. Era pesado, de cor mais para creme que branco puro, suficientemente formal para ser um convite de casamento.

Mas não achava que fossem muitos os convites de casamento que chegavam durante a noite, antes do resto da correspondência. Embora um convite de casamento pudesse chegar acompanhado de pétalas de rosas vermelhas, estas não deveriam estar dentro do envelope, em vez de espalhadas no fundo da caixa de correio?

O que no escritório havia parecido meramente interessante, na soleira de casa era assustador. Deixando para trás as pétalas de rosa, ela recolheu o envelope da cesta e o segurou à sua frente, como se ele fosse alguma coisa letal ou malcheirosa. Com o braço ainda estendido, entrou e se sentou à mesa rústica que cumpria a dupla função de escrivaninha e espaço de refeições.

No envelope, numa caligrafia compacta e antiquada, na qual até a letra *o* espiralada e as duas letras *a* eram mais verticais que horizontais, tinha sido escrito à mão: SRTA. MONAGHAN. O papel do envelope era de boa qualidade, pesado e encorpado. Se ela fosse inteligente, colocaria-o imediatamente num saco plástico, levaria-o à polícia e deixaria-o encontrar um novo lar na Unidade de Controle de Provas.

Se ela fosse inteligente... Era esperar muito. Tess abriu o envelope com um canivete suíço, notando o papel do forro — listras azuis no fundo creme, sem distinção de gênero — e abriu a página dobrada com a ponta da lâmina. As palavras tinham sido digitadas no computador, mas numa fonte que imitava a caligrafia da frente do envelope.

> Bom dia. A Biblioteca Pratt é um excelente lugar para se fazer pesquisa num dia frio de inverno. Você já visitou a Poe Room? Talvez precise solicitar uma visita guiada no balcão de informações.
>
> P.S.: É mais fácil estacionar na Mulberry Street que na própria Cathedral Street.

No pé da página havia uma citação, presumivelmente de Poe, embora não significasse nada para Tess, que só conhecia os sinos e Annabel Lee e, naturalmente, o "nunca mais" do corvo.

Há certas qualidades, algumas coisas incorporadas,
Que têm uma vida dupla, que assim é transformada
Em uma espécie de entidade gêmea que nasce
Da matéria e da luz, manifestada em sólido e sombra.

Retirando-se para a cozinha, ela encontrou um par de pinças, que usou para colocar a carta e o envelope dentro de um saco plástico para sanduíches. Feito isso, decidiu esconder o documento até poder transferi-lo para o cofre do escritório. Tinha uma velha lata de ostras com fundo falso, no qual encaixou o saco plástico. Enquanto estava inclinada, tratando de devolver tudo ao lugar seguro, alguém a empurrou por trás com um longo nariz gelado. De um salto Tess se voltou e deu de cara com os olhos acusadores da cadela. Esskay, que naquela manhã já tinha saído para passear com Corvo, estava tentando enganar Tess a levá-la de novo para a rua.

— Um estranho veio espreitar por aqui ontem à noite — disse Tess à cachorra, agachada diante dela. — Sei que você não late, mas poderia pelo menos choramingar? Seria pedir muito?

Sua intenção era apenas retórica, mas Esskay enfiou o focinho na axila de Tess, e a derrubou.

— Tudo bem, vou interpretar isso como um sim.

Sentada no chão, estendeu o braço para pegar o jornal, que retirou do saco plástico amarelo, folheando-o rapidamente para ver se o *Beacon-Light* estava prestando atenção ao ângulo de Shawn Hayes. Cecilia não tinha conseguido nem mesmo um parágrafo de matéria, o que significava que os editores tinham sido convencidos — pela polícia, mais provavelmente — de que ela era uma excêntrica, uma doida. Ou talvez a família de Shawn Hayes, ciente da circunspecção que ele havia mostrado em sua vida, tivesse prevalecido sobre o jornal, argumentando que ele merecia pelo menos o mesmo, agora que estava em coma. Esses acordos ainda vigoravam para as famílias mais poderosas de Baltimore.

Na noite anterior, as emissoras de televisão locais menos preconceituosas tinham dado a Cecilia seus minutos de fama, mas não sabiam que rumo dar a essa parte da história, até que a imprensa escrita mostrasse a elas o caminho.

O problema de Cecilia é que a imprensa, tanto a local quanto a de fora, já havia enquadrado a história em seu imaginário. Tratava-se de Poe, de uma história de fantasma, era uma matéria "de interesse humano". Se Bobby Hilliard tivesse levado um tiro em qualquer outra esquina, ao voltar do trabalho, só teria merecido um simples parágrafo e as teorias de Cecilia teriam despertado muito mais interesse, pelo menos no plano local. Mas um ângulo sobre Poe era demasiado tentador. A mídia não conseguia abrir mão dele, pelo menos por enquanto.

Tess olhou para a lata de ostras. Ela deveria ligar para Herman Peters no *Beacon-Light* e perguntar se ele tinha o boletim de ocorrência sobre Shawn Hayes. Se os dois casos estivessem ligados — e Rainer, com toda sua bravata, nunca havia negado isso — talvez o boletim a levasse ao Homem-Porco.

— Naturalmente, ir à biblioteca seria tolice — disse a Esskay. — Provavelmente alguém mandou esse bilhete para fazer piada. Ao que me consta, pode ser Whitney fazendo troça comigo.

Esskay ficou de pé ao lado dela, soltando baforadas com cheiro ácido, cheiro de peixe, de que Tess tinha aprendido a gostar porque era uma parte inextricável dessa prima-dona disfarçada de cadela.

— Por outro lado, a biblioteca nem sequer está aberta antes das 10. Logo, se essa vai ser a primeira escala do dia, nós podemos voltar para a cama por mais uma hora.

Enfim, alguma coisa em que as duas podiam concordar.

Duas horas depois, quando Tess trancava a porta, percebeu um súbito movimento na rua às suas costas, a estranha corrente de ar criada por alguém que tenta se mover depressa, mas sem chegar a correr.

A reação dela foi tão rápida que ultrapassou o instinto: girando sobre os pés, as chaves entrelaçadas no punho fechado, ela estendeu o braço direito como se fosse um boneco de mola.

Por sorte do visitante, ele era mais alto que ela, e as chaves lhe arranharam o pescoço, em vez dos olhos. Por mais sorte ainda, o pescoço dele estava bem envolvido no cachecol xadrez, e as chaves apenas afundaram nas dobras do tecido. Mas ele foi apanhado desprevenido e deu um passo para trás, do topo da escadaria, quase torcendo o tornozelo enquanto caía de joelho no chão.

Olhando de cima, Tess reconheceu o cabelo escuro e a boca vaidosa do repórter de televisão a cabo que estava presente na entrevista coletiva, embora ele estivesse inusitadamente de boca fechada. Ela passou depressa ao lado dele, dirigindo-se ao seu carro.

Ele se levantou ligeiro e conseguiu se enfiar entre ela e o Toyota, à maneira de um vendedor que aprendera a meter o pé na fresta da porta entreaberta.

— Jim Yeager — disse ele, esticando a mão. — Preciso falar com você.

— Eu tenho um escritório — informou ela. — As pessoas costumam ir à sua casa para assuntos profissionais?

Ele continuou a bloquear a passagem, com a mão ainda estendida, ainda não extinta a esperança de uma boa acolhida.

— Bom, não — admitiu —, mas meu endereço não está na lista. No meu ramo de trabalho é preciso. As coisas que as pessoas projetam são impressionantes, sabe? Eu teria medo de algum maluco aparecer por lá.

— Justamente — disse Tess, cujo endereço também não estava na lista. O que significava que Jim Yeager a encontrara por intermédio da informação dada por alguém, provavelmente Rainer, desforrando-se pela aparição dela na entrevista coletiva do dia anterior. Primeiro, o repórter da rádio norueguesa; agora, esse sujeito. Rainer certamente conhecia os pontos fracos de Tess e sabia manipulá-los.

— Ora, francamente, eu pareço maluco?

— O que você parece é um nativo de Washington.

— Isto é, *a priori*, uma coisa negativa? — Ele gostava de usar expressões jurídicas em latim, era seu truque preferido, sua bossa, sua forma de lembrar ao público que ele havia cursado a faculdade de direito. — Quero dizer, ser nativo de Washington, não só parecer nativo.

— Decididamente.

Na verdade, Tess gostava de Washington pelos belos edifícios e pela ótima comida. Não era culpa da cidade o fato de gente tão insuportável se juntar ali, como cabelos no ralo do banheiro. Pensando bem, talvez a culpa fosse de Maryland — o Estado havia doado o retângulo de terra que se tornou a capital do país.

— Olha, desculpe-me aparecer por aqui, mas recebi uma dica de que você sabe alguma coisa sobre o caso Poe e gostaria de falar a respeito.

— Se eu soubesse alguma coisa, seria informação apurada no trabalho para um cliente, e eu não poderia partilhá-la com você. Se eu não soubesse nada, e pode crer que não sei, então ainda assim não teria nada a lhe dizer.

— Ouça apenas um momento.

Na televisão, Yeager era um tipo mandão, que falava tão depressa e enfaticamente que os convidados do programa dificilmente conseguiam dizer alguma coisa. Mas ele estava baixando a bola com Tess, tentando cair em suas boas graças. Parecia um desses homens que ouviram alguém dizer — talvez só uma vez e há muito tempo — que ele era encantador. Tinha cabelos crespos e negros que fizeram Tess pensar em escuríssimas uvas pretas e traços toscos num rosto de cores fortes demais para lhe permitir algum dia o progresso para os noticiários mais convencionais. No entanto, ele só faltava explodir de tanta autoestima.

— Só uns dez minutinhos do seu tempo — implorou ele. — Daria para conversar lá dentro, onde eu posso esclarecer o que estou propondo?

Ela não queria nenhum estranho dentro de casa, nem mesmo num dia normal, e esta manhã havia se desviado do normal havia muitas horas. Tess era exigente em relação à sua casa, que restringia a amigos e parentes, jamais a relações profissionais.

Mas Yeager ia ser difícil de espantar, se ela não passasse a impressão de dar a ele o que desejava. E se ele ficasse voltando ali a toda hora, agora que havia descoberto onde ela morava?

— Há uma cafeteria no pé da ladeira, em Cold Spring Lane. Chama-se The Daily Grind. Eu ia mesmo me abastecer lá antes de ir trabalhar. Concederei a você o tempo exato de uma xícara de café para vender seu peixe, seja qual for.

— The Daily Grind? Bonitinho o nome. Mas o café de lá é bom? Devo admitir que a Starbucks me deixou totalmente mal-acostumado. Preciso de meu café latte descafeinado duplo com creme para começar o dia.

— Acho que você vai conseguir se contentar.

Havia dez meses que Tess estava morando naquela área. Esse posto avançado do Daily Grind no lado norte fizera parte da rotina dela por nove meses, três semanas e seis dias. No começo do período da reforma da casa, ela tinha começado a frequentar o local porque queria tomar um café da manhã longe da poeira e nunca mais parou. Era um lugar incomum, uma encruzilhada de bairros para onde convergiam estudantes, intelectuais e artistas de North Baltimore, tipos muito formais de Roland Park. Obras de artistas locais ficavam expostas nas paredes, e havia uma gruta falsa com uma cascata e um globo de vidro num pedestal. O acréscimo mais recente era o "Sofá Elvis", um imenso sofá de veludo branco dividido em seções com debruns dourados, que dava a Tess a impressão de estar no cenário do *Merv Griffin Show*. O suco de laranja era feito na hora, o café era delicioso. A única reclamação de Tess contra o Daily Grind era ele só abrir às 7 horas. Ela teria gostado de tomar uma xícara de café bem cedo nos meses mais quentes, quando saía às 6 horas para remar.

— Legal — disse Yeager. Ele nunca parecia bastante sincero, talvez por causa de sua arrogante consciência de si próprio. Dava a impressão de estar repassando cada momento da vida num pequeno monitor que tinha na cabeça, que lhe permitia acesso instantâneo a cada expressão facial e a cada som vocálico. — Não é o que esperava encontrar em Baltimore.

— Deixe-me adivinhar. — Tess entregou sua surrada caneca de viagem a Glenn, o gregário *chef* que era uma das principais atrações do local. Ali não havia baristas pretensiosos, apenas ele e seu sócio, Travis, e um exército de moças bonitas e rapazes lindos que trabalhavam no rodízio mantendo o grau exato de animação, dependendo da hora do dia: suave pela manhã, vivaz pela tarde, tranquilo à noite. — Quando pensa em Baltimore, que com certeza você a-do-ra, você pensa em Inner Harbor, Camden Yards, caranguejos e Little Italy. Ah, e não se esqueça daqueles degraus de mármore branco e dos Orioles.

Yeager pareceu atônito:

— Bom, é isso mesmo. Quer dizer, eu adoro ir aos jogos do Oriole, e frequentemente depois vamos a Little Italy ou ao O'Brycki's.

— O que você acharia se nos encontrássemos numa festa e eu dissesse: "Eu simplesmente a-do-ro Washington, D.C., com todos os incríveis monumentos e as floração de cerejeiras e o Duke Ziebart's, de que o Larry King fica falando o tempo todo"?

— O Duke Ziebart's já fechou, e o Larry King é um babaca.

— Exatamente.

Tinham se sentado num reservado nos fundos, junto às estantes de livros improvisadas e ao CD player portátil, no qual a cantora de jazz Blossom Dearie atravessava a manhã sussurrando. As obras de arte em exibição naquele momento eram da autoria de Baltimore Glassman, considerado um artista visionário — Tess não gostava do termo, pois cheirava a paternalismo — que fazia cartazes fantásticos usando revistas, purpurina e um estoque sempre crescente de vidro quebrado encontrado nas ruas de Baltimore. Corvo tinha dado a ela de presente de Natal uma das obras do artista, uma impressionante Estátua da Liberdade que erguia seu archote no que seria um dia a sala de jantar.

— Interessante — declarou Yeager, a respeito da obra que pendia sobre as cabeças deles, um homem sorridente de calça vermelha e camisa turquesa, despejando alguma coisa numa xícara, acima de uma legenda:

CAFÉ QUENTE NUM DIA GELADO / NADA PODERIA SER MELHOR.

— Então, eis a minha proposta — começou Yeager, e foi imediatamente interrompido por um celular que zumbia em algum lugar, abafado pelo tecido. — É você ou sou eu?

— É você. Eu desligo o meu quando vou conversar com alguém — disse ela enfaticamente.

Ele apalpou os bolsos, achou o celular, abriu-o com um movimento brusco e conferiu o número.

— Não é ninguém com quem eu precise falar neste momento.

— Pensando bem, quantas são as pessoas com quem você precisa mesmo falar neste momento? Quer dizer, afora uma emergência de família ou alguém do trabalho, para avisar que, se você for diretamente ao estúdio neste minuto, terá chance de entrevistar o maluco da semana, até que ponto você precisa estar acessível? A caixa postal não é adequada para atender à maioria de suas necessidades?

Ele lançou novamente um olhar perplexo, uma expressão ensaiada que devia ter usado para ponderar o imponderável de um espectro completo de pessoas nas notícias.

— Mas você também tem celular; acabou de dizer que tem.

— Com frequência eu passo um bom tempo distante dos telefones, quando faço trabalho de reconhecimento. Mas jamais converso ao celular quando estou dirigindo. E não interrompo conversas com gente de carne e osso para atender ao celular, a não ser quando estou esperando um telefonema urgente, o que raramente acontece. São normas que criei para mim. Não espero que o restante do mundo vá acatá-las.

Yeager bebericou seu latte. Ela notou que ele estava surpreso diante da alta qualidade do café, mas teve o bom-senso agora de não se mostrar deslumbrado com a capacidade de Baltimore em produzir uma xícara de café decente. Ele parecia pensativo. Mas as aparências podem enganar.

— O que você quis dizer quando fez aquela brincadeira sobre "maluco da semana"? Eu faço um programa sério de notícias. Entrevisto políticos e formadores de opinião, jornalistas informados. Não fico exibindo qualquer zé-ninguém que esteja buscando seus 15 minutos de fama.

— Eu não tenho TV por assinatura — a expressão penalizada no rosto de Yeager era notável pela autenticidade e pureza —, mas já li sobre seu programa nos jornais de vez em quando e vi trechos dele quando alguém na academia insiste em sintonizá-lo. Você não mostrou recentemente o marido de uma famosa estrela de Hollywood, o cara que engravidou a nora e depois contestou a ação de divórcio, obrigando a esposa a fazer um acordo por muito dinheiro?

— Havia sérias questões jurídicas envolvidas naquele caso. Nós convidamos alguns dos melhores advogados do país...

— Melhores advogados do país? Você quer dizer a mulher que perdeu o julgamento criminal mais fácil do século passado, enquanto o mundo inteiro assistia, e aquele cara que usa a jaqueta de franjas. Olha, ele é tudo o que eu quero em matéria de advogado: um cara de jaqueta de camurça que vive na televisão.

Yeager sorriu:

— Você é ex-repórter de jornal, não é?

Ele a havia surpreendido. Ela não esperava que uma "personalidade" televisiva autoinventada como Yeager fosse fazer pesquisa. Supusera que ele tivesse um produtor que fazia todo o trabalho pesado de desencavar os fatos.

— Isso foi há muito tempo. Exceto por alguns dolorosos flashbacks aqui e ali, eu mal consigo lembrar da minha juventude desperdiçada.

— Como você se tornou investigadora particular?

— Estava no lugar errado na hora errada.

A intenção dela era parecer petulante, mas a observação abriu uma velha porta em sua cabeça, uma porta que o tempo todo tentava manter fechada. Tess foi lembrada com dolorosa acuidade daquele outono em que todos pareciam morrer ao seu redor.

— Qual é sua conexão com o assassinato no túmulo de Poe?

— Nenhuma.

— Eu tenho uma fonte. — Ele deu um olhar de advogado, o olhar que Gregory Peck, Raymond Burr e Spencer Tracy tinham usado como, respectivamente, Atticus Finch, Perry Mason e Clarence Darrow. — Eu tenho uma fonte que me diz que você é testemunha ocular.

— Essa sua fonte é um policial da delegacia de homicídios que tem mais dentes na boca do que um piano tem teclas?

— Eu faço as perguntas — disse Yeager, batendo no peito com o indicador, como um menino de 2 anos que acaba de descobrir a primeira pessoa do singular.

— É mesmo? E desde quando nós combinamos essas regras básicas? Não estamos em seu estúdio. Não estou vendo nenhuma câmera por aqui.

Ele sorriu. Ia bancar de novo o encantador.

— Você é muito fotogênica. Podia ter ido para a televisão quando encerrou sua carreira no jornal. Você tem o visual certo. Bastante bonita, mas com ar inteligente também.

Sim, eu poderia ter ido, pensou Tess, só que não quis envergonhar minha família. Mas ela não disse nada, continuou a tomar seu café na caneca térmica de viagem com o logotipo do Daily Grind.

— O negócio é o seguinte. Vou fazer um programa sobre os assassinatos, na quinta-feira à noite, que é meu pico de audiência. Não tenho certeza do motivo disso. Acho que o público precisa de um pouco de alimento intelectual antes de começar o fim de semana.

Tess deixou aquilo passar batido, embora doesse ficar vendo aquele ótimo arremesso se perder.

— Portanto, pensei em apresentar no programa um especialista em Poe. Encontrei um sujeito da Universidade Duke que criou algumas teorias muito radicais sobre Poe e sua vida. Depois dar sequência para esse moderno conto policial, tão cheio de reviravoltas quanto qualquer coisa que Poe tenha escrito. As descrições que você fizesse, como testemunha ocular, poderiam acrescentar muito tempero; você poderia ser, tipo assim, explicadora de Baltimore. Poderia completar a informação sobre como isso ocorre todo ano, blá-blá-blá, o ritual, a tradição, blá-blá-blá, e explicar Baltimore ao mundo como um todo.

— Humm, entendi. Por que você não chama Anne Tyler para fazer isso? Ou John Waters, ou Barry Levinson? Eles são os grandes nomes, aqueles que todo mundo associa à cidade.

— Nós tentamos — admitiu Yeager, todo contente em fazê-la perceber que não tinha sido a primeira opção. — Waters está na Costa Oeste, mixando o som de seu mais recente projeto cinematográfico; Levinson está filmando no estrangeiro, e Anne Tyler disse que não faz televisão. Você consegue imaginar uma coisa dessa?

Tess conseguia.

— Então, o que acha?

— Honestamente? Acho que isso é a mais completa irresponsabilidade da qual já ouvi falar. Esse caso é uma investigação de homicídio que está em aberto. É recente demais para ser processado, enlatado e reembalado para servir aos propósitos de alimentar a goela da indústria de entretenimento.

Yeager deu seu olhar de falsa indignação, levantando as sobrancelhas e apertando os lábios numa linha fina de reprovação.

— Com a transmissão desse programa eu poderia ajudar a polícia a encontrar pistas. Depois de ver coisas na televisão, as pessoas frequentemente se manifestam.

— Continue repetindo isso para si. Quantos crimes você resolveu até hoje?

— Olha aqui, eu não lhe contei tudo que consegui apurar. Essa é uma história sensacional, e todo mundo está correndo atrás dela. A polícia está tentando conectar esse crime a outros.

— Shawn Hayes. Eu sei, eu estava lá.

— Não é só Shawn Hayes. Este é apenas um dos três casos que eles estão examinando.

Ele a havia apanhado e sabia disso, embora ela tentasse fingir uma esperteza casual. Três casos? Cecilia talvez tivesse razão sobre uma ameaça à segurança pública.

— Claro, os outros casos também. Mas as duas vítimas... Os nomes me fogem. Quem eram mesmo os caras? Rainer me disse, mas eu esqueci.

Yeager riu na cara dela, saboreando cada minuto.

— Rainer não está contando nada a você, tenho certeza disso. Não que ele tenha me ajudado muito também. Sou capaz de conseguir informação apenas espalhando algumas notas de 10 dólares por aí. Eu levantei algumas pistas. Encontrei você, não encontrei?

O fundo de uma caneca de café da Daily Grind é uma longa viagem, mas Tess estava quase lá. Terminou o último gole do forte café French Roast com os olhos na mesa entre eles. As mãos de Yeager eram rosadas e gorduchas. Ele usava uma aliança de casamento, mas seu dedo a envolvia como um balão, de tal forma que não dava para imaginar como tirá-la dali. Tess tinha um desagrado irracional pelos homens que usavam aliança, talvez porque tivesse ouvido cantadas de muitos deles. O pai dela nunca tinha usado aliança. Sempre afirmou que não precisava olhar a mão para se lembrar de que era casado e que achava preocupante um homem que precisasse.

— Como eu sou uma espécie de purista da Primeira Emenda, jamais pretenderia dizer a alguém da mídia o que publicar ou exibir. Mas neste caso existem vítimas reais, e famílias que estão passando por verdadeira aflição e sofrimento. Não se esqueça disso, ouviu?

— Sei que é isso que querem nos fazer acreditar, você e outros adeptos de carteirinha do politicamente correto. Mas as coisas são sempre mais complicadas do que parecem — disse Yeager, deliberadamente críptico. — Não é esse um tema constante na obra de Poe?

O rosto dele estava neutro, indecifrável, e Tess percebeu que ele jamais diria a ela o que sabia, não depois de ver rejeitado seu grande presente de cinco minutos de televisão.

Tess levantou-se para sair.

— Não vou fingir que sou especialista em alguma coisa depois de ter folheado um punhado de livros. Ainda assim, não tenho certeza de como sua teoria se enquadra com *A carta roubada*, que afirma que com frequência as coisas pelas quais a gente procura estão escondidas à plena vista.

Yeager tinha um último elemento de persuasão.

— Se vier ao meu programa, vai se tornar uma especialista nacionalmente conhecida. Cada vez que os programas *Nightline* ou *CBS News* ou *Dateline* precisarem de um detetive particular, você vai estar no cadastro. É uma boa exposição.

— Existe um consenso de que eu estou superexposta. Mas boa sorte. Se na quinta-feira à noite eu estiver perto de um lugar com TV a cabo, vou tentar assistir ao seu programa.

Capítulo 10

A Enoch Pratt Free Library sempre levantava o astral de Tess, e de fato ela estava animada quando atravessou as portas da biblioteca mais tarde no mesmo dia. Havia perdido parte da manhã tentando levantar a tantalizante pista fornecida por Yeager sobre os outros dois casos relacionados. Chegou até a dar a dica para Herman Peters do *Beacon-Light*, na esperança de roubar o furo de Yeager, mas o jovem repórter policial ficara indiferente ao presente dela, dando um suspiro tão profundo no celular que soou como se ele tivesse entrado num túnel de vento.

— Detesto casos de grande repercussão — murmurou ele, em algum beco de West Baltimore, onde observava a polícia empacotar a mais recente vítima de assassinato do ano, um rapaz negro que tinha sido morto a tiros. O contrário do caso do Visitante, por assim dizer. — Detesto o fato de que todos os repórteres acham que sabem tudo sobre investigações de homicídio porque assistem às reprises de *NYPD Blue* e *Homicide*. Chegam até usar o jargão. E esse cara, Yeager, é o pior de todos quando está tentando fazer média com os policiais. Acho que Rainer consegue odiá-lo ainda mais do que odeia você.

— Maravilha! Mas só porque ele é irritante não quer dizer que não saiba nada. Ele disse que há mais dois casos, Herman. O que sabe a respeito? Houve outros espancamentos? Homicídios?

— Eu sei que não há nenhum homicídio ligado a nenhum desses dois casos — disse ele, inflexível, como se tivesse memorizado cada dossiê de todos os homicídios, e talvez tivesse mesmo. — De fato, tenho certeza de que não existe relação entre o ataque a Shawn Hayes e esse assassinato no túmulo de Poe. Os policiais me disseram extraoficialmente o que aconteceu: Hayes foi atrás de pegação, arranjou um cara barra-pesada, o tempo esquentou. Mas o cara que espancou Shawn Hayes não foi comprar um revólver e ficar de tocaia no túmulo do Poe. É uma teoria absurda.

— No entanto, é uma teoria que veio de alguém de dentro da polícia.

— Ou é isso que afirma seu outro amigo. Meu palpite é de que Rainer está armando para um detetive gay, dando a ele informação falsa sobre alguns casos para ver se ele abre o bico. Espere os resultados nas próximas semanas.

— Será que Rainer faria isso? Parece macarthismo puro.

— O que se espera de um policial é lealdade à corporação acima de tudo. Rainer é capaz de enganar um batista para ver se ele vaza informação para a congregação. Ele pode estar na homicídios, mas para mim o lugar dele é na Corregedoria.

Ah, a culpa era dela por ter dado ouvidos a um fantoche da televisão. Por que tinha acreditado em Yeager?

Então desligou o telefone e foi para a Biblioteca Pratt, por causa de um bilhete deixado por algum maluco em sua caixa de correio. Ela realmente devia ser um pouco mais sensata. Principalmente porque ninguém estava pagando pelos seus serviços.

Mas para acabar na Pratt, Tess faria qualquer negócio. Ela gostava de tudo naquela biblioteca, desde o nome, que vinha do comerciante que havia derramado sua fortuna dentro dela. Antigamente, Baltimore era uma cidade cheia de lugares com nomes igualmente idiossincráticos. O Memorial Stadium, cujo letreiro gigantesco prometia a eternidade do local como um tributo aos veteranos, estava com a demolição agendada, o letreiro, encaixotado para armazenamento. O aeroporto tinha abandonado o delicioso nome de Friendship para se tornar o tediosamente prosaico BWI — Baltimore Washington International. Tess achava essa a mais melancólica mudança cívica desde que a Bromo-Seltzer Tower tinha perdido a garrafa que ficava em seu topo.

Mas a Pratt continuava a ser a Pratt e conseguia sustentar sua dignidade, mesmo enquanto evoluía para a era dos computadores e tentava adequar suas antigas filiais às normas. Tess gostava do vestíbulo alto da biblioteca central, um dos poucos lugares que lhe dava a sensação de pequenez. Ela gostava do folheado a ouro, dos retratos dos lordes Baltimore, dos tesouros ocultos no Maryland Room. O melhor é que a Pratt não era um lugar silencioso e sombrio. Os sons ricocheteavam do teto ao piso e daí ao teto — sons respeitosos, próprios de biblioteca, mas que, ainda assim, eram sons. Em todos os anos que vinha frequentando o lugar, ela jamais tinha ouvido um bibliotecário dizer "silêncio!".

Também nunca havia encontrado um bibliotecário que se parecesse com o rapaz que estava no balcão de informações nesse dia específico. A tia dela, Kitty, foi bibliotecária de uma escola, portanto Tess não costumava pensar no estereótipo com cabelos presos em coque e óculos bifocais. Mesmo assim, não estava preparada para esse jovem de rosto rosado, que teria parecido mais à vontade num campo de rúgbi ou num bar depois do jogo, com a caneca de chope em punho. Roupas graciosamente amarrotadas, os cachos de seu cabelo castanho-claro dando a impressão de que ele tinha acabado de tirar uma soneca, o rapaz fazia lembrar os heróis de livros que ela lia na infância. Ele era o Laurie de Louise May Alcott, o Joe Willard de Maud Hart Lovelace, o Johnny Malone de Lenora Mattingly Weber, o Jules da série de livros *All-of-a-kind Family*. Usava a camisa meio fora da calça, o volumoso suéter de ponto trançado esgarçado no pescoço, e Tess apostaria qualquer coisa como um dos sapatos estaria desamarrado.

— Meu nome é Tess Monaghan — começou ela, em sua maneira mais doce e otimista. Havia descoberto que um pedido se tornava razoável se fosse feito razoavelmente. — Sou detetive particular e meu cliente — bom, uma espécie de cliente, talvez — me recomendou que eu fizesse pesquisas no Poe Room.

O tom de barítono da voz dele era quente e amistoso. Suas palavras, não.

— O Poe Room, como também o Mencken Room, está reservado para pesquisas acadêmicas. Fica fechado, exceto para eventos especiais. Desculpe, mas detetives particulares não são permitidos, embora eu não duvide de que seja muito interessante qualquer coisa que você esteja fazendo. Aliás, como alguém se torna detetive particular?

— Veja bem... Desculpe, não sei seu nome.

Ele bateu no crachá:

— Daniel Clary.

— Como a criadora de Henry Huggins, Ramona Quimby e Ellen Tebbits?

Tess adorava esses livros quando era criança.

— Ela é Cleary, eu sou Clary.

— Ah, é mesmo. — Mesmo sem parecer um estereótipo de bibliotecário, ele sabia repreender como se o fosse. — Bom, quem tem autoridade para decidir se eu posso ter acesso?

— Eu tenho autoridade. Sou um bibliotecário, não um recepcionista. E tem mais gente esperando.

Ele indicou a fila atrás dela, crescente e irrequieta.

— Sim, claro — disse Tess, tentando acalmar as coisas. — Sei que estou pedindo um tratamento especial, e suponho que a decisão caberia a alguém da administração. Se pensarmos na circunstância como um apelo nos moldes de um tribunal, quem daria a palavra final?

— Nossa diretora, Carla Hayden, eu imagino.

Pelo jeito a analogia com o tribunal não havia caído bem. Daniel Clary ainda parecia um garoto recém-desperto da sesta, só que agora um garoto mal-humorado.

— Será que eu poderia... — Tess esticou a mão hesitante na direção do telefone dele.

— Eu vou ligar — disse ele depressa, e apertou os números, rodando na cadeira giratória e dando as costas a Tess, para falar sem que ela escutasse. Mas ela ouvia os suspiros das pessoas na fila e lembrava-se da própria sensação quando ficava atrás de alguém que havia exigido tratamento especial.

— Diga a ela meu nome, Tess Monaghan, e também o que eu faço — cochichou para as costas de Daniel.

Quando girou de volta na cadeira ele parecia surpreso.

— Ela disse que pode subir, mas sob supervisão. Pelo jeito, conhece você.

Tess sorriu, mas não disse nada. Daniel Clary não precisava saber que com frequência a diretora da biblioteca comprava na loja de Kitty. Ou que ela era uma dedicada leitora de suspenses, cuja fascinação por crimes ficcionais a levara a interrogar Tess sobre sua vida profissional quando os caminhos das duas se cruzaram no estranho mundinho social de Baltimore. Segundo uma teoria elaborada pelo Corvo, existiam cem pessoas, talvez duzentas, na cidade de Baltimore, e elas passavam o tempo todo tropeçando umas nas outras: na sessão de hortigranjeiros do Eddie's, no saguão da Lyric Opera House e na livraria de Kitty.

Uma mulher grisalha aproximou-se da escrivaninha, e Tess imaginou que ela seria sua guia. Mas não. A mulher se sentou na cadeira de Daniel, que pegou um chaveiro numa gaveta. Tess havia se enganado quanto aos sapatos — ambos estavam amarrados, embora um deles estivesse remendado com fita isolante —, mas tinha acertado na questão da camisa, que estava parcialmente para fora da folgada calça de veludo cotelê marrom.

— Eu não estava tentando dar uma de "sabe com quem está falando?" — defendeu-se ela.

— Mas foi o que fez, ou não foi? — Ele não tinha rancor na voz, nenhum resíduo de irritação, mas não iria permitir que ela alterasse os fatos. Ele apertou o botão para chamar o elevador e logo notou que os dois elevadores estavam no último andar, segundo indicavam os antiquados mostradores acima deles. — Vamos subir de escada.

Tess ainda sentia necessidade de apaziguá-lo.

— Há quanto tempo você trabalha na Pratt?

— Dez anos.

— Para conseguir um emprego aqui é uma disputa e tanto, não é?

Haviam chegado ao topo das escadas. Ele se voltou para sorrir, satisfeito com a insinuação de que seu trabalho fosse digno de ser cobiçado.

— Sim, a Pratt ainda é um emprego desejável, mesmo com a iniciativa privada correndo atrás de bibliotecários. A maioria não percebe, mas neste exato momento há muita procura por bibliotecários pesquisadores de formação superior. Eu poderia ganhar muito mais trabalhando em outro lugar. Mas me tornei bibliotecário porque adoro livros. E qualquer um que se importe com bibliotecas fica empolgado em trabalhar na Pratt.

Tess sabia que a porta do Mencken Room era laqueada de azul-celeste, como uma porta de conto de fadas. Mas a da sala de Poe era uma porta de vidro que se abria para uma sala meio comum, um escritório espaçoso adequado a bebericar xerez. Cadeiras dobráveis estavam arrumadas num auditório improvisado, e Tess se lembrou de ter estado ali uns meses antes, para uma leitura feita pelo poeta laureado extraoficial de Baltimore, Ralph Pickle.

— O que você quer ver? — perguntou Daniel.

— Eu não sei — admitiu ela, subitamente se sentindo tola. Um bilhete de um pirado anônimo a colocara naquela direção, e ela havia obedecido, humilde e imbecil como um carneiro. — O que há aqui?

— Temos algumas coisas em exibição, mas trata-se na verdade de uma sala de reuniões especial — disse Daniel, indicando um armário de vidro que continha alguns livros e artefatos de Poe. — Os arquivos estão disponíveis apenas para acadêmicos, conforme eu lhe disse lá embaixo. Se quiser alguma coisa específica posso deixar que a examine. Mas você terá que entregar a mochila e todas as canetas, e eu teria de vigiar enquanto você lê.

— Naturalmente. — Ela caminhou ao redor, procurando parecer objetiva. — Imagino que até mesmo um intelectual possa ser desonesto. Principalmente um intelectual.

Daniel pousou o dedo nos lábios, ironizando de brincadeira sua própria profissão.

— Aqui nós não gostamos de falar dessas coisas. As bibliotecas estão em negação quanto ao problema do roubo, em parte por não poderem fazer nada contra ele.

— Excelente atitude.

— Um sistema de segurança realmente confiável, à prova de falhas, tem um custo proibitivo para uma biblioteca pública. E também há problemas filosóficos. Afinal, ela é mesmo uma biblioteca pública, sustentada pelos dólares dos contribuintes. Até que ponto precisamos chegar no afã de proteger nossos artigos preciosos do público que nos financia? E ainda que fosse possível evitar que o público roubasse, sempre haverá bibliotecários que roubam. Ninguém gosta de falar nisso, mas acontece.

— E faz todo sentido — disse Tess, embora nunca tivesse pensado na questão. Toda profissão abrigava seus delinquentes: médicos, jornalistas, advogados. Por que os bibliotecários deveriam estar isentos de pecado?

— Conhece o caso de Stephen Carrie Blumberg? — perguntou Daniel enquanto ela continuava perambulando pelo recinto, imaginando o que estaria fazendo ali.

— Não, eu deveria conhecer?

— Não de nome, mas é o mais execrável ladrão de bibliotecas da era contemporânea: um bibliófilo cleptomaníaco.

— Era bibliotecário?

— Não, mas era melhor em cuidar das coisas do que alguns dos bibliotecários dos quais ele as roubou. Mas clinicamente ele estava doente. Na verdade, em seu julgamento alegou inocência em razão de insanidade mental.

— E funcionou?

— Foi mandado para uma prisão federal. Saiu há alguns anos. Quiseram estabelecer como condição para sua liberdade que ele se anunciasse aos funcionários toda vez que visitasse uma biblioteca ou um arquivo. Acho que alguém descobriu que era anticonstitucional. Anticonstitucional e impossível de ser cumprido.

— Do jeito como você fala, parece admirá-lo — disse Tess.

— Eu? Não, não especialmente. De fato, só fiquei sabendo sobre ele porque um de nossos bibliotecários daqui era obcecado pelo tema, e por motivos óbvios eu estive pensando muito recentemente no meu ex-colega. Ele ficava o tempo todo falando do Blumberg. Acabei ficando tão curioso que fui ler *A Gentle Madness*, o livro de Nicholas Basbanes sobre bibliomania.

Daniel deu de ombros:

— Gosto de livros, mas não tanto assim. Às vezes eu me pergunto se meu ex-colega tinha a mesma inclinação. Agora acho que nunca ficarei sabendo.

— Como assim?

Enquanto estudava os livros e os objetos tentando atinar por que o Visitante a enviara para lá, Tess não estava prestando muita atenção. Mas agora sentia a conversa tomar um rumo que ela precisava acompanhar.

— Desculpe, pensei que você tivesse dito que era investigadora particular, que você sabia... — Ele parecia constrangido. — Afinal de contas, a polícia já esteve aqui, embora ninguém pudesse dizer muita coisa aos policiais. Eles queriam um curso relâmpago sobre Poe, mas Jeff Jerome, do Poe Museum, está mais capacitado para a tarefa. A questão é que ninguém aqui se lembra de Bobby falar em Poe. H. L. Mencken era sua paixão, e foi sua perdição.

— Bobby Hilliard trabalhou aqui? O jornal nunca mencionou o fato.

— Por motivos óbvios, foi mantido em segredo o fato de ter sido empregado.

— Motivos óbvios? — Tess estava começando a sentir como um papagaio.

Daniel Clary olhou ao redor, ansioso, embora estivessem sozinhos na sala.

— Havia um acordo de confidencialidade, obrigatório e bilateral. Não devo falar no assunto, e decididamente não deveria estar falando sobre isso aqui. Por motivos óbvios.

— Daniel, para mim não há nada de óbvio no assunto, mas eu gostaria de mudar esse quadro.

Capítulo 11

— Conte-me tudo o que sabe sobre Bobby Hilliard — exigiu ela de Daniel Clary naquela noite, sentada ao lado dele no balcão de granito do restaurante Sotto Sopra.

No restaurante, sofisticado para Baltimore, Daniel olhava constrangido ao redor, um peixe fora d'água, ainda que momentaneamente sereno o suficiente para pedir uma cerveja italiana Moretti. Tess também achava o restaurante intimidante, com seu estoque constante de gente bonita que parecia ter sido trazido de ônibus de alguma outra cidade. Nas ruas de Baltimore não se via ninguém que lembrasse os comensais do Sotto Sopra. Mas o restaurante tinha a dupla vantagem da proximidade com a biblioteca e do ótimo risoto, daí ela ter pedido a ele que a encontrasse lá.

— Nós não éramos particularmente próximos — começou ele devagar, empurrando os óculos para cima do nariz com o polegar. Tess não pôde deixar de perceber que ele tinha usado um parafuso grande demais para consertá-los num dos lados, motivo pelo qual não paravam de escorregar. — Ele não ficou muito tempo na Pratt. Nem sequer um ano, e isso foi há quatro anos. Quatro anos. O que significa que eu já passei dez anos ali.

— Dez anos? Você parece ter uns 25.

— Tenho 33. No entanto, sempre me dão menos idade. Antigamente isso me irritava, mas estou começando a gostar.

— Não diga.

— Pois é, acho que passei anos sem pensar nele. Nossos caminhos se cruzaram apenas uma vez, há uns seis meses. Você acredita que ele ganhava mais trabalhando meio período como garçom do que eu ganho trabalhando em tempo integral? Ele adorou me dizer isso.

— Por que ele foi embora, para começar?

O rosto de Daniel Clary era tão transparente e ingênuo que Tess observou a probabilidade de uma mentira passar sobre ele, como uma nuvenzinha tênue passando diante do sol.

— O caso é que no roubo de bibliotecas — disse Daniel, quase como quem elaborasse o raciocínio para si — os objetos desaparecidos só vêm à luz quando alguém procura por eles, e podem se passar anos antes que alguém peça determinado livro. Exatamente como o ditado: só damos valor a algo quando o perdemos. Suspeitou-se que Bobby tivesse levado dezenas de objetos, mas só um incidente conseguiu ser provado.

— Que foi...

Daniel pareceu culpado, um garotinho que se lembra da advertência de não tagarelar.

— Nós estávamos trabalhando na Mencken Room, num dia já quase no fim do verão, nos preparativos para o Dia de Mencken. Este é o único dia que a sala fica aberta aos não acadêmicos, e nós às vezes exibimos objetos que normalmente não são expostos. Bobby e eu estávamos examinando caixas e caixas de objetos. Ele era totalmente fissurado em Mencken, sabia muita coisa a respeito. Estava me contando que o autor se envolveu numa disputa com Dreiser, cuja obra Mencken adorava...

— Ele escreveu uma introdução para *Uma tragédia americana* — adiantou Tess. — Encontrei um exemplar na Kelmscott.

Daniel assentiu. Qualquer bibliófilo de Baltimore conhecia o sebo de livros Kelmscott.

— Nós nos deparamos com uma caixinha para comprimidos. Por si só, não era um artigo interessante; constava que tinha pertencido a ele, mas era de louça, com flores pintadas, mas quem sabe? Mencken ficou doente por muito tempo antes de morrer, e a esposa faleceu antes dele. Uma caixa para comprimidos teria suscitado alusões que entravam em conflito com o que estávamos tentando fazer, ou seja, organizar uma espécie de mostruário visual que desse aos visitantes a sensação de terem estado dentro da mente do autor. Uma exposição sobre sua vida intelectual, sua vida de escritor. O público pode sentir emoção quando olha a máquina de escrever na qual ele trabalhava, ou sua escrivaninha. Mas... uma caixa para comprimidos?! Aquilo estava fora do contexto.

— É, não se encaixava no mito — disse Tess. — Vocês não queriam que o público pensasse no derrame que o incapacitou durante seus últimos anos de vida.

— Bom, não estou dizendo que estávamos tentando fazer propaganda. Eu não ligo tanto assim para Mencken; as revelações sobre toda aquela nojeira racista nos diários dele meio que encerraram o assunto para mim, mas estávamos tentando encontrar a forma de criar uma exibição que funcionasse para os apaixonados pelo trabalho dele.

Tess estava a par desses debates esotéricos sobre contexto e veracidade histórica em exibições de museu. Eles a deixavam vesga de tédio.

— Bobby me deu razão, embora tenha entrado num longo monólogo sobre como Mencken era meio hipocondríaco. Pelo jeito, quando Al Capone foi hospitalizado aqui, Mencken ficava assediando o médico do gângster para conseguir informação confidencial sobre sua condição. Ele estava fascinado pelo caso.

— Eu tinha esquecido que Capone foi tratado de sífilis aqui na cidade. Ele doou ao Union Memorial as cerejeiras da frente do prédio, não foi?

— Nos relatos de jornal chamaram isso de delírio de grandeza. Embora no caso dele tivesse sido melhor falar em delírio de pobreza. A certa altura ele pensou que era diretor de uma fábrica imensa, um sonho estranho para alguém tão poderoso quanto Capone. Sabe, não foi a única vez que ele viveu em Baltimore. Ele trabalhou aqui como contador.

— Eufemismo interessante.

— Não, foi de verdade. Seu cliente havia ido para Chicago, e Capone se mudou de Nova York para cá, à espera de ser chamado, quase como um jogador das ligas menores. Enquanto viveu aqui ele era totalmente legal: trabalhava para uma construtora e morava em Highlandtown.

Tess tentou visualizar o que seria o mundo hoje se Capone tivesse se apaixonado por sua vida na cidade e decidido se endireitar. Mas se havia algo que ela conhecia sobre história era que não faltam homens, ou mulheres, dispostos a assumir o papel do vilão. Não difere muito do campeonato da NCAA: os mais seletos podem não ganhar, mas alguém o fará. Era por isso que ela jamais conseguiu se empolgar com os enredos de ficção científica em que alguém viajava no tempo até uma época passada, na intenção de assassinar Hitler, ou Stalin, ou John Wilkes Booth, ou Timothy McVeigh. Teria havido outro Capone ou McVeigh, outro massacre do Dia de São Valentim ou um atentado à bomba em Oklahoma City. O mal não é seletivo em relação a seus agentes.

A seu ver, não era exatamente assim que funcionava em relação aos bons. Só houve um Lincoln, um Gandhi. A esses ela teria salvado, se algum dia estivesse numa máquina do tempo.

— Bobby era eloquente — continuou Daniel. — Quer dizer, ele conseguia enfeitiçar com as palavras, assim como um encantador de serpentes enfeitiça tocando sua flauta. Ele estava derramando palavras, me impressionando com seu conhecimento de cultura inútil, me atualizando com as fofocas sobre nossos colegas. Ele estava tentando me distrair, porque no minuto em que achou que eu estava de costas, eu o vi meter no bolso a caixinha de comprimidos.

— O que você fez?

Daniel pareceu infeliz.

— Nada. Pelo menos, não naquele instante. Eu... eu fiquei apavorado em confrontá-lo.

— Apavorado por quê? Pela descrição dele que saiu no jornal e pelo que eu vi dele no cemitério, você deve ser uns 15 quilos mais pesado.

— Você esteve lá? Viu o tiro? — Tess concordou bruscamente, sem querer desviá-lo do assunto. — Foi por isso que veio à biblioteca?

— Mais ou menos. Então Bobby lhe apavorava. Por quê?

— Sabe essas pessoas que fazem a gente se sentir o maior imbecil do mundo, mesmo quando você já é adulto? Bobby tinha esse efeito nas pessoas. Ele era... digamos, um cara maneiro, na falta de um termo melhor. Se eu tivesse dito alguma coisa, ele teria rido na minha cara, e terminado por me convencer que, de certo modo, era correto ele levar a caixinha de comprimidos. Então eu fiquei quieto. Até o dia seguinte, quando informei ao nosso supervisor o que tinha visto.

— Você o fez ser demitido.

Daniel concordou, com os olhos pregados no copo de cerveja.

— Permitiram que ele se demitisse, desde que devolvesse a caixinha de comprimidos e concordasse em não usar a Pratt como referência para futuros empregos como bibliotecário. Eles tentaram fazê-lo confessar que também tinha levado outras coisas, principalmente livros raros e mapas do Maryland Room, mas ele jurou de pés juntos que tinha sido só um deslize ocasional.

— Mas se ele era ladrão, por que não chamar a polícia?

— Porque eles não tinham certeza. Se a Pratt tivesse chamado a polícia, não se ganharia nada, e o *Beacon-Light* ficaria sabendo e publicaria uma matéria, o que poderia ter assustado as pessoas que estivessem planejando doar coisas no futuro.

— Não posso acreditar que as pessoas seriam tão implacáveis.

— Humm, talvez você conheça um tipo diferente de ricos. Aqueles com quem tive contato não só são implacáveis como exigentes. Na Filadélfia houve um pequeno museu particular que perdeu a dotação depois de revelado que uma joia rara tinha sido roubada. Todo mundo que havia se comprometido a financiar rompeu o compromisso, e o museu nunca mais decolou.

— Tudo por causa de um roubo isolado?

— Um roubo isolado estimado em 500 mil dólares. De toda forma, a decisão da diretoria da biblioteca foi manter em segredo o incidente de Bobby. A instituição não teria como pedir reembolso do seguro ou substituir os objetos desaparecidos. Tratava-se de exemplares únicos.

— Tais como?

Os óculos dele tinham escorregado de novo para a ponta do nariz.

— Um antigo atlas geográfico de Maryland, do século XVIII. Um diário escrito por um dos Calvert. Um exemplar do *Saturday Visiter* com o conto de Poe "Manuscrito encontrado numa garrafa"— você sabe, a história com que ele ganhou o prêmio, aqui mesmo em Baltimore. Algumas cartas da autoria de Dunbar. Isso é o que eu lembro ter ouvido comentarem. A bem da verdade, nunca me convenci de que Bobby os tivesse roubado. Com exceção talvez do atlas geográfico. Ele gostava de... coisas bonitas. Se tivesse de escolher entre alguma coisa verdadeiramente rara e alguma coisa simplesmente bonita, Bobby iria escolher a beleza. Ele se importava com aparências, foi por isso que roubou a caixinha. Ela era bonita.

O barman colocou os pratos de comida na frente deles — um risoto de arroz selvagem para Tess, straccetti para Daniel — e tornou a encher os copos. Daniel começou a comer depressa, como se estivesse faminto.

— Hoje eu esqueci de trazer almoço — justificou-se, enrubescendo de constrangimento quando pegou Tess a observá-lo devorar a comida. Mas ela não sentia nada além de admiração e afinidade com o apetite dele. — E não consigo me empolgar muito pela barraquinha de cachorro-quente da porta da biblioteca.

— É mesmo? Eu adoro cachorro-quente. — A cada três meses ela sentia um intenso apetite quando via os carrinhos pelas esquinas da cidade. A falta de comida de rua era uma de suas únicas queixas em relação a Baltimore.

— Portanto, a última vez que você viu Bobby Hilliard... — começou ela.

— Deve ter sido há pelo menos um ano.

— Cinco minutos atrás você disse que tinha sido há seis meses.

— Eu disse? — Daniel parecia em pânico, como se ela estivesse decidida a emboscá-lo, mas a confusão só a convenceu da sinceridade dele. Gente comum cai em contradição o tempo todo. Os que raramente escorregam são os mentirosos, cujas histórias se encaixam bem demais. — Na verdade, foi em abril passado, lembro que fazia frio e chovia, o típico abril de Baltimore, logo, imagino que me equivoquei nos dois casos. Encontrei-o por acaso num bar, depois de ter ido ver aquelas primeiras pinturas de Herman Maril. Você conhece o trabalho dele?

Tess conhecia apenas porque Corvo a ensinou a amar o falecido artista local, que usava as cores com terna precisão.

— As obras dele no início eram muito diferentes das mais famosas que estão no Museu de Arte de Baltimore. Já dá para ver o artista em que ele vai se transformar, mas ainda está tomando emprestado dos impressionistas, ainda tentando encontrar sua... Eu quero dizer "sua voz", mas acho que seria uma metáfora. Não conheço muito sobre arte, mas gosto do programa First Thursdays.

First Thursdays era o apelido dado pela cidade à noite dedicada a vernissages de museus e galerias. Compunha-se de um terço de apreciação artística, um terço de reunião de solteiros, um terço de es ticadas nos bares. Tess se perguntava qual dos três terços atrairia mais Daniel. Ele estava quase terminando sua segunda cerveja, que bebeu como se fosse Gatorade.

— Em que bar você encontrou Bobby Hilliard? — perguntou Tess.

A pergunta dela não podia ter sido mais inocente, porém Daniel ficou vermelho.

— O Midtown Yacht Club, ouviu?

— Ouvi.

Ela entendeu a ênfase. Aquele bar era um lugar masculino, onde os fregueses tomavam cerveja, jogavam dardos, assistiam ao canal de esportes e jogavam no chão as cascas de amendoim. Imaginou que essa era a maneira pouco sutil de Daniel lhe dizer que ele e Bobby tinham partilhado a profissão, e nada mais.

— Aí ele lhe disse que estava ganhando muito dinheiro, servindo mesas no restaurante caro onde trabalhava, e o que mais?

Daniel balançou a cabeça.

— Não foi uma conversa longa. Na verdade, tive a impressão de que ele não ficou à vontade ao encontrar alguém da biblioteca. Cortou logo a conversa e foi embora.

— Sozinho?

O rosto de Daniel se inflamou com outro ataque de rubor.

— Com um cara, um cara mais velho.

— Alguém que você pudesse identificar se visse novamente?

— Eu duvido. Espere, por que está tão interessada nisso? Você não é policial. O que está procurando nisso? E por que esteve presente ao local? Você está sob suspeita?

Era engraçado que raramente alguém se lembrasse de fazer perguntas a ela. A maioria, influenciada pela televisão e cinema, aceitava a convenção de que os detetives particulares apareciam fazendo perguntas. Era difícil fazer alguém começar a falar, mas depois que conseguia, ela normalmente não precisava se explicar.

— Eu tenho um cliente — declarou, pensando no anônimo que lhe deixava bilhetes. Ele a havia mandado ao Poe Room, e vejam só o que ela descobriu: o passado secreto de Bobby Hilliard. Por outro lado, os policiais também o conheciam, já tinham estado lá. Havia alguma outra coisa que se esperava que ela descobrisse, alguma coisa que Rainer não considerasse significativa? — Estou tentando descobrir por que Bobby esteve no cemitério, por que ele passou por toda essa misteriosa encenação, e por que alguém queria matá-lo.

— Talvez ninguém quisesse.

— Desculpe, mas não entendi.

Os óculos dele tinham deslizado para a ponta do nariz e estavam ligeiramente embaçados pelo vapor que subia do prato de massa. Daniel os removeu e limpou as lentes com a camisa. Desde que ela o encontrara no meio da manhã, ele tinha feito verdadeiro progresso: a camisa estava para fora da calça na frente *e* atrás.

— Não tenho a pretensão de lhe dizer como fazer seu trabalho, mas por que presumir que alguém estivesse tentando matar o Bobby? Talvez o alvo fosse outro cara, e alguém se confundiu. Numa noite escura, dois homens de manto, qualquer coisa podia acontecer. Eu me pergunto como Poe iria escrever isso.

— Que comentário mais típico de um bibliotecário!

Daniel colocou os óculos de volta e fez um pequeno gesto com a cabeça.

— Considero isso um elogio.

— E foi dito com essa intenção.

Depois do jantar ele insistiu em acompanhá-la até o carro, que Tess havia estacionado na Cathedral Street, sem se importar com a dica de estacionamento do fantasma. Estavam no lado norte da Mulberry Street, que cruzava a Basílica de Assunção. Tess olhou na direção da esquina da Mulberry com a Cathedral, de onde acenava o letreiro de um médium. Talvez esse caminho fosse a solução. Poe certamente teria aprovado tais métodos. Um médium, uma sessão mediúnica, um sonho, uma visão.

Ela se perguntava o que Poe acharia da Baltimore de hoje. Desde a invenção da luz elétrica tinha se tornado um lugar mais claro, os perigos da época dele erradicados, embora novos perigos os tivessem substituído. Era difícil imaginar uma epidemia de cólera, por exemplo, como aquela que varreu a cidade em 1831 e se dizia ter inspirado o conto "A máscara da morte escarlate". Por outro lado, será que a imaginação de Poe podia ter previsto uma cidade onde um em cada 12 adultos era viciado em drogas? Baltimore também detinha a maravilhosa distinção de liderar os níveis nacionais de infecção por sífilis. Em mais de uma modalidade Al Capone tinha sido um pioneiro.

Como teria sido a Baltimore da época de Poe? Dela já muito pouco restava, graças à ação de dois flagelos: o grande incêndio de 1904 e a obsessão pelo progresso, que em meados do século XX havia posto abaixo tantas edificações importantes, antes que os preservacionistas começassem a vencer suas batalhas. E atualmente o hospital onde Poe tinha morrido estava sob ameaça de demolição. Em breve, os únicos vestígios do escritor seriam seu túmulo e a casa onde ele havia morado, ainda que por breve período, em Amity. Também havia uma estátua de Poe do lado de fora da Universidade de Baltimore e alguns marcos históricos aqui e ali.

Aqui e ali. E aqui. Exatamente aqui. Na esquina da biblioteca. Pensar que ela o veria na Mulberry Street, onde seu anônimo orientador havia recomendado que estacionasse. A Poe Room era um bom lugar para *começar*, mas talvez não devesse ser o destino final para ela. Tess atravessou correndo a Mulberry para o quarteirão de casas geminadas do outro lado. Daniel a acompanhou depois que o sinal abriu.

— Como fui esquecer esse lugar? — perguntou Tess, repreendendo sua memória de queijo suíço. E não só a dela, mas também a de Paige Rose e a de Kitty. O nome estivera tão irresistivelmente próximo a elas o tempo todo. Provavelmente estava no índice da biografia que ela havia comprado, mas Tess estivera demasiado ocupada lendo sobre a morte de Poe para focar na vida dele.

Daniel estava completamente confuso.

— O albergue onde se hospedam os estudantes europeus?

— Não, esta casa geminada pela qual eu já passei apenas umas 8 milhões de vezes, e cujo marco histórico eu li pelo menos 5 milhões de vezes. A menção que você fez ao *Saturday Visiter* deve ter feito disparar minha memória. Foi por isso que o nome John Pendleton Kennedy pareceu tão familiar a todos. Estava exposto neste imóvel para todo mundo ver.

Ela apontou o pequeno retângulo desbotado que décadas antes tinha sido afixado ao edifício, em um dos periódicos ataques de orgulho cívico da cidade, durante o breve reinado do prefeito Clarence "Du" Burns. Nessa casa geminada, em 1833, três homens tinham julgado os textos enviados para um concurso literário local patrocinado pelo *Baltimore Saturday Visiter*. O vencedor por aclamação foi um jovem escritor chamado Edgar Allan Poe, com uma história chamada "Manuscrito encontrado numa garrafa".

E um dos três juízes era John Pendleton Kennedy. Se seu cliente potencial tivesse usado o nome de um dos outros juízes — Latrobe, com sua ressonância mais profunda e mais conhecida de Baltimore — Tess logo teria ficado desconfiada. Se tivesse tomado o nome do Dr. James H. Miller, ela provavelmente nunca teria feito qualquer conexão. Mas John Pendleton Kennedy despertava associações diferentes, mais modernas, e a alusão a Poe lhe havia escapado de todo.

Havia escapado como um porco ensebado.

— Acho que isso foi a noção de piada do Homem-Porco.

— Homem-Porco? Quem é esse? O que ele tem a ver com John Pendleton Kennedy ou com Poe?

— Acho que é isso que se espera que eu tente descobrir.

Capítulo 12

Tess voltou ao escritório antes de ir para casa. Ela havia saído do seu caminho, mas se convenceu de que mostraria admirável eficiência se arquivasse o recibo do jantar no Sotto Sopra e redigisse suas descobertas sobre Bobby Hilliard enquanto a informação ainda estava fresca na memória. Ela não tinha feito anotações durante o jantar, porque Daniel Clary lhe parecera do tipo nervoso, alguém que falaria com menos liberdade se visse suas palavras serem convertidas na estenografia não muito sucinta de Tess, aquela mistura autodidata de abreviações que os jornalistas usam. O que causava espanto, sabia Tess, não era o fato de as declarações dos entrevistados saírem incorretas, mas sim que alguma vez fossem citadas corretamente.

Mas enquanto estacionava perto do escritório, ela não conseguia admitir, nem mesmo para si, que tinha curiosidade de verificar se outro bilhete, ou pelo menos um trio de rosas, estava à sua espera. Ela havia atendido ao pedido dele — supondo que se tratasse de um homem — e descoberto a alguns passos de distância da biblioteca o segredo do significado de John Pendleton Kennedy. Certamente, essa devia ter sido a intenção de seu correspondente. Ele sabia? Ele aprovava? Será que teria mais uma pista para ela?

Por outro lado, será que ela queria que ele soubesse do progresso realizado, queria que alguém a vigiasse de tão perto? Ainda estava perturbada por ele ter encontrado a casa dela. Tess se perguntava se havia alguma forma de dizer a seu orientador anônimo que toda a correspondência futura deveria ser encaminhada ao escritório.

Mas a porta da frente do escritório mostrava para a rua um rosto vazio e silencioso. Esse era o problema dos anônimos que davam dicas. Além de inacessíveis e pouco confiáveis, apareciam e desapareciam conforme queriam. Lembrava muito um namoro.

Do lado de dentro, só a esperavam várias páginas de relatórios policiais, que Herman Peters tinha enviado pelo fax. Ela precisou de um minuto para recordar o que havia solicitado. Ah, sim, o boletim de ocorrência sobre Shawn Hayes. Na esteira do que ela havia descoberto sobre Bobby Hilliard e da peça pregada pelo Homem-Porco, o boletim parecia não ter mais tanta urgência.

Tess ligou o computador sem se dar ao trabalho de acender as luzes. O monitor fornecia luz suficiente para seus propósitos. Além disso, a penumbra trazia uma sensação agradável. Ela queria cultivar seu Poe interior.

Pegando um bloco de desenho, começou a usar uma velha técnica de diagramação de que se lembrava dos tempos do jornal — não uma lista em sequência, e sim uma série de círculos conectados, que se espalhavam pela página como meteoros, todos partidos do centro de... — bom, do centro de quê? O centro podia esperar, maldito Yeats; quem dera ela pelo menos soubesse onde ficava o centro, ou o que era o centro. Seria Bobby Hilliard? O encontro mortal no túmulo de Poe? O Visitante? O falso John Pendleton Kennedy? E se seu gordo amiguinho fosse a pessoa que a estava seguindo agora? Por quê?

Tess estava tão envolvida em seus diagramas que deu um salto ao ouvir o som de uma leve batida na porta, batendo com o joelho na mesa que estava o teclado. Deu uma olhada em direção à porta para ter certeza que a trancara quando entrou. O ferrolho estava aberto, mas a fechadura era segura. Ela esperou para ver se alguém bateria de novo. Não era raro neste setor da cidade que bêbados e dependentes de droga sem dinheiro viessem fazer visitas fora de hora. Passaram-se segundos, e, quando não ouviu nada, ela voltou ao diagrama. Então veio um novo som, um som sorrateiro, metal com metal. Alguém estava abrindo a fechadura. Devagar e sem destreza, mas sem dúvida forçando. Aquilo não era nenhum bêbado.

Tess tirou o revólver da mochila e soltou a trava de segurança. Mas o intruso teria o melhor ângulo de visão, pois ela estava iluminada por trás pela tela do computador. Agachando-se atrás da escrivaninha, Tess ficou à espera.

Depois do que pareceu uma eternidade, a porta por fim se abriu e pés cruzaram o umbral. Tess ouviu a porta se fechar — suavemente, cautelosamente, de forma demasiado deliberada para ser um visitante aleatório em busca de dinheiro fácil. Tess contrabalançou o peso, segurando a arma com as duas mãos, os joelhos apertados contra o peito, quase como se estivesse numa posição de ioga, e esperou que o intruso viesse na direção da tela brilhante do computador. Os olhos dela tinham se ajustado à meia-luz, mas a pessoa estava se movendo devagar, na incerteza de onde se encontravam os objetos dentro da sala. As passadas paravam e começavam, paravam e começavam, até que por fim ela viu surgir por trás da mesa um par de pernas metidas numa calça cáqui.

— Que diabos...

Tess, enrodilhada como uma serpente numa lata, deu um impulso com as duas pernas e atingiu o intruso diretamente no estômago, com a força necessária para derrubá-lo no chão. Ela mirara na virilha, mas não iria questionar os resultados. Engatinhando, sentou-se sobre o pretenso invasor, apontando-lhe a arma.

— Quem é você? O que deseja? — rugiu ela, no tom mais alto que conseguiu produzir. Tull lhe dissera uma vez que em semelhantes situações falar aos berros é uma ferramenta de valor inestimável. Além do mais, ajudava a liberar uma parte da adrenalina que Tess havia acumulado enquanto estava enovelada como uma bola.

O visitante usava uma capa amarrada como cinto e um chapéu disforme que caiu, revelando uma massa de longos cabelos castanhos. Os olhos claros mostravam medo, mas a boca era cruel e desafiadora.

— Se você tivesse atendido à porta, eu não teria sido obrigada a invadir — disse a mulher, com um tom de superioridade moral.

Tess apontou a arma para o teto, mas manteve as coxas apertadas contra os dois lados da bacia da intrusa. A questão é que não sabia o que fazer em seguida. Revistá-la em busca de armas? Pelo jeito havia certo volume sob a capa, mas podia ser apenas carne. Ela deveria manter a mulher sob a mira da arma e chamar a polícia? Como iria fazê-lo, exatamente?

A discrição nem sempre é a virtude da coragem. Enquanto Tess avaliava as opções, a mulher lhe aplicou uma cabeçada no peito. Em meio à dor, Tess pensou: *meu Deus, só uma mulher se atreveria a fazer isso com outra mulher*. Ela caiu de costas, ainda agarrada ao revólver, incerta quanto à posição do corpo da outra, mas empoleirada nos calcanhares. Com a mente distanciada, ela tentava discernir sua intenção. Seria um ataque ou uma tentativa de fuga?

Era fuga. Dobrando os joelhos, a agressora se desvencilhou de Tess, ergueu-se desajeitadamente nos pés e começou a correr em direção à porta. Mas era quase fácil demais. Com o revólver na mão esquerda, Tess puxou o All-Star de cano alto do calcanhar da mulher. Ela caiu para a frente, e Tess subiu em suas costas, desta vez montando o corpo mais acima, de forma a imobilizar os braços. Como se não bastasse, agarrou-a por uma mecha dos cabelos.

— Quem é você?

A única resposta da mulher foi uma série de respirações curtas e fortes. Tess aliviou o puxão nos cabelos e a revistou de forma um tanto inexperiente. Percebeu que a outra tinha uma arma enfiada no cós da calça, mas não conseguiu engendrar um modo de meter a mão sob a capa sem aliviar a posição. No bolso da capa, no entanto, havia uma carteira, que ela podia alcançar. Puxou a carteira e esforçou-se por enxergá-la na penumbra.

— Gretchen O'Brien — disse em voz alta, olhando a carteira de motorista. Havia outros cartões, outros quadrados de plástico; numa súbita inspiração Tess emborcou a carteira e deixou que os cartões se espalhassem; depois, atirou a carteira num canto da sala. Com a identidade no chão, ficava mais difícil alguém sair correndo.

— Este é seu nome? Gretchen O'Brien?— perguntou ela à nuca da mulher enquanto erguia a capa e agarrava a arma, que prendeu sob a axila.

— Você acha que eu estou usando uma carteira de motorista falsa do estado de Maryland?

— Você é capaz de invadir o escritório alheio; como posso saber qual o seu limite?

— Até parece que você nunca invadiu um lugar. — A voz da mulher era desdenhosa, de quem não se intimidava. Tess foi obrigada a admirar sua atitude.

— Eu nunca arrombei uma fechadura — disse Tess, virtuosa. Ela preferia o cortador de vidro.

— Nunca invadiu? Nunca usou identidade falsa? Nem um cartão de visita falso? Nunca mentiu?

As perguntas eram desconcertantes, como se Tess estivesse discutindo com a própria consciência. Olhou os cartões espalhados em torno do corpo da mulher. Um cartão de uma locadora de vídeo, um cartão Visa, um cartão Discover, um cartão de descontos SuperFresh, todos eles com o nome Gretchen O'Brien, alguns cartões de visita. Em seguida ela viu um tipo de letra menos corriqueiro, um cartão que identificava Gretchen O'Brien como detetive particular licenciada do estado de Maryland.

Tess se levantou e caminhou para a porta, virou a chave na fechadura e guardou-a no bolso. Gretchen O'Brien seria obrigada a se resignar à condição de sua hóspede por um pouco mais de tempo. Tess acendeu a luz e se sentou na cadeira da escrivaninha, onde removeu os cartuchos da pistola 9mm de Gretchen. Depois apanhou o próprio revólver calibre 38, gesticulando para a outra que... bom, para fazer o quê, exatamente? Gretchen pôs-se de quatro e depois, acomodando-se numa postura de meio-lótus, olhou furiosa para Tess.

— O único elemento que teve a seu favor foi a surpresa — declarou. — Você fez tudo errado.

— Tudo?

— Quer dizer, obviamente não foi treinada. Há uma razão — a respiração dela ainda estava um pouco ofegante, mas não tanto para disfarçar o desprezo na voz — há uma razão para o Estado exigir das pessoas que nunca foram policiais que passem por um treinamento prolongado. Não que gente como você não burle a lei o tempo todo. Está achando que alguém realmente acredita que Al Keyes tem alguma coisa a ver com esse escritório aqui? Todo mundo sabe que ele vive num trailer desde que se aposentou da corporação, e que passa os dias pescando.

O que Tess poderia dizer em resposta a isso? Era a pura verdade.

— Então você é policial?

— Sim. Eu fui policial. Mas percebi que o mercado pagaria por minhas aptidões mais do que o município jamais me ofereceria, além de ser muito mais seguro. Há quase cinco anos venho fazendo isso. E me dando muito melhor do que você, também, a julgar por suas instalações.

— Foi para isso que você invadiu? Para comparar a mobília, trocar informação sobre salários?

Gretchen O'Brien passou a mão nos cabelos, prendendo-os de volta num frouxo rabo de cavalo. Parecia um pouco mais velha que Tess, ou então a vida lhe havia deixado mais marcas. O tom de pele era desigual e manchado, os olhos verde-azulados tinham olheiras escuras e uma linha profunda no lado de dentro da sobrancelha direita parecia ter sido gravada ali pela expressão carrancuda semipermanente. Mas Gretchen era alta e bem-feita de corpo, e depois de revistá-la Tess sabia que seu tônus muscular era melhor que o da média. Provavelmente sua aparência era ótima, antes de ser derrotada naquela pequena disputa.

— E aí, vai chamar a polícia? — perguntou Gretchen.

— Vou ser obrigada a chamar, se você não me disser por que está aqui.

— Tudo bem. Eles vão me acusar por invasão. Eu vou dizer que foi um engano, que um cliente tinha me dito que este imóvel estava desocupado e que ele desconfiava que a futura ex estivesse escondendo bens aqui.

— Não é uma história muito boa — julgou Tess, que se envaidecia de sua capacidade de inventar mentiras rápidas e criativas.

— É boa o suficiente. De toda forma, em seguida eu acuso você de agressão, e quando eles conseguirem esclarecer tudo, cada uma de nós terá perdido uns 2 mil dólares com advogado, mas você ainda não terá nenhuma resposta.

Tess levantou-se e andou pela sala, pisando nos destroços espalhados da carteira de Gretchen.

— Bom, aqui está uma resposta — disse ela, curvando-se para recolher um dos cartões de visita espalhados, que identificava um certo John P. Kennedy como comerciante de porcelanas finas. — Então John Pendleton Kennedy também lhe fez uma visitinha. Você foi corrupta a ponto de pegar o caso? E você soube o verdadeiro nome dele?

Gretchen ficou sentada e quieta como uma criança emburrada.

— Eu quero dizer John Pendleton Kennedy, não o Celebrante de Poe. Estive no cemitério hoje de manhã e não vi você em lugar nenhum. Logo, imagino que não pegou o caso.

— Ou talvez eu seja mais competente na vigilância que uma amadora autodidata.

— Então pegou o caso.

— Eu não disse isso.

— Na verdade, meio que disse. Onde você estava?

Um olhar furioso foi sua única resposta. Tess evocou mentalmente a rua escura, viu os vários grupos de espectadores convergirem para o local do túmulo. Sim, Rainer tinha dito que algumas testemunhas tinham se dispersado, pouco inclinadas a testemunhar. Tess teve um palpite de que Gretchen não tinha sido uma delas.

— Você pegou o trabalho, mas não esteve lá. O que você fez, dormiu e passou da hora? Esqueceu de botar o despertador para tocar?

— Eu tinha ido mais cedo fazer o levantamento no local, verificar onde ficavam as entradas e saídas. É uma prática bastante comum, não que eu espere que você saiba essas coisas.

— Então você não chegou tarde, e sim cedo demais. Por que não voltou depois?

Gretchen olhou para o reforço de borracha da biqueira de seu tênis All-Star. Tess usava Jack Purcell, que considerava imensamente superior, um velho preconceito de Baltimore que havia absorvido sem questionar.

— Foi o monumento — disse Gretchen finalmente, com a expressão de alguém que precisasse confessar, ou pelo menos se justificar. — Aquele monumento em frente, o lugar para onde transferiram o corpo dele. Aquilo me confundiu.

— Você esteve observando o local errado no cemitério?

— Não. O monumento mencionava o dia errado. O próprio monumento a ele informa a data de nascimento como 20 de janeiro. Eu imaginei que... — Sua boca começou a formar um som, uma voz suave, mas ela se conteve — ... imaginei que o cliente houvesse se enganado. Quer dizer, a data estava gravada na pedra, sabe? Pensei que eu deveria ir ao local na noite do dia 19, e que ele viria bem cedo na manhã do dia 20. Como podia adivinhar que estava enganada? Sou uma garota de Pigtown. Tive sorte de completar o ensino médio na Southwestern High School e frequentar alguns semestres do Catonsville Community College.

Tess sorriu diante da tentativa canhestra de Gretchen de bancar a coitadinha para cima dela. O próprio pai de Tess havia começado a trabalhar no município diretamente depois do ensino médio, e a mãe dela tinha largado a faculdade em College Park para se casar com ele.

— Será que seu cliente, o... Desculpe, como era mesmo o nome dele?

Gretchen se permitiu um riso curto de desdém.

— Esse truque funciona para você? Não me surpreenderia que funcionasse *em* você.

— Não custa nada tentar, né? Ainda há pouco você quase disse o nome dele, mas se segurou. De toda forma, seu amigo balofo sabe que você pisou na bola? Você invadiu meu escritório na esperança de descobrir o que eu sei, porque eu estive lá, e usar meu trabalho para mascarar as deficiências do seu? Ou há alguma coisa que seu cliente tem medo de que eu possua e que deseja recuperar?

Gretchen O'Brien virou para Tess seu traseiro muito largo e começou a engatinhar pelo chão, recolhendo seus cartões.

— Não tenho nada a dizer. Quer chamar a polícia?

— Não sei — disse Tess.

— Pode me dar minha arma?

Tess a empurrou por sobre a mesa, mas guardou a munição.

— Bom, você tem minhas coordenadas. Eles sempre podem expedir uma ordem de prisão contra mim, se você quiser. Eu não me importo. Mas não vou ficar por aqui.

Gretchen se levantou e agarrou a arma. Olhou o ambiente em torno, que tinha vindo revistar, e o achou insatisfatório.

— De toda forma, foi uma tentativa casual. Você não sabe nada.

— O que eu deveria saber? Ou ter? O que você está procurando, Gretchen? Em matéria de caça ao tesouro, a coisa não funciona muito bem se todos os participantes não souberem o que estão buscando. A questão é realmente uma pulseira? Ou talvez um falcão maltês? Qual é a parada?, como diria Hammett.

— Ele é um policial?

— Um escritor de romance policial. Costuma ser associado a São Francisco, mas nasceu em St. Mary's County e trabalhou como agente de Pinkerton aqui em Baltimore. Sempre ouvi dizer que *O falcão maltês* foi inspirado pelos detalhes de um edifício do centro da cidade.

Gretchen sorriu para ela.

— Então foi aí que você aprendeu a fazer o que faz. Nos livros, e ainda por cima livros inventados. Típico.

Ela caminhou para a porta, com movimentos um pouco rígidos, fato que Tess decidiu contar como uma pequena vitória. No último minuto virou-se, mas só porque precisava da chave. Tess jogou-a para ela, que a apanhou no ar com a mão direita, depois abriu para sair. Tess tinha esperança de que a outra estivesse dolorida na manhã seguinte, que sentisse todo tipo de dores em lugares pouco conhecidos. Por outro lado, ela mesma talvez também sentisse. O corpo nunca parecia se dar conta do fato de ter estado no lado vitorioso de uma briga.

O maço de faxes tinha caído no chão enquanto as duas mulheres brigavam. Tess abaixou-se para recolhê-los. Eram boletins policiais, não só da agressão a Shawn Hayes, mas também de duas invasões de domicílio — e a julgar pelo inventário do que tinha sido roubado, tinham sido delitos bem triviais. Herman Peters devia tê-lo enviado por engano.

Eu te disse, ele tinha escrito na capa. *Quando você examiná-los — supondo que não tenha nada melhor a fazer — verá por que seu amigo está enganado.*

Seu amigo. Por um momento ela pensou que ele se referisse a Yeager; mas depois percebeu que estava se referindo a Cecilia, a eterna ativista. Enquanto examinava os relatórios, ela imaginou preguiçosamente o que Cecilia sentiria sobre aquela caracterização do relacionamento delas. Será que ela ainda era amiga de Cecilia, ou simplesmente uma ferramenta que há muito tempo havia deixado de ser relevante para as várias missões da outra?

O boletim sobre Shawn Hayes notava que ele tinha sido brutalmente espancado com um taco de beisebol ou alguma outra coisa feita de madeira, mas a arma nunca tinha sido encontrada. As invasões pareciam não ter nada em comum com a agressão, ou entre si. Uma acontecera em Bolton Hill, na casa de Jerold Ensor, cujo nome lembrava vagamente o de alguém sobre o qual ela devia estar informada, um desses nomes que surgem em listas de doadores ou nas páginas da coluna social.

O outro era um nome que não era familiar, Arnold Pitts, num endereço que não despertava associações: Field Street. Ela tinha visto a placa daquela rua em algum momento, ou em algum lugar, mas não conseguiu situá-la exatamente. Os boletins faziam os dois incidentes parecerem arrombamentos irrisórios, nos quais tinha sido levada a mistura habitual de artigos passíveis de serem vendidos como mercadoria roubada — televisões, aparelhos de DVD, uma câmera de vídeo.

Quando você examiná-los, verá por que seu amigo está enganado. Aquilo supunha que ela iria examiná-los. Tinha vontade de choramingar para aquela mãe invisível que parecia pairar sobre ela em tais ocasiões, mãe muito mais poderosa que qualquer divindade: *Ai, eu sou obrigada a isso?* Ela realmente precisava encontrar algum trabalho remunerado e deixar tudo isso para trás.

Mas, e se esses boletins fossem a mina em que Gretchen havia garimpado desde o começo? Com um suspiro, Tess apanhou seu diagrama e a lista telefônica.

Capítulo 13

Tess resolveu passar o dia seguinte fazendo alguma coisa realmente inédita — tentando ganhar algum dinheiro. Afinal de contas, teria o dia livre: só à noitinha poderia telefonar aos dois homens cujas casas tinham sido roubadas, pelo fato de não saber onde eles trabalhavam.

Além disso, precisava ganhar algum dinheiro. E tinha aprendido que, com frequência, a parte mais difícil do trabalho era fazer o cliente pagar.

Começou com uma visita a seu maior caloteiro, o dono de uma barraca no mercado de peixe que se fazia chamar de Fuzzy, Fuzzy Iglehart. Tess preferia chamá-lo de Sr. Iglehart, apesar dos insistentes convites a tratá-lo pelo apelido. Ele não a chamava de nome algum, a não ser o ocasional "mocinha", ou "fofinha", o tratamento genérico em Baltimore. Mas isso foi até dois meses antes, quando parou de retornar os telefonemas dela. Pouco depois das 11 horas, ao avistá-la descendo o corredor no Cross Street Market, o peixeiro olhou em torno procurando uma saída viável. Encontrou uma, mas com a estreita passagem bloqueada por duas idosas que faziam compras, ele suspirou fundo e ficou firme.

— Como tem passado? — perguntou a Tess, como se eles fossem velhos amigos.

Ela respondeu com uma pergunta mais relevante:

— Como vão os negócios?

— Péssimos, simplesmente péssimos. Tudo por causa do lugar onde me puseram, neste cantinho escuro, longe dos outros vendedores de peixe. Não sei a quem eu desagradei, mas alguém andou armando pro meu lado. Alguém na prefeitura ou na administração do mercado.

Fuzzy Iglehart começava assim quase todos os diálogos, contando seus problemas, proclamando que o município, o Estado, o mundo, e todas as burocracias pertinentes haviam se aliado contra ele. No verão anterior, quando veio ao escritório de Tess, ele parecia ter razão. Em frente a Fuzzy's Fish, um trambiqueiro tinha encenado um espetacular escorregão seguido de queda e tentara processar a prefeitura, mas descobriu que a responsabilidade dela era limitada. Então saiu em busca do próximo bolso, a seguradora de Fuzzy, mas o corretor se livrou do problema assinalando que a causa da queda tinha sido uma poça resultante de um defeito no refrigerador. Ah, mas o fabricante do refrigerador notou que Fuzzy não o instalara direito, invalidando a garantia.

E nesse jogo de empurra, Fuzzy acabou se dando mal. Apavorado com as custas processuais que enfrentaria, mesmo com ganho de causa, Fuzzy teve um raro momento de lucidez: decidiu verificar se a parte prejudicada tinha realmente sofrido lesão. No prazo de 48 horas depois de contratada, Tess havia filmado o espertalhão construindo um terraço em sua casa. Ela enviou ao queixoso potencial uma fita cassete, junto com um bilhete curto explicando a punição prevista para o delito de fraude em Maryland, e o caso desapareceu abruptamente da agenda de julgamentos.

Aquele tinha sido o dia 1º de setembro, e Fuzzy Iglehart, o melhor amigo de Tess, prometeu a ela peixe de graça e um encontro romântico com o filho dele, Fuzzy Jr., ofertas polidamente recusadas. Mesmo assim, Fuzzy Iglehart tinha continuado a proclamar que faria qualquer coisa por ela, absolutamente qualquer coisa.

Exceto, pelo visto, pagar a dívida.

— Janeiro é ruim para os negócios — disse ele, começando sua habitual ladainha, com os olhos fixados num ponto acima do ombro esquerdo de Tess. — Sempre foi ruim, mas este ano está pior do que nunca.

— No mês passado o senhor disse que só precisava chegar até o Natal para conseguir me pagar.

— O Natal deste ano foi terrível. Muito frio.

— Foi um dos meses de dezembro mais quentes já registrados.

— Pois muito bem, foi isso mesmo que eu quis dizer. Quente demais. Quem quer comer ostras quando faz tanto calor lá fora? Olha só, que tal eu transformar a dívida em crédito e pagar em mercadoria?

— Não dá, porque, conforme lhe informei no mês passado e no mês anterior, eu odeio peixe e tenho alergia a alguns frutos do mar.

— E olha que você é de Baltimore. Tudo bem, e que tal eu te dar uma dessas antigas latas de ostras? São decorativas. Eu tenho outra por aqui. Elas valem muito. Eu vi no eBay.

— O senhor já me deu uma dessas em novembro e prometeu me pagar depois do Dia de Ação de Graças.

— Mas você gosta desse tipo de coisa, não é? Quer dizer, coisas antigas de Baltimore. Você tem aquele relógio esquisito no escritório que eu me lembro. Fuzzy tem boa memória.

Deu umas batidinhas na testa, entrou numa pequena área de armazenamento atrás da barraca e voltou com umas cadeiras de estádio ou auditório, quatro delas, extremamente gastas pelo uso.

— Eu tenho essas cadeiras que foram do Memorial Stadium — declarou. — O presidente dos Estados Unidos se sentou nelas no dia da abertura de campeonato.

— Qual presidente? — perguntou Tess. — Qual campeonato?

— Bom, algum deles. Nossa, sei lá!

— Todas as cadeiras do estádio do Memorial Stadium foram removidas sob supervisão e vendidas em leilão na primavera passada, como parte dos preparativos de demolição. O senhor comprou essas aí?

— Bem, humm... quer dizer, um cara me deu essas de presente.

— E onde ele as conseguiu?

— Acho que comprou.

— Essas cadeiras são de lona e nas costas delas está estampado ESCOLA #201.

Fuzzy olhou, fingindo espanto:

— Veja você! Quem diria?

Tess deu um suspiro. Em seu ramo de trabalho, às vezes era comum o cliente ser tão desonesto quanto quem ele queria desmascarar. Sem a capacidade de pensar como um trambiqueiro, não dava nem para imaginar como apanhá-lo. De fato, os clientes dela eram, na maioria, um pouco tortos. Tess se perguntava se outros detetives particulares teriam o mesmo problema. Por exemplo, Gretchen O'Brien, com seu escritório sem dúvida reluzente e sua alegação de profissionalismo.

— Eu não quero uma fila de velhas cadeiras de auditório escolar. Não quero mais uma lata de ostras...

— E que tal uma placa antiga de salsichas Park's Sausage para aquela sua cachorra esquisita?

Ora, isso já era tentador, ainda que o nome da cachorra dela fosse em homenagem ao outro produto suíno local. Lembrando o antigo comercial, ela sentiu uma pontada de nostalgia. Mas não, era preciso ser firme.

— Eu quero é dinheiro, Sr. Iglehart. Em espécie, ou um cheque válido, porque em setembro o senhor me deu um cheque sem fundos, o que, por falar nisso, é ilegal. Eu poderia ter aberto uma queixa contra o senhor naquela ocasião.

— Eu passei um verão horroroso. Horroroso. Às vezes fico achando que não sobrou peixe nenhum na baía.

Tess pensou que o problema talvez fosse tão simples quanto o nome da barraca dele. Mesmo para apreciadores de peixe, o nome FUZZY FISH não era propício a inspirar confiança. Mas ela não estava no clima para oferecer conselhos mercadológicos a pequenos empresários.

— Vou lhe dar até o dia 1º de fevereiro e depois disso serei obrigada a chamar uma agência de cobranças. Com isso vai sobrar menos dinheiro para mim, o que vai me deixar realmente furiosa. De fato, eu poderia levar um tombo aqui mesmo, para compensar o prejuízo.

Com a ponta da bota de camurça ela indicou a poça ao lado do refrigerador, tomando cuidado para não pisar nela.

— O senhor poderia pelo menos mandar consertar isso aqui. Não aprendeu nada com aquele caso?

— Não tenho dinheiro para isso — respondeu ele, pesaroso.

Tess saiu andando pelo corredor, contente de se distanciar dos olhares deprimentes dos peixes mortos no gelo. Como é que alguém conseguia comer coisas que tinham escamas? Isso sem mencionar ostras, mexilhões, amêijoas — e caranguejos. Os caranguejos eram os piores. Será que alguém em Baltimore tinha olhado com atenção a mascote oficial da cidade? Tess se sentia sortuda por ter alergia a frutos do mar. Senão teria sido forçada quase diariamente a justificar a instintiva aversão aos crustáceos. Ela imaginava se haveria alguma menininha sua antípoda em Hershey, Pensilvânia, que se livrasse da obrigação de comer chocolate graças à alergia à lactose.

Mas Tess só precisou dar alguns passos para que seu apetite se reavivasse. Pelo estômago dela, era quase a hora do almoço, ainda que não o fosse pelo relógio. Parou numa barraca e pediu um sanduíche de peru, um saco de batatas fritas sabor cebola e uma Coca-Cola de 450ml. Fez uma careta quando o atendente perguntou:

— Você quer dizer uma Coca Diet?

— Normal — rosnou ela, irritada com a suposição de que todas as mulheres bebessem refrigerante diet. — E dose extra de molho de pimenta no sanduíche.

— Eu achava que era a única a pedir pimenta extra — disse alguém atrás dela. O sotaque gutural de Baltimore pertencia a uma mulher alta de ar prosaico, cujo lenço estampado de margaridas não chegava a encobrir os cabelos curtos e ruivos que ela havia conseguido prender nas têmporas em dois rolinhos pequenos.

— O sanduíche de filé com queijo tem sabor forte, mas o sanduíche de peru precisa de uma ajudazinha — disse Tess amavelmente, curiosa de ver as preferências em moda de uma mulher que usava rolinhos de cabelo em público. Essa fã do molho de pimenta usava um par de sapatos masculinos, com os calcanhares abaixados e sem amarrar, a meia-calça frouxa nas canelas esqueléticas. Os cabelos davam a impressão de uma dona de casa do sul de Baltimore que estivesse fazendo uma rápida incursão no mercado, mas os sapatos pareciam pertencer a uma moradora de rua. Ou uma doida que fugiu de casa quando algum parente, cansado das constantes exigências da obrigação de cuidador, se descuidou.

— Puxa, como eu gostaria de comer um desses sanduíches de peru — disse a mulher, olhando fixamente de boca aberta para o sanduíche de Tess, embrulhado em papel branco, enquanto o atendente o colocava num saco de papel.

— Quer um sanduíche de peru? Ou prefere o dinheiro? —Tess preferia comprar comida para os pedintes, em vez de lhes dar dinheiro.

— Com certeza prefiro o sanduíche — repetiu a mulher, agora de olhos grudados no saco de papel, literalmente estalando os lábios. — Gosto muito de peru.

Tess entregou-lhe o sanduíche.

— Também vai querer batata? E alguma coisa de beber?

— Batatas sabor churrasco. E uma soda Mountain Dew.

Tess fez sinal ao atendente, que marcou na registradora mais um pacote de batata frita e outra garrafa de refrigerante.

— Pode levar este sanduíche, eu espero outro. Tem lugar para ficar aqui por perto? Porque...

A mulher já tinha se afastado, com o saco enfiado debaixo do braço como uma bola de futebol. Ainda assim, Tess se sentiu bem em relação a pequeno impulso de caridade, até avistar Fuzzy Iglehart no final do corredor, olhando para ela com um sorriso insidioso. Agora que ele descobrira o quanto ela era molenga, ia ser ainda mais difícil fazê-lo pagar a dívida.

Trabalho, trabalho remunerado, era o que estava na mente de Tess quando ela telefonou a Tyner depois do almoço, para ver se ele teria alguma tarefa que pudesse passar para ela. Depois de vinte meses por conta própria, ela ainda não se havia acostumado aos altos e baixos como profissional autônoma. Sua declaração de renda do último ano mostrava uma soma respeitável, maior do que ela jamais conseguiria ganhar com o jornalismo. Mas a casa parecia consumir cada dólar, e o ano tinha começado com baixo movimento. Janeiro, para citar Fuzzy Iglchart, tinha sido terrível, e embora fevereiro sempre trouxesse um dilúvio de trabalho, em geral cônjuges desconfiados montando tocaia aos parceiros no Dia dos Namorados. Talvez, para captação de novos negócios, ela dependesse mais dos espasmos ocasionais de publicidade do que lhe agradava acreditar. Talvez ela devesse ter aceitado a oferta de Jim Yeager.

E talvez devesse mandar fazer um furo no meio da testa para poder entrar um pouco de bom-senso em sua cabeça, de uma vez por todas.

— Tenho um trabalho no tribunal: registros auxiliares do ativo imobilizado, registros de incorporação, que eu poderia pedir à minha assistente para fazer, mas como ela está de serviço até o pescoço, vou passar para você. Trabalhinho fácil — disse Tyner, estranhamente amável. A relação com Kitty o havia suavizado, mas Tess não estava segura de que ele tivesse intenção de ser suave. Sem a aspereza habitual, ele parecia um solvente que já não conseguia diluir a tinta.

— Não sou inimiga do dinheiro fácil.

— E aí, o que mais anda acontecendo? — perguntou ele, tentando bancar o tio carinhoso. Mas Tess já tinha nove tios, como frequentemente lembrava a Tyner; cinco por parte de pai, quatro por parte de mãe. E não estava entrevistando novos candidatos ao cargo.

— Não muita coisa. E com você?

— Ontem à noite estive numa reunião comunitária para comerciantes e moradores de Mount Vernon. Estão preocupados por não terem prendido ninguém no caso de agressão a Shawn Hayes e pelo boato de que o incidente estava conectado ao assassinato no túmulo de Poe. Os homossexuais que moram na área querem saber se a agressão foi motivada pelo estilo de vida que ele adotava. E todos os outros habitantes desejam em segredo que se trate exatamente disso.

— Não posso acreditar que as pessoas aqui sejam tão rancorosas.

— Não rancorosas, mas assustadas e desesperadas para acreditarem ser imunes ao infortúnio. Acreditam que isso não poderia acontecer a elas porque são mais espertas, mais prudentes, têm sistemas de segurança melhores. Porque são mais ricas, ou mais pobres. É engraçado, mas não só as vítimas de estupro acabam levando a culpa pela agressão que as vitimou. Já reparei que as pessoas que temem certas coisas se viram pelo avesso para localizar razões pelas quais aquilo não acontecerá com elas. E quase sempre as encontram no comportamento da vítima. “Ah, ele saiu tarde da noite.” “Ela falou com estranhos.” Esse tipo de coisa.

— É a natureza humana — disse Tess, tentando encontrar um ponto confortável na cadeira ultramoderna diante da escrivaninha de Tyner, duas faixas de couro da largura de uma correia, penduradas em barras cromadas. Há muito tempo ela vinha desconfiando de que as escolhas dele em matéria de decoração do escritório visavam deixar quem se atrevesse a visitá-lo tão incômodo quanto ele próprio se sentia. Tyner não queria que gente capaz de andar parasse de sentir gratidão por isso, logo sua mobília desafiava a coluna vertebral e deixava dormentes as pernas das visitas, obrigando-as a bater os pés para combater o formigamento.

— Não é só em relação a crimes — continuou ele, no mesmo diapasão. — O filho de uma velha amiga, que era procuradora do Estado, foi diagnosticado com autismo. As insensíveis de suas amigas grávidas fizeram um verdadeiro interrogatório sobre seus hábitos alimentares, estilo de vida, genes e formas de controle de natalidade que havia usado antes de engravidar. Lá estava ela, à beira de um ataque de nervos, devido aos níveis de estresse de sua vida, e todas as chamadas amigas queriam ter certeza de que aquilo não ia acontecer com elas.

— Ora, Tyner, você sabe como são as pessoas.

Meu Deus, ele hoje estava muito tagarela. Esse era o tipo de conversa que Tess costumava ter com Kitty. Ela temia que algum mutante estranho estivesse emergindo da relação, um Tyner mais amável, mais gentil.

— É, sei como são. Portanto, noite passada os moradores de Mount Vernon voltaram para suas casas e para seus negócios sem garantia de nada, a não ser da incompetência geral do detetive Rainer. Nesse meio-tempo, me preocupa que Shawn Hayes fique ligado aos aparelhos por um prazo maior que um ano e um dia, o que significa que seu agressor jamais enfrentará a acusação criminal de homicídio. É uma decisão difícil para a família tomar, mas espero que eles estejam conscientes das implicações legais de deixá-lo aí morrendo aos poucos.

— Supondo que Rainer prenda alguém.

— Ah, sim, Rainer. Ele me chamou ontem à noite para uma conversa particular.

Diante da informação, Tess poderia ter retesado o corpo, se a cadeira permitisse o movimento.

— O que ele queria saber?

— Queria um parecer sobre Cecilia. Ela foi minha auxiliar há dois verões. Você se lembra dela?

Como Tess poderia ter esquecido? A decisão dele de contratar uma assistente tinha forçado Tess a ir à luta por conta própria, muito antes de querer fazê-lo. Mesmo agora, provada a confiança de Tyner em relação a ela, Tess não podia deixar de recordar a sensação que tivera ao ser exilada do escritório dele. Foi como andar de bicicleta sem as rodinhas pela primeira vez; papai correndo atrás e prometendo não largar a bicicleta. Então papai largou — e ela se estatelou na mesma hora. Mas depois se levantou, do jeito com que todos se levantam.

— Então, o que você disse a ele sobre nossa velha amiga, a rainha do caixote de madeira?

— Cecilia dirige carrinho de rolimã? — perguntou Tyner intrigado.

— Não, ela sobe no caixote para discursar.

— Ah, bom. Ele perguntou se eu podia "controlá-la", convencê-la a se acomodar e parar de armar confusão. Respondi que ela iria continuar ladrando até alguém escutar. Então perguntei de chofre se ela havia acertado, e ele foi evasivo.

— Evasivo? Isso para Rainer iria representar um nível inteiramente novo de sutileza. Em geral, quando não sabe responder, ele só fica ali parado, de boca aberta.

Tess não pôde deixar de se lembrar da barraca de Fuzzy Iglehart, do olhar embaçados do peixe no gelo.

— Ele também adora você.

A voz de Tyner tornou-se cortante até virar seu velho tom agressivo.

— Por que você não me falou que esteve lá naquela noite? Por que me deixou ficar matraqueando sobre o assassinato naquele dia na casa de Kitty, sem me contar o que você sabia? Eu me senti um palhaço.

Tess ficou tão feliz ao ouvir Tyner aos berros com ela novamente que disse a verdade.

— Porque eu sabia que você não aprovaria. Não tenho certeza se eu aprovo. No começo, eu só queria descobrir quem era o cara que tentou me contratar e entender se eu devia entregá-lo a Rainer e a todos aqueles chacais da imprensa. Mas depois as coisas ficaram estranhas. Era como se eu tivesse um cliente, só que não sei quem é ele.

Tess contou tudo a Tyner, feliz em descarregar o peso, ainda mais feliz por ter a seu lado a inteligência aguda dele. Corvo era um pensador mais intuitivo, ele captava correntes emocionais que ela não percebia, enquanto Tyner era incisivo e lógico, interessado principalmente em fatos. Como Whitney, ele ficou perturbado pelas intenções do visitante de Tess. Também se irritou ao ouvir o relato da briga com Gretchen O'Brien.

— Duas mulheres, de armas em punho, rolando abraçadas pelo chão — disse ele. — Parece filme pornô de baixo nível.

— Até parece que você conhece alguma coisa sobre filmes pornô de baixo nível — contrapôs Tess. — Então, o que houve? Um homicídio, um espancamento, dois arrombamentos, uma detetive particular corrupta e dois homens misteriosos, meu amigo secreto e o "Sr. Kennedy". Supondo que não se trate de uma mesma e única pessoa.

Tyner estava claramente em conflito interno. Mas Tess o conhecia bem e percebeu que ele queria vê-la abandonar o caso, mas não conseguia afastar a própria fascinação por ele.

— Os dois arrombamentos, você examinou os dois, tentou entender qual é a conexão? Você poderia passar na casa deles, fingir que é... humm... ah, uma especialista em segurança que está visitando as vítimas de roubo, na esperança de vender seu serviço de blindagem de residências.

Ela sorriu.

— Eu planejei visitá-los quando fosse para casa hoje à noite, mas ainda não tinha pensado numa mentira. Talvez use a sua.

Era bobagem achar que poderia dizer a última palavra, num papo com Tyner.

— É melhor mesmo usá-la — recomendou ele —, pois tenho certeza de que não vai arranjar coisa melhor.

Capítulo 14

Bolton Hill é um desses setores de Baltimore que se convertem em religião para seus moradores. Tess se lembrava de que há tempos gente que não vivia ali estava prevendo a derrocada do setor. De fato, os boatos de seu fim iminente eram anteriores ao nascimento dela, pois os distúrbios de 1968 tinham levado muitos a perderem a esperança no futuro da cidade. Mas aqueles adeptos fervorosos que optaram por tolerar as indignidades de Bolton Hill, típicas de centros urbanos — o roubo de carro, as invasões de domicílio, o roubo de peças ornamentais de ferro e de mobiliário de jardim, o ocasional assalto na soleira da porta de casa —, eram recompensados por alguns dos imóveis mais espetaculares de Baltimore, a curta distância da sinfônica, da ópera, da parte alta do centro da cidade. Corvo ainda mantinha um apartamento na Park Avenue, embora Tess não conseguisse lembrar a última vez em que ele realmente houvesse passado uma noite ali.

Até para os altos padrões da região, a residência de Jerold Ensor era deslumbrante, uma imensa casa geminada na John Street, abarrotada de maravilhosas antiguidades. Ou assim pareceu, do ponto de vista de Tess no vestíbulo, onde 15 minutos antes tinha sido instruída a esperar pela empregada que atendeu seu insistente toque de campainha. Não tinha ficado claro se a estavam fazendo esperar ou se tinham esquecido totalmente sua presença.

Deixada sem nada a fazer, Tess ficou olhando a própria imagem num grande espelho decorado — um espelho que estivera pendurado no quarto em que morreu Francis Scott Key, segundo um cartão de 8x13 centímetros afixado ao lado dele. Tess refletia de que forma um dado tão trivial afetava o valor de um objeto. O espelho de um quarto em que ele tivesse nascido valeria mais ou valeria menos que aquele? Como é que alguém autenticava essas afirmativas? Ela recordou Fuzzy Iglehart arrastando aquelas cadeiras de estádio improvisadas e sorriu. Às vezes tinha a impressão de que todo mundo havia sido contaminado pela febre do programa *Antiques Roadshow* — a convicção de ter em sua posse algum objeto de valor inestimável, pena não saber qual.

Com o passar dos minutos, ela foi pensando menos no espelho e mais no próprio rosto. Na noite anterior, havia sido severa e bastante presunçosa em sua avaliação de Gretchen O'Brien. Em agosto, Tess tinha completado 31 anos, o que era muito mais chocante do que 30 anos. Os 31 cimentavam a ideia de que os anos continuavam a subir. Porém, ela não conseguia entrar em pânico no tocante às ruguinhas em torno dos olhos e às marcas nos lados da boca. Se ela tivesse que escolher entre não sorrir para ter um rosto liso e sem marcas de expressão, ela optaria por sorrisos e risadas, certamente. A tia lhe ensinara desde cedo a importância do filtro solar, e a pele dela estava em ótimo estado para alguém que praticava remo e corrida. Manter um pouco de carne sobre os ossos também ajudava. A maioria das mulheres não entendia isso.

Mas o cabelo — ela ouviu mentalmente a voz da mãe, pois Judith sempre se referia ao cabelo da filha como se ele fosse um objeto separado dela, uma mascote desobediente que Tess não conseguia domar: o cabelo — ela deveria cortá-lo? Seria indecoroso usar cabelo longo depois dos 30 anos? Tinha a impressão de que havia normas para esse tipo de coisa, normas não escritas que outras mulheres conheciam, recusando-se a partilhar com ela.

— Srta. Monaghan?

Jerold Ensor era um homem alto e cadavérico, com feições caídas de cão sabujo. O rosto dele era tão triste que Tess pensou se teria perdido o noticiário, com o anúncio de alguma tragédia monumental — um assassinato político, uma guerra, um desastre natural, a iminente partida dos Orioles para Washington. Com aquele rosto, Ensor deve ter sido agente funerário ou talvez carregador profissional de caixão de defunto.

Mas o efeito era atenuado pela voz aguda de tenor que explodia com sons vocais limpos de Baltimore e que ele não conseguia suprimir inteiramente, embora parecesse tentar.

— Minha governanta me trouxe seu cartão, disse que a senhorita queria conversar comigo sobre segurança, por causa dos arrombamentos que aconteceram aqui há alguns meses. Espero que não seja sua maneira de tentar me vender alguma coisa.

Sim, estou usando o plano de Tyner, e daí? Ela disse à sua corrosiva consciência.

— Não, eu não represento uma empresa, se esse é seu receio. Mas, sim, *estou* tentando expandir meus negócios ajudando empresas e residências particulares na avaliação de suas necessidades de segurança.

Estava blefando, mas como acontecia com frequência, o blefe lhe arrebatou a imaginação. Quem sabe ela não deveria se estabelecer como consultora de segurança. Isso poderia oferecer uma bela oportunidade de ganhar dinheiro.

— Como ainda estou tentando entrar no ramo, no momento não estou vendendo nada. Estou entrevistando algumas pessoas para ver o que posso aprender acerca do que funciona e do que não funciona.

— Minha história não é particularmente interessante...

— Gostaria que o senhor deixasse essa avaliação a meu critério.

Ele parecia não estar olhando para ela, e sim para além, para o reflexo das costas dela no espelho.

— Que tal irmos para a sala de visitas?

A sala de visitas, como a chamava Ensor, era um dos cômodos mais excessivamente decorados em que Tess já havia entrado e assoberbava os olhos do observador. As paredes pululavam de pinturas emolduradas, enquanto um verdadeiro bazar surgia de todas as superfícies possíveis, cogumelos na floresta. Era como ter caído dentro de um caleidoscópio; o observador estava próximo demais das peças para discernir o padrão geral. Devagar, pequenos detalhes surpreendentes começaram a aparecer. Num canto estava um velho mostruário giratório de cartões-postais, feito de metal, cheio de fotos antigas de Baltimore e de Maryland. Um índio de porta de tabacaria montava guarda em outro canto, e ao lado dele (poderia ser?) um antigo bebedouro estava preso à parede.

— Está funcionando — disse Ensor, seguindo a direção do olhar dela. — Foi comprado do distrito escolar, quando reformaram a velha Escola Politécnica e a transformaram no edifício da administração. Fui aluno da Poli e admito que tenho uma paixão sentimental, talvez eu devesse dizer egoísta, por tudo que pertence a meu passado. A estante de postais estava na loja em que minha família parava para tomar sorvete, quando saíamos de carro aos domingos; o índio ficava na loja do meu tio-avô. Sou um colecionador, mas só coleciono coisas que tenham importância para mim.

Uma gloriosa meia verdade, pensou Tess, com os olhos ainda deslumbrados pelo aposento.

— Não consigo deixar de imaginar como o senhor poderia saber se alguma coisa estava faltando. Ou de que modo um arrombador poderia escolher o que desejasse daqui. O senhor tem tanta coisa que deixaria o ladrão paralisado.

Ela também não pôde deixar de pensar no quanto Bobby Hilliard ficaria tentado, se entrasse naquela sala. Da Pratt ele havia roubado pelo menos um item, ou até mais, e esse casarão estava abarrotado do tipo de coisas bonitinhas que, segundo Daniel, eram a fraqueza do ex-colega.

— Acho que o arrombador sabia perfeitamente o que queria — disse Ensor. — Meu aparelho de som, a câmera de vídeo e um televisor para a cozinha. Admito que era um sujeito forte, laborioso e muito metódico. Foi quase um alívio ver um profissional em ação, em vez de alguém que atira uma pedra pela janela e entra para agarrar o que esteja à mão, como uma dessas máquinas para pegar bichos de pelúcia.

Fez uma pausa como se fosse acrescentar alguma coisa, depois riu.

— Na verdade, eu tenho uma delas aqui, no andar de cima. De Ocean City.

— Como foi que o arrombador entrou?

— A porta de trás estava destrancada.

Ele declarou isso sem se desculpar e sem se constranger. Que idiota, pensou Tess, mas depois, lembrando a conversa com Tyner, sentiu-se culpada. Ninguém merecia ser uma vítima.

— O senhor tem um sistema de segurança?

— Agora eu tenho. Decidi que três vezes chegam. Mas, na verdade, você não pertence à comunidade de Bolton Hill até sua casa ter sido roubada pelo menos duas vezes. É como entrar para o Tennis and Swim Club.

— E só foram levados eletrodomésticos.

— Sim. Conforme eu disse, os objetos que coleciono não têm valor, a não ser para mim. Sabe, é até reconfortante possuir coisas que ninguém mais deseja.

A certa altura Tess tinha baseado sua vida inteira numa filosofia semelhante. Prefira a infelicidade e ninguém poderá torná-la infeliz. Aquela forma de ver não tinha se mostrado satisfatória, mas parecia estar funcionando para Ensor.

— A polícia mencionou ao senhor que o roubo de sua residência pode estar ligado a outros crimes?

Ele se remexeu na cadeira. Parecia ao mesmo tempo entediado e cansado.

— Os roubos de residência quase sempre estão. Quem rouba continua a roubar.

— Não, eu estava pensando no ataque a Shawn Hayes e no assassinato no túmulo de Poe.

— Que ideia interessante! Ela é sua?

A ideia não era ridícula, nem surpreendente, reparou ela. Apenas interessante.

— Não. Acredito que seja da polícia. Ninguém lhe falou a respeito?

— Ah, sim — disse ele com um sorrisinho apertado. — Mas me pediram para não comentar. Com ninguém. Nem com a imprensa e, principalmente, o detetive da homicídios enfatizou, com uma detetive particular que usa uma trança que chega até o meio das costas.

— Ah...

Ensor inclinou-se para a frente, com os cotovelos apoiados nos joelhos, parecendo um louva-a-deus.

— Mas eu vou lhe dizer uma coisa, para seu próprio esclarecimento. Não sou gay. De fato, minhas três ex-mulheres ficaram felizes em dizer o quanto eu sou o oposto disso. Digo isso em relação à teoria do crime de preconceito. Agora, devo ligar para Rainer e dizer que a senhorita esteve aqui? Porque foi isso que ele me pediu para fazer. Ou gostaria de oferecer uma defesa, por sua própria iniciativa? Estou aberto à sugestão.

Ele estava brincando com ela, saboreando seu desconforto. O que ele não sabia é que esse desconforto era causado pela implícita bravata sexual sobre as ex-mulheres. Na verdade, sexo com alguém que tivesse a aparência de Jerold Ensor poderia ser qualificado como necrofilia.

— Acho que não consigo persuadi-lo.

— Ah, sou muito suscetível aos encantos de uma mulher. Pode-se até dizer que é minha principal fraqueza.

Será que ele realmente esperava que ela fizesse beicinho ou implorasse? Não seria surpresa para ela descobrir que em algum lugar dessa abarrotada residência existia uma coleção de borboletas numa caixa de vidro, presas com alfinetes. Agora ela entendia por que a casa dele parecera tão horripilante: lembrava a sala de estar do rei Gnomo em seu livro favorito da série de Oz, *Ozma of Oz*. Ali todos os itens eram pessoas e bichos transformados pelo rei, em caráter permanente, em *objets d'arts*, até que uma galinha particularmente inteligente rompesse o encanto. Era uma das mais literais narrativas de possessão que Tess já havia lido, e inspirava mais terror nela atualmente do que vinte anos atrás. De um homem agora morto pelas próprias mãos ela havia aprendido a ter cautela com gente que se comprazia demasiado na posse de objetos. Eles às vezes tentavam possuir gente também.

— O senhor conheceu Bobby Hilliard?

— Não que eu saiba. Mas costumo comer fora com frequência, e talvez ele me conhecesse. Na polícia, me fizeram a mesma pergunta. Entendo a fonte do interesse deles, mas a sua, qual é?

— Não tenho certeza — confessou Tess honestamente. Desde a visita do Homem-Porco ao escritório dela, Tess tinha sido arrastada a contragosto para um jogo de cabra-cega e estivera vagando, de olhos vendados, num círculo de crianças zombeteiras. Todos viam tudo, mas ela não.

— O senhor... — começou ela.

Ensor empertigou-se na cadeira, cruzando as longas pernas e descansando o rosto estreito nas pontas dos dedos indicadores.

— Recomendaram que eu não falasse com a senhorita, e não vou fazê-lo, a não ser que torne mais divertida a ocasião.

— Acho que não quero saber qual é sua ideia de diversão.

Sem se incomodar com despedidas, Tess foi embora, dando um último olhar para o espelho, que mostrava seu reflexo, testemunha da morte de Francis Scott Key.

Francamente, um dia ela iria cortar aquela maldita trança. Então como iriam reconhecê-la, que descrição fariam dela?

Se Ensor havia sido alertado a esperá-la, Arnold Pitts, da Field Street, a segunda vítima de invasão de domicílio, também estaria preparado. E daí? Pelo menos Rainer saberia que ela era meticulosa. Além disso, a vítima número dois de roubo não podia ser tão repelente quanto Ensor. Parada no sinal luminoso em Mount Royal, Tess leu o mapa e telefonou para casa, onde encontrou Corvo totalmente envolvido na tarefa de remover o revestimento do armário.

— Tenho mais uma parada a fazer no caminho de casa hoje à noite — disse ela. — Ainda estou tentando entender por que os policiais consideram que existe uma conexão entre essas coisas.

— Humm. — Foi tudo o que ele disse, embora fosse um humm muito incentivador. Tomara que as emanações do solvente não o estivessem afetando.

— O que você quer fazer para o jantar? — Ela estava sendo sua pior versão passivo-agressiva, na esperança de que ele se oferecesse para cuidar do jantar, preparando uma refeição adequada para o inverno, por exemplo, estrogonofe de filé mignon e pão quentinho feito em casa.

— Não estou mesmo com fome — disse ele —, então vou deixar a seu critério.

Droga, resposta errada.

— Tudo bem, eu dou um jeito. Provavelmente vai envolver embalagem de cartolina.

— Por mim tudo bem.

A voz dele, até ali distraída e sonhadora, encontrou um foco momentâneo.

— Chegou mais algum presente do seu admirador secreto?

— Não. Acho que nosso caso acabou. Ele não telefona, não escreve...

— Não tenho certeza do que sinto, sabendo que outro homem anda mandando flores para minha namorada.

— Como sabe que se trata de um homem? — indagou ela.

Corvo tinha voltado a seu devaneio induzido pelas emanações.

— Você acha que a gente devia escolher uns puxadores radicais para o armário, colocar aqueles de estrela-do-mar de bronze que vendem na Nouveau, ou manter os puxadores originais? Eles têm uma espécie de encanto retrô.

— Ai, meu Deus, essa conversa não está acontecendo, essa conversa não está acontecendo — repetiu Tess como uma ladainha. — Meus pais falam assim. Na verdade, hoje eu vou voltar para casa com o tipo de comida indicada para corpos ativos, e nós vamos fazer sexo animal e selvagem, e a única coisa proibida será discutir sobre decoração de interiores. Se você quiser falar sobre cortina, é melhor que tenha alguma conotação sexual, ouviu?

— Quer dizer que se eu disser que sua pele me lembra aquele novo e maravilhoso material sintético que parece mármore você vai fazer objeção?

Com uma risada ela desligou o telefone, feliz de estar voltando para casa para encontrar o namorado de carne e osso, e compadecida de qualquer mulher que fosse obrigada a tolerar as atenções de Jerold Ensor, o cadáver ambulante.

O mapa situava a Field Street no coração do baixo Hampden, o que confundiu Tess. Não que ela fosse esnobe, mas aquela área tinha fama de abrigar pessoas não muito honestas. Ela sabia que uma destacada figura de uma quadrilha local tinha vivido outrora nesse trecho de Keswick, até que, vencido pela consciência, entregou o melhor amigo acusado de assassinato. Ele deixava a porta destrancada e ninguém nunca se atreveu a incomodá-lo, lembrava Tess.

Ela encontrou a placa da Field Street, mas era um trecho pavimentado mais curto que a maioria das entradas de carro e terminava num terreno baldio. Depois de olhar rapidamente o mapa, Tess voltou para Keswick e virou para a Bay Street, que pelo visto prosseguia.

Fazer uma curva à direita nunca havia provocado tamanha transformação no mundo. Num minuto Tess tinha estado na ravina estreita e escura de Keswick, ladeada de filas de casas em série. Mas ali a paisagem era aberta, e as casas eram pequenos sobrados de pedra colocados em terrenos maiores. A Field Street era literalmente um campo, conforme ela se deu conta; por esse motivo a rua não continuava. Apesar de conhecer pouco sobre arquitetura, ela sabia que aquelas residências teriam 100, 150 anos. O trecho tinha um encanto rústico que fazia lembrar uma aldeia escocesa de um musical da Broadway. Era o tipo de lugar em que ela teria gostado de morar, se já não tivesse encontrado seu bangalô no meio das árvores.

Tess estacionou diante da casa de Arnold Pitts, que estava escura e aparentemente vazia. Aquilo era um convite a procurar encrenca, mas ela estava decidida a resistir. Não ganharia nada tentando entrar naquela casa, disse para si mesma, pois nesse caso ela seria uma Gretchen O'Brien, invadindo e entrando sem ser convidada, e Rainer teria finalmente um motivo para cair em cima dela como uma tonelada de tijolos.

Estranho, mas enquanto ela ficava sentada ali, ruminando suas opções, quase podia dar razão a Rainer. Por que ela estava aqui? Não tinha cliente, não tinha pistas, somente a própria curiosidade. Ela havia começado a investigação por algo que parecia um motivo lógico e quase honroso: encontrar o cliente misterioso e saber o que ele realmente queria. As rosas e o conhaque pareciam indicar que estava na pista certa.

Mas talvez esses sinais não fossem nada além de placas improvisadas, feitas pelo Coiote do desenho animado, aconselhando o Papa-Léguas a entrar na estrada destruída pelas águas. Com um suspiro Tess ligou o carro e desceu a quadra.

Na esquina, com o motor ligado, esperando para fazer a curva, ela olhou de volta para a casa escura, pelo espelho retrovisor. Para sua surpresa, alguém saiu da porta de trás, parando para colocar um saco plástico numa antiquada lata de lixo de metal e depois arrastou o recipiente para o meio-fio. A pessoa tinha uma silhueta cômica, pois não era muito mais alta que a lata de lixo, e seus braços eram curtos e roliços, mal tinham o comprimento necessário para ultrapassar a barriga gigantesca e agarrar as alças da lata. Movia-se com passinhos pequenos e afetados, de um jeito que lembrava uma mulher caminhando no gelo com salto alto, embora a calçada estivesse limpa e lisa, já que a neve do fim de semana havia derretido poucas horas depois de cair.

Eu conheço aquele andar, pensou Tess. Conheço aquela silhueta. Ela engatou a marcha a ré, deixou o carro recuar para a vaga de estacionamento de alguém e baixando a vidraça gritou:

— Arnold Pitts?

Ao ouvir o som da voz dela — ou talvez o susto tenha sido ouvir seu nome verdadeiro — Arnold Pitts, vulgo o Homem-Porco, vulgo o Porcino, também conhecido como John Pendleton Kennedy, comerciante de porcelanas finas, soltou o mais adequado guincho, atirou na rua a lata de lixo e começou a trotar tão rápido quanto lhe permitiam as perninhas curtas.

Capítulo 15

Por um momento Tess ficou tão assustada com a fuga de Pitts, o Homem-Porco, que só conseguiu continuar olhando enquanto ele trotava rua abaixo, com a lata de lixo rolando em seu encalço. Então pensou se deveria se dar ao trabalho de correr atrás dele. Em algum momento, Pitts seria obrigado a voltar para casa, certo? Quase parecia falta de espírito esportivo correr atrás de um homem que precisava dar cinco passos para cada dois dados por ela.

Esse inusitado assomo de imparcialidade passou, e ela saiu correndo, alcançando-o quando Pitts subia ofegante a Keswick, onde a 7-Eleven e sua fila de telefones públicos pareciam ser a meta dele. Vendo-a atrás de si, o fujão foi quase cortês na derrota: parou abruptamente na pracinha diante da loja de conveniência e, resignado, abriu os braços, como se esperasse ver Tess correr para se aninhar neles.

— Como você me encontrou? — perguntou ele, petulante.

Então foi a vez dela de enganá-lo.

— Não foi difícil. Não foi nada difícil.

Isso pareceu apavorá-lo. Bom sinal.

— Precisamos conversar — disse ele.

— Está falando sério?

— Mas não na minha casa. Que tal... — Ele apontou para um bar do outro lado da Keswick Avenue, o Ben's, um lugar que ela conhecia somente pela barraquinha de sanduíche de carne assada que montavam no verão e no começo do outono. — Que tal a gente ir ali?

— Eu prefiro a sua casa; afinal de contas, você foi até a minha.

— Eu fui ao seu escritório — disse ele, empertigando-se, o que talvez lhe desse acesso às montanhas-russas mais assustadoras dos parques de diversões da cidade.

— Sua casa — insistiu Tess.

— Não gosto de receber ninguém em minha casa. As pessoas ficam pegando nas coisas.

Tess começou a rir, mas reparou que Pitts estava sério e não via traço de ironia em seu farisaísmo.

— Prometo que não vou tocar em nada.

— Todo mundo promete — disse ele. — Depois, ninguém cumpre o prometido. Pode ter certeza de que você também não vai cumprir. Mas, que diabos, vamos lá.

Tess lhe deu uma carona de volta.

— Que bairro interessante!

— Essas casas eram moinhos de farinha — disse ele, destrancando a porta dos fundos. — Essa área é conhecida como Stone Hill.

— A vida inteira eu morei em Baltimore. Moro a uns 3 quilômetros daqui — ela imediatamente desejou não ter adiantado essa informação específica —, mas nunca ouvi falar deste lugar.

— É, foi por isso que eu o escolhi. Para ter privacidade — disse o anfitrião. — Também fica perto da autoestrada, e eu viajo muito a negócios.

— Seu comércio de porcelanas?

— Na verdade, eu realmente negocio antiguidades. Sou um descobridor de antiguidades especializado em objetos de vidro, louças, estatuetas. Procuro objetos que as pessoas querem. Acho comprador para objetos que elas já não querem. Restaurantes especializados em algum tipo de comida, gente que precisa completar alguns pratinhos de pão com o mesmo motivo da antiga baixela, estes me procuram.

Estão lhe faltando uns pratinhos de pão para completar o serviço da mesa, pensou ela.

— Um comerciante que consultei disse que você não entende muito de Louça Fiesta.

— Louça Fiesta, eca! Eu não teria em minha casa aquelas coisas espalhafatosas. Não é da minha época, nem do meu gosto. Mas conheço muito a respeito. No meu ramo de trabalho é necessário. Eu dei informações erradas para avaliar seu conhecimento sobre o assunto. Ou sua falta de conhecimento. E não me enganei.

Haviam entrado pela cozinha, o que surpreendeu Tess pelo descompasso com a singularidade da casa. À primeira vista parecia uma cozinha antiga e ainda carecida de reforma. Mas os utensílios amarelo-escuros estavam muito lustrosos, o linóleo branco com detalhes vermelhos de flor-de-lis estava limpo demais para ter sido usado por cinquenta anos. A mesa de tampo de fórmica amarela talvez fosse também uma cópia barata. Aqueles objetos, se autênticos, custariam agora mais de 500 dólares. Tess sabia, pois tinha sondado o preço de uma mesa dessas para a própria cozinha, enquanto se encontrava nos espasmos de um namoro de curta duração meio retrô.

— Esta é uma réplica exata da cozinha da casa dos meus pais em Cockeysville — disse ele, orgulhoso, interpretando como assombro o silêncio perplexo em que ela caiu. — Não foi fácil encontrar eletrodomésticos que funcionassem. A velha lavadora de pratos, que é do tipo que você precisa acoplar à pia, foi mesmo difícil de achar. Não sei o que farei se a mangueira furar. Mas essa é exatamente a aparência da cozinha lá de casa, nos mínimos detalhes, até as cortinas atoalhadas na janela, embora a mesa da minha mãe tivesse tampo vermelho. Naturalmente, nós não tínhamos os potes de biscoito.

— Naturalmente — murmurou Tess. Na parede do fundo da cozinha, prateleiras feitas sob medida gemiam sob o peso do que parecia ser cinquenta, quiçá uma centena de potes de biscoito. Muitos eram embalagens comerciais, feitas para divulgar ou comemorar certa marca do confeito, Oreos, Fig Newtons, Mallomars, enquanto outros eram antiquados recipientes que tinham formas variadas: mulher gorda, gatos contentes, carros, casas, um vagão de trem com uma cara sorridente. Ela reparou num pote com a figura de Tia Jemima, inaceitável em termos politicamente correto, mas que estava enfiado num cantinho, na prateleira mais baixa, como se até Pitts soubesse que não devia colocá-la em exibição.

Ele a fez entrar num combinado de sala de estar e sala de jantar, que deu a Tess uma estranha sensação de déjà-vu. Cruzando o rio e atravessando a floresta — ora, era a casa da avó dela, nos menores detalhes, até as mesinhas de canto que se encaixavam umas nas outras e o isqueiro de porcelana que ficava sobre a mesa de centro.

— Deixe-me adivinhar. Esta é uma réplica da sala de estar de seus pais.

— Quem me dera que fosse! — Ele fungou. — Esta é a sala de estar que eu quis ter durante a infância e a adolescência. Cheguei a levar minha mãe ao Levenson and Klein para mostrar a ela o que devíamos comprar. Em vez disso, ela escolheu um sofá xadrez.

Ele tinha se sentado na área de refeições, uma alcova muito pequena para os fornidos móveis de mogno que enfiara naquele espaço. Um imenso armário envidraçado se elevava acima deles, repleto de... — Tess precisou examinar de perto.

— O que são esses...?

— Não toque neles! — guinchou ele num reflexo, como se o dedo estendido de Tess pudesse perfurar as portas de vidro. — São saleiros! Mamãe os colecionava.

Tess esperava que "Mamãe" não estivesse sentada numa cadeira de balanço no porão, e que agora fosse um cadáver ressecado à espera que a mão de Vera Miles lhe tocasse no ombro, como em *Psicose*. Ela lembrou a si mesma que o nome do Homem-Porco era Arnold Pitts, e não Norman Bates, e que o imóvel onde estavam era um antigo moinho de trigo num bairro apinhado, e não o solitário Bates Motel.

Na verdade, alguns animais empalhados poderiam ter sido um belo acréscimo à decoração do local.

— Então, Sr. Pitts... O nome *é mesmo* Pitts, não é? Arnold Pitts, da Field Street. Ao contrário de John Pendleton Kennedy, de endereço desconhecido.

Ele abafou com a mão um risinho de satisfação íntima.

— Imagino que você entenda ainda menos da vida de Poe do que de Louça Fiesta.

— Mas estou aprendendo — disse Tess. — E se eu *tivesse* aceitado seu trabalho, não teria me confundido com o monumento, ido para lá na data errada e perdido tudo.

O ânimo alegre de Pitts se desvaneceu.

— O que você quer dizer?

Tess sentou-se numa das cadeiras da sala de jantar, estirou as pernas e cruzou os braços sobre o peito, sem nenhuma urgência em falar. Estava tentando entender se ele se surpreendera que ela soubesse a respeito de Gretchen O'Brien ou se ele se espantara ao saber que sua detetive particular havia fracassado na tarefa.

— Vou satisfazer sua curiosidade quando a minha estiver satisfeita. E aí, a polícia está sabendo? — perguntou ela.

— Sabendo o quê? — A voz dele subiu de tom na última sílaba.

— Houve um arrombamento aqui no verão passado. Por motivos que não consigo entender, a polícia acredita que o incidente está ligado ao assassinato no túmulo de Poe. Mas talvez ajude a polícia o fato de alguém contar ao detetive Rainer que antes do assassinato você andou pela cidade tentando discretamente encontrar alguém para montar uma tocaia no local da visita e identificar o Visitante. Imagino que você prefira que essa informação não chegue a ele.

Uma expressão emburrada espalhou-se pelo rosto de Pitts e pareceu ficar à vontade, como se ele passasse muito tempo com os lábios em bico e as sobrancelhas pálidas e hirsutas abaixadas na direção dos olhinhos lacrimosos.

Ele suspirou.

— Quanto é?

— Quanto é?

— É chantagem, não é? Eu lhe dou dinheiro para ir embora. Até você voltar e pedir mais.

— Ah, estou entendendo. Você supõe que eu seja vigarista e mentirosa. É engraçado com que frequência os vigaristas e os mentirosos supõem que outros também o sejam.

— Não sou um vigarista — disse ele depressa. Pelo menos teve a elegância de não negar que era um mentiroso.

— Vamos começar de novo. Você veio me procurar para eu descobrir a identidade do Visitante. Por quê?

— Eu já lhe disse, havia uma pulseira...

Tess ergueu a mão.

— Nós estamos recomeçando, está lembrado? Estou lhe concedendo uma página em branco. Trate de usá-la bem.

— Senão o quê?

— Senão pedirei à polícia que investigue seu paradeiro na noite em que Bobby Hilliard foi morto. Você errou a pontaria? O Visitante era realmente seu alvo? Ou você conhecia Bobby Hilliard?

— Eu tenho um álibi — reagiu ele depressa. — Estava com um amigo em Silver Spring num restaurante que fica aberto a noite inteira.

— Às 3 da madrugada?

— Nós tínhamos ido ao teatro em Washington.

— Parece que você se deu um enorme trabalho em estabelecer um álibi. Por quê? Qual era a tarefa de Gretchen O'Brien?

Mas por trás de sua gagueira nervosa e o histriônico revirar de olhos, Pitts tinha um pequeno centro duro, tão duro quanto um caroço de pêssego.

— E o que importa? — perguntou ele. — Evidentemente, ela fracassou na tarefa, coisa que deixou de mencionar quando apresentou o relatório neste fim de semana, e recebeu uma parte do pagamento. Eu me precipitei ao aceitar a explicação dela de que acontecimentos inesperados do túmulo haviam gerado tanta confusão que ela não conseguiu seguir a presa. O relato dos jornais ajudou-a a disfarçar o fracasso. Nunca me passou pela cabeça que ela não esteve lá. Ou que você esteve.

— Eu nunca disse que estive lá.

Ele riu da maneira como ela agarrou esse detalhe.

— Você não, mas o detetive da homicídios sim, quando me disse para tomar cuidado com você. Quando ele me avisou que talvez eu recebesse a visita de uma investigadora particular, era meu direito perguntar por que razão você estava tão interessada no caso. Ele me disse que você era fissurada em publicidade. Francamente, achei que você demorou um pouco para seguir uma trilha tão óbvia.

— Há menos de 24 horas recebi por fax os boletins de ocorrência dos arrombamentos — disse ela, na defensiva. Além disso, Pitts não tinha parecido surpreso quando ela o alcançou na porta da 7-Eleven?

— E você ainda não sabe por que eles foram agrupados, não é? Dois roubos a residências, uma agressão física e um homicídio. Você não tem ideia de qual seja a ligação. Se isso serve de consolação, nem a polícia tem ideia, nem eu.

A última afirmativa parecia apressada, acrescentada às pressas.

— Se você me disser o que está havendo, não irei à polícia contar sobre a visita que me fez e nem que contratou Gretchen O'Brien para fazer o que me recusei a fazer. Se você não for por intermédio de um advogado, ela não terá privilégio, terá que falar com eles.

Pitts levou um momento, como se avaliasse a oferta dela, e depois fez que não.

— Acho que não. Você vai acabar contando tudo a eles. Você é uma boa cidadã.

Ela nunca ouvira alguém pronunciar a palavra "cidadã" com tamanho desdém.

— Mas se contar a meu respeito aos policiais... ora, se fizer isso, serei obrigado a informar a eles que você me visitou para extorquir dinheiro. Acho que o detetive da homicídios teria tanta sede em registrar uma queixa como essa que talvez quisesse suspender seu habitual ceticismo profissional.

— Mas é mentira. Foi você quem veio com a ideia de chantagem. Eu jamais participaria de tal coisa.

— Como é mesmo o velho ditado? Uma mentira já terá percorrido meio mundo antes que a verdade tenha calçado as botas. É verdade, a acusação não se sustentará, será minha palavra contra a sua, mas enquanto não for desmentida causará dano. Portanto, pense bem qual será seu próximo movimento e para onde vai levar suas histórias. Sua reputação é tudo que tem. E, segundo eu soube, você tem parentes que se mostraram capazes de certo relativismo moral.

— Isso é história antiga — disse ela, enquanto se dava conta de que não sabia se ele estava se referindo ao pai, ao avô, ou a dois dos tios dela. Os Monaghan e os Weinsteins tinham adotado uma abordagem um tanto ocasional à mobilidade social, mas tudo isso havia ficado no passado. Supondo-se que o tio Spike estivesse se comportando lá em Boca, o que era supor muito. — E não teve nada a ver comigo.

— Ah, sim, você tem sido retratada pela imprensa como impecavelmente limpa, mas, segundo minha visão da tradicional curva da mídia, já está na hora de você receber alguma publicidade negativa. Quando eles empurram alguém para cima, é para poder derrubá-lo. Leia mais sobre a vida póstuma do Sr. Poe, se quiser ver um estudo de caso sobre a instabilidade da opinião pública. O *Beacon-Light* pode não morder a isca, mas as emissoras de televisão local iriam adorar uma matéria sobre detetives particulares corruptos. Você e Gretchen O'Brien. Consta que para estabelecer uma tendência são necessárias três instâncias, mas talvez eles possam juntar o exemplo histórico de Alan Pinkerton, o investigador particular original de Baltimore, cuja incapacidade de rastrear o Exército Confederado provavelmente fez a Guerra Civil se prolongar por vários anos.

O longo e sucinto discurso tinha deixado Pitts ofegante e deliciado com a própria coragem. Tess também ficou um pouco sem fôlego pelo jeito como ele tinha virado a mesa em cima dela. A única informação que conseguiu ali foi que o gordo era muito mais astuto do que aparentava. Ele a havia escolhido por saber que a história da família dela deixava-a vulnerável à manipulação daquele teor. Pitts tinha ido procurar uma investigadora particular que ele pudesse controlar. Ela imaginava que poder ele teria sobre Gretchen. Mas isso não importava, pois ele tinha acabado de receber um belo elemento de extorsão: Gretchen o havia defraudado ao receber dinheiro por um trabalho que não realizara. Agora ela também estava irremediavelmente comprometida, vulnerável às imposições de Arnold Pitts.

— Acho que isso é o que se chama um impasse mexicano — resumiu ele a situação, quando ela se calou. — Você não me diz nada; eu não digo nada a você.

— Mas agora já sei onde você mora — disse Tess. — Sei quem é você. Posso voltar aqui.

— Boa noite — disse ele. — Adeus. — Era uma ordem.

Era uma ordem. Ela olhou em torno, no cômodo de teto baixo. O assoalho que espiava pelas bordas dos tapetes verdes de Pitts era tábua corrida de pinho. O teto tinha caibros aparentes, e as paredes eram de estuque áspero que provavelmente recusavam qualquer prego. A casa era uma pequena joia; construída com mais esmero que o necessário, gritava por um mobiliário mais simples. As recriações de Pitts beiravam o vandalismo.

— Por que você iria comprar uma casa como essa e abarrotá-la de coisas bregas dos anos 1950? — perguntou Tess. — Que sentido tem isso?

— Bregas? Bregas? Essas são minhas recordações. Isso é minha vida.

Pitts, tão calmo e controlado quando a estava ameaçando, ficou totalmente abalado pelo questionamento do gosto dele em matéria de decoração.

— Desculpe, não tive intenção de dizer que não fosse... ahn... obsessivo em matéria de atenção ao detalhe. Mas por que neste bairro? Por que não numa bela casa de dois andares em Lutherville? Você não gostaria de criar o pleno efeito?

— Mas eu o criei — protestou ele, com genuína consternação. — Além disso, mamãe ainda vive na casa de Cockeysville. E ela fez coisas horríveis com o imóvel. Puxa, ela comprou uma dessas geladeiras que tem na porta um dispositivo de fazer gelo. — Ele estremeceu. — As geladeiras antigas são tão bonitas, com o topo arredondado e aqueles puxadores enormes na porta, como se o que a gente estivesse abrindo fosse uma coisa importante. Um dia, quando ela morrer...

Tess deixou tudo para lá, inclusive Pitts, naquela altura. Era reconfortante saber que Mamãe Pitts estava no bairro de classe média de Cockeysville. E não enfiada em algum espaço acanhado daquele imóvel.

Por outro lado, quando voltou ao carro, ela se lembrou de que Norman Bates também havia insistido em que a mãe dele estava viva.

Capítulo 16

Na manhã seguinte, Corvo acordou com vontade de comer rabanada, então eles acabaram indo ao Paper Moon Diner, um oásis que ficava aberto durante 24 horas, perto do Museu de Arte de Baltimore. O lugar antes tinha sido uma deprimente cafeteria, a Open House, um estabelecimento tão ruim que Tess sempre voltava para ver se podia ser tão horrível quanto ela se lembrava. E era. A Open House era desses lugares em que o recheio do brioche se compunha principalmente de mofo e toda substância branca servida com o café vinha invariavelmente talhada. Se alguém se atrevia a reclamar, os atendentes olhavam-no com raiva, irritados que a freguesia ainda viesse ali.

Mas com um pouco de tinta roxa e uma forte dose de imaginação, o Paper Moon havia derrotado os fantasmas da ptomaína característicos do regime anterior. O lugar agora irradiava bom humor, com sua coleção de porta-balas Pez e brinquedos fora de moda. Pendentes das vigas expostas do teto, luzes de Natal brilhavam o ano inteiro, e manequins nus de lojas de departamento espreitavam entre os arbustos do jardim. O serviço também era divino, graças ao modelo a que Corvo se referia como o único bem-sucedido de socialismo no novo milênio: todas as gorjetas eram compartilhadas, de forma que todos os empregados tinham um interesse velado em fazer a comida chegar logo às mesas e manter os copos sempre cheios. O cardápio ocupava uma página inteira para explicar esse sistema, e a explicação era quase um manifesto, mas o Paper Moon sempre fez Tess se sentir como se fosse John Reed na União Soviética: ela havia visto o futuro do serviço de gastronomia, e ele funcionava.

— Desculpe por tê-la metido nisso — disse Corvo, bocejando sobre o café. Na noite anterior tinham ficado acordados até quase 3 da manhã. E tinha valido a pena.

— Gosto do Paper Moon.

— Não, eu estava falando desse lance do Poe. É tudo culpa minha.

— Por que pensa assim?

— Se eu não tivesse insistido para nós irmos a Westminster "proteger" o Visitante, você não teria se sentido na obrigação de começar a procurar esse homem. Agora que o encontrou...

— Agora que o encontrei — cantarolou Tess — posso deixar que vá embora.

A esquisitice do Paper Moon era contagiosa. Além disso, ela não queria falar sobre Arnold Pitts. Queria prolongar o clima amoroso e feliz no qual tinha acordado. Mais tarde, de barriga cheia, analisaria a detestável ameaça de Pitts e tentaria avaliar se ele havia deixado algum espaço de manobra. Será que ela deveria procurar Rainer para avisar a ele que esperasse as falsas acusações de Pitts?

Mas Pitts fora astuto em julgar: Rainer não gostava nada dela e sempre iria acreditar no pior sobre Tess. Ela não tinha saída. Estudou o cardápio, imaginando se seria demasiado cedo para pedir a pasta de grão-de-bico e gergelim que, talvez inevitavelmente nessa cidade de autorreferências, estava registrada como "Humus... cídio: Vida no Pão Árabe".

Mas trocadilhos faziam-na perder o apetite; em vez de humus, talvez omelete.

— Sabe, algum dia, não no café da manhã, mas se viermos aqui almoçar ou jantar, vou pedir um milk-shake de cerveja. Se há um lugar no mundo em que podem lhe preparar um deles é no Paper Moon.

— Não havia uma personagem literária que tomava milk-shake de cerveja?

— Era o Doc, de *A rua das ilusões perdidas* — respondeu Tess, feliz de conhecer a resposta de uma trova literária. Ela ainda estava constrangida por ter sido alvo da piada literária de Arnold Pitts. Agora, o século XX, este era o século dela. Se alguém tivesse entrado no escritório de Tess alegando que era Edmund "Bunny" Wilson ou Harold Bloom, ela teria entendido a piada na hora.

Duas mulheres entraram e se sentaram debaixo de um móbile de Barbies voadoras. Tess não pôde deixar de reparar nas cabeças inclinadas para o cardápio, uma de cabelos escuros e outra de cabelos claros. As duas usavam cabelo curto e cortado à navalha, que expunha seus pescoços delgados e graciosos. Se não fosse pelo tom da pele — uma tão morena, a outra loura de pele rosada —, podiam se passar por irmãs. Havia uma semelhança na forma como se vestiam, e na postura. Tess ficou tão absorta em tentar entender como as duas, tão diferentes na aparência, pareciam parentes, que precisou de um segundo para identificar o perfil conhecido da moça de cabelos escuros.

— Cecilia Cesnik — disse ela pela segunda vez em três dias.

E pela segunda vez em três dias Cecilia se voltou e lhe ofereceu um sorriso receoso.

— Agora me lembro por que o jornal *City Paper* sugeriu Tiny Town como apelido para Baltimore — disse Cecilia. — Às vezes parece que a população inteira consta de umas vinte e poucas pessoas.

O olhar hostil dos olhos verde-azulados da loura era capaz de congelar. Tess percebeu que ela devia ser a namorada de Cecilia e que estava tentando avaliar a natureza da relação dela com a estranha.

— Eu sou Tess Monaghan, e este é meu namorado, Corvo Ransome.

Foi o que bastou para derreter o gelo.

— Charlotte Menaker — disse ela. — Como foi que vocês duas se conheceram?

A resposta era complicada e envolvia tantos acontecimentos que seria melhor esquecer tanta violência e desperdício. Tess e Cecilia, depois de trocarem um olhar, deram de ombros e riram.

— Mais uma das histórias de Baltimore — disse Tess. — Nós fomos... reunidas pelas circunstâncias em certa ocasião. Depois Cecilia trabalhou um verão inteiro como assistente do advogado com quem eu trabalho, Tyner Gray.

— Um homem bonito, de cadeira de rodas?

— Acho que sim — confirmou Tess, sabendo que nunca transmitiria a Tyner o cumprimento. Já bastava que mulheres heterossexuais o achassem atraente; se ele ouvisse dizer que uma linda jovem lésbica o achava bonito, sua presunção seria insuportável.

Corvo, que havia conhecido Cecilia na mesma época em que Tess a conhecera, levantou-se de repente e a envolveu num abraço apertado. Cecilia pareceu levemente alarmada, depois relaxou nos braços dele.

— Você está linda — disse ele a ela. — Eu a vi no noticiário e tive orgulho de você.

— Ah, sim, o noticiário — disse Tess. — Então como vai a cruzada? Rainer amoleceu, contou a você mais alguma coisa sobre a investigação dele?

Cecilia pareceu dividida. Evidentemente, seu instinto era contar a história de forma vantajosa para si mesma, mas Tess era uma amiga, mais ou menos, e não um jornalista crédulo.

— A mídia convencional nos deu informações superficiais, do tipo que sustenta as teorias excêntricas obrigatórias — admitiu ela. — Mas estarei de novo na TV amanhã, num programa de notícias de uma hora de duração, o *Face Time*. Vamos falar sobre crimes motivados por preconceito e se a legislação pode fazer diferença.

— *Face Time*? O programa de Jim Yeager? — perguntou Tess, demonstrando certa indiferença.

— Sim, eu sei que ele não é exatamente simpático à nossa causa, mas com certeza oferece um fórum para debate livre e aberto.

Tess pensou consigo se Cecilia algum dia teria visto o programa em questão, ou se estava só comprando a versão de Yeager sobre o que ele oferecia ao público.

— Se eu fosse você, não confiaria nele — disse ela, decidida a não revelar que havia recusado uma chance de aparecer no mesmo programa.

Cecilia não tolerava receber instruções, não importava se delicadas e bem-intencionadas.

— Ao que me lembre, não pedi seu conselho. Além disso, estou levando um ótimo elemento visual, a cadela dobermann de Shawn Hayes, que fui buscar no canil da Sociedade Protetora dos Animais, de onde estamos vindo. A família dele levou-a para a Sociedade porque não sabia o que fazer com ela. Vou levá-la ao programa comigo. O público talvez não responda ao infortúnio de um homossexual espancado até quase morrer, mas um cachorrinho que sofre por causa do dono sempre conquista todo mundo.

Cecilia apontou na direção da 29th Street, onde estava estacionado um Toyota RAV-4. Tess avistou o longo focinho de um dobermann enfiado pela janela, numa pequena abertura deixada para o ar fresco circular no carro. Ela detestava atribuir qualidades humanas a animais, especialmente a essa distância, mas a cadela parecia mesmo deprimida.

— Como um dobermann pode deixar de socorrer seu dono quando ele está sendo espancado?

— Boa pergunta — disse Cecilia. — A polícia pensa que o agressor de Shawn Hayes é alguém que ele conhecia. Mas isso só explicaria por que a cadela não latiu quando a pessoa entrou na casa. Você me disse que tem uma cachorra. Se alguém estivesse machucando você, ela ficaria sentado sem fazer nada?

Tess refletiu a respeito.

— Não, Esskay só ficaria deitada sem reagir se alguém desse a ela algo de comer. Aliás, se for bacon então, pode botar fogo em mim que ela não vai nem notar. Mas ela não é uma dobermann.

— O cão dos Baskerville — filosofou Corvo. — Por que o dobermann não latiu?

— Ora, esta aqui é uma história de Poe e não de Conan Doyle — lembrou-lhe Tess.

— Esta não é absolutamente uma história sobre Poe — retrucou Cecilia, com a voz cortante de irritação. — É o mesmo problema que estou enfrentando com a imprensa: um homem morreu, outro está perto da morte, e todo mundo só quer fazer trocadilhos com "The Telltale Heart" e cães de Baskerville, sejam lá o que forem.

Todos eles olharam para o outro lado da rua, na direção da cadela em questão. Um homem de aparência suspeita parecia estar se escondendo atrás da picape, mas deu um salto para trás quando viu o que havia dentro do veículo. O dobermann não se mexeu, nem reagiu. Talvez ele pudesse até ficar sentado enquanto seu dono era atacado.

— É uma cadela bem grande — observou Corvo. — Vai precisar de muito exercício físico. Vocês têm quintal?

— Além de não termos quintal, ainda temos um gato — observou Charlotte, com o tom de voz das pessoas de quem os outros frequentemente se aproveitam.

Acostume-se com isso, querida, desejou aconselhá-la Tess. Bem-vinda à vida com Cecilia.

— Portanto, não tenho certeza de que isso vá funcionar. Mas ela é uma gracinha. O nome dela é Miata.

— Miata?

— Shawn Hayes dizia a seus amigos que a cadela era sua versão de uma crise da meia-idade — disse Cecilia. — Olha só, por que vocês não trazem sua comida para cá e se sentam conosco, em vez de ficarmos gritando de um lado para outro desse jeito?

Ela não poderia ter sido mais brusca, porém o convite comoveu Tess. Talvez Cecilia tivesse espaço em sua vida para os que eram apenas amigos, e não aliados ou camaradas.

— Sabe, a gente podia cuidar da cachorra para vocês — disse Corvo, depois que o grupo se reconfigurou.

Tess se engasgou com o suco de laranja.

— Bom, temporariamente — emendou. — O quintal tem cerca, e Esskay ia gostar de companhia.

— Esskay nem mesmo sabe que ela é uma cachorra.

— É verdade — concordou Corvo —, mas ela é muito tolerante. Se nos vir tratando bem uma criatura estranha que ela não conheça, vai fazer o mesmo.

— Não seria por muito tempo — disse Cecilia, agarrando a oportunidade oferecida por Corvo. — Só temporariamente, até a família de Hayes se organizar.

— Ela é incrivelmente bem-comportada — defendeu Charlotte. — A não ser pelo incidente do sofá.

Cecilia deu a Charlotte um olhar cortante, e Tess perguntou:

— O incidente do sofá?

— O pessoal da Sociedade disse que ela comeu um sofá durante a estadia com um dos parentes de Hayes — confessou Charlotte. — Foi por isso que eles a levaram para lá, para começo de conversa.

— Mas não o comeu todo, só um pedaço de uma almofada — esclareceu Cecilia depressa. — Estava fazendo uma caminha.

— Não se preocupe, Esskay não deixará que isso aconteça — disse Corvo. — Ela não deixa ninguém sentar no sofá.

É estranho: o fato de alguém nos permitir lhe fazer um favor pode nos dar a sensação de receber um presente. Tess estava comovida por Cecilia admitir precisar de alguma coisa e mais ainda por permitir que Tess e Corvo satisfizessem tal necessidade. Sentados ali, um quarteto feliz, eles se sentiram como se fossem amigos.

E amigos não devem ter segredos entre si. Tess sentiu que era seu dever contar a Cecilia o que sabia sobre o caso de Bobby Hilliard.

— Os policiais ampliaram a investigação para além do homicídio e da agressão — disse ela. — Estão examinando também dois roubos de residência. Não tenho certeza do que está envolvido, mas decididamente não foram crimes movidos por preconceito, apenas invasões para roubar.

— E daí? — De repente Cecilia ficou totalmente alerta, voltando à modalidade ativista.

— Bom, achei que isso talvez afetasse o que você vai dizer na televisão amanhã à noite.

— Não posso ficar mais preocupada com crimes contra a propriedade quando há vidas humanas em risco — retrucou.

— Não estou pedindo que iguale moralmente os quatro crimes. Estou dizendo que a polícia acha que eles estão relacionados. Isso não torna menos provável que tenham ocorrido crimes movidos por preconceito?

— Nós precisamos chamar atenção para essas questões do jeito que pudermos. A polícia trata os homossexuais que são atacados do mesmo jeito que tratava vítimas de estupro.

Cecilia havia sido vítima de estupro, lembrou Tess, e nunca havia hesitado em manipular esse elemento de superioridade moral.

— Nós precisamos manter a pressão sobre as autoridades, nem que seja só para ter garantia de que os casos futuros serão encarados com mais seriedade.

Tess não tinha certeza se Cecilia estava usando o "nós" editorial, o "nós" do plural majestático, ou simplesmente o "nós" de babaquice presunçosa.

— Você está dizendo que não importa se tem razão quanto aos detalhes, desde que transmita sua mensagem?

Cecilia ficou vermelha, estava pouco habituada a ficar na defensiva.

— Não, não, eu nunca diria uma coisa se soubesse que era falsa. Mas ainda que eu estivesse errada nos detalhes, estou chamando a atenção para o contexto maior, digamos assim.

Em momentos como esse, Tess se percebia incapaz de sobrepujar inteiramente sua personalidade de repórter. Mesmo sem nunca ter confundido trabalhar para um jornal com estar a serviço da verdade, ela tinha sido fiel aos fatos. O flagrante desrespeito de Cecilia a eles era uma espécie de poluição. O mundo estava pululando de mitos urbanos e textos apócrifos disseminados pela internet. Ninguém deveria se postar diante das câmeras de televisão e dizer coisas que sabia não conterem uma gota de verdade, só porque elas serviam a um objetivo supostamente superior.

— Você pelo menos tem uma fonte da polícia? — indagou Tess. — Ou está só inventando essa história à medida que avança, considerando-se certa até alguém provar o contrário?

Mas ambas tinham sido treinadas nas trincheiras de Tyner, e Cecilia não era uma pessoa de recuar diante do combate.

— Olha, todo mundo sabe que Shawn Hayes foi espancado por algum homofóbico que ele apanhou por aí.

— Todo mundo sabe — repetiu Tess, desdenhosa. — Ninguém sabe nada, pois as pessoas manipulam os fatos conforme seus objetivos, do mesmo jeito que você está planejando fazer. Como se sentiria se a direita cristã desse uma entrevista coletiva divulgando boatos para promover uma plataforma antigay? Você ficaria indignada.

— Porque eles estão errados — disse Cecilia, o rosto tenso de indignação farisaica.

— É o que eles pensam a seu respeito.

— Para sua informação, Jim Yeager concorda comigo. Ele me disse que quer me entrevistar porque acredita que isso foi um crime motivado por preconceito. E ele é de direita, então, o que você tem a dizer a respeito?

— Digo que Yeager é capaz de dizer o que for preciso, se isso significar a presença de um convidado naquele programa imbecil que ele faz. Pois fique sabendo que ele também me convidou. Só que o papo foi outro, ligado a Poe e à literatura. Se ele está disposto a mentir para te atrair ao programa, imagine o que dirá quando você estiver lá?

Corvo e Charlotte, os parceiros apolíticos, avessos a conflitos, tinham o olhar fixo na mesa, como crianças em meio ao bate-boca dos pais. Tess só havia comido metade da omelete, mas começou a contar o dinheiro, na esperança de ter uns trocados que cobrissem a gorjeta, para poder ir embora e não voltar.

— Quanto à cadela... — começou Charlotte.

— Nós vamos levá-la — disse Corvo depressa. — Ela vai ficar melhor conosco. Basta me avisar quando vocês quiserem que eu apareça para buscá-la.

— Por que não agora? — perguntou Charlotte.

Perfeito, pensou Tess. O arranjo tinha sido feito entre eles dois; não tinha nada a ver com ela e Cecilia. Ela conseguiu dar um adeus de dentes cerrados, recebeu de Cecilia um cumprimento idêntico, em retribuição. Charlotte os acompanhou lá para fora, e libertaram Miata de dentro do Toyota. Ela era uma cadela chocantemente dócil, seus melancólicos olhos castanhos pareciam dizer: "Façam de mim o que quiserem." Ora, Esskay tinha entrado na vida deles com uma atitude igualmente derrotada, e em menos de um ano eles haviam conseguido transformá-la numa cadela narcisista e hedonista.

— Cecilia sempre acha que tem razão — disse Tess furiosa, no banco de carona do Volvo do namorado, enquanto Miata respirava pesadamente no seu ouvido, pouco interessada na paisagem fugitiva. — Ela é tão cheia de princípios, tão segura de si, tão enfática em suas crenças. Jamais alimenta qualquer dúvida, nunca se detém para pensar que os princípios dela talvez afetem gente que vive e respira. Você já conheceu alguém assim?

Corvo sorriu.

— Ah, sim, acho que conheci.

Capítulo 17

Tess tinha um amigo que adorava poesia e era dado a ataques nos quais reorganizava o famoso decreto de Auden sobre os limites inerentes da poesia. "Pois o jornalismo não faz nada acontecer", começava a entoar Kevin Feeney, em algum ponto entre o terceiro e o quarto martíni. "Pois o governo não faz nada acontecer — graças a Deus. Pois Deus não faz nada acontecer. Pois nada não faz nada acontecer."

Num bar, depois de alguns drinques, a performance era engraçada; mas na manhã luminosa e fria de janeiro, quando o poeta manifesto era Poe e a poesia chegava num bilhete intricadamente dobrado, os versos eram nada além de sinistros. Pois a ameaça implícita era de que as coisas iam continuar a acontecer até que Tess aprendesse a ler nas entrelinhas.

O dia começara de forma bastante inocente. Ela havia despertado para encontrar dois pares de lamentosos olhos castanhos a olhá-la por sobre a beira da cama e para sentir baforadas gêmeas de respiração canina no rosto, uma visão estéreo-olfativa. Mas enquanto Esskay começou a saltar de empolgação no minuto em que Tess piscou, Miata não se mexeu. Tess se perguntava se a cadela estaria preocupada com o declínio de suas condições de vida. Até recentemente, tinha vivido em uma das casas geminadas mais imponentes de Mount Vernon. Agora, depois de uma passagem pela prisão canina, estava nesse modesto bangalô. Não era de admirar que a depressão não a deixasse.

Nivelando o olhar com o de Miata, Tess reparou pela primeira vez na elaborada coleira — de couro, com tachas de metal. Talvez a intenção fosse fazê-la parecer feroz, mas o efeito era de uma dama da sociedade tentando passar por punk num baile à fantasia beneficente. A coleira era volumosa demais e ficava dobrada na parte traseira, como se não conseguisse assentar bem sobre as dobras espessas da musculatura. Será que...? Tess soltou-a, virou o objeto pelo avesso, mas não encontrou nada. Evidentemente, os acontecimentos recentes a estavam deixando tão confusa e paranoica quanto qualquer personagem das aventuras policiais juvenis Hardy Boys ou Happy Hollister. Procurando pistas em coleiras de cachorro, pensou ela com desprezo. Escondendo bilhetes em latas de ostras. Francamente, já não seria o momento de Corvo se sentar na cama e anunciar ofegante que parecia ter visto um contrabandista atravessando a pé o córrego Stony Run?

Dando um sorriso contrafeito, à própria custa ela se levantou, vestiu o conjunto de moletom e prendeu com trelas as duas cachorras. Esskay ficou apenas levemente perturbada ao descobrir que elas duas teriam que partilhar a caminhada matinal com essa melancólica recém-chegada. Mas, quando viu o modo como outros cachorros no parque recuavam ante sua musculosa companheira, praticamente deu cambalhotas de alegria. Ah, uma guarda-costas! Por que não lhe avisaram logo de cara?

Contudo, a tristeza de Miata não se dissipou, embora Tess pensasse ter vislumbrado uma sombra de sorriso na cara da cadela dobermann quando um cachorrinho pequeno feito um rato simulou um ataque à dupla, e Esskay, dentes à mostra, investiu contra ele. Um galgo feroz e um dobermann contido. Formavam uma dupla e tanto.

— Fique sabendo que há uma lei para os cachorros andarem de focinheiras — disse à mulher que saiu correndo para agarrar o feioso cão-rato, gritando como se Tess fosse culpada pela agressividade do animal.

— Só para gente como você, que não consegue controlar seus cães — disse a mulher irritada. Era uma batalha antiga, ainda que a combatente fosse nova, e Tess resolveu deixar para lá. Não tinha certeza de que seres humanos tivessem complexo de Napoleão, mas os cães certamente o tinham.

No inverno, com as árvores desfolhadas, as trilhas estreitas que cortavam o parque permitiam ver a distância. Tess achava a perspectiva reconfortante — ninguém, gente ou animal, ou ambos, podia se aproximar dela sem ser percebido — e acabou indo mais longe que o planejado, seguindo a trilha toda até o museu de lacrosse no limiar do campus da Universidade Hopkins.

Com frio e fome quando voltou às imediações de casa, ela parou no Daily Grind para tomar um café e comer um brioche de mirtilo, que dividiu com os dois cães, sentada no meio-fio. Bom, dividiu com Esskay. Miata parecia uma daquelas crianças bem-educadas que não sabem nada sobre guloseimas e doces, condicionadas que foram a clamar por cenoura e a olhar de forma suspeita para chocolate. A cadela farejou o bolinho e virou a cabeça. Esskay comeu valentemente o pedaço destinado à companheira.

Portanto ela estimou em 30 minutos — não mais de 45 — o tempo passado até chegar em casa para encontrar uma folha de papel branco sob um dos limpadores de para-brisa do Toyota. Não podia ser um panfleto, pois estava dobrado quase como um origami. Além disso, o carro dela era o único na rua que tinha recebido aquilo. Com as mãos enluvadas, Tess apanhou o bilhete, imaginando por que razão ela já não estava mais avaliando o elegante papel de carta. Haveria mais de um perseguidor? Porém, quando abriu a carta, pétalas de rosas caíram de entre as dobras, e ela percebeu que a antiquada fonte gerada por computador coincidia com a dos bilhetes anteriores.

Desde as horas da infância eu não fui
Como os outros são; eu não vi

Como outros viam; não pude derivar
Minhas paixões de uma fonte comum.
E tudo que amei, amei sozinho.
Então — em minha infância, na aurora
De uma vida tempestuosa — foi atraído
Das profundezas do bem e do mal
O mistério que ainda me aprisiona:
Da torrente, ou da fonte,
Do penhasco vermelho da montanha,
Do sol que a meu redor girava
Em sua nuance outonal de ouro,
Do relâmpago no céu
Que passou voando ao meu lado,
Do trovão e da tormenta,
E da nuvem que tomou a forma
(quando o resto do céu estava azul)
De um demônio à minha vista.

— Eu não ouvi nada — disse Corvo, desculpando-se, quando ela desdobrou o bilhete na frente dele sentada à mesa da sala de jantar.

— Bom, você só voltou para casa tarde da noite porque estava no Point.

Corvo programava as ocasionais apresentações de música ao vivo no bar e restaurante do pai dela, e na noite anterior tinha se apresentado uma figura lendária de menor importância, que tocava blues e cujo nome Tess não conseguia lembrar. Gostava de música, mas nunca entendeu exatamente essa coisa dos homens com as guitarras. Assim como os garotinhos tentam apanhar o carrinho quando lhes oferecem brinquedos variados, as mãos dos meninos adultos automaticamente agarram as guitarras. Corvo tinha pelo menos três; numa noite memorável, ela chegou a surpreendê-lo na cama com sua favorita, uma Strat 1963. Não estava tocando, ele havia apenas se aninhado a ela.

— Sim, mas — ele bocejou, enrolando-se nela e envolvendo-a em seus cheiros quentes de recém-despertado do sono, que lembravam fermento de pão — eu me sinto como se estivesse diante da expectativa de preencher aqui pelo menos alguns estereótipos de papel masculino.

— Para mim é suficiente que você me diga o significado dessa situação.

— Acho que quer dizer que seu visitante está ficando mais loquaz, embora também mais misterioso. O último bilhete deu a você uma instrução explícita. Já no caso deste eu não sei... Ele está nos dizendo que não é como os outros garotos, mas acho que a gente não precisava de ajuda para entender isso.

— "O mistério que ainda me aprisiona" — murmurou Tess. — "Um demônio à minha vista." Diga-me que devo entregar isto ao Rainer. Diga-me que não deveria me preocupar com as ameaças do Homem-Porco... Engraçado, mesmo agora que sei o nome dele, não consigo evitar pensar nele como o Homem-Porco. Diga-me o que fazer, se quiser ser em minha vida o estereótipo do macho dominante.

— Tess, eu não quero ser o macho dominante, e há muito tempo já desisti de te dizer que faça alguma coisa. Você vai fazer o que quer, quando quiser. Você tem boa intuição quando não pensa demais. O que os seus instintos estão dizendo?

Ela fez uma análise cuidadosa e literal da pergunta dele.

— Que um brioche de mirtilo não basta para segurar minha fome até a hora do almoço. E que por sorte tenho do meu lado uma amizade bibliotecária.

— Kitty?

— Não, eu estava pensando em minha recém-descoberta conexão na Poe Room.

Daniel Clary concordou em se encontrar com Tess, mas não na biblioteca.

— É uma honra ser seu consultor, mas duvido que eu consiga dar consultoria no expediente da prefeitura — disse Daniel ao telefone, mais tarde naquela manhã. — Terá de ser à noite.

— Devo ir a sua casa, então? — perguntou Tess. Quando ele hesitou, ela percebeu o quanto tinha sido grosseira: vivendo precariamente do salário de bibliotecário, Daniel provavelmente estava contando com mais uma refeição gratuita, talvez até algumas cervejas italianas. — Eu vou levar o jantar. Pizza, ou comida tailandesa ou chinesa, ou mesmo do Afeganistão: a que mais lhe agradar. De que você gosta?

— Pizza está ótimo; trazer comida sofisticada para mim é desperdício.

— Também vou levar umas cervejas.

— Isso seria legal — disse ele, no tom ingênuo de uma criança que está tentando não revelar o quanto deseja uma guloseima, e Tess resolveu procurar alguma coisa verdadeiramente especial, talvez a cerveja Lager de inverno da Baltimore Brewing Company ou um pacote de seis da Sierra Nevada Pale Ale.

Daniel morava no baixo Charles Village, numa cocheira atrás de uma das poucas residências no centro do terreno, naquele setor de pobres metidos a ricos das imediações do campus da Universidade Johns Hopkins. O proprietário do imóvel, que morava na casa principal em estilo vitoriano, ornamentada, havia dedicado muita atenção a seu domínio, usando uma astuciosa combinação de cores inesperadas — pêssego, bege e amarelo-claro, e toques de violeta e verde com grande efeito. A cocheira tinha sido pensada como uma duplicata, bastante parecida com uma casa de boneca feita sob medida, repetindo o esquema cromático da casa matriz. Mas aqui o trabalho tinha sido mais apressado, as cores pintadas com menos sutileza. O resultado foi um imóvel pequeno e acanhado, um menininho que puxava o colarinho da roupa de domingo, saudoso dos jeans.

Por dentro, a casa parecia excessivamente pequena para Daniel, com seus ombros largos, que pareciam caídos para a frente quando ele se levantou para livrar Tess do peso das caixas de pizza e das cervejas. Mas a casinha de um só cômodo talvez não desse a sensação de ser tão apertada caso não tivesse cedido o espaço de 30 centímetros de cada parede para prateleiras, que iam do assoalho ao teto. O efeito era de uma caixa forrada de livros, com prateleiras adicionais visíveis através da pequena arcada que levava à alcova da cozinha. Tess imaginava se haveria livros também no banheiro. Os livros davam a sensação de um papel de parede tridimensional, com as intermináveis fileiras de prateleiras quebradas apenas por uma pequena lareira na parede do lado sul. O piso de tábuas de pinho ásperas parecia ceder um pouquinho sob o peso de todos aqueles volumes, e Tess podia ver intervalos nas tábuas do assoalho, que revelavam um piso de terra a algumas dezenas de centímetros abaixo dele. Além dos livros só havia no cômodo uma mesa, duas cadeiras e um sofá, possivelmente daqueles que se transformam em cama.

— Acho que não devia me espantar que um bibliotecário tivesse tantos livros, mas isso é um pouco opressivo — disse Tess estudando as lombadas dos livros, atraída instantaneamente para as prateleiras. Muitos títulos lhe eram desconhecidos, mas os que ela reconheceu eram todos romances e histórias do século XIX: Dickens, Melville, Austen, Thackeray, Cash, Olmsted. Poe tinha uma prateleira própria, assim como Hawthorne e Longfellow. — Quer dizer, opressivo de um jeito positivo.

— Bom, você vai reparar que eu não tenho muitos romances contemporâneos — disse ele. — Por trabalhar na biblioteca, tenho acesso fácil aos livros mais recentes no minuto em que chegam. Por que você está sorrindo?

— Você acaba de me lembrar um dos meus escritores favoritos, Philip Roth. Em *Adeus, Columbus,* a noiva insensata diz alguma coisa como: "Ah, mas você deve receber todos os best sellers antes de todo mundo" ao bibliotecário protagonista. Aquele que está paquerando Ali MacGraw.

— Ali MacGraw?

— No filme — consertou Tess. — Não é muito bom. O filme, quero dizer. Mas o enredo é delicioso. Ele era imperdoavelmente jovem quando o escreveu, 23 anos ou alguma coisa assim.

— Uma história cujo herói é um bibliotecário? Preciso conferir isso. Você acredita que eu nunca li nada escrito por Roth? Acho que sou um típico homem do século XIX. Além disso, os livros mais antigos são mais baratos que os novos, se você souber o que procurar, e onde procurar. Essa coleção de livros de Jane Austen, por exemplo — ele puxou da prateleira um livrinho verde —, custou 30 dólares, ou 6 dólares por livro, e eu a encontrei naquele mercado de pulgas bagaceiro, em que a maioria das barraquinhas vende roupinhas de bebê e imitações de bolsas de marca. Pelo mesmo preço você compra um livro novo, de capa dura.

— Então você é um colecionador?

— Não um colecionador sério, porque eu não suportaria possuir alguma coisa que não pudesse usar. Nunca entendi essa compulsão específica.

Ele folheou o livro de Austen, inalando o cheiro das páginas com tanto prazer como se estivesse cheirado pizzas.

— A ironia é que se eu não trabalhasse numa biblioteca e tivesse que comprar os lançamentos de ficção no momento em que aparecessem, e confesso que sou vítima de um ocasional ataque de gratificação instantânea, eu provavelmente teria agora mesmo uma extraordinária coleção de primeiras edições modernas. Em vez disso, só tenho esses velhos livros surrados que *parecem* valiosos. Mas isso impressiona as garotas.

— É mesmo?

Ele tentou esboçar um sorriso, mas terminou parecendo apenas encabulado.

— Bom, algumas garotas. Num mundo em que todos os demais têm ações da bolsa, carros novos e condomínios de frente para o mar, um bibliotecário não está com essa bola toda; mas há certa subcultura livresca que é sensível a nossos encantos.

Tess, que pelo lado Weinstein tinha um gene casamenteiro, fez uma anotação mental de lançar Whitney no caminho de Daniel. Quem sabe? A amiga tinha dinheiro suficiente para não se importar com a falta de dinheiro de outras pessoas e gostava de livros. A bem da verdade, Whitney gostava deles mais do que de rapazes. Também compartilhava a inclinação de Daniel Clary pelos esportes ao ar livre — ele tinha uma bicicleta de dez marchas pendurada num canto e um par de esquis de cross-country ao lado de uma bengala que parecia ter sido feita para escalar altitudes.

— Aposto que sim — comentou em tom leve e provocador, resolvendo dizer em voz alta o que tinha pensado na primeira vez que o viu. — Eu não ficaria surpresa que tivesse fãs capazes de frequentar a biblioteca em missões inventadas, só para falar com você.

Ele ficou vermelho, mas não negou.

— Então vamos ver esse poema.

Ela havia trazido uma fotocópia do poema, embora essa precaução fizesse pouca diferença, pois provavelmente havia corrompido o original com as próprias impressões digitais. Mesmo assim, estava tentando agir corretamente, ou pelo menos era o que repetia à própria consciência, que não lhe dava paz.

Daniel sentou-se à velha mesa de madeira que obviamente tinha função dupla como escrivaninha e mesa de refeições, examinando a página. Lia muito depressa, mais ainda que Tess, que se considerava ligeira.

— Humm — disse ele. — Este foi o segundo?

— Foi. O primeiro me levou à biblioteca e à placa da Mulberry Street. Mas o texto era relativamente direto. Este me deixou confusa.

— Eu conheço os contos de Poe melhor que os poemas e as histórias de horror do que as fábulas de detetive. Mesmo assim, isso parece familiar. — Ele se levantou e puxou o volume da prateleira, um livro encadernado em preto, pequeno e de aparência frágil. — Sim, aqui está. "Sozinho."

Tess olhou por cima do ombro dele.

— O poema está todo marcado; você o andou estudando.

— O livro inteiro está marcado. Já veio assim quando o comprei.

Ele o folheou. De fato, estava cheio de marcações, com um incidental ponto de exclamação na margem.

— Eu nunca escreveria num livro, nem mesmo num livro novo. Mas, como eu disse, há uma razão para esses livros serem tão baratos.

— Então, o que nos diz o poema "Sozinho"?

— O que nos diz qualquer um dos poemas de Poe? Ele era tecnicamente brilhante, um artesão meticuloso. Espere, eu adoro isso. — Pousou na mesa o livro e foi à prateleira buscar outro. — Poe escreveu isso, num prefácio a seus poemas:

> Essas bagatelas estão colecionadas e publicadas principalmente com vistas a redimi-las das numerosas melhorias a que foram submetidas enquanto percorriam aleatoriamente "a via crucis da imprensa".

— Evidentemente, ele conhecia bem a imprensa — observou Tess. Daniel prosseguiu a leitura:

> Se o que eu escrevi estiver, de alguma forma, destinado a circular, é natural meu anseio de que circule conforme foi escrito. Entretanto, cabe-me dizer em defesa do meu próprio gosto que nada neste volume me parece muito valioso para o público, ou muito meritório para mim. Acontecimentos impossíveis de controlar impediram-me de fazer, a qualquer custo, qualquer esforço sério naquilo que, sob circunstâncias mais felizes, teria sido o campo da minha escolha.

Daniel ergueu a vista.

— Eu adoro isso. É tão... nu. Ele está tentando ironizar a si próprio, mas seu ego realmente se manifesta, assim como o ressentimento das circunstâncias materiais que o impediram de escrever em tempo integral.

— Sim — concordou Tess, e tentou empurrá-lo de volta ao assunto em questão, ainda que delicadamente — Mas, o poema? Meu poema? O que ele significa?

— Eu não faço ideia. A meu ver ele deseja que você saiba que ele não é um diletante, nem um impostor, que só conhece "O Corvo" e "Annabel Lee" ou mesmo "Os Sinos", com seu tilintar. Mas não consigo ver nenhum outro significado real. Ele omitiu alguns versos, supondo que se trate de um homem. — Seu indicador apontou as quatro linhas que faltavam na página.

Da mesma fonte não tirei
Minha tristeza — não logrei despertar
Meu coração para a alegria com o mesmo tom
E tudo que amei, amei sozinho.

— Não consigo ver nenhum significado nesses versos — disse Tess.

— Eu também não, além da preocupação dele de fazer tudo caber numa única folha de papel. Desculpe, mas não fui de grande ajuda, não é?

— Não se desculpe. Provavelmente se trata de algum pirado, armando um jogo para cima de mim. Isso tudo me parece obra do detetive da homicídios que está trabalhando nesse caso.

Ou Arnold Pitts. Ou Gretchen O'Brien. Ou Jim Yeager, tentando botar lenha na própria história. Afinal de contas, no dia em que apareceu o primeiro bilhete, Yeager estivera na porta da casa dela.

— Segundo meu namorado, ele está tentando nos dizer que não é como os outros meninos.

— Mas é isso! — Daniel Clary fechou o livro com um baque triunfante.

— Isso? Isso o quê?

— Ele... ela... seja lá quem for... está tentando fazer você investigar a vida do Bobby. O penhasco vermelho da montanha. Não conheço o oeste da Pensilvânia, e é provável que lá as montanhas não sejam vermelhas, exceto ao crepúsculo, mas acho que alguém quer convencê-la a visitar os pais de Bobby Hilliard, ver se em seus últimos meses de vida o filho lhes contou alguma coisa. O poema é sobre Bobby, e não sobre Poe. "Desde as horas da infância eu não fui como os outros são"; se já houve um poema escrito sobre Bobby Hilliard, é este.

— Você acha? — perguntou Tess, não de todo convencida. — O que pode haver por lá?

— Uma nuvem em forma de demônio, imagino. Sei lá. Sei que veio buscar minhas reflexões sobre Poe, mas eu também conheci Bobby. Para mim, soa verdadeiro. Seja lá quem for essa pessoa, ela quer que você vá conversar com os Hilliard.

— Bom, isso deixa Rainer de fora.

— Rainer Rilke?

— O policial da homicídios.

Tess consultou o relógio.

— Vou me encontrar com meu namorado num bar e assistir a nossa amiga Cecilia em um desses programas de TV a cabo, o *Face Time*. Eles vão fazer um segmento sobre o assassinato. Você quer ver?

Daniel Clary fez que não.

— TV me deixa estressado, mesmo a de qualidade. Sou um leitor, quero inventar minhas próprias imagens. Eu não consegui nem assistir ao documentário de Ken Burns sobre a Guerra Civil. Foi aí que eu soube que meu caso com a televisão estava encerrado.

— Você vai ao cinema?

— Raramente.

— Bom, vamos fazer alguma coisa uma hora dessas. — Tess ainda estava calculando como poderia aproximar Daniel e Whitney, mas passivamente, sem forçar nada, só para ver o que acontece. — Nós, os bibliófilos que tomamos cerveja, precisamos nos reunir.

— Tudo bem — disse ele —, mas não pense que vou lhe contar meus segredos.

— Quais segredos?

— Os lugares aonde vou para comprar livros usados. Você terá que descobri-los por você mesma.

Capítulo 18

Os fregueses que haviam se reunido na Frigo's Tavern tinham pensado que iriam assistir ao jogo de basquete do Maryland Terrapins, expectativa razoável numa noite de inverno em Baltimore. Mas Tess, que não tinha TV a cabo em casa, havia se apoderado do controle remoto e começou a pesquisar pelos programas de entrevistas no final do espectro de 75 canais. Foi clicando em um por um dos apresentadores que apareciam na telinha até finalmente chegar a um de cabeça enorme com cachos desgrenhados.

— Tess, você está acabando comigo — disse o barman, com uma nota de súplica na voz.

— Não vai demorar muito — garantiu ela a ele. Na qualidade de cliente regular do local, e, mais importante, de filha de um ex-inspetor da Vigilância Sanitária, ela desfrutava dos privilégios de um potentado. — Eu realmente preciso ver isso.

— A gente paga... — Corvo olhou para a multidão, grande para uma quinta-feira à noite — ... a gente paga uma rodada para todo mundo que está aqui no balcão, os que mais provavelmente estavam contando em assistir ao jogo.

Na verdade, eles estavam contando com o jogo, e a bebida de graça pouco adiantou para aplacá-los quando o canal mudou para *Face Time com Jim Yeager.*

Normalmente, a transmissão ao vivo era feita de um estúdio de Washington, mas pelo visto Jim Yeager havia conseguido, para essa edição especial, o estúdio de algum programa de entrevistas de Baltimore, esquecido havia muito tempo. Não que desse para ver muito do cenário da década de 1970, que ao fundo tinha uma silhueta desatualizada da linha do horizonte de Baltimore. Porque *Face Time* era um nome adequado: era só cara, principalmente a do apresentador, ampliada o suficiente para encher por completo a tela da televisão.

— Sempre ouvi dizer que o vídeo engorda você 5 quilos — disse Corvo, pensativo —, mas não pensei que aumentasse a cabeça.

— Na vida real é ainda maior, e o rosto ainda mais vermelho — disse Tess. — Deviam fazer o programa em 3-D. Ele dá a impressão de estar a ponto de se lançar para fora da tela a qualquer momento.

À medida que o programa prosseguia, o rosto de Yeager ia ficando mais vermelho; as arremetidas dele em direção à câmera, mais frequentes. Tess tinha presumido que o apresentador era o próprio estereótipo do conservador de extrema-direita, mas sua visão ante tudo trouxe à mente dela o hino de Groucho Marx no filme *O diabo a quatro*: "Seja lá o que for, eu sou contra." Os convidados que tentavam discutir ele despachava com ataques pessoais, normalmente uma combinação de adjetivos que apresentavam as palavras *patrulha* ou *nazista*.

— Ah, você faz parte da patrulha da nutrição — escarnecia ele do homem no primeiro segmento, um vegetariano que queria taxar a comida de baixo valor nutritivo e oferecer redução de impostos a quem praticasse exercícios físicos regulares. — Ah, aí vêm os nazistas contra o livre pensar — cantarolava ele quando um colunista criticava um técnico de basquete por fazer comentários racistas sobre os próprios jogadores. — Quando começaremos a queimar livros, Herr Commandant?

— E então, você vai? — perguntou Corvo, durante o intervalo comercial seguinte.

— Vou aonde? — perguntou Tess, enchendo de novo a tigela de pipoca deles e ignorando os olhares angustiados do barman. O que mais ela podia fazer? Supusera que Cecilia seria a primeira convidada, e agora ali estavam eles, já dois chopes Rolling Rock depois de começado o monótono programa de uma hora de duração.

— Visitar os pais de Bobby Hilliard, como sugeriu Daniel. Eu acho uma boa ideia.

— Não tenho tanta certeza. Por que não me dizer isso diretamente? Por que ele, ou ela, não me diz o que sabe?

Corvo refletiu sobre a questão.

— Porque acho que o seu visitante não sabe tudo. Tem algumas peças do quebra-cabeça que ele quer dividir com você. Por algum motivo, confia em você. Ele acha que você pode fazer isso.

— Confia em mim ou quer me despistar — disse Tess. — Veja só, Cecilia finalmente apareceu.

Mesmo na resolução nada boa do televisor do Frigo, Cecilia parecia uma gracinha, e Miata também. A câmera se demorava nos olhos grandes e na ossatura delicada de Cecilia e realçava cada músculo do corpo enrolado da cadela dobermann.

Infelizmente, o produtor usou uma quantidade maior de tomadas do apresentador. Não se podia chamá-las de tomadas de reação, pois isso implicaria dizer que Yeager havia escutado. Quando ele não estava falando, era como um maestro que só se importasse com a própria parte e ficava contando impacientemente ate poder entrar de novo em ação.

— Cecilia Cesnik é uma militante local e foi uma das primeiras a insistir que o assassinato ocorrido no túmulo de Edgar Allan Poe fazia parte de uma história muito mais sinistra, algo que o próprio Poe poderia ter escrito, se tivesse vivido mais 150 anos. Naturalmente, se Poe tivesse vivido mais 150 anos, imagino que ficaria atormentado pelas atitudes permissivas de nossa cultura, a ideia de que vale tudo, desde que a pessoa se sinta bem.

O rosto de Cecilia era tão delicado que a câmera conseguiu registrar a breve contração no alto de seu nariz quando ela franziu as sobrancelhas. Não era nada promissora a introdução feita por Yeager. Por outro lado, ele não a estava importunando abertamente, não ainda.

— Então, Srta. Cesnik — ele esticou o *Srta.* até lhe dar o tom de um cognome —, a senhorita armou uma grande confusão quando insistiu na ligação entre esse homicídio e um suposto crime de preconceito contra um proeminente cidadão de Baltimore. Pode nos dizer que prova possui de sua alegação?

Cecilia franziu a testa de novo, provavelmente diante do uso da expressão "suposto", mas mergulhou bravamente na discussão.

— Uma fonte da polícia nos deu a informação de que os detetives da homicídios estavam investigando a morte de Bobby Hilliard em conexão com a agressão violenta perpetrada contra Shawn Hayes, um homem que é muito conhecido em nossa comunidade...

— ... Quando você diz comunidade, está se referindo a Baltimore como um todo ou à subcultura sodomita?

— Sodomita! — ecoou espantado Corvo.

— Veja você — disse Tess —, e eu achava que essa palavra fosse exclusiva de um de nossos insufladores de ódio aqui da cidade.

Cecilia ficou momentaneamente sem reação, mas tentou manter a compostura.

— Sim... Quer dizer, não. Quer dizer... Sim, Shawn Hayes era gay. Ele é gay, ainda está vivo. Também é um cidadão rico e proeminente que parece ter sido atacado por um sociopata violento cujo único objetivo era infligir sofrimento deliberadamente. Não posso senão pensar que se outro cidadão rico de Baltimore fosse espancado sob circunstâncias semelhantes, mas tivesse o disfarce protetor de uma orientação sexual diferente, a polícia talvez tivesse levado o crime de uma forma mais séria desde o começo.

— Interessante.

A expressão de Yeager indicava que ele pensava que aquilo era qualquer coisa, menos interessante; mas o apresentador só estava esperando para atacar, para expor seu próximo argumento.

— Mas você extrapolou, não foi mesmo, ao tentar forçar sua plataforma política?

Isso suscitou uma rápida reação do rosto intrigado de Cecilia, e logo Yeager estava de volta, enchendo a câmera com um ar de satisfação.

— Você foi longe demais, você e a patrulha da sexualidade. Ouviram dizer que havia uma conexão, e como Shawn Hayes era gay, e a próxima vítima... — Yeager desenhou aspas no ar com os dedos, quando disse as palavras *gay* e *vítima* — e porque a vítima seguinte também era "gay", você somou um mais um e obteve três. Mas há pelo menos dois outros casos envolvidos, não é mesmo?

— Você teria que perguntar aos policiais sobre a investigação deles — objetou Cecilia, o rosto tranquilo, os olhos cautelosos.

— Eu perguntei, e não recebi muitas respostas. Mas também tenho minhas fontes, e elas me dizem que eles estão investigando alguns roubos rotineiros a residências, e pelo menos uma das vítimas, nesse caso uma vítima real, não alguém que andava na pegação, procurando sexo, e obteve o merecido, *não é* gay. Espero que seu grupo tenha uma verba de defesa, porque vocês podem acabar encarando um processo por calúnia.

— Não considero nenhuma calúnia dizer que alguém é homossexual.

— Ora, você... Imagino que, se dependêssemos de gente como você para estabelecer os padrões da comunidade, todos nós estaríamos circulando por aí de coleira e meia arrastão.

— O que faz em seus momentos de lazer, Sr. Yeager, fica entre o senhor e seus parceiros, supondo que se tratem de adultos consentâneos.

Tess e Corvo comemoraram vitória. Ponto para Cecilia. De fato, *Face Time* era *melhor* que o basquete de Maryland em certos aspectos.

Mas esse jogo estava armado a favor do time local.

— Você estava equivocada em relação a essa ligação. Está pronta a admitir isso?

Cecilia negou com a cabeça.

— Não posso explicar ao senhor o trabalho da polícia. Mas nada do que tenha dito, ou do que eles tenham dito, irá refutar nosso argumento: Shawn Hayes foi agredido devido à sua sexualidade. Bobby Hilliard pode ter sido assassinado pela mesma razão. Não sei; o que sei é que não devemos ficar esperando até serem três, quatro, cinco vítimas. Acho que uma já é um caso bastante crítico.

— Talvez tenha sido apenas um jogo sexual pervertido que fugiu ao controle. Pensou nisso em algum momento? Não seria a primeira vez que um rico decadente saiu procurando sexo selvagem e descobriu que não conseguia dar conta.

A respiração de Cecilia foi suficientemente profunda para ser audível, embora naquele momento ela não estivesse na mira da câmera. Quando esta a encontrou, tinha as sobrancelhas franzidas, a expressão claramente furiosa. Miata também parecia carrancuda, como se não gostasse de ouvir seu dono ser discutido em termos tão pouco lisonjeiros.

— Se o senhor leu o boletim de ocorrência...

— Eu li, e não foi só isso que eu li.

— Se leu o boletim, sabe que não havia vestígio de atividade sexual. O Sr. Hayes foi espancado brutalmente por alguém que parecia estar enlouquecido.

— Ora, acho que se um cara hétero é pressionado por um gay, vai ficar um pouco enlouquecido.

— Shawn Hayes estava em sua própria casa. Quem quer que tenha ido lá, foi voluntariamente.

Yeager concordou sofregamente.

— Finalmente estamos na mesma página. Sim, o homem que agrediu Shawn Hayes foi à casa dele voluntariamente, premeditadamente, você talvez diga. Eu gostaria de pedir um momento aqui para revelar os detalhes exclusivos de minha investigação neste caso.

Exclusivo. Tess gostaria de ganhar 1 dólar cada vez que ouvia essa palavra ser mal utilizada pelos jornalistas de televisão.

Yeager voltou-se para a câmera e qualquer simulação de que aquilo tivesse sido um diálogo desapareceu.

— Porque vocês podem ver que, ao contrário do que a Srta. Cesnik e sua patrulha da sexualidade gostariam de fazer crer, o ataque não foi motivado pela fúria movida a testosterona de algum heterossexual parrudo. Muito provavelmente, o agressor de Hayes foi o próprio Bobby Hilliard, que visitou a casa dele na noite da agressão.

Fez uma pausa, como na expectativa de ouvir a audiência se engasgar, só que o programa não tinha plateia no estúdio.

— Sim, Shawn Hayes foi vítima de um crime de preconceito, um crime de preconceito perpetrado por um homossexual que se desprezava e que atacava homens gays e héteros, insinuando-se na vida deles, e depois invadia suas casas para roubar. Na condição de garçom de um dos melhores restaurantes da cidade, Bobby Hilliard tinha infinitas oportunidades de encontrar esses homens, fazer amizade com eles e depois defraudá-los. A meu ver, Bobby Hilliard ficou enfurecido pela dignidade serena de um homem como Shawn Hayes, que pelo menos não andava por aí ostentando sua anormalidade. Então vamos falar agora sobre crimes de preconceito, Srta. Cesnik. Quando o espancador é um homem gay, ainda se trata de um crime de preconceito movido por ódio? Ou é preciso ser um branco heterossexual — ele deu tanta ênfase a essa última palavra que ela saiu com pelo menos oito sílabas — para perpetrar o ódio?

— O senhor não tem provas do que está dizendo — disse Cecilia por entre os dentes cerrados —, absolutamente nenhuma prova. Tudo isso não passa de conjectura, e ainda por cima irresponsável.

— Tenho tanta prova quanto a senhorita, quando parou na frente de uma entrevista coletiva no domingo e declarou que Bobby Hilliard foi assassinado porque era gay. Por que minha plataforma exige um nível mais alto de prova do que a sua?

Tess tinha tentado prevenir Cecilia da mesma coisa na manhã de ontem, de uma maneira ligeiramente mais diplomática.

— Além disso, tenho uma prova, sim.

Yeager mostrou um caderninho preto, do tipo que se encontrava em qualquer papelaria.

— Bobby Hilliard mantinha um diário. E é isso que pode nos dizer de sua visita à casa de Shawn Hayes. Ele também pode estabelecer seus contatos sociais com os homens cujas casas roubou durante o último ano. Portanto, sustento que Bobby Hilliard estava cometendo crimes de preconceito de teor econômico, atacando clientes dos restaurantes em que trabalhava, enlouquecido pela impossibilidade de possuir as coisas que eles tinham de mão beijada. Mas isso não lhe parece suficientemente, desculpe o termo, sexy, não é? A senhorita distorce o discurso público, arrastando tudo para dentro de seu prisma de política sexual, até tudo se tornar vazio de sentido.

Cecilia estava tão furiosa — e talvez tão humilhada — que tremia visivelmente. O pelo da cachorra encrespou-se ligeiramente, como se ela sentisse alguma ameaça pendente, e Tess pensou ter ouvido um rosnado baixo, mas também podia ter sido a baixa qualidade do som da velha televisão Sanyo do bar.

— Seja lá o que o senhor pensa sobre as escolhas feitas pelas pessoas...

— Arrá! Então se trata de uma escolha, não é, e não um destino biológico? Uma escolha insalubre que gente motivada pode superar? Finalmente surgiu alguma coisa sobre a qual podemos concordar, Srta. Cesnik.

— Seja lá o que o senhor pense — continuou Cecilia, como se Yeager não tivesse falado —, Bobby Hilliard é indubitavelmente uma vítima. Ele está morto, lembre-se. Alguém atirou nele.

— Talvez ele merecesse morrer.

Yeager abanou a agenda na cara de Cecilia.

— Ele tinha progredido do arrombamento menor para um escandaloso ato de violência. Era só questão de tempo até matar alguém e o Estado ser obrigado a matá-lo. Acho que a polícia deveria encerrar a investigação da morte de Bobby Hilliard, a não ser que esteja tentando rastrear quem o matou para lhe entregar uma recompensa. Todos saímos ganhando com o fato de ele estar morto.

A agenda estava a centímetros do nariz de Cecilia, mas ela não piscou, embora agarrasse os braços da cadeira como se tentasse se segurar nela. Miata, novata nos programas de entrevistas da televisão, mostrou-se menos comedida. Seus rosnados eram agora inconfundíveis, e a cadela saltou em direção ao apresentador, derrubando-o para trás na poltrona e arrebatando o livro preto de sua mão.

— Epa, isto é meu — protestou Yeager, caído no chão.

Cecilia não estava em foco, mas sua voz ainda era audível.

— Então, pode tomar dela.

O confuso produtor ficou ordenando diferentes tomadas de cena, tentando pegar um ângulo em que não revelasse o enorme traseiro do apresentador, enquanto engatinhava pelo chão, fazendo movimentos em direção à cadela, que rosnava a cada aproximação. Finalmente, Yeager endireitou a cadeira, na qual desabou, o rosto corado como um tomate.

— Isto é *Face Time com Jim Yeager* — disse ele. — Voltamos depois dos comerciais, com informações atualizadas sobre o julgamento dos policiais da Filadélfia.

A um aceno de Tess, o barman mudou rapidamente o canal para o jogo dos Terps, mas viu-se às voltas com um pequeno motim.

— Volta pro canal, volta pro canal — gritou um dos fregueses assíduos, em voz arrastada e pastosa, para indignação dos outros clientes crônicos. — É melhor do que luta livre profissional.

— E quase tão autêntico quanto aquilo — disse Tess a Corvo. — Acho difícil acreditar que Jim Yeager tenha uma prova física tão crucial quanto a agenda de Bobby Hilliard.

— Você fica sempre dizendo que Rainer é incompetente. Talvez ele tenha perdido a agenda de alguma forma, ou talvez Yeager tenha conseguido entrar no apartamento do Bobby. Ou mesmo, por ingenuidade, os Hilliard tenham dado a agenda a Yeager. Só espero que Bobby Hilliard tenha usado uma tinta à prova de baba de cachorro.

Tess ficou olhando pensativa para a televisão, mas agora quem olhava para eles era a cara famosa e suada de Gary Williams, o técnico temperamental e veemente de Maryland, que transpirava mais que seus jogadores.

— Tudo bem, você me convenceu. Este fim de semana vou fazer uma pequena viagem pela I-70, para ver a bela zona rural da Pensilvânia em pleno inverno. Mas primeiro acho que tem um lugar que eu gostaria de conferir, aqui mesmo na cidade.

Capítulo 19

Bobby Hilliard tinha vivido num prédio surpreendentemente descaracterizado no norte de Baltimore, o tipo de imóvel preferido por estudantes mimados da Johns Hopkins e viúvas refinadas que não sonhariam em morar num endereço que não tivesse cabeleireiro, restaurantes sofisticados, lavanderia a seco e podólogo. Não que utilizassem todos esses serviços, mas gostavam de saber que eles estavam disponíveis.

Parada no estacionamento da Charles Street, Tess inspecionou o edifício observando as senhorinhas se aventurarem a sair com seus cãezinhos inevitavelmente minúsculos, reparando nos estudantes com suas mochilas robustas. Ela pensou que alguém com o amor de Hilliard por coisas mimosas escolheria graciosidade, em vez de conveniência — um quarto e sala com, digamos, uma lareira de mármore e uma cozinha pequenina em Bolton Hill ou Mount Vernon.

Bolton Hill ou Mount Vernon — lugares onde tinham vivido as duas vítimas de Hilliard, se alguém acreditasse na teoria de Jim Yeager. Tess não acreditava nela, não por enquanto. Em anos recentes, os padrões do discurso público tinham caído de forma tão alarmante que qualquer um podia dizer qualquer coisa no ar, especialmente se o alvo de suas declarações já tivesse morrido. Vejam Vincent Foster, cujo triste suicídio tinha provocado uma infinidade de teorias conspiratórias. Nas entrevistas de rádio ou nos programas periféricos como o de Yeager, predominava a lógica de que a pessoa estava certa até alguém provar o contrário. Tess se lembrava de um tempo em que a frase "Não deixe os fatos atrapalharem uma boa matéria" era uma piada nas redações, e não a filosofia reinante.

Ainda assim, não estava pronta para eliminar o enredo proposto por Yeager, não por completo. Ele preenchia algumas lacunas, oferecia uma conexão sobre a qual a polícia fora tão sigilosa e esquiva. Bobby Hilliard era um ladrão; ela soubera disso por uma fonte independente. O problema era saber se alguém, no intervalo de alguns anos, conseguia passar do furto de caixinhas de comprimidos ao arrombamento e roubo de residências e, finalmente, à agressão física. E se ele conseguisse, e você soubesse que ele conseguira, por que matá-lo? Por que não ir à polícia? Convenientemente Yeager havia passado por cima dessa outra peça do quebra-cabeça, alegando que a morte de Bobby Hilliard não tinha importância porque ele era um criminoso.

Mas os furos na lógica de Yeager eram ainda maiores que sua monstruosa cabeça. Para começar, ele partia do princípio de que Bobby Hilliard era a vítima visada pelo tiro no túmulo de Poe, e Tess ainda precisava ser convencida disso. O Visitante era a única pessoa que todos sabiam que estaria naquele lugar na manhã do dia 19 de janeiro. Quem tinha sabido que Hilliard também estaria presente?

Ela pegou seu estoque de cartões de visita, recordando a arguta provocação de Gretchen O'Brien sobre os métodos usados por Tess. Pela primeira vez — bom, não pela primeira vez, mas pela primeira vez num momento de reflexão, que não envolvesse um cadáver —, ela sentiu uma verdadeira repulsa em relação ao seu trabalho. Por muito tempo havia se consolado com o fato de que o trabalho de detetive particular era muito mais honesto e menos destrutivo que o jornalismo. Seus relatórios eram privados, e embora com frequência os fatos descobertos causassem dor, só a causavam a quem tinha pagado por ela, a quem tinha buscado por ela. Ao contrário dos jornais, ela não convidava estranhos a participarem da tragédia de uma família enquanto tomavam café da manhã, no intuito de vender sutiãs, calcinhas e carros usados.

Pondo no bolso o cartão de "inspetora de segurança", ela se dirigiu ao porteiro do edifício de Bobby Hilliard, resignada com quem ela era e com o que fazia, pelo menos por mais um dia.

Um zelador de expressão pétrea levou-a até o apartamento de Bobby Hilliard no sexto andar, mas parou antes de colocar na fechadura a chave mestra.

— Vinte dólares — disse ele.

— Vinte dólares?

— Foi o que os outros pagaram. Vinte dólares para ver o apartamento onde morava o morto.

Ela ficou firme.

— Que morto? Que outros?

— Os outros com cartões de visitas falsos.

— Ah. — Desmascarada. Poderia perfeitamente fazer umas perguntas antes de mostrar o dinheiro. — Que outros?

— Um deles tinha um caderninho e anotava tudo o que via, como se fosse um inventário. — Este seria Herman Peters. — Ele disse que estava trabalhando para o espólio. Pois sim! O outro ficou rodando, só olhando para tudo e esfregando as mãos que nem criança na Disneylândia.

— O que você quer dizer?

— O que ele queria era entrar e depois que entrou parecia não saber o que fazer, senão ficar rodando e olhando. O cara tinha tanto cabelo que parecia que tinha um gato na cabeça.

Yeager. Bem no alvo.

— Mais alguém?

— Uma mulher. Por um momento achei que fosse você, mas ela usava o cabelo solto caído no rosto.

Tess se encrespou um pouco diante da sugestão de que ela e Gretchen pudesse se parecer, mas entregou a ele os 20 dólares.

— A polícia apareceu alguma vez?

— Sim, claro, pouco depois que ele morreu, antes do nome aparecer no jornal. Mas eu fiquei de olho neles, também. Principalmente neles.

— Por quê?

Ele revirou os olhos diante da ingenuidade dela.

— Está achando que os policiais não roubam? Dos mortos? Eles roubam o tempo todo. Alguns, não são todos. E eles não são piores que os bombeiros. Você ficaria surpresa de saber quantas coisas simplesmente se evaporam no incêndio de uma casa, como se nunca tivessem estado ali.

O apartamento era simples, um perfeito cubo de paredes brancas e piso de tacos de madeira, o tipo de ambiente que podia ser bonito ou feio, dependendo do gosto do inquilino. Aqui, era bonito graças a uma coleção de objetos vitorianos de brechós, que transformou em suíte elegante os cômodos extremamente corriqueiros. Com as cortinas fechadas escondendo a vista, podia ter sido um cômodo do século XIX, ou assim supôs Tess. Ela não conhecia muito de antiguidades. Mas mesmo assim podia ver o capricho prodigalizado por Bobby Hilliard a seu ambiente, à atenção ao detalhe e às cores. As velhas cadeiras e o sofá tinham sido reformados, e o estofamento fora refeito com tecidos suntuosos de veludo em tons de cereja. O guarda-louça que ocupava uma parede inteira da sala de jantar tinha sido habilmente restaurado, mas sem excessos, de modo a mostrar sua idade com orgulho.

No apartamento todo, as paredes tinham sido decoradas com quadros de falsos ancestrais — retratos e fotografias da virada do século passado, de pessoas e propriedades imponentes que guardavam pouca semelhança com os pais que tinham vindo a Baltimore buscar o corpo do filho. Ora, Bobby Hilliard não era o primeiro que tentava se reinventar.

Ela abriu os armários da cozinha, examinou a geladeira. Não estavam bem abastecidos — algumas latas de sopa e de atum, uma caixa empoeirada de macarrão Mueller. Ele teria sabido que tinha pouco tempo de vida? Tess balançou a cabeça, sorrindo diante da própria tolice. Se armários de cozinha fossem medidores confiáveis das expectativas da pessoa, o visitante ocasional da casa dela iria deduzir que nos últimos dois anos Tess estivera vivendo com os dias contados. Na condição de garçom, provavelmente Bobby havia se banqueteado várias noites por semana com restos de comida de primeira qualidade. A ausência de mantimentos não provava que tivesse ido ao cemitério planejando ficar lá.

Mesmo assim, alguma coisa estava faltando. Tess percorreu novamente as peças, intrigada, enquanto o zelador foi ficando visivelmente mais impaciente, suspirando e mudando o peso do corpo de pé.

— Nenhum livro — disse ela em uma voz tão alta e repentina que o zelador deu um salto.

— O quê?

— Não há livros neste apartamento.

O bibliotecário não tinha livros. Não, não é que não os tivesse — ao lado da cama de cerejeira com dossel havia uma prateleirinha cheia de catálogos de antiguidades e livros de referência sobre mobiliário. Bobby Hilliard também tinha uma bíblia de família e alguns livros de história sobre Maryland. Mas estes últimos, surradas brochuras comuns, não eram obviamente os volumes que se suspeitava terem sido roubados por ele da Biblioteca Pratt. Se ele tinha roubado livros, onde estavam? Ele realmente os teria roubado? Mas Daniel Clary tinha afirmado que Bobby roubava coisas para guardar, não para vender. Ele gostava de coisas bonitas.

— Tem certeza de que ninguém retirou nada daqui?

O zelador pareceu ofendido.

— Você está vendo como sou com você. Ninguém saiu daqui com nada, a não ser os pais dele. Estes eu deixei sozinhos, mas isso era outra coisa.

— E os policiais? Não estou dizendo que eles roubaram, mas eles poderiam ter levado objetos como prova.

— Poderiam ter levado, mas não levaram. Examinaram tudo como se houvesse alguma coisa que estivessem procurando, mas saíram daqui de mãos vazias.

— O que foi esse barulho? — perguntou Tess. O zelador se virou, e ela, com um movimento hábil, guardou no bolso o minúsculo despertador de Bobby Hilliard. Ah, sim, com certeza o zelador era difícil de enganar.

Tess abriu as cortinas. O apartamento de Bobby era virado para o leste, com vista para os telhados de ardósia verde de Guilford e a extensão toda que dava para o Memorial Stadium parcialmente demolido. Partículas de poeira giravam preguiçosamente nos raios de luz, as únicas coisas que haviam se mexido ali em algum tempo. O apartamento dava a sensação de um cenário de filme. Mas que papel Bobby Hilliard estivera interpretando?

— Aquilo lá longe é a ponte Francis Scott Key? — perguntou ela ao zelador. Quando ele foi olhar, ela tirou o despertador do bolso e o deixou em seu lugar. Mais uma vez o homem não notou nada.

Capítulo 20

Tess chegou a Breezewood, que se proclamava a cidade dos motéis, por volta das 10 horas do sábado. A meio caminho entre Baltimore e Pittsburgh, essa pequena encruzilhada de postos de gasolina e restaurantes de comida barata era uma escala inevitável em qualquer viagem pelo oeste da Pensilvânia. Inevitável porque, segundo a lenda, um congressista havia usado seu poder para garantir que jamais fosse construído ali um trevo rodoviário. Para ir da Interstate 70 até a Pennsylvania Turnpike e voltar era preciso manobrar por três quarteirões congestionados, abarrotados de restaurantes que deixariam suas artérias tão vagarosas quanto o trânsito de Breezewood. Portanto, Tess parou, embora seu Toyota conseguisse facilmente chegar à cidade natal de Bobby Hilliard sem precisar reabastecer. Era só mais uma hora na estrada.

Tess conhecia esse trecho da Pensilvânia desde os tempos da faculdade, quando ela, Whitney e as outras remadoras do Washington College haviam competido no torneio Head of the Ohio. Mesmo naquela época ela tivera a curiosidade despertada pelas cidadezinhas que se avistavam ao longo do caminho. Voltou-lhe à memória um verso de Auden, alguma coisa sobre os lugares agrestes onde executivos jamais se intrometeriam. Ela sempre pensava se a topografia influenciara a cultura local. Os morros ondulantes do sudoeste da Pensilvânia indicavam um lugar protegido e fechado, isolado do resto do mundo. Como o sinal do rádio perdeu rapidamente a potência, apertar o botão "procurar" a fazia ficar voltando à mesma emissora rural. Desse ponto de observação era possível ver Baltimore como parte de algo chamado "O Leste", embora a cidade nunca desse uma sensação particularmente oriental quando Tess estava lá.

A fazenda dos Hilliard não fora fácil de achar, apesar das instruções cuidadosas de Vonnie Hilliard, que incluíram marcos exatos de quilometragem e outros pontos de referência como uma velha placa de metal de Koontz Dairy, apoiada na parede do estábulo, que sinalizava o começo da propriedade deles. A Sra. Hilliard tinha ficado muito surpresa com o pedido de Tess para visitá-los, mas naturalmente não lhe ocorreu recusar. Estava habituada a fazer o que pediam as pessoas investidas de autoridade. Não percebia que Tess não tinha nenhuma.

Mas os Hilliard tinham discernimento suficiente para não confundir a visita com um compromisso social. Sentaram-se à mesa da cozinha, as mãos cruzadas diante de si, e não ofereceram bebida nem comida. Tinham o ar abatido e desamparado de quem está na sala de espera de um hospital.

— A polícia nos fez todas essas perguntas — disse em voz monótona o Sr. Hilliard a certa altura. — Por que alguém iria querer matar o Bobby? Quem eram os amigos dele? Parecia ter mais dinheiro que de costume? Mas nós não sabemos. Não sabíamos nada sobre a vida que levava ali.

Sua expressão carrancuda indicava que teria preferido manter as coisas assim.

— Acho que ele não machucou ninguém — disse a mãe. — Não posso acreditar no que eles disseram na televisão.

— A senhora assistiu àquele programa na televisão a cabo? — Tess tentou imaginar o casal assistindo a Jim Yeager. A noção de um homem que ganhava a vida com conversa fiada deveria lhes parecer muito estranha.

— Nós temos antena parabólica — disse o pai, magoado. — Temos todos os canais de filmes e alguns mais.

— Mas não, não vimos o programa — acrescentou a Sra. Hilliard. — O detetive Rainer nos ligou depois, para o caso de termos visto, e disse que não devemos nos preocupar. Ele acha que não aconteceu do jeito que o homem da televisão falou. Mas nos perguntou se o Bobby tinha conhecido certas pessoas. Não me lembro dos nomes...

Tess se lembrava.

— Arnold Pitts, Jerold Ensor, Shawn Hayes.

— Parece que é isso aí.

— Ele conhecia?

O casal suspirou, quase em uníssono, duas pessoas tão sintonizadas depois de anos juntas que poderiam perfeitamente ser uma só.

— Nós não sabemos — disse a mãe com tristeza. — Não sabemos mesmo.

Tess resolveu testar a professada ignorância dos dois.

— Sabem por que motivo ele resolveu abandonar a profissão na qual se formou e foi trabalhar de garçom?

— Mais dinheiro — disse o pai. — Bobby pagou a faculdade do próprio bolso, então para mim, se ele quis servir mesas em vez de trabalhar numa biblioteca, era decisão dele.

— Nenhuma outra razão? — insistiu Tess.

Eles olharam para ela como se não pudesse haver razão melhor, e Tess, dando uma olhada na cozinha simples ao seu redor, sentiu-se envergonhada. Naturalmente os pais teriam aceitado a explicação.

— Quando foi a última vez em que falaram com ele?

— No Natal — disse a mãe, feliz com uma pergunta que conseguisse responder. — Ele ia vir para casa, mas precisou trabalhar na noite anterior e no dia seguinte, e ficou pesado demais. Mas ele nos mandou algumas coisas amáveis. Ele era muito atencioso.

— Coisas amáveis. O que, por exemplo?

— Uma colônia para o pai. E um perfume para mim. E um vaso, aquele ali.

Ela apontou um vaso branco e azul na bancada da cozinha. Dentro dele havia três rosas de seda. Tess se perguntava se quando a primavera chegasse haveria flores naturais nele. Se Bobby Hilliard tivesse vivido, ele talvez instruísse a mãe, com muito tato, a encher o vaso de nastúrcios ou zínias do próprio jardim.

— Eu poderia ver o quarto dele?

— Por quê? — perguntou o pai, desconfiado.

— Não sei — confessou Tess —, mas eu vim de longe e gostaria de ver onde ele foi criado.

O quarto em que um jovem Bobby Hilliard havia aguardado seu momento, planejando sua escapada daquela cidadezinha, era uma versão prematura de seu apartamento, cheio de coisas encontradas em bazares de garagem e móveis que ele havia restaurado. Só que no cômodo também havia livros, uma prateleira alta e cheia de romances de aventura para meninos: *A ilha do tesouro*, *Dunny Dunn and the Homework Machine*. Nenhum livro de Poe, não que Tess pudesse ver, mas havia uma pilha de revistas em quadrinhos Classic Comics, no alto da qual estava *O escaravelho de ouro*. Podia ter sido mera coincidência, já que as outras obras da pilha eram versões ilustradas de Hawthorne, Melville, Crane e Dickens.

— Estas não são muito velhas — informou a Sra. Hilliard.

— A data é 1969 — disse Tess sobre *O escaravelho de ouro*.

— Quero dizer que não são as coisas antigas de Bobby. Ele as encontrou num bazar há alguns anos, quando veio aqui de visita. Comprou a pilha inteira por 5 dólares e parecia que ele tinha encontrado um anel de brilhantes ou coisa assim.

A Sra. Hilliard se abraçou, como se estivesse com frio, e desviou o olhar. Tess sentiu que ela não gostou de ver alguém tocar nos objetos do filho, portanto devolveu a revista e continuou a examinar o quarto. Bobby tinha passado por uma fase déco antes de descobrir a era vitoriana, a julgar pelas lâmpadas e as reproduções de Maxfield Parrish. A cabeceira da cama era enfeitada; a cama em si estava coberta de travesseiros com fronhas brancas e limpas, como se o dono do quarto fosse chegar em breve.

— É lindo — disse Tess, na intenção de ser delicada, mas a expressão da Sra. Hilliard parecia ferida.

— É, sim — concordou com relutância. E depois: — Você acha que ele tinha vergonha da gente?

— Quê?

— O Bobby. Você acha que ele foi embora para Baltimore porque tinha vergonha desta casa? E vergonha de nós, porque éramos apenas fazendeiros?

— Não — disse Tess firmemente, esquecendo que de fato não havia conhecido Bobby Hilliard e não tinha ideia do que ele pensava. — Meu palpite é que ele mudou de cidade porque... porque queria levar um tipo de vida que não poderia levar aqui.

— Ele podia ter ido para Pittsburgh, que fica mais perto. Até parece que eles não têm homossexuais por lá também.

A Sra. Hilliard sorriu diante do ar de surpresa no rosto de Tess.

— Nós nunca falamos disso, mas eu sabia. E o pai dele teria sabido também, se quisesse. Não estou dizendo que a gente entendesse. Fomos criados numa igreja que diz que é pecado, mas ele era nosso filho. Nós tínhamos amor por ele. Eu só estava esperando um dia em que o Bobby ficasse à vontade com o que ele era, porque então acho que ele ficaria à vontade com o que nós somos e com o lugar de onde ele saiu. Era só isso.

— Eu adoro sua casa. — Embora estivesse dizendo aquilo mais por gentileza, Tess também estava sendo sincera. — Velhas casas de fazenda são bonitas. Muitas delas foram estragadas por acréscimos feios. Eu gosto da forma original: o telhado pontiagudo, a varanda na frente da casa. Vocês não pintaram por cima da madeira, como algumas pessoas fazem, nem puseram carpete em cima do assoalho de tábua corrida. A senhora precisava ver o que pessoas supostamente bem-intencionadas fizeram com a casa que eu comprei.

— Ahn... Eu sabia que ele roubava — disse a mãe, não querendo que a consolassem nem distraíssem. — Só não quis dizer na frente do Webber.

— A senhora quer dizer que ele roubava da biblioteca?

— Não, a vida dele toda. Daqui e dali. Coisas pequenas, coisas que ele não podia nem usar. Não fazia isso com frequência, e quando fazia era como um bêbado que cai da carroça. Entrava em casa parecendo tão nervoso e culpado e depois acabava confessando; eu o mandava de volta para a loja, ou para a casa do vizinho, ou para a casa do colega de turma de quem ele tinha roubado. Ele sempre me prometia que não ia acontecer de novo, e o tempo passava, e eu começava a acreditar nele. E aí então ele fazia tudo de novo.

— Ele contou à senhora por que foi obrigado a sair da biblioteca?

A mãe pareceu triste.

— Eu adivinhei. Eu o conhecia, sabia de suas fraquezas. Mas o amava.

— Então a senhora acredita que ele fez o que a polícia desconfia. Quer dizer, os roubos em residências.

Ela se sentou numa cadeira Morris.

— Nah. Aqueles homens lá em Baltimore, eles dizem que perderam aparelho de televisão e de som e nada mais. O Bobby não faria isso, sabe? Foi o que eu disse à polícia também, ao detetive Rainer e àqueles dois detetives que vieram até aqui procurando as coisas que diziam que o Bobby tinha roubado. Eu deixei que olhassem o quarto todo, e eles viram por si mesmos que não havia nada aqui. Eles não me escutavam.

Tess não detectou nada de estranho nesse discurso, mas de repente a Sra. Hilliard engoliu em seco e ficou olhando para o chão, torcendo a bainha da saia em seus dedos nodosos e ásperos de trabalho. Engoliu uma segunda vez, e seu pescoço se avermelhou.

— Mas há alguma coisa aqui, não há?

A Sra. Hilliard mantinha os olhos cravados no chão.

— Pode me dizer, Sra. Hilliard. Eu sei guardar segredo. Eu guardo segredo para meus clientes o tempo todo.

— Se nós, Webber e eu, contratássemos à senhorita, poderia provar que o homem da televisão mentiu a respeito de Bobby? Eu conheço meu filho. Ele era incapaz de machucar outra pessoa.

Eu não sei por que alguém o matou, mas isso eu sei. Ele era um menino gentil.

— Duvido que eu consiga ajudá-los nisso — disse Tess. — É difícil provar o contrário de uma acusação. Para determinar a inocência de Bobby eu tenho que descobrir quem é o culpado. Detetives particulares custam muito dinheiro, Sra. Hilliard, e não há garantia de resultados. É melhor vocês deixarem a polícia descobrir o que aconteceu com o Bobby.

— Mas a polícia não se importa com a reputação dele. É quase como se preferissem que ele fosse uma pessoa do mal, porque então talvez mais gente quisesse matá-lo. Os detetives que vieram aqui, eles disseram coisas horríveis sobre Bobby, piores do que o homem da televisão falou. Disseram que ele tinha roubado um monte de coisas, mas que nem todas as vítimas tinham reclamado. Disseram que se eu soubesse alguma coisa sobre o que ele tinha feito em Baltimore, seria melhor contar para eles. Mas não contei. Não contei mesmo.

Novamente ela ficou olhando para o chão, e o rubor do pescoço propagou-se para o rosto, um incêndio fugindo ao controle.

— Sra. Hilliard, a senhora escondeu alguma coisa da polícia? Talvez eu possa ajudá-la a endireitar as coisas, posso atuar como intermediária. No entanto, quanto mais tempo esconder deles essas coisas, pior.

Aceite a palavra de uma especialista.

A mãe se levantou e foi até o armário.

— Aqui tem um pedaço de madeira que o encanador precisou cortar para chegar ao cano do banheiro, no outro lado da parede.

Ela falava por cima do ombro, com a voz abafada pelas roupas penduradas ao lado do rosto.

— O Bobby sempre escondeu coisas aqui; ele achava que eu não soubesse, mas eu sabia. De vez em quando eu dava uma olhada para ter certeza de que ele não estava guardando nada que não devesse ter. Quando ele mandou meu presente de Natal, eu o guardei aqui, primeiro porque achei que era muito valioso e depois porque... era, porque se eu não mostrasse a ninguém, não precisaria encarar o que aquilo poderia ser ou de que jeito Bobby o havia conseguido.

— Pensei que ele tivesse mandado um vaso e um perfume para a senhora.

— Isso foi no Natal passado.

Ela emergiu de dentro do armário com uma longa caixa de joias, ainda na embalagem prateada, com um laço pré-fabricado preso no alto. Dentro da caixa havia uma pulseira dourada, com pedras verdes. Poderiam ser de fato esmeraldas? Era uma peça inegavelmente delicada e complexa, feita com o tipo de cuidado e atenção aos detalhes que é raro hoje em dia, a não ser nas joias mais caras.

— Bobby podia ter comprado isso com o próprio dinheiro — disse Tess, como se tentasse se convencer. — É possível que sim, nem que fosse porque ele talvez estivesse ganhando dinheiro com roubo e venda de outros objetos.

— Ele me disse que tinha pertencido à mulher de um rei. Não, não era isso. Pertenceu à nora de alguém. É isso. Bobby disse que ainda levaria algum tempo, até ele poder me comprar alguma coisa que tivesse pertencido a uma rainha de verdade, mas prometeu fazer isso algum dia.

— Betsy Patterson Bonaparte — disse Tess, e viu o Homem-Porco sentado à sua frente, balançando os pés, queixando-se pesaroso do homem que o havia enganado. Se ele tinha sido enganado por uma pulseira falsa, isso significava que existia uma autêntica? Em todas as mentiras contadas por Arnold Pitts teria havido um resquício de verdade?

— É isso mesmo. Eu tinha esquecido o nome, mas reconheci no momento em que a senhorita o falou.

Tess retirou a pulseira de dentro do envoltório de algodão, expondo-a à luz. Não conseguia imaginar que alguém pudesse matar por causa dela. Mas, por outro lado, não achava nenhum objeto digno de homicídio. Será que Arnold mataria por uma coisa como essa? Não, ele não fazia o próprio trabalho sujo. Ele tentava conseguir que outros o fizessem em seu lugar.

— Vocês têm uma conta no banco local?

— Claro que sim — disse a Sra. Hilliard, mostrando um lampejo de irritação. — A senhorita acha que trocamos galinhas e legumes por artigos de que precisamos?

— Quero que a senhora leve isso ao banco na segunda-feira de manhã, no minuto em que eles abrirem as portas e guarde num cofre particular. Depois que tiver feito isso, eu chamarei a polícia. Direi aos policiais que estou trabalhando para vocês, e que nós acabamos de encontrar a pulseira, no fim de semana, quando a senhora pensou em revistar o antigo esconderijo de Bobby. Desse modo vocês não ficarão em apuros por havê-la escondido quando eles passaram por aqui no começo da semana.

Embora eu vá ficar em apuros por me meter no caso, pensou consigo Tess, arrependida. Rainer nunca vai acreditar que eu não queria participar disso tudo o tempo todo.

A Sra. Hilliard pareceu confusa.

— Então a senhorita está trabalhando para nós?

— Não, só ajudando vocês. Não seria correto eu aceitar dinheiro quando acho que não vou conseguir chegar a nenhum resultado concreto.

Voltaram à cozinha, onde a Sra. Hilliard se ofereceu para fazer uma xícara de café. Tess aceitou ansiosa, depois tentou não parecer decepcionada quando a outra pôs a água para ferver e tirou um frasco de café instantâneo de dentro do armário antiquado. Dissipado o senso de missão conjunta, ficaram sem ter nada a dizer uma à outra. Tess examinava o tampo da mesa de fórmica e tubo cromado, com estampa de rodamoinhos vermelho-cereja, e tamborilava com os dedos na superfície. Sentia-se obrigada a começar uma conversa, ainda que superficial.

— Eu gosto dessa mesa. Vi algumas, que nem são tão bonitas, por centenas e centenas de dólares.

— A senhorita e aquele policial — disse a Sra. Hilliard, balançando a cabeça. — Às vezes acho o pessoal de Baltimore um pouco maluco. Um dos policiais não conseguia parar de falar sobre essa mesa. Ele chegou a me oferecer mil dólares por ela.

— É mesmo?

— Disse que a queria para a cozinha dele. Disse que era tudo que queria, a cópia exata da mesa da casa dele na infância. Até me contou que sempre comia na tal mesa sanduíches de manteiga de amendoim e marshmallow, como se aquilo pudesse me obrigar a vendê-la para ele.

Tess fez mais uma pergunta, na certeza da resposta.

— Esse policial, como ele era?

— Ah, baixinho e gordinho. E o parceiro dele era muito magro e alto, com cara de envergonhado. Eles eram uma dupla e tanto. Quando subiram a calçada, pareciam um número 10. E enquanto o baixinho queria minha mesa de cozinha, o alto ficava perguntando se podia levar a placa da Koontz. Eu achei aquilo uma loucura, mas não a venderia, nem mesmo por 100 dólares, porque foi uma coisa que o Bobby trouxe para casa um dia e colocou encostada no estábulo, para as pessoas não perderem a entrada da nossa casa. É bobagem minha, eu imagino, mas sou sentimental com tudo o que tenha a ver com o Bobby. Além disso, não achei que eles eram muito profissionais, aqueles policiais, cutucando nossas coisas e perguntando de onde elas tinham vindo e quanto tinham custado. Nem um pouco parecidos com os policiais da delegacia de homicídios. Mas imagino que não é preciso ser tão bom assim para investigar roubo a residências, ou coisa que o valha.

— Roubo a residências? — perguntou Tess. As conexões estavam soltando faíscas ao redor dela. Dois policiais também tinham ido ao apartamento de Bobby. Aquilo fizera sentido, e ela não se preocupou em perguntar os detalhes ao zelador. Agora ela se perguntava se o número dez ambulante também tinha feito uma visita ao apartamento. Se eles tivessem feito, então tinham sabido que Bobby Hilliard estava morto antes mesmo que os jornais divulgassem sua identidade. O tempo todo eles souberam quem era Bobby.

— Sim, roubo a residências. Eu me lembro porque era o que estava escrito no cartão de visita.

Ela puxou dois cartões de visita da antiquada e corcunda geladeira Norge, onde eles tinham sido afixados com um ímã do mercado local, e os entregou a Tess. Os cartões não eram autênticos, nem de longe, mas quem na Pensilvânia seria capaz de sabê-lo? Ali constava DEPARTAMENTO DE POLÍCIA DA CIDADE DE BALTIMORE e até mostravam uma bandeira de Maryland, ainda por cima em cores. Computadores pessoais e impressoras sofisticadas estavam tornando a vida fácil demais para quem tivesse pendores criminosos.

E o nome do primeiro cartão era August Dupuis, uma alusão a Poe que Tess tinha ouvido por último nos corredores do departamento de polícia de Baltimore. Ah, Arnold Pitts era mesmo muito espertinho! Como ele devia ter se divertido, criando essas identidades falsas. E quanto paternalismo de sua parte, escolher pseudônimos retirados da obra de Poe com base em suas suposições sobre o grau de erudição das vítimas. Que nome ele teria fornecido para Gretchen O'Brien? A. G. Pym? Rod Usher?

O segundo cartão identificava seu parceiro como Rufus Griswold. A essa altura Tess havia lido o suficiente sobre a vida de Poe para saber que aquele tinha sido o pérfido testamenteiro literário de Poe, que depois da morte deste tanto se aplicara em prejudicar a reputação do escritor.

— Mudança de planos, Sra. Hilliard — anunciou Tess.

— O quê?

— Me dê 1 dólar.

A mulher pareceu confusa, mas obedeceu, pescando de dentro de um frasco de louça que estava sobre a bancada da pia quatro moedas de 25 centavos que entregou a Tess.

— Vocês acabam de contratar uma detetive particular.

Capítulo 21

O Gordo e o Magro apostaram corrida.
O Gordo caiu, sua cara ficou ferida.
O Magro ganhou a corrida.

Na manhã de domingo Tess acordou com aqueles versinhos antigos na memória. Não sabia como os aprendera. Pulando corda? Mas ela nunca foi de pular corda quando menina. Tinha lido livros sobre esse tipo de garotas, estranhando não ser mais parecida com elas. Tinha sido o tipo de menina que joga futebol, que rala os joelhos, que vai parar no pronto-socorro.

Mas se não conseguia se lembrar de como tinha aprendido os versinhos, sabia por que motivo eles estavam ecoando em sua cabeça. O Gordo e o Magro — Pitts e Ensor, a dupla Laurel e Hardy de Baltimore. A dupla pouco dinâmica tinha revistado o apartamento de Bobby Hilliard e a fazenda dos pais dele. Entretanto, nenhum dos dois tinha mencionado que conhecia o outro. Nem para Tess e nem para a polícia, até onde ela sabia. Oficialmente, eles eram simplesmente duas vítimas de roubo a residências. Teriam se conhecido depois da morte de Bobby e decidido juntar forças por algum motivo? Ou tinham sido amigos o tempo todo?

Ela não sabia, não podia saber. Mas tinha uma imagem da casa escura de Pitts na Field Street; naquela noite ele havia esperado, até concluir que ela fora embora, e depois saíra de casa trotando com a lata de lixo. Deixou transparecer que havia passado dias à espera de Tess, mas, segundo ela calculou, teria sido mais como 15 minutos, intervalo aproximado que levou entre a casa de Ensor e a dele. Em retrospecto, Tess desejou ter revistado a lata de lixo que ele carregara para o beco. Talvez houvesse uma razão para ele estar tão apressado em jogar fora o lixo.

Agora era ela quem estava em posição vantajosa. Sabia o paradeiro do objeto desejado por Pitts, item cujo furto ele não tinha comunicado, mas do qual alegava ter tido a posse o tempo todo. Ela poderia usar aquele fato contra ele. Por outro lado, Pitts tinha se mostrado um adversário extremamente astuto, não alguém passível de confrontação direta. Ela havia perdido o primeiro embate contra ele.

E então, como proceder? Tess ficou pensando nesse enigma enquanto passeava com as cadelas em Stony Run Park. Esskay estava começando a gostar da companhia de sua esbelta guarda-costas e tentava fazer amizade com ela apontando os coelhos e esquilos que cruzavam os caminhos das duas. Miata, entretanto, não prestava atenção. Continuava deprimida, infeliz sem a presença de seu dono.

Uma esbelta guarda-costas. Tess se surpreendeu ao pensar em Gretchen O'Brien — não exatamente esbelta, não exatamente uma guarda-costas, mas decididamente ligada a Pitts. Se a relação de Pitts e Ensor fosse anterior à condição de vítimas de ambos, ela talvez soubesse. Não que Gretchen fosse adiantar a informação por iniciativa própria. Ela teria que revelá-la mediante um engodo, ou numa reação de raiva, talvez ao se inteirar de que Pitts a escolhera exatamente por causa da má reputação dela.

O nome de Gretchen O'Brien lembrou a ela mais um conjunto de fatos que estivera apurando, um nó difícil de desatar. Era como se, juntando um pedacinho de cada vez, Tess estivesse formando seu próprio e gigantesco novelo de barbante. Se Ensor e Pitts haviam pessoalmente revistado o apartamento de Bobby uma vez, por que Pitts tinha mandado Gretchen voltar lá? Ou ela teria voltado sem dizer a ele, ainda tentando acobertar a própria incompetência? A "polícia" tinha vindo depressa, antes que os jornais publicassem o nome do morto, segundo o zelador. Mas se Pitts e Ensor sabiam o tempo todo quem era Bobby Hilliard, para que contratarem alguém que o seguisse ao túmulo de Poe naquela noite? A presa visada por eles teria sido o verdadeiro Visitante, conforme alegara Pitts? Mas o Visitante não estava de posse da pulseira, e sim Bobby Hilliard. A cabeça de Tess estava começando a doer.

O campo aberto no alto do Stony Run Park logo se transformou numa trilha estreita que cortava a mata espessa. Naquele lugar seria construída uma sinagoga, mas a obra ainda não havia começado, e o local era ermo. Tess agradeceu o fato de que as árvores estivessem nuas, permitindo-lhe ver a certa distância. Pelas estatísticas, ela estava mais segura ali, na zona postal 21210, do que jamais estivera na zona 21231. Mas nem sempre a sensação era essa. Se naquele momento alguém se aproximasse dela... Bem, seria justo dizer que nesses dias Esskay não era a única a se alegrar por ter um dobermann a seu lado. Por mais deprimida que estivesse, Miata ainda parecia muito feroz. Tess pensou se deveria começar a levar os dois cães consigo, quando fosse ao escritório. Com certeza para Miata seria muito mais saudável ficar longe das emanações da obra de reforma.

Quem mataria por causa de uma pulseira? O objeto devia valer muito mais do que ela havia estimado. Ainda assim, não conseguia imaginar que o mundo fosse ficar à espera, de respiração suspensa, para ver a pulseira usada pela cunhada transitória de um imperador. Alguém tinha que ser muito doentio e infantil para se importar de forma tão apaixonada por um elemento tão obscuro da história de Baltimore.

Era domingo, dia de descanso. Até o trabalhador autônomo — principalmente o trabalhador autônomo, e principalmente aquele que tivesse acabado de pegar um caso por 1 dólar — merecia um dia de folga depois de trabalhar todo santo dia, por quase duas semanas seguidas. A exemplo de Scarlett O'Hara, ela pensaria nessas coisas amanhã.

Corvo era tolerante com todas as formas de cultura popular, exceto a televisão, e tinha acabado com o hábito de Tess de recorrer a ela como forma de relaxamento. Ele tinha muitas ideias sobre modos de distraí-la e acalmá-la, alguns até verticais.

Mas nas noites de domingo Tess tinha um encontro marcado com *Os Simpsons* e a série *King of the Hill*. Com certeza o fato de sua diversão preferida vir sob forma de desenho animado revelava algo sobre sua personalidade. Mas ela estava se divertindo demais para se importar. Hoje à noite havia uma reprise, um de seus episódios favoritos: Marge era a protagonista do musical inspirado em *Um bonde chamado desejo*, enquanto Maggie estava planejando uma travessura tipo o filme *Fugindo do inferno*, na creche Ayn Rand Daycare Center. Tess e Corvo se esforçavam para pegar todas as referências filmográficas e fracassavam alegremente, embora Tess tivesse visto o episódio cinco ou seis vezes. Depois eles largaram a televisão ligada sem som e deixaram a luz da tela banhar seus corpos, enquanto buscavam novos territórios para colonizar um no outro. Essa era uma parte da vida deles em comum na qual o namorado não aceitava a inclinação dela pela rotina. E tinha razão.

Ela adormeceu abraçada a ele, despertando com um susto quando o noticiário das 22 horas começou, as luzes das viaturas policiais piscando na tela. Ah, sim, era a clássica matéria principal do fim de semana, um homicídio. Ali estava o repórter parado ao relento, com os cabelos esvoaçantes ao vento; ali estava a fita amarela; ali estava o transeunte desdentado — por que as pessoas que querem falar com o repórter da televisão sempre parecem tão prejudicadas do ponto de vista odontológico?

— Ele era uma boa pessoa — disse Tess bocejando.

— Um homem tranquilo — completou Corvo.

— Era uma pessoa reservada — disseram os dois em coro.

Ela presumiu que se tratava do habitual assassinato mundano, um crime doméstico ou relacionado com drogas, em uma das comunidades de pessoas carentes cujos números nunca pareciam diminuir, por mais que a situação econômica local estivesse sólida. Mas quando a câmera recuou, o cenário atrás dela era um dos melhores hotéis da cidade, e não a habitual fileira de casas dilapidadas.

— Um caso fatal no centro da cidade? Falem-me de um caso que vai receber todas as atenções. — Ela agarrou o controle remoto e clicou para aumentar o volume. — Se for um turista, a cidade vai enlouquecer.

— A polícia está divulgando pouca informação a essa altura, e os funcionários do hotel se recusaram a dar entrevistas ao vivo, mas detalhes obtidos pelo Canal 6...

— ... O que significa que o repórter do Canal 6 apareceu no local e ouviu o porta-voz da polícia — murmurou Tess.

— ... indicam que a vítima estava voltando ao Hotel Harbor-South, depois de jantar em um restaurante próximo, quando foi abordada por um assaltante potencial e esfaqueada depois de uma breve luta.

— O Visitors and Convention Bureau vai adorar saber disso. Quando eles construíram esse hotel, todo mundo disse que era afastado demais do centro da cidade, que ninguém ia querer caminhar tanto na direção leste.

— Mas essa vizinhança é tão segura quanto qualquer outro local do centro da cidade — disse Corvo. — De certa forma, é até mais seguro; prefiro andar ali que nas imediações do centro de convenções.

Tess avistou seu único amigo no departamento de polícia, o detetive Martin Tull da homicídios, lá no fundo conversando com os policiais uniformizados presentes no local. As câmeras de televisão não eram gentis com ele, realçando sua pele marcada pela acne e o rosto estreito. Na vida real, ele era charmoso, quase bonito.

Mas ele não seria o encarregado de comentar na frente das câmeras. Essa tarefa sempre cabia a um dos porta-vozes, que conhecia tão pouco sobre o trabalho policial que nunca se arriscava a dizer nada interessante ou relevante. Hoje à noite, o porta-voz de plantão era uma mulher, e Tess imaginava se antes de receber o telefonema da homicídios ela já estava tão bem-vestida e bem penteada.

— Sabemos que a vítima é um homem branco de 53 anos — pontificou a porta-voz ao repórter. — Uma testemunha declarou à polícia que a vítima estava a cerca de uma quadra do hotel quando foi abordada por um homem. Eles pareceram trocar algumas palavras e depois a vítima caiu no chão. A testemunha correu para o hotel, gritando por socorro. Quando a polícia chegou, os objetos pessoais do homem estavam espalhados ao redor dele, como se o agressor houvesse esvaziado os bolsos dele depois de feri-lo. A carteira foi encontrada bem perto do corpo e tinha sido esvaziada de todo o dinheiro, e como a vítima estava sem relógio, pensamos que o ladrão pode tê-lo roubado também.

— Qual foi a arma?

— Ele foi esfaqueado, mas nenhuma arma foi encontrada no local do crime.

— É possível revelar o nome dele ao público a essa altura?

A porta-voz deu uma olhada em suas anotações.

— Sim, nós localizamos a esposa dele em casa, em Washington, e ela fez uma identificação provisória. A vítima, que se encontrava na cidade a negócios, era — tropeçou um pouco no nome — Jim Yeeger, não, Yeagar. A esposa afirma que ele trabalha na televisão.

O repórter continuou a tagarelar, dançando o tango do microfone com o porta-voz — sua vez, minha vez, sua vez, minha vez —, mas Tess estava tendo dificuldades em se concentrar nas palavras. Yeager esfaqueado. Yeager morto — 72 horas depois de sua feia confrontação com Cecilia. Não que Cecilia, ou alguém de seu grupo de ativistas, fosse fazer algo assim. Era impensável. E se alguém tivesse matado Jim Yeager para fazer uma afirmativa política, por que disfarçá-la de assalto em via pública? A não ser, naturalmente, que o objetivo fosse mostrar ao apresentador que, fosse por causa da carteira ou da sexualidade, se alguém o esfaqueasse isso não faria diferença, morto era morto.

Corvo tomou da mão dela o controle remoto e apontou para o televisor, clicando em algum botão que não existia.

— Desculpe — disse ele encabulado, enquanto o repórter e o porta-voz continuaram falando —, mas eu estou sempre querendo que tudo funcione como um mouse de computador. Fico achando que posso dar um zoom na tela da televisão, que posso ampliar as imagens que quero ver.

— Mas o que foi que chamou sua atenção?

— Tem alguma coisa ali — ele continuou a manipular o controle como um ponteiro, como se a simples força de vontade conseguisse forçá-lo a assumir novas propriedades — na margem da fita de isolamento. Tull esteve ajoelhado naquele ponto por um instante. Mas está escuro. Não sei exatamente o que ele estava olhando.

Ele mudou de canal, encontrou mais uma imagem da mesma cena, outro repórter com o cabelo arrepiado pelo vento, esperando sua vez de falar com a porta-voz, como um homem à espera de par numa dança. Forçado a preencher o tempo, ele ficava tagarelando com a loura apresentadora no estúdio, respondendo as próprias perguntas que, pouco antes de entrarem no ar, ele provavelmente a instruíra a fazer.

— Ainda não há suspeitos, Bart? — gorjeou a apresentadora.

— A polícia ainda não fez nenhuma prisão até agora, mas os policiais estão examinando os detalhes de como a vítima passou suas últimas horas aqui em Baltimore. Eles sabem, pela esposa dele, que a vítima saiu para jantar, e a polícia diz ter encontrado um recibo do restaurante de Inner Harbor, desta noite, embora não se saiba ainda se ele estava jantando sozinho ou acompanhado.

— Por que ele estava em Baltimore?

— Desde o assassinato no túmulo de Poe, que tinha chamado sua atenção, ele andava transmitindo o programa daqui da cidade.

O canal mudou de novo.

— Desculpe, foi acidental — disse Corvo. Mas Tess lhe segurou o pulso antes que ele pudesse clicar de novo. Naquela emissora, o fotógrafo tinha conseguido algumas tomadas artísticas da cena antes que a polícia tivesse empurrado a imprensa de volta, e ela viu o detalhe que tinha chamado a atenção do Corvo. Redondas e vermelhas, a princípio elas pareciam manchas de sangue, mas essas manchas tinham espinhos.

Três rosas vermelhas. Três... rosas... vermelhas. Nem uma, nem quatro; nem brancas e nem cor-de-rosa, nem cravos, nem margaridas. Três rosas vermelhas. Haveria também uma garrafa de conhaque na rua? Em Baltimore, uma garrafa no meio-fio poderia facilmente passar despercebida. Somente a marca sofisticada poderia lhe dar destaque.

De forma protetora, Corvo instintivamente começou a clicar no controle para sair do canal, mas Tess o tirou da mão dele, cruelmente decidida a ouvir o resto.

— Ele estava voltando do jantar?

— Sim, ele estava voltando do jantar no Inner Harbor.

— Meu Deus — disse Tess para a televisão —, se vocês não sabem nada, então calem a boca.

O telefone tocou e ela deixou Corvo apertar o botão de "mudo". Ela imaginou que seria Tyner, mas o número que apareceu no identificador de chamadas não era conhecido.

— Alô? — respondeu ela distraída, esperando ouvir o discurso habitual de oferta de cartão de crédito ou serviço de interurbano.

— Vale a pena matar por causa deles — disse uma voz desconhecida. Ou a ligação estava ruim, ou alguém estava pressionando o fone com a mão.

— O quê? — Mesmo com a mente em turbilhão, Tess estava procurando uma caneta e uma folha de papel. Como não conseguiu encontrar o papel, rabiscou o número na mão.

— Agora você sabe o que eu sempre soube: vale a pena matar por causa deles.

— O quê? Quem?

Mas o telefonema tinha sido encerrado com um clique silencioso, respeitável. Ela discou o número que havia anotado na mão, mas o telefone ficou tocando na noite, indefinidamente. Por fim, depois de 15 ou 16 toques, alguém atendeu.

— Você discou o número errado — disse uma voz, de outra pessoa. Ou seria mesmo outra? A primeira era dissimulada, vaga, como vinda de longa distância. Esse homem era petulante, uma voz calejada das ruas

— Como você sabe que é o número errado? — perguntou ela, olhando para os sete algarismos escritos em sua mão.

— Porque este é um telefone público, na esquina de North Avenue com St. Paul, não é o número certo de *ninguém*.

— Você viu o homem que estava nesse telefone há menos de um minuto?

— Moça, aqui não é uma área onde as pessoas ficam paradas muito tempo, tá sabendo? Eu estava saindo do KFC e atendi porque não consigo passar batido por um telefone que esteja tocando. Eu preciso saber quem é, entendeu?

Ela entendia.

Capítulo 22

Para o encontro com Rainer naquela manhã de terça-feira, Tess levou uma xícara grande de café, um copo de suco de laranja, um saco de pãezinhos e Tyner Gray.

— Por que ela precisa de advogado? — Foi a primeira pergunta do detetive. Não escapou à atenção de Tess o fato de ter sido rebaixada à terceira pessoa. Uma dinâmica interessante. Tess tomou um gole de suco de laranja. Um golinho aqui, uma mordida ali, e passaria por isso sem maiores problemas.

Tyner tinha uma estratégia diferente, que não incluía diplomacia.

— Ela precisa de advogado porque você é um babaca vingativo.

— Não pense que precisa dourar a pílula — disse Rainer, servindo-se de um pãozinho. Examinou o interior do saco para ver se Tess havia trazido algum queijo cremoso. Ela havia, mas era do tipo tradicional, sem cebolinha, sem legumes, e decididamente nenhum daqueles sacrílegos de sabores adocicados. Tess havia observado que os policiais pegavam pãezinhos e tentavam transformá-los em rosquinhas, cobrindo-os de queijo cremoso sabor mirtilo ou com geleia de morango, ou de coisa ainda pior. Confrontado com o tradicional queijo cremoso branco, Rainer resolveu comer o pãozinho puro.

— E então, o que ela está sabendo? — perguntou ele, seus dentes abundantes, pequenos demais, mastigando as sementes de papoula como um fragmentador de papel. — E o que é mais importante: em que momento ficou sabendo?

— Por que é tão importante assim? — A pergunta foi de Tyner, não dela.

— Bom, para começar, um cara foi morto neste fim de semana. Talvez se ela... — ali estava de novo a terceira pessoa; gole e mordida, gole e mordida, gole e mordida, não vá morder a isca — tivesse sido mais acessível desde o começo, eu não estaria às voltas com dois lados tão importantes.

— Você é o investigador principal dos dois casos? — A pergunta de Tyner era polida, mas insidiosa. Servia para lembrar a Rainer que eles não eram paisanos ingênuos capazes de acreditar que um superpolicial trabalhava em todos os homicídios. Rainer tinha apanhado o caso Poe na madrugada, Yeager havia morrido no domingo à noite. Não havia jeito de o mesmo plantão estar resolvendo os dois casos e menos ainda o mesmo policial.

— Não, mas agora eu tenho que cooperar. Daqui a pouco já teremos uma merda de uma força-tarefa.

— Os dois assassinatos estão ligados? — Tyner continuava fazendo todas as perguntas.

— Tenho minhas suposições, mas imagino que depende do que ela vai me dizer.

— O que Tess vai dizer depende do tipo de acordo que conseguirmos fazer antecipadamente.

— O que, você já está falando em apelar? Pensei que ela tivesse um álibi irrefutável para o segundo.

Tess e Tyner, reconhecendo que Rainer considerava aquilo uma observação espirituosa, conseguiram dar um sorriso amarelo.

— Quando eu telefonei ontem para combinar essa reunião, você fez algum barulho — disse Tyner. — Lembro claramente a frase "obstrução da justiça" ter sido jogada no ar. Mas Tess tinha sólidas razões para não ter se manifestado antes. Vamos supor que você estava zangado e tenha falado por impulso. Mas preciso de garantias de que não se cogitará qualquer acusação, nem agora, nem nunca.

— Não posso fazer promessas para o futuro — disse Rainer. — Quero dizer, e se ela continuar a interferir no trabalho da polícia? Você quer uma espécie de, tipo, *carte blanche* para coisas que ela ainda não fez?

Carte blanche?! Na boca de Rainer a expressão soava como o nome de um desses quiosques de shopping, cuja dona se chamava Blanche. Ah, sim, *carte blanche*. Um cheque em branco, um salvo-conduto para sair da cadeia. Sim, isso era exatamente o que ela queria.

— Não — disse Tyner, em voz baixa e paciente. Engraçado, ele era muito mais intimidante quando fazia um esforço para manter suavidade na voz. Tyner tentando se controlar lembrava alguém passeando com um pit bull amarrado num pedaço de corda desfiada. Quem fosse esperto atravessaria para o lado oposto da rua. — Estou lhe pedindo um acordo. Tess recebe imunidade. É verdade que ela não cooperou na primeira vez que vocês conversaram. Mas só depois da sua entrevista ela percebeu que detinha informações que você podia usar, informações que ela obteve justamente porque não fez caso de suas instruções. E àquela altura ela tinha razões legítimas para não se abrir.

— Razões legítimas? Vá dizer isso à família de Bobby Hilliard. E talvez à viúva de Yeager.

— Não — disse Tess.

Os dois homens se viraram para olhá-la, como se tivessem esquecido de sua presença no recinto. Esse era o problema de se referir a alguém na terceira pessoa: ela desaparecia.

— Sei o que é ter alguma coisa pesando na consciência — disse Tess, tirando os olhos do pãozinho pela primeira vez —, mas eu não vou bancar isso sozinha. A trajetória de Bobby Hilliard já estava traçada antes de Arnold Pitts entrar em meu escritório. E Jim Yeager andava xeretando o apartamento de Bobby Hilliard logo depois do assassinato. Ele se colocou no jogo, fato que diversas outras pessoas talvez saibam: Arnold Pitts, Jerold Ensor, Gretchen O'Brien...

— Gretchen O'Brien? Essa corrupta está envolvida no caso?

— Ela trabalha para Arnold, ou trabalhou. A essa altura, ela provavelmente já foi demitida. Por que ela é corrupta? — Era uma tangente, mas Tess estava curiosa.

— Ela foi obrigada a se demitir depois de ser apanhada roubando.

— Isso não é inédito — disse Tess, lembrando-se da conversa cética do zelador sobre policiais que se serviam de lembrancinhas retiradas de locais de crime, mas também lembrando a versão de Gretchen O'Brien sobre sua própria história, que era marcadamente distinta.

— Sim, mas ela estava tirando coisas de seus colegas policiais. Tirando dos armários deles. Ela é praticamente cleptomaníaca.

— Bem, conforme eu disse, ela esteve no apartamento de Bobby Hilliard. Provavelmente Pitts e Ensor também estiveram, fingindo ser policiais, antes de levarem seu espetáculo numa turnê e apresentá-lo aos Hilliard. Todo mundo que conversasse com o zelador, como eu fiz na sexta-feira, provavelmente teria reconhecido a descrição que ele fez de Yeager.

— Então você esteve no apartamento de Hilliard.

Rainer mordeu a bochecha com movimentos rápidos.

— Bem, então eu decididamente poderia acusá-la de... alguma coisa. Se eu puser o cérebro para pensar no assunto.

A simples frase deu a Tess o que pensar. *Se eu puser o cérebro para pensar no assunto.* A imagem que conjurou foi a de uma pequena ervilha tentando empurrar uma pedra enorme. Rainer não a assustava. A pessoa que ela temia estava à espreita na periferia de sua vida, sem se deixar ver ou conhecer. Essa pessoa havia telefonado para ela em seu número de casa, sabendo que ela estaria ali, à sua espera. Alguém a estivera observando todo esse tempo, alguém dissimulado, na melhor hipótese. E na pior? Ela não suportava pensar naquilo.

— Olha, eu admito meus erros — disse Tess. — Na primeira vez que nos falamos, apenas deixei de dizer que um homem tinha vindo me visitar, decidido a desmascarar o Celebrante de Poe. Foi por isso que estive no cemitério naquela noite. Eu temia que outra pessoa tivesse aceitado o trabalho e não queria ver o Visitante revelado. Honestamente acreditei que se tratava de uma disputa mesquinha.

— Mas quando aquilo se revelou um homicídio, não pareceu importante mencionar o fato para mim?

Ela havia previsto exatamente aquela pergunta, sabendo que a verdade não a libertaria. Não podia confessar a Rainer que havia questionado a competência dele, sua capacidade de proteger um cidadão contra o assédio da imprensa.

— Eu me comportei de modo pouco profissional — admitiu ela. — Imagino que, por não ter dormido, eu estivesse refratária. Além disso, o homem que se apresentou como John Pendleton Kennedy simplesmente não fazia o tipo que você associa com assassinato. Meu plano era encontrá-lo, fazer algumas perguntas e decidir por mim mesma se ele poderia estar envolvido. Quando descobri que tinha me dado um nome falso, acabei me envolvendo na caçada. E quando as flores apareceram...

As flores. Eles olharam para os objetos espalhados em cima da mesa. Pois, juntamente com suas provisões, ela tinha trazido tudo: as flores agora murchas, a garrafa de conhaque Martell pela metade, os bilhetes cada vez mais elípticos e até as pétalas de rosas que tinha encontrado no para-brisa do Toyota. Estranhamente, ela sentiu aflição em entregar essas coisas a Rainer, ainda que ficasse arrepiada de pensar na pessoa que as deixara para ela. Não o Visitante, ou alguém desconhecido, mas com toda probabilidade um assassino. "Vale a pena matar por causa deles. Agora você sabe disso" disse ele a Tess.

— As flores... — Rainer remexeu nas anotações. — Eu tenho a cronologia desse material; Tyner me contou por telefone. Mas há uma semana você descobriu que o sujeito que lhe visitou era Arnold Pitts e que nós estávamos investigando o roubo à casa dele como se estivesse ligado a esse caso. Por que não viu nisso importância suficiente para vir nos contar? Você precisa de duas mortes para levar as coisas a sério?

Tess reprimiu mais uma resposta inadequada — *não, mas ajuda* — e prosseguiu:

— Ele me ameaçou; prometeu dizer a você que eu tentei extorquir dinheiro dele, que me ofereci calar a boca por dinheiro e disse que só o entregaria se ele não fizesse o jogo.

— Sim, e daí? Ele estaria mentindo, não é mesmo?

Tess contou as sementes de gergelim do pãozinho, incapaz de pensar numa resposta adequada. Não tinha sentido dizer a Rainer o que ele não admitiria sobre si mesmo, que era suficientemente mesquinho para acreditar em mentiras sobre gente que o desagradava. Ela decidiu atirar um osso, fingir que era a pessoa que ele a acusava de ser.

— Francamente, achei que não seria capaz de enfrentar neste momento uma onda de publicidade negativa. Enquanto isso, esses bilhetes continuavam chegando, e pensei que se eu fizesse o que eles aconselhavam... Sei lá. Caí na armadilha. Tomei algumas decisões erradas. Mas não fiz nada de ilegal.

Puxou da mochila um pacote da Federal Express. Aquele era o único motivo que a impedira de vir bem cedo à delegacia na segunda-feira de manhã, pois tivera de telefonar para Pensilvânia e pedir a Vonnie Hilliard que mudasse de planos e procurasse o serviço de entregas expressas mais próximo, em vez de ir ao banco. A pulseira tinha chegado naquela manhã, ainda em sua embalagem de Natal.

— Quando Arnold Pitts veio me procurar, declarou que o Visitante havia lhe vendido uma pulseira, alegando se tratar de um objeto histórico que pertencera a Betsy Patterson Bonaparte.

Ela viu Rainer franzir a testa, sem querer perguntar o que não sabia. Essa era uma péssima qualidade num policial da delegacia de homicídios. Aliás, era uma péssima qualidade em qualquer pessoa.

— O nome também não significava nada para mim — assegurou ela. — Foi uma beldade local, ficou casada por um tempo com o irmão de Napoleão. Na versão de Pitts, ele estava de posse da pulseira, mas ficou zangado ao ver que ela não valia nada. No entanto, Bobby Hilliard tinha dado essa pulseira à mãe como presente de Natal e dito a ela que era autêntica.

— E pensar que por causa dela dois homens estão mortos — disse Rainer, cutucando o objeto com um lápis, como se fosse uma cobra e levantando-o do envoltório de algodão. A pulseira resistiu, agarrada ao algodão, mas acabou se soltando. — Quer dizer, não me importo se foi usada pela rainha Elizabeth, ela não renderia 1.000 dólares numa loja de penhores de Baltimore. Como é que alguém vende um objeto roubado como esse?

— Uma pessoa bem-informada pode pagar caro por ele. Eu não sei. Tenho que supor que era esse o objeto procurado por Pitts e Ensor no apartamento de Bobby e na fazenda dos pais dele. O que mais poderia ser?

Rainer estava concentrado em seus pensamentos. Não era uma cena bonita de se ver.

— Mas Pitts disse que tinha a pulseira.

— Pitts disse muitas coisas. O homem que me telefonou no domingo à noite disse que valia a pena matar por causa "deles". Poderia estar falando de pessoas, de princípios ou de posses materiais. Ele poderia estar falando de qualquer coisa. Isto aqui é um objeto no singular, um "ele". "Eles" serão Hilliard e Yeager? Pitts e Ensor? Não sei. Já disse a você tudo que sei. Acho que deveria me dizer o que descobriu.

Rainer parecia desolado. Era a expressão mais pura que ela já tinha visto no rosto dele.

— Nada disso faz sentido, nenhum maldito detalhe. A gente chega tão perto, e aí tudo se desmorona. O fato é que não temos evidência de que as duas coisas estejam conectadas, Hilliard e Yeager. O único elo comum é termos poucas pistas sobre cada um deles.

— Então você esteve pressionando Tess esse tempo todo, tentando fazê-la se sentir culpada, só por esporte? — Tyner estava furioso em favor dela, que não se demovia. Tampouco estava reconfortada. Ainda que não aceitasse a culpa pela morte de Yeager, ela também não estava pronta para aceitar a ideia de ter sido coincidência o horário do telefonema recebido no domingo à noite.

— Por favor, me diga o que você sabe — como não se sentia à vontade para tocar em Rainer de forma alguma, Tess tocou na pulseira, que ainda se balançava do lápis na mão dele —, seja lá o que for. Estou claramente correndo risco. Será exagero pedir que me ajude a me proteger?

— Foi você quem se meteu nessa situação — respondeu Rainer, sempre bancando o moralmente superior.

— Sim e não. Eu não fui procurar trabalho com Arnold Pitts. Não convidei nenhum estranho para ficar me seguindo e a começar a me deixar presentes e bilhetes em casa e no escritório. Estou apavorada com a ideia de voltar para casa, Rainer. Você sabe como é isso? Corvo e eu nos mudamos ontem de manhã para o conjugado dele, com um galgo e um dobermann. Dois humanos e dois cães no mesmo ambiente. Em breve, você talvez se veja às voltas com um homicídio triplo.

Rainer se agitava facilmente e precisava se mexer. Agora ele estava andando em círculos em torno de Tess e Tyner, fazendo pequenas investidas na direção deles, como uma águia confusa que não consegue entender se localizou uma presa ou simplesmente um objeto brilhante na grama.

Tyner disse:

— Ela cooperou, e é razoável supor que esteja correndo risco. Você não pode nos dizer nada?

Quando começou a falar, Rainer estava atrás deles, e embora ficasse passando diante dos dois enquanto continuava a rodar em círculos e a investir, não fazia contato visual. Parecia que estava falando consigo mesmo, pensando em voz alta, com todas as engrenagens rangendo e tinindo.

— Bobby Hilliard era garçom, trabalhava em grandes restaurantes luxuosos, mudando de emprego o tempo todo. Por escolha própria, e não porque tivesse alguma vez se metido em confusão. Os colegas de trabalho disseram que ele era um sujeito encantador, alguém que sabia conversar e era absolutamente genial em lembrar as necessidades especiais dos clientes. Os fregueses habituais, quando faziam reservas, pediam para ser atendidos por ele, chegando a segui-lo aos novos restaurantes. Mas... era ladrão.

Rainer aguardou, como se esperasse ver Tess saltar naquele ponto. Ele a estava testando, ela percebeu. Ele sabia que ela tinha estado na Biblioteca Pratt e ouvira a história de Bobby no trabalho. Ela ficou calada.

— Ele roubava da biblioteca — disse Rainer —, mas não dos restaurantes, jamais dos restaurantes. Era honesto a ponto de avisar a outro garçom se visse alguém tentar botar uma gorjeta no bolso ou de sair correndo atrás de um cliente se pensasse que este havia deixado uma gorjeta alta por engano. Depois descobri que os caras da divisão de roubos a residências o interrogaram sobre alguns roubos a domicílios pela cidade afora.

— Como suspeito? — Essa foi a pergunta de Tyner.

Rainer parou de dar voltas para pensar no assunto.

— Não oficialmente. De fato, ele tinha um álibi para todos os casos. Mas os álibis eram quase perfeitos demais, como se estivesse esperando alguém vir perguntar. Na noite do roubo à casa de Pitts, ele estava trabalhando. E Ensor tinha dado uma festa em casa na noite em que foi roubado; qualquer um poderia ter deixado a porta aberta. Inclusive o próprio dono da casa, como ele mesmo assinalou. Pensando bem, segundo os policiais que lavraram o boletim de ocorrências, ele aceitou de bom grado a culpa e parecia bastante indiferente.

— Bobby estava na festa? — perguntou Tess.

Rainer finalmente havia se cansado. Desabou pesadamente numa cadeira.

— Não como convidado, mas a trabalho. Ele trabalhava em meio expediente para uma firma de bufê, ganhando um dinheiro extra nas noites de folga. Os clientes que o conheciam do restaurante acabavam por contratá-lo para suas festas particulares. Mas aí é que está a questão: seus patrões lembravam que com frequência tinha um trabalho enorme para tirar as noites de folga e trabalhar nessas festas, mesmo quando aconteciam aos sábados ou domingos. Ele não pode ter ganhado tanto trabalhando nessas festas quanto estaria retirando em seu turno regular. Agora você me diga por que ele o fazia.

Tess fez uma pausa, mas só para deixar Rainer se sentir melhor.

— Para garantir o acesso a essas casas. Mas Arnold Pitts deu alguma festa? Ou Shawn Hayes? E será que todos que deram festas acabaram sendo roubados?

— Pitts não usou o serviço de bufê, ao que se saiba — admitiu Rainer — e embora Hayes tenha dado uma grande festa, foi uma ou duas semanas antes da noite de Natal. Ele tinha um sistema de alarme bastante sofisticado. Tenho um palpite de que Bobby não conseguiu encontrar um jeito de contorná-lo. Estávamos trabalhando com a hipótese de que para entrar na casa de Shawn Hayes, Bobby marcou um encontro com ele.

— *Estávamos* trabalhando — repetiu Tess como num eco, reconhecendo a importância do tempo verbal.

— Isso levou a uma espécie de beco sem saída, não foi? Ainda que a gente consiga resolver muitos casos de roubos a residências e agressão, isso ainda não nos informa o motivo do assassinato de Bobby Hilliard. Que afinal de contas é o jeito de se resolver o caso. As vítimas dele são pessoas muito respeitáveis. Do tipo que chama a polícia quando qualquer coisinha sai dos eixos, não o tipo que resolve as coisas por conta própria. A não ser que...

— A não ser que...?

— A não ser que, para chegar a eles, Bobby tenha usado o jeito que usou para chegar a Shawn Hayes. Não estou informado quanto a crimes de preconceito, mas se ele procurava homens que não eram muito diretos sobre suas... preferências, eles poderiam relutar em nos contar a respeito, sabe? Talvez haja vítimas das quais a gente nem esteja sabendo, porque elas vão preferir conviver com o prejuízo a contar a alguém como aconteceu. Bobby Hilliard sabia que alguém estava zangado com ele. Comprou uma arma na primeira semana de janeiro e a carregava consigo no momento em que foi morto.

— Eu não tinha ideia — disse Tess. — Você manteve a informação fora dos jornais. Mas não posso dizer que o condene por andar armado. Estou fazendo o mesmo.

— Aqui? — perguntou Rainer.

— Não, não queria ser assediada por ter trazido uma arma para dentro da delegacia. Ela está trancada no porta-luvas do carro do Tyner. Mas estou andando com ela para todo lado; tenho licença para isso. Está legalizada.

— Está legalizada, mas andar com ela por aí não é prudente.

Ele mordeu a última palavra — prudente — partindo-a em três sílabas ásperas, o que levou Tess a precisar de um segundo para entender o que ele dizia. Na boca de Rainer, Pru Den Te soava como um primo distante da *Carte Blanche*. De qualquer forma, ela não ia se deixar arrastar para uma discussão com Rainer sobre a segunda emenda da constituição, a garantia de posse e porte da arma.

— Logo, eu imagino que Arnold Pitts terá que ser transferido para o alto de sua lista de suspeitos, não é? Ele estava decidido a encontrar Bobby Hilliard, de quem foi vítima. E evidentemente atribuía grande valor a essa pulseira, por algum motivo. Você esteve na casa dele? O cara trata os objetos como fetiches. Nem quero pensar no que aconteceria com alguém que quebrasse um de seus potes de biscoito.

— É, eu estive lá. Tudo bem, então o sujeito quer essa pulseira de volta. Mas, de todo modo, onde foi que ele conseguiu uma coisa dessas? Não é o tipo de coisa que ele negocia normalmente. Por que contratar um detetive particular se ele só vai seguir o sujeito e matá-lo? — perguntou Rainer. — Que sentido tem isso?

— É para estabelecer uma espécie de álibi — arriscou Tyner, mas ele mesmo não parecia convencido. — Fazendo muito barulho de que estava mandando alguém vigiar o túmulo naquela noite, ele cria a impressão de que não tinha intenção de comparecer ao local.

— Você conheceu Pitts — disse Rainer a Tess. — Você o viu.

— Até agora, duas vezes.

— Que altura você diria que ele tem?

Ela ergueu a mão até a clavícula e fez um cálculo rápido.

— 1,57m?

— No máximo. E Yeager?

— Cinco a oito centímetros a mais que eu. Eu diria que ele tem 1,82m de altura, embora pelo menos 5 centímetros disso sejam de cabelo.

— Bom, não sabemos com certeza quem atirou em Bobby Hilliard, mas sabemos que o outro sujeito de manto era mais alto que ele, correto? Ele não está livre de suspeita, longe disso. Muito pelo contrário, agora que você me mostrou todos os presentinhos que tem recebido.

— Não há indícios de que sejam a mesma pessoa, o Visitante de Poe e meu perseguidor.

— Tudo bem, mas espere um minuto. Para Yeager, nós conseguimos uma testemunha ocular, e muito boa, uma vez que estava a uma quadra de distância. Ela afirma que o sujeito que o apunhalou era quase tão alto quanto ele, talvez até mais alto, e, a não ser que Pitts estivesse trotando por aí em cima de pernas de pau, isso o elimina como suspeito. Então, sim, eu tenho muitas perguntas para fazer a Arnold Pitts, mas acho que ele vai ter boas respostas. O que eu quero é o outro sujeito, o Sr. Visitante, e vou expedir um aviso geral. No mínimo, ele é testemunha ocular de um crime. É seu dever cívico se apresentar, mas se ele não aparecer, eu vou encontrá-lo. Chega de bancar o bonzinho.

— Como você vai encontrá-lo se ninguém sabe quem ele é? — indagou Tyner, curioso.

— Sou um policial, e é isso que os policiais fazem. Ninguém pode manter o segredo por muito tempo, e existe alguém em Baltimore que sabe quem é o cara, porque ele contou. Ficou bêbado em uma festa ou mostrou o manto à esposa, numa noite qualquer. Até o Super-Homem acabou revelando para Lois Lane quem ele era. Então, eu vou encontrá-lo.

Tess pegou uma câmera digital, seu brinquedo mais recente. Ajudava bastante saber como sairia uma foto, antes de tirá-la, e também conseguir arquivá-la numa pasta no computador. Além disso, talvez ela conseguisse ter a própria página na internet, postar seus flagrantes favoritos de vigilância, cobrar pelo download das fotos de nus. www.TessMonaghan.com.

— Você vai me imortalizar para seu álbum de recortes? — perguntou Rainer.

— Não, quero tirar várias fotos da pulseira, para poder mostrá-la a algumas pessoas pela cidade, ver se elas podem me dizer se é autêntica ou não.

— Isso é tarefa nossa — objetou Rainer. — Droga, você precisa parar com isso! Achei que esse era o tema principal dessa reunião: deixe-nos fazer nosso trabalho, e faça o seu.

— Esse é meu trabalho. Estou trabalhando para os Hilliard. Eles têm direito de saber o valor desse item que entregaram voluntariamente à polícia e o direito de saber se o filho o obteve de forma legítima. Se ele não o roubou, eles devem recebê-lo de volta quando tudo isso acabar. Estou tirando a foto para poder levá-la a alguns avaliadores locais e especialistas em história e verificar se já ouviram falar desse item.

— Mas é só isso que você vai fazer?

— Por enquanto. Os Hilliard gostariam que eu provasse que o filho deles não foi o agressor de Shawn Hayes, apesar de Yeager ter afirmado que sim.

— O quê? Eles estão achando que vão faturar com algum grande processo?

— Bobby está morto — disse Tyner —, portanto não pode ser difamado sob a lei. Quanto a Yeager, sua morte não faz dele um réu ideal. Embora eu imagine que seria possível abrir um processo de indenização contra o Estado. Mas não, os pais não estão tentando faturar com a morte do filho. Querem conhecer a verdade, mesmo que seja feia.

— E por falar em feio — o sorriso de Rainer era malicioso, um efeito acentuado pelas sementes de papoula que tinham ficado presas nos dentes —, vocês não me perguntaram sobre nossa testemunha ocular, a que viu Yeager ser morto.

Tess enquadrou a pulseira no centro da foto, conferiu a imagem no visor da câmera e clicou.

— Você disse que eles tinham um encontro. Pensei que fosse alguém do serviço de acompanhantes local, apesar da esposa em Washington.

— Ah, não creio que ele conseguisse esse tipo de encontro com essa moça. Dizem que o mundo é pequeno, mas qual seria a probabilidade de a pessoa que viu Yeager ser assassinado ter sido uma das últimas pessoas que ele entrevistou?

— Você quer dizer...

Rainer concordou com um gesto, saboreando a consternação dela.

— Cecilia Cesnik estava esperando por ele na esquina. E não pense que os policiais escalados para o caso não irão olhar com muita atenção para tão feliz coincidência.

— Mas eu recebi um telefonema...

— Sim, você recebeu um telefonema. As pessoas recebem telefonemas todos os dias. E, pelo que sabemos, armaram para você receber esse telefonema, de modo a não examinarmos todas as possibilidades. Mas não se preocupe. Seu amiguinho Tull é o assistente no caso do Yeager, portanto tenho certeza de que você vai ter todos os furos de que precisa.

— Você não acha que Cecilia...

— Eu não tenho que achar nada. O caso não é meu, e quero que continue assim. Yeager estava na televisão, gritando que o assassino de Bobby Hilliard era um herói, que nós devíamos condecorá-lo; então, por que aquele cara queria matá-lo? Na minha opinião, há uma fila enorme de gente que queria ver Yeager calar a boca. Comece com a lista de convidados do programa daquela noite. Ou talvez Yeager tenha sido assassinado pela patrulha das bichas, a Gay Antidefamation League ou GAL. Puxa vida! A sigla é GAL, ou seja, garota...

Ele riu diante do que considerava erroneamente uma observação espirituosa, enquanto Tess e Tyner compartilhavam um disfarçado olhar de desalento. Não se tratava apenas da expressão horrível que Rainer tinha usado: era também a forma como seu rosto se iluminou, a alegria que encontrou na maledicência.

— Então, cuide dessas coisas, está bem? — disse Tess, guardando a câmera. — Principalmente da pulseira.

— Nós sempre cuidamos.

— É mesmo? Então, como Yeager acabou pegando a agenda de Bobby Hilliard?

— Ele não pegou. Ele me perguntou se podia vê-la, e eu disse que não. Então perguntou que aparência tinha, e eu falei: uma agenda preta comum, do tipo que se compra em qualquer papelaria. Ele comprou uma para mostrar na televisão, mas era só um recurso cenográfico. Nós estamos com a autêntica, e acredite, nela não há mais que o horário dos turnos de trabalho dele. Nenhuma pista. Aquilo foi invenção do Yeager.

— Filho da puta desonesto — disse Tess.

— É, sim, mas se você começar a executar jornalistas por não terem ética, vai ficar difícil publicar o jornal local.

O que Tess poderia dizer? Ela estava de acordo.

Capítulo 23

O homem de cabelos grisalhos, postado atrás do balcão na Gummere Brothers, uma das poucas joalherias que restavam no centro da cidade de Baltimore, balançou a cabeça ao ver as fotos que Tess lhe mostrou na manhã seguinte.

— Eu não conseguiria datar um item por uma fotografia e menos ainda falar de sua autenticidade histórica — advertiu. — Que tipo de pedras mencionou?

— Esmeraldas, para meu olhar pouco treinado, mas até onde sei poderiam ser pedaços de vidro de uma garrafa de cerveja Rolling Rock. O senhor pode me dizer alguma coisa? É ao menos plausível essa peça ter pertencido a uma mulher rica do início do século XIX?

— Eu suponho que possa ter sido parte de uma *parure* — disse ele, apertando os olhos novamente para olhar a fotografia de Tess. O homem tinha olhos grandes e azul-claros, mais redondos que o comum, e era fácil imaginar que a forma deles fora refeita ao longo dos anos, gradualmente, pela lupa de joalheiro que ele usava pendurada num cordão de veludo passado ao redor do pescoço. — Quer dizer, faz sentido que Betsy Patterson Bonaparte tivesse sido presenteada com um desses conjuntos. Mas estou falando do ponto de vista estritamente hipotético.

— Em que consistia uma *parure*?

— É um jogo de peças combinadas, coisa que somente alguém da mais alta posição social poderia ter possuído — explicou ele. — Provavelmente uma tiara, uma gargantilha, um colar, e, normalmente, duas pulseiras.

— E um jogo desses seria valioso?

— Muito valioso, dependendo do estado de conservação, naturalmente, e do fato de poder ser autenticado. Nunca ouvi dizer que Betsy Patterson Bonaparte tivesse uma *parure*, mas por outro lado nunca ouvi dizer que ela *não* tivesse. Algum descendente pode ter sofrido reveses financeiros e ter vendido o jogo para pagar as contas. Acontece nas melhores famílias.

— Engraçado, mas não penso em Patterson como sendo um dos nomes da mais alta classe em Baltimore, não como Carroll ou Calvert — comentou Tess. — Afinal de contas, o Patterson Park é onde homossexuais de meia-idade saem à caça de homens jovens, e a Patterson Park High School sempre foi um das escolas mais tumultuadas da cidade. Engraçado como as coisas mudam. Mas imagino que seja hora de voltar à biblioteca para ler mais.

— Há formas piores de passar o último dia de janeiro — observou o joalheiro.

— Normalmente eu concordaria com o senhor, mas hoje estou irrequieta. Preciso continuar me mexendo. — Tess não se permitia pensar que essa inquietude poderia estar relacionada ao sentimento de que permanecer em qualquer lugar, por qualquer razão, iria torná-la vulnerável ao inimigo que ainda não encontrara. — Além disso, a previsão de tempestades de neve está levando muitas repartições da cidade a fechar cedo e liberar os empregados. A essa altura a biblioteca provavelmente estará fechada.

— Ora, se o que deseja é cortar caminho, talvez possa conseguir um curso relâmpago sobre Patterson, ou praticamente qualquer outra mulher da história de Maryland no Mu-sheum.

— Mu... o quê?

— É o museu criado para homenagear as mulheres de Maryland e que só pode ser visitado com hora marcada. A mulher que o dirige é especializada nos detalhes domésticos das vidas das mulheres. Não apenas as joias, mas também sua forma de servir à mesa e os tipos de revestimento de parede e tratamentos de janelas usados em várias épocas.

Tess continuava cética. Era bem-informada sobre as esquisitices de Baltimore; se alguma delas conseguira lhe escapar à atenção por tanto tempo, possivelmente não era interessante.

— O senhor não está me despachando numa busca infrutífera, está?

O homem apertou o botão debaixo do balcão, dando entrada a outro cliente, um cavalheiro de aparência próspera, que parecia impaciente, como costumam ser tais cavalheiros. Tempo é dinheiro, e esse homem havia ampliado o conceito: parecia pensar que o tempo de Tess também era dinheiro dele. Ela nunca havia visto em carne e osso alguém de monóculo.

— Não posso dizer se será ou não uma busca infrutífera, porque não sei o que espera encontrar — disse o joalheiro, enquanto voltava sua atenção para esse cliente mais promissor, que pigarreava o tempo todo, como um sistema de alto-falantes irradiando estática antes de um pronunciamento importante. — Mas posso prometer que não será uma experiência fácil de esquecer logo.

A obsessão pessoal mascarada de museu é até certo ponto uma tradição de Maryland. A Universidade de Maryland tinha um museu odontológico que se mostrou um dos temas perenes para matérias do jornal *Beacon-Light* em dias de pouco movimento; assim como também a residência particular dedicada à história da lâmpada elétrica. O Dime Museum, um aceno às esquisitices do século XIX, era mais recente. Havia até um museu dedicado à história da higiene feminina, em Prince Georges County.

Mas o que entristecia Tess era que nem ela nem Whitney fossem capazes de citar sequer uma lista parcial das heroínas de Maryland, enquanto caminhavam do escritório de Whitney, na Talbot Foundation, até a sede do Mu-sheum, na Calvert Street. Mais que as duas moças, nativas do estado, eram Corvo e Daniel Clary, os quais elas haviam convidado por pura farra, os mais versados no tema, quando começaram a elaborar a parada de sucessos dos casos de duplo cromossomo X.

— Elizabeth Seton, é claro. Ela é uma santa — começou Corvo.

— Já ouvi falar de Seton Hill — disse Tess.

— Barbara Mikulski — disse Daniel. — Ex-assistente social que se tornou senadora dos Estados Unidos. Rosa Ponselle, a cantora lírica.

— Billie Holiday.

Essa foi uma contribuição de Whitney. Com a cabeça descoberta, ela nem parecia notar que estava fazendo frio, ou que a neve deveria começar a cair a qualquer momento. Seu rosto pálido não ficava vermelho, o que tornava mais escuros e duros seus olhos verdes. Como esmeraldas, pensou Tess, com o pensamento de volta à pulseira do conjunto.

— Mas na verdade ela nasceu na Filadélfia — assinalou Daniel. — Você se lembra de que quando o *Blight* publicou esse dado, os leitores simplesmente ignoraram, porque não foi o que eles queriam ouvir?

— Ora, se você quer acreditar no que lê no *Beacon-Light* — disse Whitney, que já tinha trabalhado no jornal e em consequência sentia mais desprezo por ele que qualquer outro conhecido de Tess. — Além disso, há uma estátua dela em West Baltimore, logo, ela deve ser daqui.

— Há um busto de Simon Bolívar num parque em Guilford — lembrou Corvo. — Isso quer dizer que ele é daqui? Agora, cá entre nós: vocês não conseguem pensar em mais ninguém que possa estar num museu dedicado às mulheres famosas de Maryland?

— Wallis Warfield Simpson — disse Whitney. — As irmãs Cone. Eu já contei a vocês que uma vez fui a um evento beneficente no museu, e um dos restaurantes locais estava servindo purê de batata com alho, enrolado em funis de pão italiano, em homenagem à coleção Cone? Sei lá, não consigo imaginar que quando elas doaram todos os seus Matisses e Picassos ao Museu de Arte de Baltimore fosse isso o que as irmãs tinham em mente, ou seja, ver o nome delas transformado numa iguaria à base de batata.

— Linda Hamilton.

Tess ficou imediatamente constrangida por sua contribuição de cultura pop de baixo nível, principalmente quando os três perguntaram em coro:

— Quem?

— A atriz do filme *O exterminador do futuro*. Vocês sabem, aquela dos braços bonitos. Ela é de Eastern Shore.

— Ora, filmes — disse Whitney com desprezo. — Se isso conta como história, estamos em apuros.

— E se não contar, acho que o Mu-sheum de Maryland está em apuros.

Visto de fora, o Mu-sheum era só mais uma casa em série da Calvert Street, a parte mais decadente e alta de Mount Vernon. As outras residências da área tinham sido subdivididas em apartamentos ou transformadas em escritórios de arquitetos e advogados. Entretanto esse imóvel era mais bem cuidado que seus vizinhos, com jardineiras nas janelas, vazias no inverno, e os degraus de mármore, cintilando de tão brancos, que os moradores da cidade tratavam como fetiche.

Do lado de dentro, o vestíbulo com piso de lajotas estava claramente habituado a amônia e produtos de limpeza fortes. Os utensílios de bronze brilhavam, e Tess sentiu-se quase culpada por deixar uma impressão digital quando apertou o botão do interfone, sob um cartão com as iniciais MM escritas à mão.

— M&M's? — perguntou Whitney esperançosa. — Marilyn Monroe?

— Maryland Mu-sheum, imagino. — Tess não conseguia dizer o nome sem dar uma risadinha e um suspiro.

Um sussurro gutural respondeu ao toque de campainha, e o trinco da porta interna se abriu.

Tess tinha esperado uma residência particular com algumas fotografias emolduradas e estantes de vidro cheias de artefatos empoeirados, mas os aposentos em que eles entraram tinham aparência tão profissional quanto qualquer galeria pequena, com assoalho de madeira clara, paredes brancas e luminárias presas a trilhos no teto. Uma caixa de sombras retangular, que apresentava as escritoras de Maryland, estava pendurada na parede imediatamente à esquerda.

— Anne Tyler, naturalmente! — disse Whitney. — Eu a vejo no Eddie's.

— Você alguma vez tentou falar com ela? — perguntou Daniel.

— Claro que não. Se você sabe o suficiente para reconhecer Anne Tyler, sabe o suficiente para não se aproximar dela.

Não seja tão imperiosa, quis cochichar Tess para a amiga. *Desse jeito vai afugentá-lo.*

Os outros livros e fotos na estante incluíam Leslie Ford, escritora de romances policiais da década de 1930; Gertrude Stein, que tinha passado algum tempo em Baltimore com Alice B. Toklas; uma mulher conhecida por um único livro, *Here at Susie Slagle's*; e Sophie Kerr, que havia usado o dinheiro ganho como romancista popular para patrocinar o prêmio literário mais polpudo do país, na universidade que estudaram Tess e Whitney. Igualmente havia Zelda Fitzgerald — que infelizmente tinha vindo a Baltimore sobretudo em busca de seus hospitais psiquiátricos — e Louise Erdrich.

— Louise Erdrich? — estranhou Corvo. — Mas ela é de algum lugar do oeste, viveu em New Hampshire e depois se mudou para Minnesota. Como é que ela se qualifica?

— Fez mestrado na Johns Hopkins. — Quem falou foi a dona da voz sussurrante que os havia admitido ao recinto, mas Tess não conseguiu ver ninguém. — Eu também ia colocar aí a Grace Metalious, seu segundo casamento foi realizado em Elkton, mas acho que vou esperar para dedicar uma exposição especial a *Peyton Place* mais adiante. Sou muito liberal em relação ao que constitua uma personalidade local, se for alguém que eu queira incluir. Também posso ser muito rígida, quando se trata de alguém que eu queira excluir. Vocês vão reparar que Maria Shriver está aqui, mas não Kathleen Kennedy Townsend. Não posso evitar a sensação que ela me passa de ser um pouco oportunista, ainda que seja vice-governadora.

A curadora-proprietária estivera à espreita por trás de uma estante de vidro, o que só foi possível por causa de sua baixa estatura. Bom, ela era muito baixinha. Ficava difícil avaliar as proporções de seu corpo, por causa do volume dos metros e metros de seda na qual havia se enrolado. O traje e o turbante branco feito neve que usava lhe davam a aparência de uma vidente ou médium. A forma branca e bufante em sua cabeça não era um turbante, percebeu Tess à segunda vista, mas apenas os cabelos, puxados para trás e presos como se fossem uma bolha dura. A curadora do museu parecia um pouco com uma versão mais bem cuidada das mulheres de ar perturbado que eram vistas a vagar pelas ruas da cidade, falando sozinhas em voz baixa e severa.

Mas essa mulher tinha algo que faltava às loucas, um senso de ironia, uma consciência da própria excentricidade que a tornava acessível.

— Você é a moça com quem falei ao telefone — disse a curadora, dirigindo-se a Whitney. As pessoas sempre a supunham no comando. — Sou Mary Yerkes.

— Não, fui eu, Tess Monaghan, a pessoa que telefonou — informou Tess. — Whitney Talbot e Corvo Ransome vieram comigo porque estão interessados na história de Maryland, e Daniel Clary trabalha na Biblioteca Pratt.

Ela havia usado Whitney para fornecer uma cobertura plausível a essa visita, e Corvo estava tentando ficar perto dela nesses dias, decidido a acompanhá-la aos lugares aonde Esskay e Miata não pudessem ir.

— A fundação da família de Whitney com frequência oferece patrocínio financeiro a projetos como o seu. Talvez a senhora queira conversar com ela sobre suas atividades, candidatar-se a uma dotação.

— Ah, não — disse Mary Yerkes sorrindo e manuseando um dos brincos que trazia na orelha. Eram brincos de pressão, gatos listrados feitos de prata, com olhos azuis brilhantes. — Eu não quero o dinheiro de ninguém, porque não quero que ninguém me diga o que fazer. Este é um projeto muito pessoal. Eu nem sequer me candidato à condição de sem fins lucrativos. Por outro lado, também não há lucro, eu apenas reúno as coleções e deixo que as pessoas venham aqui vê-las. Eu recuso donativos.

— Mas como a senhora se sustenta? — perguntou Daniel.

— Com dinheiro — replicou a curadora, apertando os olhos como se achasse a pergunta estranha. — Ah, você quer dizer, de onde vem o dinheiro? Eu recebi uma pequena herança do meu pai. Sabe, papai não acreditava em curso superior para mulheres. Mandou meus irmãos à universidade e investiu o dinheiro que teria gasto com minhas mensalidades, dizendo que seriam meu dote. Mas eu o fiz de bobo: nunca me casei. Quando ele morreu, aquele pequeno investimento em dinheiro já estava valendo bastante. Eu acho que tirei o melhor proveito da situação. Porque a única razão pela qual eu queria fazer faculdade era para estudar história e literatura, e acontece que a gente pode estudá-las por conta própria. Portanto, meus irmãos têm diplomas acadêmicos; eu tenho minha missão histórica e 1 milhão de dólares, graças aos milagres dos juros compostos.

— A senhora se considera uma historiadora? — perguntou Tess.

— Eu acredito que todo mundo é historiador — respondeu Mary Yerkes, e Daniel concordou, como se tivesse encontrado uma alma gêmea. — Somos os historiadores de nossas próprias vidas. Pense na forma como a maioria das pessoas decora suas casas, como elas organizam álbuns; é como se esperassem ser ungidas pela história. Eu simplesmente ampliei o escopo para além da minha pessoa.

Tess entendeu o que ela queria dizer.

— Mas por que um museu dedicado às mulheres?

— Por que não? Puxa, querida, há um museu dedicado ao sistema de esgoto da cidade. Você não acha que as mulheres também merecem um museu?

— Não seria melhor — perguntou Whitney — que a história das mulheres tivesse seu lugar ao lado da história dos homens, que nós víssemos a história como um panorama inclusivo, em vez de ficarmos totalmente separados como nos Balcãs, de modo que cada grupo de interesse especial tenha seu próprio nicho?

Mary Yerkes ergueu a mão e, como se Whitney fosse uma criança adoravelmente precoce, beliscou-lhe a bochecha — tarefa nada desprezível, já que a moça era tão alta quanto Tess e não lhe sobrava muita carne no rosto de ossos angulosos.

— É claro que seria, querida. No dia em que isso acontecer, pode me enviar um telegrama, está certo? Supondo que eu esteja viva para ver tal coisa.

Os quatro começaram a andar pela galeria, um espaço aberto criado a partir da demolição da maior parte das paredes do que havia sido o imponente primeiro andar, embora tivessem sido conservadas as portas corrediças entre a sala de estar dianteira e a sala de jantar. Não dava para saber se Mary Yerkes era um pouco maluca, ou se era tão irônica quanto uma raposa. Na seção MARYLAND NO CINEMA, por exemplo, incluiu Edith Massey, que havia estrelado de forma tão memorável os primeiros filmes de John Waters. Mas aqui também estava Divine, a estrela mais conhecida dos filmes dele. Mary Yerkes tinha que entender que Glenn Milstead, verdadeiro nome de Divine, com o qual havia nascido e morrido, não estava habilitada a ser membro desse conjunto. Mas, conforme ela mesma alegava, era muito liberal em relação aos que queria incluir e rígida quando desejava excluir alguém. Afinal de contas, o museu era dela.

E tinha de fato uma foto de Linda Hamilton, observou Tess, mais ou menos da época do *Exterminador do futuro 2*, com aqueles braços maravilhosamente cheios de veias. Tess tinha tentado trabalhar os próprios braços para ficarem parecidos com os dela, mas logo entendeu que não estava preparada para fazer as concessões dietéticas exigidas pelo visual cinzelado. Nada valia o sacrifício de renunciar ao pão e às massas.

— Há alguma coisa específica que vocês gostariam de saber? — perguntou Mary Yerkes enquanto elas percorriam os cômodos, tentando absorver tudo.

— Um joalheiro local me mandou aqui — disse Tess. — Ele achava que a senhora talvez soubesse alguma coisa sobre Betsy Patterson Bonaparte.

— Estive interessada nela, quando eu era mais jovem. Essa fase passou, agora me entristece contemplar mulheres que entraram na história por causa do casamento, mas houve uma época em que li bastante sobre ela.

— A senhora se interessou o suficiente para ler a correspondência dela, ou qualquer documento primário da época? Estou tentando descobrir se existe alguma menção aos presentes que Jerome talvez lhe tenha dado, especificamente uma *parure* — ela tropeçou na palavra francesa, mas a outra assentiu — feita de ouro e esmeraldas.

— Não me vem nada à memória, mas eu já tenho muita idade. Muitas coisas já não despertam lembranças. Entretanto, é algo que eu poderia pesquisar para você, se houver interesse. Tenho minha própria biblioteca nos andares de cima, com todo tipo de textos e artigos sobre o vestuário e as joias daquela época.

Whitney, capaz de visitar correndo até as exposições mais abrangentes de museu, como se elas fossem provas de tempo, tinha absorvido tudo e estava ficando impaciente, enquanto Daniel havia retornado ao mostruário literário perto da entrada. Mas Corvo, ainda jovem o bastante para ser pouco seletivo quanto à forma de abarrotar de fatos e trivialidades o cérebro, ficara siderado pelo Mu-sheum. Deteve-se diante de uma estante rotulada MULHERES DE POE.

— Maria Clemm, com quem ele morou. Sua mãe, naturalmente. Virginia Lee, sua prima e noiva. Elmira Shelton, a mulher com quem se acreditava que ele estivesse noivo na época de sua morte. Todas essas eu conheço, mas quem foi Fannie Hurst?

— Uma escritora nova-iorquina com quem acredita-se que ele tenha tido um caso amoroso — disse Mary Yerkes. — Ela era muito inteligente e talentosa à sua própria maneira. Conta-se uma história de certa vez em que havia saído e esquecido a bolsa; ela escreveu um poema que vendeu ali mesmo, para ter dinheiro.

— Não teria sido mais fácil voltar para casa e pegar a bolsa? — perguntou Whitney.

Mary Yerkes fez de conta que não ouviu a pergunta.

— Quisera eu ter mais que fotografias para essa exibição. Mas os objetos de Poe são muito difíceis de conseguir, e caríssimos, quando a gente os encontra. Os livros, nesses eu não poderia tocar, e, de todo modo, não me interesso muito em colecionar livros. Mas tem gente que possui cachos dos cabelos dele, cortados quando o corpo estava sendo velado. Um professor universitário que conheço tem um pedaço de tecido do enxoval de Virginia Lee. E a loja Nineteenth Century Shop, em Southwest Baltimore, tem uma lasca do caixão dele. Não posso competir em tais círculos. Por outro lado, pouca gente em Baltimore *pode* competir, quando o único critério é dinheiro vivo.

— O que a senhora quer dizer?

Ela hesitou. Seu verniz protetor de ironia desaparecera, deixando transparecer mais da mulher idosa e frágil que era. Teria no mínimo 75 anos, percebeu Tess, mas seu aguçado bom humor lhe conferia uma qualidade atemporal.

— Existe um mercado negro para todas essas coisas — explicou ela, escolhendo as palavras com precisão ainda maior que a habitual. — Houve gente que me procurou... ou costumava me procurar, até entender que eu tinha ética. Ainda assim, de vez em quando eu ouvia boatos sobre coisas. Coisas raras, coisas que pertenciam a museus, que não tinham um valor inato, mas podiam ser inestimáveis para colecionadores sérios. Certa vez, admito, fiquei tentada, e alguns dias depois de nossa discussão inicial telefonei ao vendedor para dizer a ele que tinha mudado de ideia. Ele riu e disse que minha proposta tinha sido coberta, que a concorrência por seus artigos tinha ficado muito acirrada.

— A concorrência?

— Ele preferiu não dizer, mas tive a sensação de que esse ladrão específico, afinal de contas, era isso que ele era, embora se intitulasse comerciante de antiguidades, tinha encontrado alguém disposto a pagar praticamente qualquer coisa pelo que ele chamava Baltimore-bilia. Era um dos troféus de Toots Barger.

— Toots Barger? — Nem mesmo Corvo conhecia o nome.

— Meu bem, ela foi simplesmente uma das maiores atletas que Maryland já produziu. Era campeã de boliche duckpin. De qualquer forma, ele o ofereceu a mim, eu disse não, e mais tarde, num momento de fraqueza, mudei de ideia. Mas quando telefonei outra vez, ele já tinha conseguido cinco vezes o primeiro preço que cobrou. Nunca mais ouvi falar dele.

— Poderia me dizer o seu nome?

— Eu diria se conseguisse lembrá-lo, mas não iria ajudar muito. Ele morreu há cinco anos ou mais. Lembro-me de ter lido seu obituário no jornal e me sentido quase aliviada, de um jeito mórbido, sabe? Ele conhecia meu segredo, sabia que eu tinha ficado tentada a fazer uma coisa errada. Após sua morte, meu segredo estava a salvo.

— Mas a senhora acaba de contá-lo a *nós* — assinalou Corvo. Tess podia ver que ele estava se apaixonando, à sua própria e estranha maneira. Os flertes de Corvo raramente eram sexuais. Outras mulheres viam os namorados ficarem de olho em lindas garotas, mas a tendência de Corvo era ficar em êxtase diante dos excêntricos de ambos os sexos. Era totalmente promíscuo em matéria de humanidade. — Ele agora foi de novo revelado.

— Ah, mas vocês não vão explorar minha fraqueza procurando me tentar. Pelo menos, espero que não. Essa *parure*: ela existe ou é só um boato?

— Uma pulseira existe. É só o que sabemos.

Tess não conseguia ocultar sua decepção. Tivera a esperança de que o antiquário que tentou Mary Yerkes pudesse ter sido Arnold Pitts. Ou talvez que Bobby Hilliard, atravessando coisas roubadas na biblioteca, tivesse telefonado para ela. Era uma possível explicação para o fato de os objetos roubados por ele não estarem em seu poder. Mas se ele tinha recebido dinheiro por eles, para onde tinha ido essa grana? Nem para seu apartamento cheio de requintes de brechó, nem para os pais.

— O comerciante que tentou lhe vender o troféu, a senhora chegou a ter alguma ideia de quem era o comprador?

— Não, só que ele devia ser extremamente rico.

Rico era um termo relativo. Tess tinha a sensação de que ela e alguém com uma dotação de 1 milhão de dólares poderiam empregar a palavra de forma distinta.

— Rico como o quê? Milionário? Bilionário?

— Digamos assim: era uma pessoa que estava disposta a pagar dezenas de milhares de dólares por um troféu cujas partes não valiam mais do que alguns dólares. Em tese, é possível que ele viva de biscoito e atum em conserva, para poder gastar com tais extravagâncias, mas de certa forma eu duvido. Para colecionar, é preciso ter igualmente a capacidade de proteger: ambientes climatizados, segurança, armazenamento adequado para seja lá o que for, livros ou tecidos antigos. Conheço gente que renuncia a muita coisa por seus objetos, mas colecionar exige manutenção. Não é uma atividade estática para pessoas desleixadas e com recursos limitados. É preciso ser agressivo.

— A senhora mataria por seus objetos? — perguntou Corvo.

— Corvo! — ralhou Whitney, fazendo uma imitação esquisita e inconsciente de sua própria mãe. Daniel, que havia se voltado para ouvir a conversa deles, também pareceu chocado. Mas Mary Yerkes inclinou a cabeça, intrigada com a pergunta.

— Matar? — disse ela enfim. — Não, eu não poderia matar para proteger minhas coisas. Mas poderia me expor ao risco. Se chegasse aqui uma noite e avistasse a fumaça saindo pelas janelas, poderia ficar inclinada a fazer algo... desaconselhável. Entrar correndo e tentar agarrar coisas antes da chegada dos bombeiros, salvar o que fosse mais precioso para mim.

— O que a senhora levaria? — pressionou Corvo. — Quais são seus favoritos?

Mary Yerkes levou um dedo aos lábios e lançou a seu redor um olhar conspirador.

— Por favor — cochichou ela —, eles podem ouvir você.

Capítulo 24

— Na dúvida, vá jogar boliche duckpin — postulou Corvo.

Deixados com um restinho de tarde — insuficiente para Tess ou Whitney voltarem ao trabalho, porém cedo demais para jantarem ou irem a um bar —, eles haviam se retirado para o boliche Southway Lanes, inspirados pela conversa de Mary Yerkes sobre Toots Barger. A tão esperada tempestade de neve começara finalmente — uma nevezinha suave e lânguida que não parecia ter pressa de sair da cidade, e eles ficaram com o local totalmente para si.

Tess tinha esquecido que o boliche duckpin está para o boliche regular como Baltimore está para Nova York — menor, perversamente provinciano e mais complicado do que parece à primeira vista. Cada jogador tem três jogadas num mesmo conjunto de pinos, mas as bolas, que não têm furos e cabem na mão, exigem um tipo diferente de destreza. Nessa modalidade, a força bruta não rende resultados. O jogador pode atingir o pino no ponto ideal e ainda deixar em pé os outros cinco.

A não ser que a pessoa seja Whitney, que tinha feito 130 pontos no primeiro jogo e tinha dois strikes e um spare na sexta jogada do segundo. Ela jurava que era só a terceira vez que jogava aquela modalidade, mas Tess estava começando a desconfiar que a mansão dos Talbot contivesse uma ou duas pistas secretas, onde Whitney havia treinado suas habilidades durante anos, de olho na oportunidade de humilhá-la. Entre jogadas, ela tomava cerveja Budweiser meio choca e se divertia estudando os nomes dos times de várias ligas de boliche locais.

— O time "Estou me lixando" — leu ela em voz alta. — O "Num tô nem aí". O "Pardal sem rumo". É como se Sartre e Camus tivessem encarnado em South Baltimore e resolvido jogar boliche em vez de escrever.

Daniel riu, parecendo se divertir, mas Tess já havia abandonado seus dotes casamenteiros. Aqueles dois não tinham nada a ver. Entretanto, Daniel e Corvo formavam um par perfeito, com seu gosto por trivialidades misteriosas e a mesma qualidade franca, sincera.

Convencida de que seu problema era a bola, Tess deixou de lado a vermelha, que lembrava o planeta Marte, em favor de uma marrom sarapintada, um ovo de algum pássaro desajeitado. Alinhou a mira ligeiramente para a direita, tentando compensar sua tendência a ir para a esquerda, e lançou a bola na pista. O arremesso foi perfeito, deixando de pé os pinos números 1 e 5.

— Não deixe cair do alto — ralhou a proprietária, uma mulher idosa de suéter cor-de-rosa desbotado, que os observava ansiosa por trás do balcão. O clima a estava deixando nervosa; sua vontade era fechar o boliche e ir para casa. — Nós acabamos de consertar as pistas.

Tess deu de ombros, pesarosa — não tivera intenção de deixar a bola cair, havia escorregado de sua mão — e arremessou a segunda pela canaleta da esquerda, e a terceira pela da direita.

— Conheci um terapeuta que recomendava a prática de boliche como forma de confrontar a raiva reprimida — disse ela, sentando-se na cadeira de plástico ao lado de Whitney. — Não funciona do mesmo jeito com duckpin. Talvez essa forma seja para gente que lhe inspira pouco rancor.

Arnold Pitts teria aludido a uma rixa trivial. Eram as palavras que ele tinha usado na primeira vez em que a visitou. Mas como se podia falar de rixa trivial se alguém acabava morto? Tess ouviu outra vez a voz ao telefone — *vale a pena matar por causa deles* — e reprimiu um estremecimento.

— Quem você imaginaria neste momento se estivesse jogando com a finalidade de catarse? — perguntou Whitney. — Embora, diante de seu placar hoje à noite, acho que vá sair daqui ainda mais ressentida.

— Vaca! — disse Tess alegremente.

Ela amava Whitney e preferia passar uma vida trocando insultos com ela a ter uma dessas amizades melosas e falsamente fraternas, de difamar a outra pelas costas, de roubar namorado, de agir de forma traidora.

— O problema é não saber de quem sentir rancor. Alguém roubou minha vida, me forçou a sair de casa e me faz ficar olhando por cima do ombro a cada três segundos, e eu não sei de quem se trata. Esse é o pino principal. Rainer, Arnold Pitts, Jerold Ensor, eles também estão aí, mas acertá-los não vai me trazer tanta satisfação.

— Rainer já os interrogou?

— Sim, hoje de manhã. Mas eles se apresentaram com os advogados e se desviaram de praticamente todas as perguntas. O fato é que ele não tem nada de que acusá-los, a não ser de se travestirem de policiais. O que é muito sério, mas não é uma acusação de assassinato.

Corvo terminou sua jogada, depois Daniel conseguiu um oito do jeito mais difícil. Ele bateu no ombro de Whitney, que se levantou e fez um strike, como se sua única preocupação fosse voltar à conversa com a máxima urgência.

— O que eles alegam que estavam fazendo quando revistaram o apartamento de Bobby e a fazenda dos Hilliard?

— Procurando as coisas deles, o que é uma desculpa muito boa.

Tess foi até a estante e suspendeu diversas bolas, avaliando-as da forma como uma dona de casa podia avaliar um repolho. Talvez devesse voltar para a bola vermelha, pensou Tess, depois lembrou que "bola vermelha" era uma gíria para homicídio de alta visibilidade. Em vez da vermelha ela escolheu uma verde-ervilha. Derrubou quatro pinos. A linha quebrada de pinos brancos lembrava uma boca de South Baltimore.

— Mas Rainer interrogou Pitts sobre a pulseira, certo?

— Sim, mas Pitts estava pronto para isso. Disse que Bobby falava dela o tempo todo, portanto ele se apropriou dela como uma história para disfarçar. A pulseira nunca fora sua e nem ele se importava com ela. Ofereceu-se para abrir seus arquivos e mostrar que nunca havia comprado nem vendido nada semelhante.

Dividir a concentração entre a conversa e o jogo parecia funcionar. Ela fez um spare, contra qualquer expectativa, e se sentou na cadeira de Corvo, dando um olhada nos placares deles. Whitney estava fora de alcance, mas ela, Corvo e Daniel estavam quase empatados. Os rapazes não se importavam, mas Tess sim, secretamente. Não importa em que atividade, Tess gostava de ganhar. Ao passo que Whitney partia do princípio de que seria vitoriosa em qualquer iniciativa, uma distinção significativa. Daniel não parecia ter o menor vestígio de competitividade, enquanto para Corvo o jogo em si era secundário, diante do encantamento irrestrito que encontrava em estar no próprio Southway. Ele estava encantado com os detalhes. Tais como a folha de placar, na qual anúncios de estabelecimentos do bairro se gabavam de ter marcas "anunciadas nacionalmente", e uma fotografia de Jerry Lewis, de 1972, pedia ajuda na batalha contra a distrofia muscular.

No entanto, todas essas delícias empalideciam ao lado de um cupom de uma pizzaria que alegava satisfazer "os famintos felizes". Ele rasgou o pedaço da página com o anúncio e guardou-o na carteira de dinheiro.

— Daria um título legal — disse ele a Tess — se eu ainda estivesse escrevendo canções.

— Por que você parou de escrever canções? — perguntou ela, curiosa, lembrando as canções engraçadas e bobas que ele compunha de momento, na época em que se conheceram.

— Estou apaixonado, tenho emprego e meu cachorro não morreu — disse ele. — Não tenho nada sobre que cantar.

Whitney ainda não tinha acabado.

— E Cecilia? Você perguntou a ela por que foi se encontrar com Yeager?

— Ela nunca retornou meus telefonemas — disse Tess tristemente. — Imagino que eu tenha me transformado em um "eles".

— *Eles*? — perguntou Daniel, intrigado.

— Só mais uma dos muitos na vasta conspiração contra ela e suas causas. Ela parece ter se esquecido de que eu a avisei para não ir ao programa de Yeager. Mas Charlotte conversou com Corvo quando ela telefonou para saber como Miata estava. Disse que Cecilia está muito abalada. O que é bom. Ela deveria estar. Ela viu alguém ser morto.

Os olhos de Daniel estavam arregalados, como se ele não pudesse acreditar no quanto era perigosa a turma com quem estava andando. Corvo continuou a olhar totalmente hipnotizado a foto antiga de Jerry Lewis. Whitney teve um lapso momentâneo e só conseguiu derrubar nove pinos na tentativa seguinte.

— Acho que a bola está viciada — comentou.

Tess ficou na fila, tentando novamente o truque do terapeuta. Mas não sentiu alegria em arremessar a bola no pino americano, nenhum alívio quando ele atingiu o pino principal e fez sair rodando todos os outros nove, seu primeiro strike da noite. Até que soubesse quem era seus inimigos, ela não se alegraria em derrubá-los.

Baltimore era muito bonita na neve, talvez porque todo mundo estivesse dentro de casa. E essa tempestade, que havia enganado os meteorologistas, era como um presente, porque estava sendo muito mais inofensiva que o previsto. A frente fria havia se esgueirado pela costa acima e depois permaneceu sobre a cidade, como se tivesse gostado do que vira ali. Mas a neve caía lânguida, acumulando-se lentamente.

Eles disseram boa-noite a Whitney, que gostava de dirigir sua Suburban na neve só para mostrar que podia, às vezes resgatando moradores desorientados que tinham saído da estrada em pânico. Daniel seguiu Tess e Corvo até Midtown, e eles guardaram os carros no estacionamento da Universidade de Baltimore, indiferentes ao fato de que poderiam ficar presos durante a noite. Pelo menos não teriam que desenterrá-los de manhã, depois que as máquinas de limpar neve tivessem passado. Saíram andando pela área, procurando um restaurante aberto, e finalmente encontraram algumas almas teimosas no Owl Bar, do Hotel Belvedere. A cozinha não estava exatamente fechada, nem tampouco aberta. Pediram uma garrafa de vinho tinto e comeram batata chips sabor gorgonzola, seguida de sanduíches e cogumelos na torrada de pão integral.

— F. Scott Fitzgerald costumava vir aqui — comentou Daniel de repente. O rosto de Corvo se iluminou enquanto ele dava uma segunda olhada no recinto de teto alto, com seus painéis escuros, janelas de vitral e corujas entalhadas em madeira atrás do bar. As corujas também estavam representadas num tríptico de vitral.

— Eu sabia que ele havia trabalhado no texto de *Suave é a noite* em Bolton Hill, na rua ao lado do meu apartamento, mas nunca pensei sobre ele no Owl Bar — disse Corvo. — Você acha que ele trazia as páginas para cá, que talvez escrevesse enquanto tomava um drinque ou dois, ou 12? Ele podia ter ocupado exatamente esta mesa.

Tess tinha dúvidas, a sólida mesa era provavelmente mais nova que Corvo, mas deixou ficar de pé a afirmativa fantasiosa. Daniel também não contestou. Afinal de contas, Fitzgerald *havia* estado naquele recinto, *havia* olhado para as corujas do vitral. Sempre tinha a impressão que ao conjunto faltava uma, já que a lenda por trás das corujas que piscavam o olho era evidentemente uma quadrinha incompleta:

Uma sábia coruja pousou numa árvore,
Quanto mais ela via, menos dizia,
Quanto menos dizia, mais ouvia...

Ninguém, nem mesmo Daniel, sabia qual era o último verso, embora todos tivessem palpites.

A capacidade de ouvir, ou a ausência desta, levou os pensamentos de Tess em direção a Cecilia. Tess tinha esperança de que Cecilia a estivesse evitando por se sentir humilhada, e não culpada. Era perturbador ver uma pessoa morrer. Tess era uma das poucas pessoas que Cecilia sabia que passara por esse tipo de experiência. A palavra soberba se acendeu em sua mente, um anúncio luminoso que piscou e depois se acendeu com plena força.

— Você está rindo de quê? — perguntou Corvo.

— De mim mesma. Acabo de me apanhar em pleno ato de idiotice. Eu estava pensando que era uma das poucas pessoas conhecidas de Cecilia que tinha visto um homem morrer. Mas como ativista da comunidade gay ela já viu muito mais gente morrer do que eu verei algum dia. Mortes lentas, mortes anunciadas, mas, de toda maneira, mortes. Ninguém é dono da morte. Você está pronto para irmos embora? É uma longa caminhada, principalmente nessas ruas escorregadias.

— "Walking in a winter wonderland" — cantarolou Corvo. — Como é o trecho seguinte? Alguma coisa sobre fazer um boneco de neve e chamá-lo de reverendo Brown...

— *Pastor* Brown. Ele vai perguntar se somos casados e nós diremos: não, cara, mas estamos morando juntos e fazendo muito sexo, e se você não derreter vai até ver, na próxima vez que vier à cidade — cantarolou Tess. Daniel ficou vermelho, enfiou-se no casaco, disse adeus e foi embora, rumando para o leste, à procura de um táxi, enquanto eles caminhavam para oeste.

Mesmo sem um eclesiástico boneco de neve, a caminhada de volta a Bolton Hill lembrou muito o que Tess teria considerado uma sequência melosa de dois apaixonados num filme. Mas o que representava sentimentalismo na arte podia ser delicioso na vida real, e ela curtiu cada minuto daqueles escorregões. Estavam a meio quarteirão do apartamento de Corvo, rindo daquele jeito histérico e intermitente que se alimenta sozinho, quando ele avisou que precisavam de provisões para o dia seguinte. Parou em frente a uma mercearia de esquina que parecia estar aberta e examinou as vitrines para ver se tinham sido esvaziadas por neuróticos habitantes da cidade.

— Provavelmente o leite e o pão já acabaram, mas podemos conseguir creme para o café da manhã — disse Corvo. — E vou pegar um bolo Entemann, também. Você está de acordo?

— Claro.

— Você não vem?

— Estou mais segura aqui fora do que lá dentro: nos últimos seis meses essa loja foi roubada três vezes.

Corvo olhou-a carrancudo, mas não tinha talento para isso. Entrou na loja andando de costas, tentando ficar de olho nela enquanto fazia as compras.

Tess ficou de pé no círculo de luz projetado por uma lâmpada de rua, depois virou o rosto para o céu e riu, pegando com a língua alguns flocos de neve. A cidade estava muito pacífica essa noite, com as pessoas fechadas em suas casas por causa da tempestade, resignadas à sua incapacidade de lidar com qualquer nevasca que ultrapassasse 5 centímetros. A neve teria desaparecido no dia seguinte, e todos voltariam a suas vidas normais, encabulados pelo fato de terem se encolhido diante de uma ameaça tão pequena. Mas hoje à noite era como se o tempo tivesse parado. Ela havia esquecido os próprios problemas. Seu único desejo era ir para casa, tirar as cadelas da cama e se aquecer.

A Entemann's era uma boa panificadora; eles faziam um bolo de café delicioso. E se podia comer bolo, consequentemente também podia comer biscoitos. Para o café da manhã, os biscoitos precisavam ser da Pepperidge Farm, de preferência o Lido, embora lhe houvesse agradado um Mint Milano. Qualquer porto servia numa tempestade. Qualquer tipo de Pepperidge servia. Rindo de si mesma, ela se voltou para entrar na loja à procura de Corvo, mas se viu subitamente de joelhos, com uma dor lancinante no pescoço, onde a mão de alguém — ela achava que fosse isso, esperava que fosse isso — a golpeara com força suficiente para causar um traumatismo na coluna cervical.

— Sua vaca!

A voz tinha partido de algum ponto atrás ou acima dela. Talvez dos dois. Tess não conseguia se orientar. Não estava usando luvas — quando as havia tirado? Em algum momento as vestiu? —, portanto as palmas das mãos se encolheram como reflexo enquanto ela se agarrava na neve, e enquanto ela tentava se levantar, seus pés pareciam correr sem sair do lugar. Um pé — sim, dessa vez um pé, decididamente um pé, com o peso da borracha e do couro de uma botina amarrada de caçador, que lhe deu um estranho alívio ser capaz de identificar — aterrissou-lhe na coluna lombar, achatando-lhe o corpo contra o solo.

A voz continuava a fulminá-la, tão áspera quanto as correntes a girar nos pneus dos carros em Mount Vernon, que davam a impressão de muito distantes. Ela precisava chegar lá ou entrar na loja. Precisava ir para um lugar onde houvesse gente.

— Por que você meteu meu nome nisso? — Uma voz altercava com ela. — Por sua causa, sua vagabunda, eu já perdi dinheiro, e agora os policiais estão na minha porta, me ameaçando. Eu... não... preciso... disso.

Cada palavra da última frase era acompanhada de uma patada, começando na parte de trás da coxa e subindo em direção ao cóccix. Mas na palavra *disso*, o pé errou o alvo e o golpe foi parar à direita do objetivo desejado. Tess esperou, supondo que o próximo golpe fosse atingir o alvo, indagando se as costas de alguém podiam ser quebradas dessa forma. Sentiu-se estranhamente resignada, numa inércia que era efeito colateral do vinho e da dor.

Mas o golpe não veio, só vieram berros, de timbre mais grave que o anterior. Ela viu uma caixa de creme passar quicando ao seu lado e depois explodir, desperdiçando sua cor branca na neve. Não tardou a ter companhia na calçada, um corpo longo e robusto derrubado pelos golpes de Corvo e do atendente da loja de conveniência, vestido com guarda-pó.

— Você está bem? — perguntou Corvo ansioso, esfregando suas mãos entre as dela, tentando aquecê-la. Ela podia ter 7 anos de novo, quando estava entrando no porão depois de um dia inteiro andando de trenó em Suicide Hill. Já havia se esquecido da sensação na pele depois que a gente ficava exposta ao frio e à neve, como se esta estivesse em fogo, a queimação na carne.

— Claro que sim — respondeu, mas só por não querer desagradá-lo. Estranho ela quase sentir pena da outra pessoa, ainda que fosse sua atacante, aquela de quem ninguém estava cuidando. O atendente sentou-se, apoiando as costas largas e ficou empoleirado ali, parecendo absurdamente pequeno, um duende adestrador de cavalo chucro, que podia ser derrubado a qualquer momento. Mas o corpo embaixo dele não ofereceu resistência, só afastou o cabelo para longe do rosto e suspirou, derrotado.

— Olá, Gretchen, como vai? — disse Tess, ainda se sentindo solidária.

— *Vai se foder.*

Tess imaginou que isso significava que ela estava bem.

Capítulo 25

— Eu sabia que não ia conseguir nada, mas bater em você me deu uma ótima sensação. Eu estava te devendo isso.

A maior parte das vítimas de agressão não convida o agressor para ir a sua casa tomar chá e conhaque, e menos ainda a partilhar do bolo de café que deveria ser o café da manhã do dia seguinte. Mas Tess, apesar do tinido nos ouvidos e da desorientação trazida pelo ataque traiçoeiro de Gretchen, havia conseguido pensar com rapidez suficiente para oferecer um acordo: se a outra falasse agora, ela não registraria queixa depois.

— Eu não fiz nada a você — disse Tess, entregando a Gretchen uma caneca de chá, que esta colocou no piso, desinteressada, e uma taça de conhaque, que ela engoliu de um trago.

— Por duas vezes você quase custou minha licença.

Gretchen apelava para Corvo, como se ele fosse o juiz de um painel neutro composto por ele, Esskay e Miata. Os três estavam solenemente empoleirados no sofá-cama, enquanto Gretchen se sentava na cadeira confortável do cômodo. Tess estava sentada no chão, de pernas cruzadas, diante de um aquecedor elétrico, aquecendo as costas e massageando os músculos doloridos do pescoço.

— Como Tess fez isso? — perguntou Corvo.

— Primeiro, ela me entregou ao Pitts quando contou a ele que eu não vi a visitação porque me confundi com as datas. E depois, no minuto em que foi chamada pelos policiais, ela foi logo botando meu nome na jogada. A polícia de Baltimore e eu não estamos exatamente muito bem. Para mim é melhor quando eles esquecem que eu estou na área.

— Por que será?

Tess estava curiosa para ouvir se a resposta dela combinava com o que Rainer havia lhe contado.

— Eu e eles temos uma... história.

Na boca de outra pessoa aquilo poderia ter soado como um eufemismo. Mas havia em Gretchen alguma coisa crua e sem filtro naquela noite. Ela parecia estar falando com cautela, fazendo o possível para encontrar a verdade, tateando nesse rumo.

— Serei honesta se você também for — prometeu Tess. — A primeira vez, com Pitts, não era meu objetivo botar você em apuros, mas aquilo não me fez perder o sono. Você invadiu meu escritório, me ofendeu e não me disse por que motivo tinha ido lá. Então, sim, eu me senti bem em contar ao Pitts que você tinha pisado na bola. Não me ocorreu que você tivesse mentido para ele sobre essa questão, que tivesse tentado ganhar dinheiro sob circunstâncias falsas.

Através da taça de conhaque, Gretchen observou Esskay e percebeu como, às vezes, ela olhava para o prato de comida, como se seus poderes de concentração pudessem trazer de volta o alimento. Corvo se aproximou e encheu a taça dela.

— Eu estava tentando me emparelhar com você. Por isso fui a seu escritório e usei de astúcia para entrar no apartamento de Bobby Hilliard. Imaginei que de toda forma ninguém soubesse muita coisa. E por causa do tiro eu não teria conseguido seguir o cara, ainda que eu estivesse lá. Se eu *tivesse estado* lá, teria saído correndo, pois Pitts com certeza não ia querer que eu falasse com a polícia.

— Imagino que Pitts tenha visto a coisa de outro modo.

— Sim, ele me pegou direitinho. Disse que se eu contasse a respeito dele, ele reclamaria com a divisão de licenciamento do estado, diria a eles que eu tomei seu dinheiro sob falso pretexto. Achei que ele me obrigaria a fazer mais algum trabalho de graça, mas não, só queria garantir que eu soubesse que ele poderia me ferrar, até se eu dissesse o nome dele em voz alta.

— Se isso servir de consolo, saiba que ele me procurou pelo mesmo motivo. Temos que reconhecer que Pitts fez tudo direitinho, sabia que nós duas éramos vulneráveis.

— Como você imagina que ele soube? — Ela estava perplexa. — Não podia saber antecipadamente que eu ia pisar na bola.

— Mas podia conhecer a história verdadeira do motivo pelo qual você saiu da polícia.

Tess colocou uma levíssima ênfase na palavra *verdadeira*, para Gretchen não deixar de percebê-la. Ela não deixou, e seu rosto se escureceu com uma raiva súbita e intimidante que fez os músculos do pescoço de Tess se contraírem.

— Rainer me contou — esclareceu. — Quando conversei com ele, eu não estava tentando colocar você em apuros; estava só repassando a lista de todos que, segundo se sabia, haviam estado no apartamento de Bobby Hilliard depois da morte dele. Quando mencionei seu nome, Rainer saltou como um gato salta sobre um rato.

— Rainer — disse Gretchen em voz monótona. — Aquele veado.

— Pois é.

— Pensando bem, isso é engraçado — disse Corvo em voz alta.

— O que é engraçado? — perguntaram as duas em coro.

— Usar *veado* como insulto. Quer dizer, e daí? Você pode ser ou não, mas, claro, o nome é mais pejorativo se for dito por alguém homofóbico. O Rainer eu acho que é homofóbico, mas por que vocês consideram este um xingamento adequado? E *bundão*? Todo mundo tem bunda, logo, o que significa xingar alguém com essa palavra? Claro que é grosseria, mas não vale a pena brigar por isso. Por outro lado, xingar de *filho da puta* eu entendo, mas nunca se usa em casos em que poderia ser verdadeiro.

Gretchen olhou para Tess:

— Ele usa drogas?

— Não, mas o nível de serotonina passou do normal. Olha, eu concordo com você; Rainer é um merda — ela deu um olhar de advertência ao Corvo, desinteressada de vê-lo desconstruir esse palavrão específico —, mas ele diz que você era uma ladra. Você roubou dos outros policiais? Foi forçada a se demitir?

— Servi de bode expiatório. — Gretchen ficou rígida, como se fosse obrigada a colocar sob controle cada músculo enquanto relatava a história. — Andavam sumindo coisas, logo alguém também tinha de desaparecer, e não podia ser o verdadeiro culpado. Havia um sargento, um bom sujeito, um cara popular, uma longa história na corporação. E uma longa história de problemas, relacionada com alcoolismo. A mulher dava a ele só uma mesada; ele tinha que prestar contas de cada centavo. Daí ele começou a roubar para ter o dinheiro da bebida. Porque era uma boa pessoa, e coisa e tal, foram falar com ele, e o cara disse: "Bom, não tenho certeza, mas vi a O'Brien mexendo nas coisas dos outros." Eu fui demitida, ele andou sóbrio por um tempo, e os roubos pararam. Ele se sentiu mal, mas não o suficiente para dizer a verdade.

— Custo a acreditar que ninguém mais soubesse disso — disse Tess. Com isso queria dizer: esse papo é enrolação.

— Ah, os chefes sacaram tudo. Mataram a charada mais tarde, quando ele foi apanhado roubando numa loja de bebidas do bairro dele. Mas eu tinha negociado um acordo concordando em deixar o caso de lado se eu pudesse receber uma parte da minha pensão e em nunca abrir processo contra a polícia. Eu assinei os papéis, então já se vê que não posso fazer nada. Mas não posso reclamar muito: usei o dinheiro da pensão para montar meu negócio e ganho o triplo do que ganhava na polícia, mesmo sem fazer serão.

A história era quase plausível, e absolutamente impossível de conferir — nenhum nome, nenhum dado específico. Tess não queria colocá-la na defensiva, não em relação a isso.

— Então você se sentiu bem em me espionar e me atacar pelas costas? Estou morando aqui por acaso, porque estou preocupada com um psicopata alucinado que talvez queira me matar. Hoje à noite, por um instante, eu achei que tinha chegado minha hora.

Ela sabia que estava sendo excessivamente melodramática, mas Gretchen parecia chocada e era justamente isso que Tess queria ver, a reação da outra.

— Você achou que eu estivesse tentando matá-la? Nunca pensei nisso. Eu só... eu só queria confrontar você.

— Confrontar atacando por trás?

— Eu tinha passado horas esperando aqui sentada no carro, planejando conversar com você. Nada mais. Mas quando ele a deixou sozinha na rua — ela indicou Corvo com um aceno de cabeça —, derrubar você foi uma espécie de inspiração de último minuto. Eu estava furiosa depois que o Rainer veio me visitar ontem. Na noite passada, eu segui você até em casa, para ver onde morava, e anotei seu endereço. — Gretchen fez uma pausa. — Você deveria ter percebido que estava sendo seguida. Principalmente se anda tão preocupada com sua segurança neste momento. Quer dizer, eu sou profissional, mas você também. Supostamente.

Gretchen tinha razão, e agora quem estava na defensiva era Tess.

— Então você andou me seguindo? Você deixa rosas e conhaque para mim? Escreve poemas?

A expressão de Gretchen foi mais convincente que qualquer discurso inflamado que ela pudesse ter feito em defesa própria. Evidentemente, ela não tinha noção do que Tess estava falando. Tentando estabilizar as mãos subitamente trêmulas, Tess tomou um gole de conhaque, que Corvo devia estar guardando desde alguma festa de estudantes, de seus tempos da escola de arte. Era ao mesmo tempo doce demais e acre demais, deixando-a com saudade do Martell que entregara a Rainer. Ela se perguntava se algum dia o receberia de volta. Bem, provavelmente receberia a *garrafa* de volta.

Gretchen disse:

— Pelo jeito a gente volta e meia tem essa conversa, mas... você vai registrar queixa?

— Talvez isso não tivesse surgido se você não tivesse invadido meu escritório e tentado me encher de pancada. Mas, não, eu prometi não registrar e não vou fazer isso.

— Bem, tem gente que não cumpre o prometido — disse Gretchen. — Pitts prometeu que eu ganharia fama se fizesse esse trabalho.

— Má fama, talvez. Ninguém ficaria a favor de alguém que desmascarasse o Visitante.

— Agora eu entendo isso. Mas ele foi persuasivo, e estava disposto a pagar o triplo do meu preço normal.

Tess não poderia condenar Gretchen por ser gananciosa. No dia certo, no momento errado, a quantia certa poderia recalibrar a bússola moral de qualquer um. Com a casa sugando cada centavo de sua conta bancária — a casa da qual ela agora estava exilada, sem previsão de data de retorno —, ela poderia ter pegado o trabalho repugnante. Não aquele, mas algum outro, algum trabalho que Gretchen talvez considerasse pouco escrupuloso, por alguma razão. Ela não deveria ser julgada, não por causa disso. Para Tess, a visita ao túmulo de Poe era preciosa, mas isso não significava que devesse ter importância para Gretchen.

— O que Pitts desejava, exatamente? Quer dizer, além de que você testemunhasse a visita?

— Que eu fosse até o túmulo, seguisse o sujeito até a casa dele. Que anotasse a placa do carro, se ele estivesse motorizado. Caso fosse para uma residência particular, eu devia ficar ali a noite toda e na manhã seguinte continuar a segui-lo, para o caso de estar usando a casa de um amigo para pernoitar. Pitts queria que eu ficasse com o Visitante pelo máximo de tempo possível e anotasse todos os lugares aonde ele fosse.

— Mas você perdeu a visita...

— Porque a data gravada no monumento está errada — assinalou Gretchen, ainda irritada pela rasteira que tinha levado de uma coisa literalmente gravada na pedra.

— Tudo bem, está devidamente registrado. Então, como foi que você ficou sabendo a meu respeito?

— Eu ainda tenho alguns amigos na polícia, gente que sabia que eu tinha sido injustiçada. Eles me deram a lista de testemunhas. Com a maioria delas eu consegui fazer contato pelo telefone, repetir a entrevista para ver se elas tinham alguma informação, coisa que não tinham. Mas com você, que era detetive particular, imaginei que veria claramente qualquer jogada que eu tentasse fazer. Além disso, queria saber para quem você estava trabalhando. Não me ocorreu que você estivesse ali como turista. O que eu faço, seja o que for, certo ou errado, eu não faço de graça.

Tess deixou passar o insulto.

— E o que você achou que encontraria no apartamento de Bobby Hilliard?

— Alguma coisa que pudesse me ajudar a enrolar Pitts por mais um tempo, até eu conseguir localizar o Visitante e receber o restante do dinheiro devido por Pitts. Mesmo com o tiro e tudo, ele ficou muito zangado por eu não ter seguido o cara. Como se eu tivesse culpa disso.

A voz de Gretchen era sincera e jocosamente ofendida.

— Você não fez o que foi contratada para fazer — lembrou Corvo, em sua voz mais amável, que Tess achava parecida com a da Branca de Neve chamando os passarinhos para comerem em sua mão. — Na verdade, ele não deve nada a você.

— Eu investi algum tempo. Eu tinha direito. — Ela não conseguiu sustentar a própria defesa. — Mas você tem razão. Acho que estava contando com ser capaz de dar a volta por cima. Considerei o tiro uma segunda chance para mim. Tive um bom motivo para fracassar, mas se conseguisse cumprir a obrigação depois do fato, não seria assim tão crítico.

— Que motivo Pitts forneceu para querer desmascarar o Visitante?

— Disse que o cara que representava o Visitante era alguém que o enganou, e ele queria responsabilizá-lo por isso, usar esse fato para forçar o sujeito a fazer plena restituição.

— Por causa de uma pulseira, não foi?

— Não, ele disse que tinha sido um acidente de automóvel, e que a seguradora do causador havia protestado contra uma ação judicial da mãe de Pitts, depois de uma colisão leve que a deixou com problemas de coluna. Alegou que era a única forma de poder pagar as despesas médicas da mãe.

Logo, depois do insucesso com Tess, Pitts havia aprendido a personalizar a história, escalando-a para uma saga comovente de sofrimento humano, em vez de uma bijuteria fajuta. Decididamente, era um homem de pensamento ágil.

— Gretchen, você já pensou que nós podemos ter mais em comum do que queremos admitir?

— Eu não pareço com você — devolveu ela, como se alguém tivesse também mencionado para ela a semelhança.

— Eu estava pensando nos inimigos que temos em comum: Pitts, Rainer. Se a gente se juntasse, talvez conseguisse acertar algumas contas.

— O que você quer dizer?

— Você acha que em algum momento Pitts contou a verdade a alguém? A você, a mim, à polícia?

— Não.

— Ele está procurando alguma coisa. Talvez seja uma pulseira, talvez seja um aparelho de jantar dos anos 1950, talvez seja a porra do Santo Graal. Seja o que for, é importante para ele. E também para Ensor, embora ele também possa estar sendo enganado por Pitts, persuadido a bancar o policial com ele, se achasse que isso poderia levar a encontrar seus objetos. Ele também pode não saber qual era a verdadeira presa. Você disse que é boa em espionar?

— Sou a melhor — disse ela, sem hesitar.

— Ótimo, vai ter chance de provar isso. Nós vamos ficar vigiando Pitts 24 horas por dia; vamos fazer turnos para segui-lo.

— Ele conhece nossa aparência...

— É para isso que existem perucas e chapéus.

— E nossos carros...

— Eu consigo preço especial na locadora Budget Rent-a-Car da Howard Street em troca de um trabalho que fiz para eles. E você?

— A Avis da Towson Street. Mas quem vai nos pagar? Como eu já disse, não trabalho de graça.

Engraçado como são sempre as verdadeiras putas que se sentem superiores a quem faz coisas por amor ou por honra.

— Eu tenho um cliente, os Hilliard. Se isso render resultados, eu racho a remuneração com você.

— Metade da sua remuneração não vale meu tempo integral — contestou Gretchen. E ela nem sabia que a metade que lhe tocava seria 50 centavos.

— Na pior hipótese, aposto que vamos apurar alguma coisa sobre Pitts, e podemos ameaçar extorqui-lo como ele nos ameaçou. Um homem que mente tanto quanto ele tem que ter algum segredo, você não acha?

— Ah, sim, com certeza — disse Gretchen, e seu rosto se iluminou.

Tess encontrou a garrafa de conhaque e despejou o restante nas taças delas, raciocinando que estava se poupando de tomá-lo em alguma ocasião futura, quando suas papilas gustativas estivessem mais aguçadas e mais discriminativas. Corvo estava cabeceando entre as duas cadelas, portanto as duas mulheres não brindaram tocando os copos; limitaram-se a levantá-los, cautelosas, uma parceria nascida na necessidade. Estudaram-se mutuamente por cima da borda dos copos.

Realmente, nós não somos nem um pouco parecidas, pensou Tess.

Capítulo 26

Quando o telefone tocou no apartamento de Corvo às 4 horas da manhã, cinco dias depois, o som veio como uma espécie de trégua de um mundo onírico cada vez mais escuro e assustador. Desde o assassinato de Yeager, toda noite Tess vinha percorrendo delegacias tenebrosas. Não conseguia se lembrar muito bem do que acontecera enquanto dormia, só que toda manhã acordava se sentindo inquieta e com uma ressaca de medo.

— Gretchen? — cochichou Tess, com a boca apertada contra o antiquado fone preto, muito mais resistente e sólido que os telefones modernos. Só mesmo Corvo para ter um telefone de disco, com um mecanismo tão apertado que um débil dedo indicador habituado a teclar mal conseguia dar conta da tarefa. — Eu sei que disse que sou madrugadora, mas qualquer coisa antes do raiar do dia é um pouco radical.

— Você vai querer ver isto — disse Gretchen baixinho. — Se eu entrasse sozinha, mais tarde você ia ficar furiosa. Sei como você pensa. Além disso, não consigo entrar sem você.

— Entrar onde?

— Estou no Martin Luther King Boulevard, depois do B&O Railroad Museum, numa rua lateral ao sul da Pratt.

Vestindo-se às pressas, Tess recomendou ao namorado que voltasse a dormir, ainda que ele contestasse sonolento que deveria acompanhá-la a toda parte. Ela recordou que Gretchen e sua pistola Glock a aguardavam, e ele a deixou sair sozinha pela noite.

O endereço fornecido por Gretchen era em Southwest Baltimore, em um bairro conhecido como Pigtown. O lugar era mais bonito do que o nome indicava, coisa que de fato deveria ser. Vencida a sonolência, Tess se dirigiu ao Martin Luther King Boulevard, e percebeu que estava empolgada. O telefonema de Gretchen encerrava a promessa de que finalmente alguma coisa estava acontecendo.

Elas já tinham passado quase uma semana seguindo Pitts, sem pistas concretas. Ele levava a vida que tinha alegado — indo a vendas de espólios, visitando casas particulares, encontrando-se com donos de restaurantes que queriam pratos ou baixelas de estilos retrô. Sábado tinha sido um dia particularmente longo, em que Tess tentara segui-lo por mercados de pulgas e lojas do Exército da Salvação, sem ser vista. Mesmo com óculos escuros e os cabelos enfiados dentro de um gorro de crochê do Corvo, ela não se atrevia a chegar demasiado perto do atilado negociante.

Era mais fácil segui-lo nas ruas, quando ele serpenteava no utilitário vermelho-coral que lembrava a Tess uma barriga inchada, pois passava os dias engolindo e vomitando artigos variados. Pitts era um péssimo motorista, fato pouco surpreendente, ao mesmo tempo indeciso e imprevisível, que cruzava de uma pista para outra, acelerando sem nenhuma razão, capaz de frear subitamente se avistasse uma velha mesa ou uma cômoda deixada num beco para ser recolhida pelo caminhão do lixo. Certa vez, ele quase fez a picape bater num poste de luz em Perry Hall, onde o dono particularmente grosseiro, de uma loja de consignações, anunciava seus artigos assim: VENDEMOS OBJETOS DE GENTE MORTA. Pitts tentou comprar a placa pintada à mão, mas foi repelido.

A Tess parecia que a missão dele na vida era redistribuir os objetos do planeta, comprando de uma pessoa e vendendo para outra. A picape começava vazia e terminava vazia, enquanto Pitts e sua carteira de dinheiro iam ficando cada vez mais gordos. E tudo era perfeitamente legal, até onde Tess conseguira apurar. Quando conferiu os clientes dele, alegando pertencer à força-tarefa contra arrombamentos e roubos do departamento de polícia de Baltimore, todo mundo tinha os devidos documentos e notas fiscais. Eles também tinham elogios efusivos para Pitts, dizendo que ele era honesto e confiável. É claro que cobrava preços altos, mas conhecia o verdadeiro valor dos objetos.

O que Pitts não fez durante a semana era quase igualmente notável: não se encontrou com Ensor, não voltou ao apartamento de Bobby Hilliard. Tess presumiu que ele sabia que estava sendo vigiado, embora não soubesse por quem. Quaisquer que fossem seus defeitos, Pitts estava se revelando um homem paciente, capaz de esperar o momento certo e aguardar o que desejava. Ela se perguntava se ele estaria disposto a esperar até o dia 19 de janeiro do ano seguinte. Imaginava se o Visitante voltaria ao túmulo, agora que o assassino de Bobby Hilliard estava foragido. Por outro lado, se o Visitante fosse o assassino de Bobby Hilliard... mas a mente dela continuava a rejeitar essa possibilidade. Na festa do Visitante, Bobby tinha sido o penetra, e não o contrário. O Visitante tinha sido uma testemunha inconsciente e involuntária.

Ela estacionou o Sunbird cinzento atrás do Taurus branco de Gretchen. Carros de aluguel eram uma beleza — não só impossíveis de detectar, mas também impossíveis de lembrar, absolutamente genéricos. Parecia que esse ramo tinha sido criado para detetives particulares.

— Ele está aí? — perguntou Tess num sussurro, sentando-se no banco do carona. Não tinha visto o carro de Pitts em lugar algum da rua, e tal como seu proprietário, o veículo era difícil de passar despercebido, tão grande quanto o seu dono era pequeno, a pintura mortiça e embaçada.

— Não, eu o deixei fugir.

— Gretchen...

— Olha, eu passei a semana inteira fazendo plantão de 6 da tarde às 6 da manhã, e não podia ser mais monótono. Você pegou todo o movimento.

— Eu não chamaria isso de movimentado — disse Tess. — Embora eu tivesse adquirido um pouco de conhecimento sobre Louças Fiesta, jadeíta e uma coisa chamada vidro de urânio, que brilha como se tivesse sido exposto à radiação. Também encontrei uma travessa para nachos, com quatro pratinhos batizados em homenagem aos estados das quatro fronteiras, que se encaixam numa bandeja maior. Custou só 15 dólares. Você bota o molho e o queijo em Utah e Arizona...

— Ora, enquanto você comprava quinquilharias eu passei a maior parte das noites sentada num carro parado na rua, observando uma casa às escuras. Mas hoje, pouco antes das 11 da noite, ele saiu de casa, entrou no carro e veio direto para cá. Passou a maior parte da noite lá dentro e sozinho, até onde pude ver. Segui-o de volta para casa, onde imagino que tenha se metido na cama para dormir. Então voltei aqui e telefonei para você. Não vamos ter uma ocasião melhor para fazer isso. A porta tem uma fechadura padrão e um ferrolho de segurança. Impossível de arrombar, pelo menos para mim.

A mente de Tess estava paralisada pelo fato de que Pitts, naquele momento, não estava sob vigilância. Pelo que Gretchen sabia, ele poderia tê-la detectado e recorrido a essa manobra para poder fazer outra coisa hoje de manhã, enquanto as duas ficavam sentadas diante de um imóvel vazio e irrelevante.

— Você poderia ter voltado aqui depois que eu tivesse começado meu plantão.

— Essa operação vai precisar das duas. E é melhor fazer isso agora, quando sabemos que ele já veio aqui e foi embora, concorda? Caramba, Tess, já está na hora de uma pequena invasão de domicílio.

Tess estudou o imóvel. Dizer que era indefinível seria elogio. Uma casa atarracada, de parede-meia e largura dupla, de tijolos desmantelados, com uma pesada porta de metal e sem janelas no andar térreo. No segundo e terceiro andares, havia três janelas com as vidraças pintadas, portanto, tão escuras quanto os tijolos antigos.

— Não consigo chegar àquelas janelas. São altas demais.

— Nos fundos há uma janelinha menor, a meio caminho entre os dois andares. Acho que talvez seja de um banheiro. Pintada, como as outras, mas não é tão alta. Eu poderia ajudar você a entrar.

— Por que sou eu quem vai entrar?

Gretchen ergueu as sobrancelhas.

— Achei que você gostasse de cortar vidro. Outro dia, quando eu disse que deveríamos revistar a casa de Pitts quando ele estivesse fora, você estava me contando de sua eficiência no manejo do cortador de vidro.

Tess não se lembrava de ter se gabado de suas capacidades, mas preferia cortar vidro a arrombar fechadura. Com um suspiro, ela foi até o carro alugado, onde havia guardado as ferramentas durante esse período em que estavam montando guarda, e caminhou ao lado de Gretchen até os fundos da velha casa. O quarteirão parecia deserto. As outras casas tinham janelas e portas vedadas com madeira, além de cartazes de papel que alertavam contra a tentativa de invasão — o que não significava que estivessem desocupadas, muito pelo contrário. Tess não conseguia afastar a sensação de que alguém as estava observando, mas disse para si mesma que provavelmente era algum viciado, desperto àquela hora. Se ela e Gretchen conseguissem entrar nessa pequena fortaleza, os homens do bairro rapidamente iriam vir atrás, colhendo os objetos de metal do interior.

Elas foram obrigadas a dar a volta no quarteirão para entrar na viela coberta de lixo, onde passeavam os ratos, plácidos e serenos, como ovelhas numa campina. Quando Gretchen tinha falado em dar a ela um empurrãozinho, Tess imaginara que ela faria um suporte com as mãos e lhe permitiria galgar a janela. Mas Gretchen se agachou, indicando que ela subisse em seus ombros.

— Mas você não vai conseguir me segurar desse jeito — argumentou Tess. — Vou cair e quebrar o pescoço.

— Eu consigo, sim, sou forte. É só você tirar as botas. Eu fazia isso com minha irmã caçula, brincando de circo.

O fato de Gretchen ter uma irmã — o fato de que a sisuda Gretchen algum dia tivesse feito alguma coisa que lembrasse brincadeira — era o único detalhe pessoal que ela havia adiantado até hoje. Tess resolveu confiar nela. Apoiando as palmas das mãos contra a parede, colocou um pé calçado de meia, depois o outro, nas largas depressões entre o pescoço e os ombros da outra. Então, para sua surpresa, encontrou-se lá em cima, e Gretchen a erguia até a janela — não com facilidade, mas de forma estável — sem muita oscilação. Tess se considerava forte, mas Gretchen obviamente estava malhando mais os músculos superiores.

— Será que nós temos tanta sorte assim? — gritou Tess. Sua voz era tão alta que ecoou na rua silenciosa, mas sussurrar parecia ridículo.

— O que foi?

— Essa janela, a certa altura, ficou grudada por causa da tinta, e alguém deve ter contado com isso para mantê-la fechada, porque não está trancada. Mas a madeira está tão podre de anos de umidade que eu acho que consigo abri-la sem cortar o vidro.

Ela bateu com um punho fechado em torno da moldura e depois começou a empurrar com toda a força o caixilho de baixo. Esquecendo que os ombros de Gretchen eram só o que a separava do chão, tentou usar o próprio peso colocando para a frente a perna direita. Por um momento as duas oscilaram alucinadamente — sim, isso daria um sensacional número circense —, mas Gretchen segurou firmemente nos tornozelos de Tess e conseguiu recuperar o equilíbrio.

Tess empurrou de novo, e a janela se moveu para cima uns 45 centímetros. O suficiente, segundo ela avaliou, para lhe permitir entrar. Tess agarrou-se ao beiral e puxou a parte superior do corpo, atravessando a abertura. Suas pernas balançaram por um momento, mas ela se apertou contra a parede interna com a mão e deslizou para a frente, dando graças pelo casaco e pelas luvas que a protegeram da madeira esponjosa e cheia de farpas sob a barriga.

— Epa! Espere aí — disse Gretchen, como se preocupada por ter sido deixada para trás.

Tess colocou a cabeça para fora.

— Jogue para mim uma das lanternas, que eu vou descer para ver se consigo destrancar a porta da frente. E traga minhas botas e minha bolsa, está bem?

Encontrava-se no patamar de uma escada traseira. Desceu cautelosamente os degraus, tomando cuidado para observar onde pousava os pés descalços. Mas o velho imóvel, mesmo sem estar particularmente limpo, era arrumado. Não havia entulho na escada, nem excrementos de animais ou humanos, e a cozinha em que entrou ainda tinha suas antigas louças e ferragens. Os ladrões de metal ainda não tinham entrado ali. Encontrando um corredor estreito, seguiu por ele até a frente. A porta de metal tinha um ferrolho de segurança, exatamente como anunciado por Gretchen, mas Pitts fizera a gentileza de deixar a chave pendurada. Tess adorava a burrice das pessoas quando isso resultava em seu benefício.

— Você viu alguma coisa? — perguntou Gretchen. Jogando para Tess as botas e a sacola, ela passou correndo a seu lado, como se preocupada de que a outra já tivesse revistado o prédio por conta própria.

— Eu vim direto para a porta — esclareceu Tess. — Calma, vamos tirar um minuto para planejar o que faremos aqui. Para começar, vamos descobrir se esse lugar tem eletricidade.

Estavam no corredor do que parecia ter sido uma casa monumental, antes que alguém tivesse bloqueado com tijolos as janelas do andar térreo. Uma ampla escadaria se elevava para os andares de cima, e sobre ela estava pendurado um lustre. O facho de luz da lanterna de Tess encontrou o interruptor, e elas o acenderam. A luz era mortiça, as lâmpadas estavam enfumaçadas pelo tempo e pela poeira, mas era melhor do que se arrastar pelo recinto à luz de uma lanterna. Gretchen começou a andar pelo corredor estreito.

— Eu já estive aí — alertou-a Tess. — Não tem nada, só uma cozinha antiga. Vamos ver o que está por trás dessas portas corrediças.

As portas decoradas com entalhes na madeira eram outro vestígio remanescente dos dias melhores que a casa conhecera. Quando Tess tocou nelas, recusaram-se a se mover, mas depois cederam, rolando para revelar uma sala de estar antiquada.

— Mas que montanha de lixo — disse Gretchen, depois de apertar o interruptor da lâmpada da sala. Esse foi também o primeiro pensamento de Tess. Havia caixas empilhadas quase até o teto, enquanto móveis cobertos de lençóis brancos se erguiam entre elas como se fossem fantasmas. O recinto estava tão abarrotado de coisas que era impossível dar mais que alguns passos dentro dele. No entanto, o cômodo projetava um sentido de ordem, indicando que quem cuidava dele iria saber instantaneamente se alguma coisa fosse mexida.

— Vamos conferir os quartos lá de cima — disse Gretchen, e Tess não viu razão para não segui-la. Mas quando se voltou para fazê-lo, sua bota ficou enganchada em um dos lençóis, arrastando-o de suas amarras e revelando um objeto que ela nunca pensou que veria novamente. Era um farol feito de baquelita, quase da mesma altura que ela, de base pintada com listras verdes e brancas e com uma espécie de instalação de lampião a gás no alto.

— É o farol do jornal *Beacon-Light*!

— O quê?

— A réplica da imagem que aparece no cabeçalho do jornal. Ele costumava ficar num pedestal, acima da redação do jornal na Saratoga Street — explicou Tess, andando ao redor do farol. — Desapareceu na metade da década de 1980, durante a reforma. Um garoto de um antiquário em Fells Point me contou que de vez em quando eles ainda recebem telefonemas sobre ele, mas quase sempre são um alarme falso.

— Quem iria querer isso? — perguntou Gretchen, duvidosa. — É terrivelmente brega e não parece valer muito.

— Poderia valer — disse Tess. — Para a pessoa certa, valeria muito. Eu me pergunto como terá vindo parar aqui.

— As pessoas jogam coisas fora o tempo todo, não é? A cidade passou anos tentando resgatar aquela droga de cachorro da RCA do cara na Virgínia que o comprou e depois o colocou naquele museu maluco. Nunca entendi por que as pessoas se importam tanto com um cachorrão de gesso, só porque um dia o bicho ficou em cima de um edifício diante do qual elas passavam de carro quando eram crianças.

— É um sentimento inofensivo, exceto... Gretchen, vamos ver o que mais encontramos aqui.

Embora muitas caixas estivessem, de fato, cheias de porcelanas, louças e aparelhos de jantar, um segundo tema emergiu rapidamente, enquanto elas trabalhavam febrilmente naquelas horas antes do amanhecer. O tema era "Maryland, my Maryland", na versão cantada por Arnold Pitts. Aqui havia caixas recheadas de mercadorias da National Bohemian, de descansos de copos e placas, todas elas declarando Baltimore a Terra da Vida Aprazível. Ali estavam as camisetas feitas para promover a loteria de Maryland, em seu começo, nos anos 1970, na época em que eram consideradas progressistas as políticas públicas destinadas a engambelar os cidadãos mais pobres do estado a financiar projetos imobiliários para a classe média.

Ali estava um dos tabuleiros originais de Ouija, que tinha sido inventado em Baltimore, fato que Tess havia esquecido. Caixas e caixas de suvenires dos Orioles e dos Colts, inclusive um cofrinho em forma de bola de futebol que Tess sentiu-se tentada a esconder na mochila. Uma carta de Bob Dylan para o departamento de polícia de Baltimore, pedindo detalhes sobre o caso Hattie Carroll, embora ele já tivesse escrito uma canção sobre a história dela. O antiquado traje de banho e o chapéu de palha que o prefeito da época tinha usado para brincar com as focas, quando o Aquário Nacional não ficou pronto no prazo prometido. Finalmente, havia caixas de velhos cartões-postais, que brilhavam com os tons vibrantes de fotos coloridas à mão e mostravam uma Baltimore de um passado remoto, que talvez nunca tenha existido. Certamente Tess nunca tinha conhecido uma Baltimore de tal beleza sombria.

E aqui estava o próprio objeto que Mary Yerkes do Mu-sheum havia cobiçado, um dos troféus de boliche de Toots Barger. Tess o apanhou, lembrando que ele havia sido vendido por um preço tão alto que Mary não pudera pagar, mesmo com sua dotação de 1 milhão de dólares.

Gretchen estava atônita.

— Quanta merda!

— Para a maioria das pessoas, sim — admitiu Tess, ainda segurando o troféu de boliche, revestido de madeira, e que apresentava no topo uma jovem atlética de saia, agachada em perfeita forma enquanto arremessava a bola. — Mas para algumas... para algumas vale mais que dinheiro ou pedras preciosas. Há quem colecione o próprio passado. Até certo ponto, todo mundo faz isso. A pessoa quer as coisas porque já as possuiu um dia ou porque elas lhe fazem lembrar os pratos que a mãe preparava ou o frasco de balas que a avó deixava sobre o aparador.

Tess estava pensando nos próprios objetos: a lata de biscoitos Berger em cima da escrivaninha, o frasco de amendoim da Planter's em que guardava os recibos, o letreiro que dizia "Hora de Cortar o Cabelo", da barbearia de Woodlawn que a tosquiava nos tempos do ensino fundamental. Ela não estava imune ao impulso de preservar o passado de que se lembrava.

— Você nunca vai me ver tentando comprar o tipo de coisas que meus pais possuíam — disse Gretchen com voz de desprezo. — Eu gosto de coisas novas, coisas que funcionam. No meu apartamento inteiro não há nada com mais de cinco anos.

O tabuleiro de Ouija estava na caixa original, e Tess hesitou antes de abri-lo. A embalagem original compunha o valor do objeto tanto quanto o próprio. Mas pedaços amarelados de fita adesiva nas duas extremidades da caixa indicavam que esta tinha sido aberta pelo menos uma vez. Tess pegou o tabuleiro, equilibrou-o no colo, colocou os dedos no — como se chamava mesmo? —

indicador, era isso, e esperou para ver se o outro mundo tinha alguma coisa a declarar. Mas naturalmente ele ficou em silêncio, porque são necessários dois jogadores, e Gretchen não estava jogando.

— Pitts e Ensor declararam à polícia que suas casas tinham sido invadidas e roubadas — disse Tess, olhando para o tabuleiro, com suas conhecidas imagens do solo e da lua e o lúgubre "ADEUS" escrito a estêncil na base. — Estiveram no apartamento de Bobby e na fazenda da família Hilliard à procura das coisas deles. Mas que coisas? Segundo o boletim de ocorrência, os objetos que eles perderam eram eletrodomésticos — televisores, filmadoras, aparelhos de videocassete. O seguro teria pagado os custos de substituição; quem se daria a tamanho incômodo para encontrar objetos que podem ser substituídos?

— Bom, havia a pulseira, você se lembra? Se realmente fosse feita de ouro e esmeraldas, e não importa a quem pertenceu ou quem a usou, então isso deveria valer alguma coisa.

— Sim, provavelmente vale muito para alguém — concordou Tess. — Mas estou começando a achar que a pulseira é só uma das peças.

— Já sei, parte de um conjunto — disse Gretchen impaciente. — Você já me disse isso.

— Não, quero dizer que é uma peça de alguma coisa muito maior, alguma coisa que liga tudo isso.

Lá fora a cidade estava começando a despertar. Agora era constante o ruído do tráfego do Boulevard Martin Luther King, ali perto. As janelas haviam impedido que elas notassem que o sol tinha nascido.

— Pegue a chave daquela porta e faça cópias, para nós podermos deixar a original, sem Pitts perceber, caso ele volte, que alguém esteve aqui. Vou embalar tudo de novo, cuidar para que o ambiente tenha exatamente a mesma aparência que tinha quando nós o descobrimos.

— E depois disso?

Era uma boa pergunta.

— E depois... depois nós vamos descobrir se existem outros membros potenciais para nosso pequeno clube.

— Que clube é esse?

Ela levantou uma das camisetas do estoque da Loteria de Maryland, verde-bandeira com uma insígnia do osso da sorte.

— O clube "Arnold Pitts me fodeu e eu só ganhei essa camiseta cafona".

Capítulo 27

Gretchen O'Brien mandou fazer três cópias da chave na loja de conveniência de Southwest Baltimore, cujo dono ficou surpreendentemente pouco interessado em relação ao pedido, de manhã tão cedo. Uma para Tess, outra para Gretchen e outra que Tess colocou em um envelope e deixou na caixa de correio de determinada casa de dois andares em Bolton Hill, acompanhada apenas de um bilhete batido à máquina revelando o endereço da porta que a chave abriria e indicando o momento certo para usá-la.

Ela deixou um bilhete idêntico — naturalmente sem chave, da qual ele não precisaria — na casa de Arnold Pitts em Stone Hill.

Enquanto se esgueirava até as portas das casas deles, no crepúsculo de inverno, olhando em torno para ter certeza de não estar sendo vigiada, Tess não tinha consciência de que seu comportamento não diferia do de seu perseguidor. Havia uma emoção abjeta em ficar à espreita, em mandar bilhetes anônimos, emoção que mesmo a contragosto ela não conseguia deixar de sentir.

Tinham resolvido deixar os bilhetes por volta das 6 horas da tarde, pouco antes de os dois homens voltarem do trabalho para casa. Isso lhes deu um intervalo de uma hora, durante o qual muitas coisas poderiam não dar certo. Gretchen havia proposto fazerem um plano de contingência que envolvesse Corvo e Whitney, mas Tess sentia uma estranha autoconfiança.

— Não quero ficar trabalhando com rede de segurança — disse ela a Gretchen, quando pararam para jantar no último Roy Rogers que havia sobrevivido em Baltimore e definir seu plano.

— Não é rede, é bom-senso. Se Pitts resolver ir a algum lugar, se ele resolver fugir, nós o perderemos.

— Ele não vai fugir.

Tess mergulhou uma batata frita dentro da mistura de molho barbecue e ketchup que havia criado. Pela primeira vez em dias, sentia-se no controle dos acontecimentos.

— O bilhete prometeu uma coisa que ele realmente deseja. Pitts não vai conseguir ficar à distância.

— Espero que você tenha razão.

— Eu tive razão sobre ele, não foi? Agora é hora de fazer esse porquinho ir guinchando estrada afora, até chegar à central de polícia.

Terminado o jantar, elas voltaram à casa de Southwest Baltimore — e ficaram à espera. Nada mais restava a fazer, senão esperar. Havia uma estranha calma. Elas não ficaram ouvindo rádio nem conversaram; sentadas no banco dianteiro do carro de Gretchen, observavam a noite se aprofundar ao redor. A rua tinha as lâmpadas de vapor de sódio usadas em muitas áreas de alta criminalidade, mas a maioria estava queimada. Vagabundos começavam a se encaminhar aos edifícios abandonados, carregando sacolinhas de papel e saquinhos gordurosos de comida para viagem — não diferiam muito de outros trabalhadores que voltam para casa ao final de um dia cansativo. Ombros caídos, cabeça baixa, eles pareciam exaustos. Talvez ser viciado em drogas realmente fosse o trabalho mais difícil do país.

Ensor chegou primeiro. Também, tinha sido convocado a chegar 15 minutos antes do outro. Veio dirigindo um Mercedes-Benz, um modelo antigo azul-turquesa claro.

— Que velharia horrorosa! — comentou Gretchen.

— Mas sem ser velho o bastante para ter aquele encantador ar retrô a seu favor — concordou Tess, e em seguida percebeu que elas podiam estar igualmente descrevendo o homem ao volante.

Cinco minutos depois a picape de Pitts virou a esquina em duas rodas e freou subitamente com um guincho.

— O tempo todo em que o seguíamos, eu só pensava que o carro dele parecia uma bexiga — disse Gretchen.

— É mesmo? Eu achei parecido com um estômago — disse Tess, surpresa de que a outra, com sua mentalidade literal, fosse capaz de semelhante fantasia.

Pitts saltou do carro e, dando uma olhada rápida e furtiva a seu redor, dirigiu-se à porta. Quando descobriu que estava destrancada, hesitou, com a mão na maçaneta, como se estivesse congelado. Devia ter respirado fundo, porque Tess viu a nuvem de sua expiração. Finalmente, levantou os ombros e entrou na casa com um ar de decisão convincente.

— Sem armas, correto? — perguntou ela a Gretchen. — Você conferiu com a polícia estadual as autorizações.

— Sem armas legalizadas. Não há jeito de saber se um desses babacas está portando arma ilegalmente.

— Você reconheceu Ensor? Já o havia visto antes?

— Não, o único com quem lidei foi Pitts, e ele nunca mencionou um parceiro. Do jeito como falava, tudo aconteceu entre ele e o Visitante.

— Ensor e o Visitante têm a mesma altura — observou Tess, pensativa. — E o homem que matou Yeager também era alto.

Gretchen sacou a arma.

— Vamos entrar fazendo barulho ou em silêncio?

— Acho que em silêncio. E lembre-se de bloquear o corredor que dá para a cozinha. Não quero que nenhum deles passe correndo por nós em direção às escadas de trás e àquela janela dos fundos. Por onde eu entrei um deles poderia sair. — Embora Pitts, rotundo como era, provavelmente fosse ficar entalado na janela, se tentasse sair, e seria obrigado a esperar ali, suspenso como o Ursinho Pooh na porta da frente da casa do Coelho.

— Alguma vez você já teve que fazer uma coisa dessas? — perguntou Gretchen.

— Não, e você?

— Também não. — Gretchen deu um riso forçado. — Eu era da patrulha. Em dois anos, nunca precisei disparar um tiro.

— Você fazia longos intervalos para jantar?

— Eu comia dentro do carro, como qualquer policial de verdade.

— Tomava café?

— Prefiro chá.

— Talvez tenha sido por isso que forçaram sua saída. Você obviamente não se enquadrava no perfil.

Gretchen franziu a testa, e Tess entendeu que não era possível gracejar sobre esse capítulo da história dela. Nem agora, nem talvez nunca. Ou talvez não para ela. Gretchen era uma moça que se irritava facilmente. Era interessante, para dizer o mínimo, ser lembrada das lacunas na parceria delas no exato momento em que precisavam de confiança mútua, de trabalhar como se fossem uma só.

Pitts tinha trancado a porta atrás de si, uma escolha interessante, na opinião de Tess. Ele estaria tentando manter Ensor do lado de dentro? Ou tinha esperança de evitar que outra pessoa entrasse? Mas isso não importava, cada uma delas tinha sua chave. Abriram a porta no maior silêncio possível, na incerteza quanto ao lugar em que eles estariam.

A luz estava acesa no vestíbulo, e as portas corrediças da sala de visitas estavam abertas. Tess observou que as coberturas de pano tinham sido removidas de diversos artigos — não apenas do farol do *Beacon-Light*, mas também de um antigo aparador de mogno, um retrato sobre veludo de Johnny Unitas e uma enorme placa de propaganda de Pikesville Rye, uma marca de uísque local. Ótimo — Ensor tinha usado a vantagem obtida exatamente como esperavam que usasse. Ela e Gretchen ficaram à escuta, imóveis, aguardando um som que as ajudasse a cercar a presa. Ouviram vozes no andar de cima, uma área que na última visita tinham explorado com demasiada pressa, mas que parecia o local onde Pitts guardava os objetos mais frágeis — roupas antigas, caixas de chapéu de velhas lojas de departamentos, prataria da extinta Stieff Company. As duas trocaram um olhar e um aceno com a cabeça. Tess dirigiu-se à escada dos fundos, enquanto Gretchen subiu pela frente.

Quando se aproximou do topo da escada, Tess se agachou e ficou ouvindo. As vozes pareciam estar saindo de uma sala intermediária, cuja porta estava trancada. Gretchen se aproximou vindo da frente, e as duas ficaram atrás da porta, esforçando-se para ouvir. Não era difícil, pois as vozes se elevavam a cada frase.

— Eu não sou cego, Arnold, estou vendo o que está aqui. Você esteve sonegando objetos, dizendo que não tinha conseguido encontrá-los ou substituindo-os por cópias falsas. Você nos traiu. Shawn foi espancado por instrução sua? Você me roubou e fingiu que tinha sido roubado para ninguém desconfiar de que estava roubando de volta todas as coisas que tinha roubado primeiro?

— Eu não roubei. — A voz de Pitts parecia assustada, sem nenhum vestígio da presunçosa arrogância que ele tinha exibido em seu último encontro com Tess. — Eu não faria isso. Você pode revistar aqui; suas coisas não estão comigo. Claro que tenho coisas que vocês queriam, você e Shawn, coisas que eu lhes disse que não consegui encontrar. Vocês me usaram como agente, mas não queriam nada comigo. Era para sermos uma cooperativa, mas nunca recebi minha parte. Portanto, você não pode me condenar por não ter me apressado a lhes entregar tudo o que eu tinha.

— Você era pago para localizar os objetos e para obtê-los, por todos os meios possíveis. Para isso você era regiamente pago. — Na boca de Ensor a palavra *regiamente* soava tenebrosa. — Você nunca foi um sócio pleno nessa empresa. Não passava de um contratado. Não teria podido custear essas coisas com seu dinheiro.

— E vocês não teriam podido encontrá-las sem minha ajuda! Agora, onde está minha pulseira? Você prometeu me dar minha pulseira.

— Já estou cansado de ouvir falar dessa maldita pulseira. Quer saber? Para você, isso já virou obsessão. Nós perdemos artigos de valor inestimável porque você confiou num vigarista barato, mas só consegue falar daquela peça sem valor nem distinção, produzida em massa. Você se considera muito esperto, mas todos os seus esquemas só fizeram aumentar nossa exposição.

— Não é uma pulseira sem valor. — Pitts não podia parecer mais magoado. — Foi uma reprodução em edição limitada, feita pela Hutzler's para o sesquicentenário de Baltimore, e pertenceu a minha mãe. Quando a gente está mentindo, é melhor que a mentira tenha um pouco de verdade; isso dá credibilidade. Além disso, como eu poderia dizer a um detetive particular, ou a qualquer pessoa, que nós queríamos achar o Visitante porque Bobby Hilliard alegava ter passado os objetos para ele? Nem mesmo aquela corrupta da Gretchen O'Brien teria topado fazer o trabalho.

Tess lançou um olhar solidário a Gretchen. Não era fácil superar uma má reputação, mesmo que não merecida. Principalmente se não merecida.

— Onde está a lança, Arnold? Você a escondeu aqui ou em outro lugar? Espero que tenha se lembrado de mandar limpá-la antes. Tenho certeza de que o sangue de Shawn está nela toda. E talvez o seu próprio? Bobby Williard terá mesmo roubado de Shawn os artigos naquela noite ou eles estavam em seu poder o tempo todo? Tudo isso foi um plano elaborado para me convencer de que você mesmo não os roubou?

A lança? Gretchen olhou para Tess, que balançou a cabeça. Só conseguia pensar na placa que viram no térreo, a que anunciava o uísque Pikesville.* Mas evidentemente Ensor se referia a algo inteiramente diverso.

— Eu não ataquei Shawn Hayes. Além disso, por que tem tanta certeza de que foi com a lança? Acho que você o espancou naquela noite e matou Bobby quando ele apareceu no local do túmulo porque entendeu que tinha sido enganado, que o tempo todo ele tinha escondido as coisas. E talvez você também tenha matado o outro cara, o repórter da televisão. O que havia no livrinho preto dele, Jerry? O que você temia que ele fosse encon-

* Alusão à palavra *pike*, que significa lança ou aguilhão. (*N. da T.*)

trar, se olhasse com atenção? Talvez você e Bobby fossem amantes e conspirassem para enganar a mim e ao Shawn. Alguém tão ostensivamente heterossexual quanto você alega ser, em geral está compensando alguma coisa.

Tess ouviu um som abafado e sibilante, como se alguém estivesse socando com violência um travesseiro, seguido por um grito quase desumano de Pitts. Ensor devia tê-lo socado na barriga. Um aceno de cabeça das duas, e Tess deixou Gretchen fazer as honras da casa. Abrindo a porta com um chute curto e rápido, Gretchen gritou bem alto:

— Parados aí!

Os dois homens obedeceram, pelo menos por um momento, e formaram um quadro estranhamente cômico: Pitts deitado de costas, agitando pernas e braços como se fosse um besouro, com as mãos de Ensor em seu pescoço.

Então foi como se tivessem confundido os papéis, como se Ensor fosse a vítima e Pitts, o agressor. Pois Ensor parecia aliviado em vê-las, enquanto o lábio inferior de Pitts começava a tremer de medo.

— Eu não fiz isso — gritou Pitts. — Eu não fiz nada.

— A polícia já está vindo? — perguntou Ensor, ficando de pé e esfregando as mãos, como se estivessem emporcalhadas por terem tocado o pescoço de Pitts. — Estou pronto a contar aos policiais tudo que sei.

— Tudo? — perguntou Tess.

— Tudo — declarou ele com uma severa inclinação de cabeça, dando um passo adiante.

E com isso aplicou um forte golpe com as costas na mão no rosto de Gretchen, derrubando-a no chão. A cabeça dela bateu com força, com um ruído seco, e, apesar de se manter agarrada à pistola, ela parecia ter sido nocauteada.

— Gretchen! — berrou Tess, precipitando-se em direção a ela, o que deu a Ensor a chance de sair correndo. Pitts não ficou muito atrás.

— Agarre algum deles, pelo amor de Deus! — gemeu Gretchen. — Estou bem, mas eu mato você se os dois conseguirem fugir.

Tess queria pegar Ensor, queria se vingar do golpe dado em Gretchen, mas ele já levava muita vantagem. Pitts, no entanto, tinha se erguido com dificuldade, e ficara hesitando no topo da escadaria da frente. Ele estava perdido. Olhou por cima do ombro, viu que Tess se aproximava e virou-se para as escadas, no intuito de fugir. Mas os sapatos engraxados escorregaram no degrau do alto, e as pernas foram jogadas para cima. Assim, sua descida foi muito mais rápida que o planejado. Um trenó numa ladeira coberta de gelo não teria sido mais ligeiro.

Embora um trenó, com toda probabilidade, tivesse feito uma aterrissagem mais suave. Pitts acabou indo parar no patamar, com a perna esquerda torcida num ângulo que o criador da humanidade, seja lá quem for, não havia previsto. Mas, refletiu Tess, parada ao lado do homem que gemia, o criador da humanidade provavelmente nunca imaginou um espécime como aquele.

— Por favor — disse ele —, por favor... — E estendeu a mão em direção a Tess, como se contasse receber solidariedade da parte dela.

— O quê?

— Eu preciso lhe dizer, você precisa saber...

— Sim?

Aquilo ia ser ótimo.

— Eu... eu quero ir para o hospital Johns Hopkins ou para o University, e não para o Bon Secours.

Tess ajoelhou-se ao lado dele.

— E que tal eu te dar uma bala de revólver para morder, enquanto eu mesma encaixo sua perna no lugar?

Capítulo 28

Pitts foi parar no University Hospital. Gretchen também, e lá foi examinada para ver se tinha sinais de concussão. Os médicos acharam improvável, mas Tess foi instruída a passar a noite ao lado dela, só por segurança. Eles continuaram a pressionar Tess por mais informações sobre as contusões de Gretchen, até que finalmente Tess entendeu que tinham concluído que a outra havia sido vítima de violência doméstica, e que Tess fora a agressora. Felizmente, antes da chegada dos paramédicos, elas haviam combinado uma história que iria manter a polícia longe, pelo menos por algum tempo: Gretchen sofrera uma queda quando um caibro se soltou, atingindo-a no rosto, e Pitts estava correndo escada abaixo para chamar socorro quando levou um tombo.

— Nossa, que noite ruim! — disse uma jovem médica, em voz ao mesmo tempo cética e compassiva, convidando à confissão.

— É, nem te conto! — disse Tess. — Quando posso ver meu tio?

— Sim, seu tio.

A médica consultou um maço de papéis dentro de uma pasta de cartolina parda. O crachá dela, balançando-se em uma corrente presa ao redor do pescoço, identificava-a como MASSINGER, R.

De rosto redondo e grandes olhos azuis, na foto ela parecia séria e atônita, como assombrada pela enormidade de sua profissão. Na vida real sua aparência era bastante parecida.

— Ele mora com você e sua parceira? Esse endereço da Bayard Street é dele ou de vocês? Saiba que tentar harmonizar parentes debaixo do mesmo teto pode ser muito estressante. Os conflitos podem crescer exponencialmente, nessas famílias multigeracionais, e as pessoas com certeza perdem o controle. Não é nada de que se envergonhar, mas é preciso buscar ajuda.

O último trecho dava a impressão de ter sido tirado de um manual ou de um folheto. Se seu estado de espírito fosse outro, Tess talvez tivesse apreciado a ironia de estar sendo atrasada por essa sensibilidade intensificada com relação à violência doméstica. Naquela noite, porém, só conseguia pensar que as agências de serviço social de Baltimore pareciam funcionar melhor quando tratavam de contrariá-la.

— Gretchen é minha parceira comercial — esclareceu, tentando mostrar uma paciência que não tinha. — Nós não vivemos juntas. A casa da Bayard Street é uma das propriedades comerciais do meu tio. — Cada vez que repetia a mentira sobre seu parentesco com Pitts, mentalmente pedia perdão a seus verdadeiros tios de carne e osso, com a sensação de que os estivesse difamando. — Posso vê-lo agora?

A médica continuou a olhar Tess com ceticismo. Mas desde que as histórias coincidissem, ela não podia fazer nada. Até Pitts estava cantando a mesma música, pois Tess e Gretchen haviam dito a ele que seria levado do hospital para a cadeia municipal se não as obedecesse.

— Sim, acho que já pode — disse a doutora R. Massinger, resignada. — Afinal de contas, a fratura não foi tão séria; ele teve muita sorte. Mas devo lhe avisar que ainda está um pouco tonto devido aos analgésicos.

Tanto melhor.

* * *

Recostado na cama, em uma das salas de exames separadas por cortinas, com a perna esquerda colocada numa bota ortopédica de poliuretano, Pitts não estava tão tonto que não conseguisse mostrar medo e irritação em um olhar.

— Isso tudo é culpa sua — anunciou ele, cruzando os braços sobre o peito.

— Seu acidente? Acho que não. O encontro no depósito? Decididamente sim. Mas, por outro lado, nada disso teria acontecido se você não tivesse sido, como disse Ensor, tão metido a esperto.

— Eu sou esperto — murmurou Pitts. — Muito mais esperto do que alguns querem reconhecer.

— Pensando bem, concordo. E agora preciso que me diga o que tem tentado conseguir com toda essa inteligência.

Pitts virou a cabeça de lado, como se lhe coubesse encerrar essa conversa. Tess limitou-se a dar a volta na cama e colocar o rosto perto do dele, tão perto quanto fosse capaz de aguentar. Ele cheirava a pastilha de hortelã, loção pós-barba de especiarias e suor e algo mais — o cheiro intenso e carregado de hormônios que o corpo libera depois de passar perto da morte.

— Eu ainda não chamei a polícia. Se você for legal comigo, se me disser o que desejo saber, darei a seu advogado uma dianteira em relação à ela.

— Isso não é nenhum grande favor. A polícia tem obrigação de me deixar falar com meu advogado.

— Claro que tem — concordou Tess —, mas se falar em advogado, é mais provável lançarem algumas acusações de assassinato. Ora, você tem um depósito cheio de objetos que eu desconfio que sejam roubados; mas não o considero realmente capaz de matar alguém. Portanto, fale comigo, depois fale com seu advogado e aumentará a chance de não ser acusado de conspiração ou de cumplicidade após o fato, na morte de Bobby Hilliard.

Ele parecia apavorado.

— Eles podem fazer isso? Porque eu não... Eu realmente não tive nada a ver com os assassinatos ou o ataque a Shawn Hayes.

— Eles poderiam acusá-lo.

Ao lado da cama havia um banco, no qual ela se sentou, de modo a não ficarem mais nariz com nariz. O rosto dele pareceu relaxar — as rugas na testa sumiram e as bochechas já não pareciam tão inchadas —, e Tess entendeu que ele estava, de certa forma, aliviado, em contar a verdade de uma vez. Mentir é exaustivo, e Pitts, em sua bruma de analgésicos, estava cansado de fazer tal esforço.

— Sou olheiro de antiguidades, e dos bons — começou Pitts, com um suspiro ao mesmo tempo desalentado e cauteloso. — Shawn Hayes me usou durante anos para passar pente fino no estado, e fora daqui, para descobertas legítimas. Mas ele e Ensor começaram a desejar coisas que não podiam ser compradas nem vendidas no mercado aberto. Eles me abordaram com uma proposta de parceria: eu conseguiria o que eles queriam, por qualquer meio necessário, e nós partilharíamos a posse.

— Por que não se limitou a cobrar deles todo e qualquer custo da operação e a contar seus lucros? Por que quis ser um sócio?

A expressão de Pitts não podia ter sido mais melancólica.

— Nesse ramo de trabalho, não podemos nos dar ao luxo de ficar com as coisas que desejamos. Mesmo que faça a maior descoberta de sua vida, um vaso da dinastia Ming num bazar de garagem, você é obrigado a vendê-lo. É assim que o negócio funciona. Você acha que alguém deseja colecionar potes de biscoito e saleiros? Não, eu me especializei nessas coisas porque no começo não tinham valor intrínseco. Hoje, francamente, até os potes de biscoito estão a caminho de desaparecer. Agora tudo custa tão caro! Velhinhas que há dez anos lhe venderiam por 20 dólares um Stickley assinado, agora querem receber milhares de dólares por uma merda de um Montgomery Ward. Eu chamo a isso eBayzação dos Estados Unidos.

Tess não discordava, ela também havia reparado nessa estranha e nova ganância, mas não desejava seguir por aquela tangente.

— E onde é que Bobby Hilliard se encaixa?

— Eu sabia o paradeiro de diversos tesouros de contrabando do estado. Eu os chamava de Baltimore-bilia, embora o nome seja ligeiramente impróprio, mas Marylândia não fica tão sonoro, não é? Sabia, de ouvir boatos, quem possuía uma mecha dos cabelos de Poe, por exemplo, ou as luvas que a duquesa de Windsor usou para ir à ópera. Aliás, Shawn Hayes também sabia. As pessoas que se entregam a essa paixão sentem a necessidade de se gabar sobre ela, de fazer insinuações, de se exibir para gente que consideram de confiança. Se não fosse assim, seria como ter um rouxinol e mantê-lo sempre numa gaiola coberta com um pano. E Shawn era esperto. Ele entendeu que se você roubar objetos que foram obtidos por meios ilegais, a vítima dificilmente vai reclamar.

A voz dele foi se esmaecendo, embora não estivesse claro se seria por efeito dos analgésicos que o estavam entorpecendo ou por algum devaneio sobre Marylândia. Não, sobre Baltimore-bilia. Ele tinha razão, o segundo termo era muito melhor.

— Mas Bobby... — espicaçou Tess.

— Bobby? Ah, sim, Bobby. Pense bem; eu precisava ter um intermediário, meu próprio olheiro. Precisava de alguém que pudesse fazer um levantamento nas casas identificadas por mim, que pudesse enfiar no bolso objetos menores e me dizer que outros objetos estavam à vista. Alguém que pudesse deixar uma janela destrancada, informar o tipo de sistema de segurança instalado ou o momento em que o dono da casa não estivesse na cidade.

— Então, o que fez? Publicou um anúncio nos classificados do *Beacon-Light*: "Procura-se cleptomaníaco, horário flexível, colegas glamorosos"?

— Você é mesmo ridícula — disse Pitts, e a chance de ironizá-la pareceu deixar seus sentidos mais aguçados, puxá-lo de volta do plano do sonho. — Às vezes, só é preciso um pequeno empurrão de uma feliz coincidência. Um dia, eu estava numa loja de consignação em Hampden, a Turnover Shop, e vi Bobby enfiar no bolso uma caixa para cartões de visitas, forrada de couro. Não era valiosa, mas muito bonitinha. Ele tinha bom gosto. Eu o segui. Quando descobriu que eu não tinha intenção de denunciá-lo, mas que o seguira por ter admirado a escolha que ele fez, ficou muito grato. Foi apenas questão de tempo para eu transformar essa gratidão em servidão. Quando descobri que ele era garçom, foi perfeito. Foi fácil conseguir colocação para ele num bufê que organiza muitas das melhores festas e, naturalmente, quando Shawn Hayes começou a divulgá-la, essa empresa específica começou a ampliar sua clientela. A opinião dele nessas questões tinha muito peso.

— Bobby entendeu o que vocês estavam fazendo?

— Mais ou menos. Parecia diverti-lo. "Nenhum de vocês merece a posse de nenhuma dessas coisas", disse ele a certa altura. Pelo jeito sua atitude era: se fulano tinha comprado uma coisa sabendo que a transação não era legal, então o que seria para ele se nós transferíssemos a posse dela para Shawn e Jerold? Transferência de posse, era assim que ele se referia ao que fazíamos.

— Um belo eufemismo — disse Tess. Ela se perguntava se a logorreia seria um efeito colateral comum dos analgésicos. — E aí, por quanto tempo prosseguiu essa alegre onda de crimes?

— De forma intermitente, por uns quatro anos. Nós tínhamos que dar um intervalo entre as ações. Nossas vítimas talvez não pudessem chamar a polícia, mas ainda assim precisávamos ter cautela. Não queríamos que um padrão emergisse.

E, no entanto, os padrões emergem inevitavelmente, pensou Tess. Exatamente como um caleidoscópio produz um novo desenho a cada giro de sua base. Era simplesmente uma questão de pegar a perspectiva correta, de examinar com a necessária distância. Tess estava começando a ver de que modo as coisas se encaixavam e a ver o que não se encaixava.

— O depósito na Bayard está cheio de coisas que Hayes e Ensor teriam querido, mas que Ensor nunca viu. Você estava sentado em cima delas, como um estoque especulativo, esperando o valor subir, para poder cobrar mais caro? Ou só não conseguiu abrir mão delas?

— Foi um pouco de cada coisa — concedeu Pitts, em tom orgulhoso, como se enganar os outros fosse alguma forma rara de realização. — Eu as estava escondendo ali... como uma alavanca. É que nós deveríamos ser uma equipe, Shawn, Jerry e eu. Certos artigos deviam ser compartilhados, passar de uma casa para outra, da mesma forma como uma exposição itinerante de museu viaja. Mas Shawn se recusou a compartilhar as duas coisas mais valiosas. Alegou que era o único que tinha o esquema de segurança adequado em casa. Depois que a casa do Jerry e a minha foram invadidas, ele disse que seu argumento estava provado. Mais tarde, antes que ele fosse atacado, eu até me perguntei se ele não tinha armado para nós, se havia mandado arrombar nossas casas para poder dar aquela desculpa. Mas, naturalmente, tinha sido Bobby.

— Bobby? Por quê?

Pitts deu de ombros como pôde, recostado aos travesseiros do hospital:

— Só ele sabe. Penso que achava aquilo engraçado, fazer conosco o que nós tínhamos feito aos outros. Nós não adivinhamos logo de cara. Ao contrário dos arrombamentos que fizemos, que eram golpes cirúrgicos, as invasões da minha casa e da de Jerry pareciam o golpe típico de Baltimore. Uma lambança. O foco era nas coisas que pudessem ser empenhadas. — Ele pareceu petulante. — Embora ele tenha levado meu maravilhoso liquidificador Hamilton Beach, o tipo clássico das lanchonetes usado para fazer milk-shake. Aquilo deveria ter me dado a pista.

— E a pulseira? — provocou Tess. — Você veio ao depósito hoje à noite porque meu bilhete prometia que ela lhe seria devolvida. Mas devo avisar que está com a polícia. Os Hilliard a entregaram na semana passada.

— Mas ela é minha — protestou com ferocidade. — Vão ter que devolvê-la para mim.

— Provavelmente — disse Tess, sentindo pena de Vonnie Hilliard. Ela nunca teria usado a pulseira, mas como teria gostado de olhar para ela, de vez em quando, e se lembrar do filho que a havia presenteado. — Mas eu ouvi Ensor dizer a você que não era particularmente valiosa.

— É valiosa para mim. Foi da minha mãe — disse Pitts rigidamente, como se falasse de um amante que o havia traído. — Bobby sabia que não tinha valor intrínseco, apenas um infinito valor sentimental. Ele roubou para me magoar, para mostrar que tinha o poder. Mas só fiquei sabendo que ela havia desaparecido depois do ataque a Shawn. Como Jerold, eu nunca sonhei que alguma coisa de valor real tivesse sumido de minha casa. Foi uma reviravolta interessante, devo admitir, e muito esperto da parte de Bobby. Nós demos parte do arrombamento porque não entendemos de quem tínhamos sido vítimas ou o que mais tinha sido roubado. Aquilo nos deixou na mira da polícia. E nem preciso dizer que preferíamos não atrair a atenção da polícia sob nenhuma circunstância.

Tess abafou um sorriso com a mão. Bobby Hilliard tinha certa dose de astúcia. Contratado para ajudar Pitts a roubar de ladrões, ele tinha decidido roubar dos homens que o empregavam. Mas com que objetivo? E por que as coisas se arruinaram? Nas escapadas iniciais de Bobby, havia uma dose de romantismo que destoava da agressão a Shawn Hayes.

— Estou confusa em relação à ordem cronológica. A casa de Ensor foi arrombada no verão, e a sua no outono. Mas quando soube que a pulseira havia sumido?

— Depois que Shawn... — Não conseguiu terminar a frase. — Eu liguei para a família e disse a eles que conhecia os objetos de Shawn. Afinal de contas, eu tinha sido seu pesquisador de antiguidades. Para mim fazia sentido elaborar um inventário. Estava tudo lá, exceto os dois itens mais preciosos. Foi aí que eu liguei para Jerold e recomendei a ele ver se estava faltando alguma peça de sua coleção. Como era de se esperar, alguém tinha levado um fragmento do caixão de Poe, que Jerry guardava numa gaveta em seu escritório.

— E Bobby sabia disso?

— Acho que fui eu que disse a ele — confessou Pitts. — Bobby começou a mostrar tanto interesse em nossa... atividade de colecionadores e parecia tão acrítico. Até começou a sugerir outras vítimas, identificando-as a partir de fragmentos de conversa que ouvia no trabalho. Mas quando vi o que havia sumido da casa de Shawn, exatamente aqueles dois objetos, que ele guardava trancados numa gaveta de escrivaninha antiga, eu soube que ele havia traído a gente. Eram os únicos objetos desaparecidos. Quer dizer, esses e a arma que acreditamos ter sido usada no espancamento.

— A arma — disse Tess. — Sim, quando você e Jerold Ensor discutiram hoje à noite, fizeram menção a uma lança. O que foi aquilo?

— Você sabe muita coisa sobre a história da Guerra Civil em Maryland?

A honestidade obrigou Tess a fazer que não.

— Sei que as primeiras baixas da União aconteceram por causa da reação violenta da população daqui. E que aquele descendente de Francis Scott Key acabou preso no forte McHenry durante grande parte da guerra. Mas é só isso que eu sei.

— É o quanto basta. Ross Winans, que fez fortuna com as ferrovias, queria ajudar a população de Baltimore a se defender. Ele encomendou a fabricação da lança de Winans, uma arma tosca, mas eficaz: um cajado de 1,80m com ponteira de metal. Mas os soldados da União apreenderam o carregamento e destruíram quase todas, partindo-as ao meio. Mas algumas escaparam intactas. A que estava na sala de visitas de Shawn foi um dos primeiros artigos que encontrei para ele.

— Bobby também a roubou para você?

Pitts fez uma careta.

— Nem tudo precisava ser roubado. Às vezes era só pagar caro, muito caro.

— Como o troféu de boliche de Toots Barger? — Tess lembrou-se da história contada por Mary Yerkes, sobre o antiquário, agora falecido, ter dito a ela que jamais poderia competir por semelhantes tesouros.

— Sim, esse está no porão da casa de Jerry, que é todo revestido com lambris de pinho nodoso. Ele exibe o troféu no console da lareira. Pelo menos, ele achava que era o autêntico, mas este eu guardei para mim mesmo e empurrei para ele uma réplica. Pois é, sempre fui o intermediário, para Shawn e Jerry não se arriscarem a manchar suas reputações. Eu assumi todos os riscos; eles colheram todas as recompensas. E se tivéssemos sido apanhados, eu teria levado a culpa.

Tess imaginou que Bobby havia se sentido exatamente assim.

— Como a lança desapareceu, vocês presumiram que foi a arma usada para agredir Hayes?

— Sim. Acho que foi — disse Pitts e não dava para saber se sua consternação era pelo colega, ainda em coma, ou pela perda de um objeto valioso.

— Mas você falou de outros dois objetos.

Tess recordou o autor do telefonema anônimo, que havia dito que valia a pena matar por causa *deles*.

— Os dois artigos retirados da casa de Shawn? Quais são eles?

— Apenas as joias da nossa coleção — disse Pitts. — Apenas os dois artigos mais importantes que eu já encontrei, descobertas que deixam na sombra qualquer outra coisa. Comprei de uma velha senhora, ela própria uma ladra, mas uma ladra idiota que não entendeu a relevância deles. Se ela tivesse imaginado o que realmente possuía...

— O que eram? — perguntou Tess, já sem paciência.

— Os próprios objetos pelos quais Edgar Allan Poe talvez tenha sido morto, em seus últimos dias em Baltimore.

Capítulo 29

Quinze minutos depois, Tess escancarou a cortina que cercava a cama de Pitts na sala de emergência e quase esbarrou em cheio na Dra. R. Massinger, que rondava na periferia. Tomara que ela não tivesse estado bisbilhotando, pensou Tess. Se tivesse, o que iria concluir da soluçante confissão de Pitts, da estranha história que tinha acabado de sair dos lábios dele?

— Eu tenho que levar Gretchen para... despachar a receita dela — disse Tess à jovem médica, que parecia diplomada em olhares compassivos e empáticos pelo conselho administrativo. — Por favor, haja o que houver, não deixe meu tio sair.

— Se ele quiser ir embora do hospital, a norma é...

— Olha... — Tess se conteve, medindo suas palavras, lembrando-se de interpretar o papel esperado, o de sobrinha amorosa. — Você precisa entender que o tio Arnold é orgulhoso e teimoso. Ele acha que pode cuidar de si, mas está provado que não. Vou buscar para Gretchen o que ela precisa, e depois nós duas vamos levá-lo para minha casa. Mas se ele souber que não voltará para casa hoje à noite, vai ficar fora de si. Eu disse ao meu tio que um amigo dele, Horatio Lyman, está vindo para cá.

Obviamente o advogado de Pitts precisava ter um nome digno de um romance do século XIX.

— Se ele perguntar, diga que Lyman já está a caminho. Não tardará a chegar.

— Mas se ele quiser...

— Você é ótima — disse Tess, e saiu correndo. Ela precisou reunir todo seu autocontrole para não gritar por cima do ombro a frase de *O mágico de Oz*: "Não preste atenção ao homem atrás da cortina." Quando ela teria outra chance de dizer isso?

Segurando de encontro ao maxilar inchado uma bolsa de gelo, Gretchen fez menos perguntas ao ser levada por Tess para o carro, mas só porque ainda estava falando com dificuldade.

— Você sabe o que está fazendo?

— Não muito — respondeu Tess. — Mas sei o que estamos procurando. Duas joias: um escaravelho de ouro com olhos de safira e um medalhão. Arnold Pitts afirma que nos últimos dias de sua vida Poe as levava no corpo quando viajou de Richmond a Baltimore. Mas ele não as tinha consigo quando foi encontrado e levado para o Washington Medical College, onde morreu, e a existência delas não está registrada por escrito.

Ela contou a Gretchen tudo o que Pitts havia relatado.

— Pitts afirma que precisava encontrar o Visitante porque Bobby alegava ter entregado a ele esses dois artigos, depois de roubá-los da casa de Shawn.

— Quando? Na noite em que Bobby foi morto ou antes disso? Teria que ter sido antes, para justificar minha contratação, concorda?

— Não necessariamente — disse Tess. — Pitts acha que Bobby mentiu para se proteger e depois resolveu transformar a mentira em verdade. Pense nisso: ele tinha esse contrabando, esses objetos incrivelmente valiosos dos quais nem o desaparecimento poderia ser comunicado, e que o ligariam ao ataque a Shawn. Ele poderia guardá-los, mas Pitts e Ensor estavam na cola dele. Portanto, ele os entregou a alguém que todos conhecem, e, no entanto, ninguém conhece. Ele o faz diante de testemunhas oculares. Se não tivesse sido assassinado, teria conseguido se livrar do delito.

— Mas como é possível valer a pena matar por um broche de ouro e um medalhão?

— Porque não se trata apenas de um medalhão. É um *memento mori*.

— Um o quê?

— Eu também não conhecia o termo, a não ser como título de um romance de Muriel Spark — disse Tess. — É uma joia que homenageia alguém que está morto e que muitas vezes usa no desenho uma mecha de cabelos da pessoa falecida. Se Pitts estiver dizendo a verdade, trabalhada nesse medalhão há uma mecha de cabelos da esposa de Poe, Virginia. Seria um relicário incrivelmente valioso, se Pitts estiver dizendo a verdade.

— Uma grande dúvida — murmurou Gretchen.

E de fato era.

— É por isso que nós iremos agora mesmo ao Poe Museum. O jornal *Beacon-Light* publicou uma lista das teorias sobre as mortes de Poe na semana em que Bobby foi assassinado, mas não havia nada sobre escaravelhos de ouro ou medalhões com mechas de cabelo; não li nada desse teor nas biografias. Telefonei para meu tio Donald, que tem contatos pelo estado inteiro, e pedi a ele que providenciasse alguém para nos encontrar lá. Ele deu um jeito de conseguir.

— Tio Donald? Ele é uma das ovelhas negras da família com que Pitts costumava ameaçar você?

— Está mais para cinza clara que negra — esclareceu Tess. — Ele gosta de dizer que sua lápide terá a inscrição: JAMAIS INDICIADO.

Em virtude de seu nome bucólico, a Amity Street deveria estar situada no meio da zona rural, com vista para campinas e bosques, como no tempo em que Poe viveu ali. Embora a cidade tivesse engolido o quarteirão há muito tempo, ele agora ficava em uma das áreas mais decadentes de West Baltimore, cercado de conjuntos residenciais populares. Os prédios baixos eram chamados de Poe Homes, um tributo cruel e irônico. Para proteger os turistas aventureiros que se atrevessem a ir até lá, o município tinha que manter uma patrulha estacionada no quarteirão durante as horas regulares de visitação.

Mas ali, em plena Amity Street, erguia-se a pequenina casa de alvenaria onde Poe tinha morado com Maria e Virginia Clemm na década de 1830. O imóvel parecia abandonado e um pouco desgastado, como se pudesse um dia desmoronar sob seu próprio peso.

Jeff Jerome, que dirigia a Poe Society, tinha em casa um bebê e declinou de conduzir essa visita guiada, enviando em seu lugar um docente. Só quando a porta de madeira se escancarou Tess se sentiu particularmente culpada pelo embuste que os trouxera ali — o docente veio recebê-las totalmente fantasiado como se fosse Poe. Gretchen, em geral tão destemida, recuou de um salto ao ver um homem de colarinho branco, gravata muito estreita e uma peruca tosca e negra.

— Bem-vindos ao meu lar — entoou ele.

Tess deu um suspiro reprimido. A cena lhe recordou uma viagem a Appomattox, nos tempos de escola. O local da Guerra Civil tinha atores, que representavam vários arquétipos do conflito — o soldado da União, o sentinela dos Confederados — que arrastavam os visitantes pelo parque e tentavam "interagir" de forma didática. O general Lee não foi o único ali no local que esteve disposto a entregar os pontos.

— Eu sou Tess Monaghan — apresentou-se ela — e esta é minha sócia Gretchen O'Brien.

Gretchen franziu o cenho diante da palavra "sócia", e Tess viu que para ela aquilo significava que sua posição era inferior.

— Nós somos parceiras — acrescentou ela, esperando que isso acalmasse a outra.

— Sócias que representam a Fundação Talbot, segundo entendi? — perguntou Poe esperançoso. Tess matutava se a voz grave e sonolenta se basearia em algum relato histórico sobre a voz do escritor. A ela fazia evocar o locutor daquelas maratonas de filmes de terror na televisão, o imbecil local que se vestia como vampiro ou fantasma e ficava uivando para a lua a cada intervalo comercial.

Então Tess lembrou que o homem de peruca preta era uma pessoa que estava fazendo a ela o enorme favor de abrir o museu alguns minutos antes da meia-noite, ao passo que ela era uma fraude, acenando com dinheiro que não lhe competia dar, para um museu que não ia recebê-lo.

— Isso mesmo. Muito obrigada por concordar em nos receber sem estar previamente avisado. Os Talbot são notoriamente impulsivos.

— E notoriamente generosos — acrescentou Poe, levando Tess a sentir uma nova onda de culpa. — Vocês vão querer o tratamento completo ou preferem descobrir o lugar por conta própria?

— Deixe-nos percorrê-lo por conta própria — disse Tess, porque parecia cruel para todos forçar o homem a representar esse ato. — Só queremos ver o que vocês têm aqui e fazer algumas perguntas quando terminarmos tudo.

Gretchen lançou-lhe um olhar por trás das costas do docente, e Tess deu de ombros. Considerava seu dever para com ele — e com Poe — fazer a gentileza de pelo menos fingir que olhava o acervo exposto ali, gesto que não podia levar mais que alguns minutos.

Embora ocupasse três andares, a casa era minúscula, com uma área menor que a do Mu-sheum de Mary Yerkes. A coleção incluía alguns objetos e recordações da vida de Poe. Grande parte do que estava ali era autêntico em relação à época em geral, mas não em relação à vida do escritor em particular. Tess e Gretchen absorveram tudo com rapidez, notando o retrato da jovem Virginia, a informação sobre um relevo em forma de medalhão roubado do monumento e recuperado posteriormente. Mas não havia relicários nem escaravelhos de ouro.

No terceiro andar, literalmente um sótão, onde a cabeça dela quase varria o teto, Tess parou junto à escrivaninha que tinha sido instalada de frente para a janela. Mais uma vez, não era a mesa de trabalho de Poe, nem a paisagem que Poe olhava, que teria sido significativamente mais tranquila que um campo deserto cheio de lixo e a visão dos fundos de diversas casas dilapidadas enfileiradas. Neste cômodo ele havia escrito "Berenice", segundo a placa na parede, um conto de mistério tão chocante que o autor acabou por censurar parte da narrativa para não ofender as sensibilidades de sua época. O tema era uma mulher enterrada viva, um medo muito real no século XIX. Tess se perguntava o que Poe teria escrito se tivesse podido ver essa Baltimore. Será que a cidade estava simplesmente alcançando a visão dele, ou a teria ultrapassado havia muito tempo? Em algum lugar na noite, o relógio começou a dar as horas. Era meia-noite. Que horário adequado!

E Tess finalmente sentiu o que não tinha conseguido sentir em tantos outros lugares: um senso de comunhão com esse escritor que pouco significado tinha tido para ela antes da entrada de Pitts em seu escritório. Poe tinha sido uma embolorada relíquia, um autor que a forçaram a ler na escola, um poema que dizia "nunca mais". Agora ela entendia o que Corvo tinha sentido, sentado no Owl Bar sonhando com Fitzgerald, e entendia por que Mary Yerkes desejava possuir o troféu de boliche recebido por Toots Barger. Não importava que os móveis dali não fossem os mesmos de Poe, que a paisagem tivesse sido corrompida, que se pudesse ouvir o som alto e roufenho de um rádio tocando, lá embaixo na rua. Afinal de contas, o século XIX não tinha sido uma época respeitável; estrepitoso e rebelde por si mesmo, ele fedia a esterco de cavalo, fogo de carvão e banheiros a céu aberto. Mas esse sentimento era motivo para as pessoas lutarem para salvar edifícios e razão para as coisas, coisas simples, às vezes terem importância. Não era por causa do velho clichê de Santayana, sobre quem não conseguisse recordar o passado ficar condenado a repeti-lo. A lembrança dos próprios erros não era nenhum talismã; Tess tinha repetido muitas vezes os próprios erros, com pleno conhecimento. O passado merecia ser lembrado e conhecido por mérito próprio. Ele não estava atrás de nós, nunca verdadeiramente atrás de nós, e sim embaixo de nós, a nos dar sustentação, um fundamento para tudo que deveria vir e tudo que houvera algum dia.

— Puxa, venha ver isto — chamou Gretchen, e Tess teve que se sacudir, como se saindo de um sonho.

"Isto" era o único retrato conhecido do Celebrante de Poe, tirado pela revista *Life* no começo dos anos 1990. A revista o tinha fotografado à distância, no intuito de proteger a identidade dele. E haviam conseguido. Ele não passava de uma forma difusa.

— Poderia ser qualquer um — observou Tess.

— Tem razão — concordou Gretchen.

Elas voltaram ao segundo andar, onde cadeiras tinham sido instaladas diante de uma televisão com um vídeo contínuo. Gretchen apertou o botão para começar, e o que se seguiu, Tess detestava admitir, era uma típica baboseira de Baltimore — um pastiche de fragmentos de vídeos retirados de noticiários, locais e nacionais; uma palestra em vídeo de algum canal de televisão a cabo; e, sim, uma série de vinhetas sobre a vida de Poe que tinha sido exibida durante o fim de semana Vincent Price no canal 54.

Mas o clímax, por falta de termo melhor, era um vídeo de produção local, no qual Poe aparecia diante de um garoto que visitava o museu com os colegas de escola. O ator que interpretava Poe estava bem, mas seu jovem colega de cena não era o que se pode chamar de um ator natural. Ele ficava enraizado no lugar, atirando suas frases contra uma imaginária base do batedor, como se algum técnico estivesse cronometrando a velocidade com um radar de tráfego.

— Dizem-que-você-era-louco-era-mesmo?

Poe dava ao menino um sorriso amável e lhe garantia que não era.

O conteúdo comunicado era, de fato, bastante sólido, uma visão do autor mais matizada que o permitido pela maioria dos tratamentos curtos. No final, quando Poe começava a desaparecer, por conta de efeitos especiais muito grosseiros, o menininho agora desconsolado perguntava a seu novo amigo:

— Onde posso encontrar você?

— Nos livros, Michael. Nos livros.

Gretchen ria tanto que beirava o ataque de tosse, e mesmo Tess foi obrigada a admitir:

— Bom, não é nenhum Hamlet, nem tinha intenção de ser. No entanto, está bastante exato.

Mas nem o vídeo nem qualquer outra coisa no museu faziam menção a um escaravelho de ouro ou a um *memento mori* da amada Virginia.

Foram para o andar de baixo, onde encontraram o Poe-docente falando ao celular, tendo aberto à frente um formulário de apostas de corridas, sobre uma estante de vidro.

— E no quinto páreo amanhã... — Sua voz normal era bem mais aguda que sua voz de Poe e um pouco nasalada. — Espere, vou ter que ligar mais tarde.

Ele se endireitou, enfiou o celular no bolso da camisa e voltou a ser Poe.

— Acharam tudo de seu agrado?

— Sim, claro — disse Tess. — Eu tinha especificamente pedido a meu tio que perguntasse a Jeff Jerome se havia alguma pesquisa indicativa de que Poe possuía um medalhão que incluísse uma mecha dos cabelos de Virginia Clemm. Ele disse que ia averiguar com outra pessoa mais versada que ele nos artefatos de Poe.

— Sim, é Jeff Savoye. Falei com ele a caminho daqui, e me disse que nunca ouviu falar de nada desse teor. Ele foi muito hesitante. Mantém uma listagem combinada de artefatos de Poe no site do museu, assinalando onde eles podem ser encontrados. E em alguns casos, assinalando onde se encontravam alojados, antes de terem "desaparecido".

— E a ideia de um escaravelho de ouro, um pequeno broche de um besouro com olhos de pedras preciosas, dado a Poe para comemorar sua história do mesmo nome...

— Quanto a isso ele foi ainda mais hesitante. Se Poe tivesse recebido uma quinquilharia tão preciosa, certamente teria sido forçado a vendê-la em algum momento. Ele levava uma vida precária.

— Mesmo que tivesse valor sentimental?

— Poe era um escritor. Não podia se conceder o luxo de ter sentimentos.

— Mas se essas coisas fossem achadas, se elas pudessem ser autenticadas...

— Teriam grande interesse para nós, ou para o museu de Richmond, ou o da Filadélfia...

— Nossa! De quantos museus um poeta precisa, afinal de contas?

O docente encarou-a cautelosamente.

— No caso de Edgar Allan Poe eu acho que três mal dão conta.

Gretchen revirou os olhos, e Tess lhe deu um beliscão.

— Como essas coisas poderiam ser autenticadas? Supondo que existam.

O docente passou o dedo pelo colarinho, como se o pescoço estivesse coçando.

— Esse não é realmente o meu campo, mas imagino que seja necessário algum tipo de documento, correspondência de Poe para alguém próximo, aludindo aos itens. Mesmo assim, não haveria como saber concretamente. Provar fatos históricos é complicado. Vejam a morte de Poe, por exemplo. É possível eliminar certas teorias ou achar furos nelas. Mas a causa concreta jamais será estabelecida.

— Por que eles não exumam o corpo e usam a ciência moderna para examinar os restos mortais? — perguntou Tess.

— E quando o fizerem, por que não aproveitam para acertar os dados do monumento? — murmurou Gretchen O'Brien, ainda ressentida com algum escultor morto havia muito tempo.

— Com que objetivo? Depois de todos esses anos, é improvável que restem sangue ou tecidos. Algumas coisas estão destinadas a permanecer envoltas em mistério.

Mas Tess não podia concordar com essa última proposta, não nesse caso.

Ela e Gretchen saíram para a noite gelada, olhando cuidadosamente ao redor antes de entrar de novo no carro que haviam alugado. Tess acreditou ter vislumbrado uma sobra de sorriso no rosto deformado de Gretchen.

— O que foi? — perguntou ela.

— Dizem-que-você-era-louco-era-mesmo? — gritou Gretchen, numa perfeita imitação de "Michael".

— Sim — disse Tess. — Sim, é óbvio que sou. Logo, procure por mim nos livros, Michael. Nos liiiiiiiiiiiiiiiivros!

Elas começaram a rir, quase histericamente, o tipo de barato de riso que se aproximava perigosamente das lágrimas. Porque Tess sabia, e suspeitava que Gretchen também, que Arnold Pitts não as estaria esperando no hospital. Dopado com Vicodin, a perna esquerda imobilizada, ele ainda conseguira despachá-las numa busca infrutífera, enquanto fugia mancando pela noite, dando uma última risada à custa delas.

Capítulo 30

— Eu poderia arrancar as licenças de vocês por causa disso.

De cabeça baixa, Tess e Gretchen eram duas falsas colegiais arrependidas, no gabinete do diretor da escola. O perfil de Gretchen estava petrificado, quase zangado, enquanto ela aturava semelhante sermão num lugar onde já passara humilhações mais que suficiente. Tess estava cansada demais para sentir alguma coisa além de entorpecimento. A ameaça era tão previsível, tão banal. A única surpresa era ter partido de Tyner, enquanto o detetive Rainer observava, com o rosto calmo, a boca recurvada num sorriso misterioso, mas claramente isento de ironia.

— Nós finalmente descobrimos o motivo — disse Tess, surpresa com o som esganiçado da própria voz. Somente Tyner conseguia colocá-la tão completamente na defensiva.

— Que motivo? — contrapôs Tyner. Rainer saltou, como se Tyner estivesse berrando com ele, e deu um olhar disfarçado ao prontuário aberto diante de si. Tess percebeu que ele confiava em anotações mais do que qualquer outro detetive da homicídios que ela havia conhecido. Treinado para ser policial de trânsito, ele era mais hábil na física de um acidente automobilístico do que na evocação de uma simples cronologia.

— Eu mesmo estou um pouco confuso quanto a isso — disse o detetive. — Pitts declarou às meninas que Bobby tinha roubado objetos que nem sequer existem, segundo a pesquisa feita por elas.

As "meninas" trocaram olhares, mas não disseram nada.

— Pitts armou para cima delas, para poder fugir — bradou Tyner a Rainer e elas caíram no truque!

Rainer deu de ombros, como se nada disso lhe importasse.

— Bobby Hilliard trabalhava para esses homens; depois se voltou contra eles e começou a roubar deles, sabendo que eram impotentes para fazer alguma coisa a respeito — frisou Gretchen, mas sem parecer bastante convencida.

Tess pegou o fio da meada.

— Qualquer um deles dois poderia tê-lo assassinado, só para garantir seu silêncio. Ou porque Bobby tivesse entendido que um deles, talvez até ambos, podia estar ligado ao ataque a Shawn. Esse trio certamente prova o ditado sobre a ausência de honra entre ladrões. Eles roubaram dos amigos; eles traíram um ao outro; chegaram a tentar matar um ao outro. Você tem mandado de busca para as casas deles?

Rainer fez que sim, ainda sorrindo aquele mesmo sorrisinho satisfeito.

A raiva de Tyner era suficiente para não deixar sobrar ninguém.

— Não lhe importa o fato de agora só nos restarem duas pistas, ainda assim mais frias que o cemitério onde isso tudo começou? Se essas duas detetives de novela tivessem informado antes a você, esses caras podiam estar presos agora. De nada adianta saber a quem prender, se você não souber onde está o sujeito. Onde estão *os sujeitos* — consertou.

— Na verdade, nós até gostamos quando eles fogem — disse Rainer —, porque então temos certeza de estar correndo atrás dos homens certos.

Menos de duas horas antes a polícia havia encontrado o Mercedes-Benz azul-claro de Ensor no estacionamento do aeroporto da Filadélfia. Um funcionário informou que um homem com a identidade de Ensor tinha comprado uma passagem para a Cidade do México, a qual pagou em dinheiro. A suposição era de que o México funcionaria como trampolim para um país onde ele seria mais difícil de ser encontrado — e mais difícil de ser extraditado. Tess foi obrigada a dar a ele o crédito por uma manobra astuta: ao utilizar um serviço de charter que partia da Filadélfia, ele tinha enganado os policiais, que haviam fornecido seu nome e sua descrição a todas as principais linhas aéreas dos aeroportos de Baltimore e Washington.

Pitts não tinha sequer deixado tantos vestígios. Ele e sua picape coral tinham desaparecido. Tess não poderia culpar a franca e inexperiente Dra. Massinger: Pitts não tinha recebido alta, deixara o hospital sumariamente, tomando um táxi e se dirigindo à Bayard Street para buscar o carro. Os policiais tinham localizado o taxista que o levara até lá, mas isso foi tudo. Ah, sim, e eles sabiam que Pitts havia usado a receita para comprar analgésicos numa farmácia de plantão em White Marsh às 2 horas da manhã. White Marsh ficava ao norte da cidade, junto à rodovia I-95, no caminho para a Filadélfia, entre outros destinos. Tess decidiu que não havia nenhum ganho em apontar o fato. Se Rainer não ligasse os fatos por iniciativa própria, seria porque, a seu ver, a ligação não era plausível.

— Ensor atacou Pitts diante de suas clientes — disse Rainer. — A confissão feita por Pitts a Tess no hospital, os detalhes dos objetos roubados, do modo como roubou, serão admissíveis em tribunal, se você encontrá-lo. Sei que o caso Hilliard não pode ser esclarecido oficialmente, mas posso dizer à imprensa que identificamos um suspeito.

— Só no caso Hilliard. Ainda não sabemos quem esfaqueou Yeager.

Rainer deu de ombros

— Não é meu caso, não é meu problema.

— Pitts acha que Ensor matou o Yeager — disse Tess.

— Por quê?

— Ao que tudo indica, ele estava preocupado com o que poderia constar no livrinho preto de Bobby. Não sabia que era tudo invenção do Yeager. Além disso, terá de voltar a Baltimore.

— Por que você acha isso?

Tess pensou na casa de Bolton Hill.

— Ensor vive para seus pertences. Acho que ele não consegue viver exilado deles. A obsessão com bens materiais é seu calcanhar de aquiles. Já o levou a roubar e matar. Essa obsessão irá trazê-lo de volta a Baltimore e a seus objetos, contrariando o bom-senso. Ele não será capaz de se controlar.

— Ótimo. Depois disso provavelmente conseguirá um psiquiatra que o declare doente.

— Por que não se concentra em levá-lo a julgamento, antes de perder o caso para o testemunho de algum especialista? — sugeriu Tyner. — Antes de poder alegar que o caso está resolvido, você não precisa concretamente fazer uma prisão?

Rainer mergulhou num silêncio absorto. Podia-se literalmente ouvi-lo pensar, maravilhou-se Tess. Ele rangia os dentes, estalava a língua contra o céu da boca e batia com os nós dos dedos sobre a mesa. A cena toda levava Tess a pensar numa galinha mecânica que tinha visto certa vez numa velha loja do interior, em Frederick County. A gente colocava 25 centavos na ranhura e a galinha se empertigava, e cacarejava, e arrepiava as penas de metal; depois de um intervalo que parecia durar séculos, uma pequena e empoeirada bola de chiclete rolava para fora.

— Eu me pergunto por que ele se dirigiu à Cidade do México — disse Rainer por fim. — Eu teria ido para uma das praias, Cancún ou Cozumel.

Do lado de fora da delegacia, Tyner fez questão de ir direto para sua picape e sair dali. Ainda estava zangado com elas, apesar da atitude indiferente de Rainer. "Imprudente" foi a palavra que usou, e Tess se surpreendeu com a dor que a palavra causou. O que ela havia feito, certo ou errado, tinha sido ponderado, calculado.

Vista dali a cidade inteira parecia cinzenta — o céu, os edifícios. Tess olhou a War Memorial Plaza, pensando no domingo luminoso em que Cecilia tinha causado comoção no lugar. Em sua visão mental ela reviu os Hilliard, parecendo minúsculos por causa dos cavalos monumentais. Ela avisara ao casal que só poderia estabelecer a inocência de Bobby provando que o culpado era outro. Rainer ansiava por acreditar que ela o fizera. O mesmo acontecia com Gretchen, e, aliás, com Tyner. Todos concordavam que Ensor tinha atacado Hayes e provavelmente também assassinado Yeager, temendo que este reunisse provas da relação dele com Bobby. Por isso ele havia fugido.

Tess gostaria de se sentir assim tão confiante.

— Imagino que agora eu possa me mudar de volta para casa — disse ela a Gretchen. — Tão ocupado quanto está com a fuga, Ensor não vai me incomodar.

— Você tem certeza de que foi ele quem deixou os bilhetes e ligou para sua casa naquela noite? — perguntou Gretchen.

— Isso não importa. Evidentemente, eu já não represento ameaça para ninguém. Meu palpite é de que Pitts mandou os bilhetes, mas foi Ensor quem telefonou. Não acho que eles confiassem um no outro, por vários motivos. Pitts estava apavorado porque acreditava que Ensor tivesse espancado Shawn Hayes e assassinado Bobby Hilliard. Ensor pode ter suspeitado de que Pitts estivesse de posse dos objetos roubados da casa de Shawn Hayes.

— Mas não havia objetos roubados da casa de Hayes, você lembra? Foi o que disse o cara do museu.

— O docente de Poe nos disse que não havia escaravelho de ouro, nem medalhão de cabelos — concordou Tess —, mas acho que *alguma coisa* foi tirada da casa de Shawn Hayes. As mentiras de Pitts sempre têm algum fundo de honestidade, nem que seja por causa da preguiça dele em fazer alguma coisa a partir da estaca zero. Ele próprio disse isso.

— Tess. — Gretchen parou, subitamente intimidada de estar dando conselhos.

— O que foi?

— Se você se mudar de volta para casa, fique o tempo todo olhando para trás. Eu não quis dizer nada lá dentro, mas um carro no aeroporto não prova nada, além da presença do carro no aeroporto.

— O que você quer dizer?

— Você deixa o carro estacionado e compra uma passagem; todo mundo conclui que você foi a algum lugar. Talvez tenha ido, talvez não. É uma... Como é mesmo o nome? Uma ilusão de ótica, por assim dizer. Veja bem, talvez ele não tenha entrado no avião. Ou talvez tenha descido dele quando fez a conexão em Dallas ou em algum outra parte. Ou ele foi para o México e deu meia-volta, regressando de carro ou de ônibus. Aquela fronteira é muito fácil de cruzar, principalmente para um branco. Além disso, não temos a menor ideia de onde Pitts está, e ele é um sujeitinho ruim. Então estou dizendo para você ter cuidado, porque... porque... — Ela parecia estar procurando uma palavra.

— Porque...?

Ela suspirou. A face já não estava inchada, mas a mão de Ensor tinha deixado ali uma marca de um roxo intenso, realçado por estrias vermelhas e amarelas, uma deformada insígnia de família.

— ... porque você não é tão eficiente assim. Desculpe, mas é verdade. Você é ótima no raciocínio, mas não tem malandragem. Não consegue perceber que está sendo seguida, nem para salvar a porra da sua vida, e maneja a arma como se ela fosse uma escova de cabelo.

E com isso Gretchen foi embora, a parceria delas aparentemente dissolvida.

Mais tarde, no mesmo dia, quando cruzou a soleira da porta, a lembrança das palavras de Gretchen baixou sobre ela como uma frente fria, e roubou grande parte do prazer de voltar para casa. Uma alegre Esskay partiu para cima do sofá, enquanto Miata suspirava e virava para Tess seus tristonhos olhos castanhos, como se dissesse: "Quando eu volto para *minha* casa?" Corvo foi imediatamente conferir os armários da cozinha, pegando um pedaço de palha de aço e ligando o som a toda altura. Era carnaval de novo em East Lane.

Tess foi deixada no centro da sala de estar, fazendo um inventário de suas posses. Tudo estava ali: o sofá de veludo coberto de pelos de cachorro, o luminoso que anunciava "Cabelo Humano", o prato de servir tortilhas que ela havia comprado enquanto vigiava Pitts; a lata de ostras de que Fuzzy Iglehart lançara mão para continuar adiando pagar sua dívida com ela. Havia uma paisagem tranquila com árvores, desencavada numa loja de consignação local, uma pintura a óleo cuja única distinção era o apreço de Tess por ela. Também havia um biombo de janela, pintado por Dee Herget, uma das mais conhecidas artistas do gênero em Baltimore. O semicírculo mostrava a típica cena de cisnes deslizando em águas plácidas.

Tudo somado, daria para apurar uns mil dólares pelo conteúdo do cômodo. Mas Tess gostava demais de suas coisas para colocar nelas um preço. Em parte, ela se definia por intermédio da mobília que escolhia e das coisas que pendurava na parede. O mesmo critério aplicava para julgar outras pessoas. Engraçado, mas conhecia — e detestava — mulheres que avaliavam os homens pelos carros que eles dirigiam. E Whitney certa vez tinha rompido um relacionamento promissor porque o homem era, como ela esclareceu, "tão sem noção que trouxe já *misturada* a salada Caesar do Eddie's".

Mas Tess não era menos frívola em suas preocupações. Teria sido fatal, afinal de contas, viver numa casa com armários de cozinha verde-abacate? A certa altura havia parecido que sim, porém não mais.

— Tem alguém em casa? — Uma voz masculina grave chamou do outro lado da porta. Ela saltou, assustada. Mas quando olhou pelo olho mágico, era apenas Daniel, com os braços cheios de caixas de pizza, um pacote de seis garrafas de cerveja Yuengling e um livrinho fino de capa preta equilibrado no alto.

— O que você está fazendo aqui?

— Eu liguei para Corvo hoje, para ver se ele queria ir ouvir um grupo de blues no Eight by Ten. — O esquema de Tess para aproximar Whitney e Daniel talvez tivesse falhado, mas a relação dele com Corvo estava florescendo. — Ele disse que achava que você não deveria ficar sozinha hoje à noite. Então eu pensei em retribuir sua gentileza comigo trazendo o jantar e um presente para sua volta ao lar. Quem é esta?

Ele arriou a carga em cima da mesa da sala de jantar para prestar atenção à sempre exigente Esskay, que achava que quem entrasse nos domínios dela era obrigado a reconhecer sua beleza. No intuito de ser justo, Daniel tentou também fazer uma carícia em Miata, mas Esskay ficava enfiando o focinho embaixo do braço dele e dirigindo suas mãos para a cabeça esbelta dela. A apática Miata nem reparou.

— Ela é um mistério que não conseguimos resolver — disse Tess, apontando com a cabeça a cadela dobermann.

— O que você quer dizer?

— O cão dos Baskerville. Por que ela não latiu quando Shawn Hayes foi atacado?

— Talvez ela não estivesse presente — opinou Daniel.

— Como assim?

— Estive pensando sobre isso. Afinal de contas, sou fanático por Poe. Você concluiu que tudo isso tenha sido obra de uma pessoa só. Mas, e se os dois homens que você esteve seguindo estivessem trabalhando juntos? E se um deles levou a cadela para passear enquanto o outro estava roubando a casa de Shawn Hayes? O dono da casa chega, as coisas saem do controle...

— E se um gorila tivesse descido pela chaminé, à la *Os assassinatos da rua Morgue*? — perguntou Tess. Esforçava-se para manter gentil o tom de voz. Estava cansada de ver as pessoas tratarem o trabalho dela como se fosse um acróstico duplo, uma charada verbal para todos participarem. — Daniel, você está se esquecendo que eu vi Ensor tentar matar Pitts.

— Porque Pitts o havia traído. Ou talvez eles estivessem brigando para você ver; talvez a briga não passasse de encenação.

Embriagada de atenção, Esskay cambaleou de volta ao sofá, e Daniel tentou mostrar afeto a Miata, coçando-lhe o pescoço sob a coleira. Mas a cadela não quis saber de conversa. Recuou para longe dos dedos dele e se afastou, indo se deitar no chão e assumindo a posição mais próxima da postura fetal que um cachorro era capaz de conseguir.

Alguém bateu à porta, desta vez uma batida de verdade. Tess abriu a porta e se deparou com Cecilia e Charlotte paradas à sua frente, de mãos dadas. Cecilia estava um pouco atrás de Charlotte, uma garotinha sendo levada à escola no primeiro dia de aula, ao consultório médico, para as vacinas de praxe. Tinha olheiras fundas sob os olhos, e na pele transparente havia um tom acinzentado.

— Vi no noticiário que a polícia acha que tem um suspeito para a morte de Bobby Hilliard e já expediram um mandado de prisão para alguém — disse ela, atropelando as palavras. — Você estava certa, e eu estava errada. Eu devia dizer que sinto muito, mas não é verdade. Se eu tivesse que fazer tudo de novo, faria de um jeito bem parecido. — Cecilia fez uma pausa para avaliar o que tinha dito. — A não ser ter ido ao programa do Yeager.

— Bom, já é alguma coisa, imagino. — Tess sabia que era errado sorrir, mas não conseguiu se controlar. As desculpas de Cecilia eram recalcitrantes, porém sinceras.

— Não digo isso por ele ter me feito de boba — acrescentou Cecilia, cruzando a soleira da porta. Ela percebeu a presença de Daniel, deu a ele um olhar intrigado porque não se tratava de Corvo e não perdeu mais tempo. — Se eu não tivesse ido ao programa, Yeager não teria me pedido para encontrá-lo naquela noite. Então eu não teria visto o que aconteceu. Quem me dera não ter visto... aquilo. Ainda estou tendo pesadelos.

— Você vai tê-los durante algum tempo.

Talvez para sempre, talvez não. Tess não sabia quanto tempo haviam durado os pesadelos. Dois anos antes, ela vira um homem atropelado por um táxi, e embora a repetição noturna da cena fosse menos frequente, a visão ainda voltava, muitas vezes quando menos esperava, depois de dias felizes e despreocupados. Mas no caso do homem que ela viu morrer, havia sentimento de sua parte. Cecilia não tinha essa carga.

— Espere aí, você disse que Yeager lhe pediu que fosse encontrá-lo? Por algum motivo eu sempre pensei que você estivesse apenas rondando por lá, na esperança de confrontá-lo pelo que lhe havia feito.

— Não, ele me convocou, o babaca do neocon. — Levou a mão à boca, constrangida. Mesmo Cecilia compreendia que ataques pessoais deviam ser suspensos depois de alguém ter sido assassinado. — Deixou um bilhete no escritório do Medical Arts Building usado pela organização, exigindo me ver. Pelo jeito, Jim Yeager não se imiscui em coisa tão grosseira quanto a tecnologia, telefonemas, faxes, e-mails, exceto se não lhe restar saída.

Tess recordou o telefone celular que o entrevistador não havia desligado enquanto tomavam café no Daily Grind. Na opinião dela, Yeager pareceu perfeitamente à vontade com a tecnologia.

— Por que você foi vê-lo depois da forma como ele a tratou?

— Ele disse que queria se desculpar, pois tinha sabido de um fato que mudava tudo. Pouco me importava o pedido de desculpas, mas com certeza queria saber o que ele descobrira. Imagino que tenha sido o que você descobriu, que essa confusão toda era a respeito da propriedade de alguém. Fiquei esperando naquela esquina por quase vinte minutos. Estava quase indo embora quando vi que ele se aproximava...

A voz dela falhou, e Tess sabia que ela estava revendo a cena mentalmente. Charlotte também deve ter entendido isso, pois lhe agarrou a mão, e ela se acalmou.

— Cecilia... esse bilhete... — perguntou Tess delicadamente — que aparência ele tinha?

— Ah, era tão típico dele: impresso no computador, mas com um tipo de letra toda enfeitada e antiquada, como se ele estivesse escrevendo com uma pena de ganso. Era um imitador barato do George Will.* Mas muito exagerado.

Uma letra toda enfeitada e antiquada. *Merda, merda, merda.* Tess já não tinha mais em seu poder os bilhetes enviados a ela por seu Visitante, nem sequer as cópias. Ela surpreendeu o olhar de Daniel, que assentiu num gesto de cabeça. Ele também atentara para o detalhe.

— De que modo o bilhete chegou? — Ela estava tentando não influenciar Cecilia, não plantar nada em sua mente.

---

* Renomado jornalista conservador dos Estados Unidos. (*N. da T.*)

— Por pombo-correio — respondeu Cecilia, impaciente. — Pelo amor de Deus, Tess, o que você quer dizer com isso, de que modo o bilhete chegou? Ele o enfiou por baixo da porta. Nosso grupo tinha um reunião no sábado à tarde, como nós sempre fazemos. O bilhete estava lá quando cheguei às 4 para abrir o escritório.

E Yeager era homem de hábitos regulares, Tess se lembrava, não muito diferente dela. Toda noite jantava no mesmo restaurante de Inner Harbor — McCormick e Schmick's, pois Deus o livrasse de ir a um dos restaurantes locais, quando havia um de alguma rede sofisticada — e andava de volta ao hotel como se a caminhada fosse anular os excessos cometidos.

— Minha curiosidade era em relação ao papel, se teria vindo dentro de um envelope de certo tipo.

— Não me lembro, mas acho que era só um papel comum dobrado em quatro. Como a porta é bem rente ao piso e a sala tem tapete, um papel mais espesso não teria passado.

— Rainer soube do bilhete? Você o mostrou a ele?

— Eu falei com o outro detetive, Tull, mais do que com Rainer. Sabe qual é? O que está trabalhando no caso Yeager? Eu acho que disse ao Tull, mas Rainer foi bem seco comigo. Ele achou, talvez, que tenha sido um telefonema, não sei. Por que seria tão importante?

O imbecil do Rainer achou — era bem o jeito dele. Nem mesmo tinha lido as anotações de Tull, pois não importava ver resolvido o crime a cargo de outros.

— O negócio, Cecilia, é que eu acho que não foi o Yeager quem escreveu o bilhete. Se você não estivesse me evitando, saberia que alguém andava me mandando bilhetes escritos no computador em letra toda enfeitada e antiquada. Eram como pistas de uma misteriosa caça ao tesouro. Acho que o assassino de Yeager queria que você estivesse lá. Ele queria uma testemunha.

— Mas por quê? — perguntou Daniel — Por que alguém iria convidar uma testemunha ocular a um assassinato?

Tess estava pensando na observação de Gretchen, de que Ensor poderia ter simulado sua fuga, pensando no modo como as inferências podem ser ativadas pelos fatos que escolhemos interpretar.

— O assassino queria que Cecilia visse um homem alto vestido num manto, um homem com rosas e conhaque, porque se enquadrava no padrão do que tinha ocorrido no túmulo de Poe. Mas, e se Cecilia não tiver visto o que pensou ter visto? Acho que você deveria procurar um hipnotizador, ver se alguém poderia extrair mais detalhes do que você talvez se lembre, mas tenha reprimido pelo choque ou pelo medo.

— Um hipnotizador?! Ora, Tess, francamente, você agora está me propondo uma esquisitice.

— É, pode ser que sim.

Mas ela estava ficando cada vez mais convencida da própria teoria. Talvez, sob o disfarce da solicitude e da amizade, ela conseguisse fazer brotarem as lembranças de Cecilia.

— Vocês não gostariam de ficar para comer pizza? O Daniel aqui trouxe o suficiente para dez pessoas.

— Eu tenho muito apetite — disse ele, corando. — Acho que superestimo as necessidades alheias.

Charlotte e Cecilia fizeram que não quase em uníssono.

— Eu já fiz o que vim fazer, Tess — disse Cecilia, a voz trêmula de emoção não identificada. — Não consegui lhe pedir desculpas, mas lamento uma coisa: eu queria ter entendido que não precisava fazer tamanha oposição a você.

Ela não resistiu e começou a chorar. Tess a teria abraçado naquele momento, mas como Charlotte já a tomara nos braços, ela se contentou em lhe dar tapinhas desajeitados no braço.

— Ah, Cecilia, não é tão grave assim. Você não matou ninguém.

— Eu achei... Eu achei que sim — disse ela, na voz entrecortada de quem chorou muito. — É por isso que venho evitando você. Esse tempo todo eu acreditei que a morte de Yeager fosse culpa minha, porque de alguma forma eu devo ter insuflado alguém. Talvez tenha sido isso que aconteceu. Talvez alguém tenha me convocado àquela esquina para ver a consequência da minha indignação. Meu Deus, talvez alguém tenha pensado que aquilo era o que eu queria. Se no final de tudo se revelar que Yeager foi assassinado por um de nós... — Ela caiu de novo no choro.

— Cecilia, você não insuflou ninguém — tranquilizou-a Tess, em sua voz mais calmante. — Mas o Yeager sim. Sabe aquela agenda que estava com ele? Era um objeto cenográfico. Se alguma coisa o levou a ser assassinado, foi a própria burrice dele. Jerold Ensor provavelmente pensou que seu nome estivesse naquele livro. Ou Arnold Pitts. Se eles armaram para você testemunhar o assassinato, foi apenas para envolver o Visitante. Quem seria o melhor suspeito de assassinato, se não o homem que ninguém conhece pelo nome? Talvez eles achassem que transformar o Visitante em suspeito de homicídio iria forçar a polícia a fazer o possível para identificá-lo, o que os levaria ao objeto que Bobby Hilliard entregou a ele naquela noite.

Os ombros de Cecilia continuaram a tremer enquanto ela reprimia uma nova onda de soluços. Daniel, constrangido diante de toda essa emoção, fugiu para a cozinha com uma cerveja, à procura de Corvo.

E Tess entendeu que suas palavras, ditas com a mera intenção de consolar Cecilia, talvez tivessem tropeçado na verdade.

O assassino de Yeager queria o Visitante, de qualquer jeito. Queria o bastante para fingir que era ele e conseguir que a polícia forçasse o verdadeiro a se revelar. O assassino de Yeager acreditava que Bobby tivesse dado ao Visitante aqueles misteriosos "eles", os objetos pelos quais valia a pena matar. O plano tinha fracassado, o que talvez significasse que a vida do Celebrante de Poe corria perigo. Mas como proteger alguém, ou mesmo preveni-lo do perigo, sem saber quem é ele?

Capítulo 31

— Tem certeza? — havia perguntado a perplexa atendente dos classificados do jornal *City Paper*. Por três vezes ela havia lido o texto do anúncio e em nenhuma tinha acertado. — Quer dizer, são muitas palavras, e nem lembra a maior parte do que publicamos em nossa seção "Erro de conexão". Em geral os anúncios são um pouco mais diretos, sabe?

Tess se sentiu perversamente lisonjeada com o fato de que a atendente se importasse. Quando o diálogo começou, essa moça, cuja voz parecia a de uma pessoa jovem, era uma autômata entediada. Agora, caída a máscara do tédio, ela já não se apressava tanto em pegar o anúncio e o dinheiro de Tess para fazê-la sair do telefone.

— Mais direto? Quer dizer alguma coisa como: "Você: capa preta, rosas, conhaque. Eu: trança, casaco de tweed, Smith & Wesson. Avistado em Westminster Hall em 19 de janeiro e depois, nunca mais."

— Já ficou um pouco melhor — concedeu a atendente. — Mas você poderia reduzir o número de palavras. De fato, não precisa do trecho "nunca mais", porque isso ele já sabe, né? Afinal de contas, se tivesse encontrado o cara outra vez, não estaria botando anúncio. Além disso, quer meu conselho? Corta esse lance de poesia.

Tess tinha olhado os versos anotados num bloco de rascunho na mesa da cozinha. Eles diziam:

Da mesma fonte não tirei
Minha tristeza — não logrei despertar
Meu coração para a alegria com o mesmo tom,
E tudo que amei, amei sozinho.

Esses eram os quatro versos retirados do poema "Sozinho", a última missiva escrita que ela recebera do Visitante, quem quer que ele fosse.

Depois de muito mastigar o lápis, em sentido literal e figurado, Tess acrescentara a própria estrofe:

Só porque um homem é um estranho,
Não quer dizer que possa evitar perigos.
Encontre-me amanhã, às seis, no lugar habitual;
Conheço seu segredo — você conhece meu rosto.

— Eu vou manter minha versão — disse ela com firmeza à atendente.

— É vago demais, estou lhe avisando. Para ter resultado é preciso ser específica.

— Bom, sempre haverá a semana que vem, não é? E mais uma chance de acertar.

A atendente desligou, mas Tess ainda não tinha acabado. Imprimiu em folhas de cartolina os mesmos versos capengas e saiu em companhia de Esskay e Miata para pendurá-las nos lugares que normalmente frequentava. Se alguém a seguira todas essas semanas, também havia estado por ali. Caminhou até o Daily Grind, onde Travis concordou em colar o cartão na caixa registradora, com fita adesiva, dando-lhes uma piscadela conspiratória. Ela atravessou a rua para o Video Americain, onde mais um cartão se juntou à massa confusa de anúncios de aulas de música, vagas em apartamentos, bazares de garagem. Ao final do dia, seu exercício poético estava pendurado em dois supermercados frequentados por ela, na livraria de Kitty, na academia em que praticava musculação e na loja de bebidas "Andy Hardy", um boteco na vizinhança que ganhou o apelido por causa dos donos, uns garotos dinâmicos e entusiasmados que não pareciam ter idade suficiente para beber vinho, e menos ainda para vendê-lo.

As folhas de cartolina especificavam a data em que eles deveriam se encontrar. O jornal saía na quarta-feira, logo "amanhã" devia ser claramente entendido. Não que Tess estivesse otimista quanto a receber uma resposta.

Ele poderia igualmente usar o tempo para ir ao escritório ou à casa dela. Portanto, Corvo ficaria na casa de East Lane, atento ao som de passos que se aproximassem, enquanto trabalhava na cozinha. E Daniel se oferecera para ficar estacionado do outro lado da rua, diante do escritório dela em Butchers Hill, vigiando para o caso de o homem aparecer por lá.

Finalmente, Whitney deveria acompanhá-la a Westminster, e seria seu único apoio agora que Gretchen se livrara dela. Não que Tess temesse o homem, fosse ele quem fosse. Evidentemente, era ele quem estava apavorado.

Foi por consideração a ele que ela escolheu as 18 horas, quando o começo da noite oferecia cobertura, mas as ruas do centro da cidade ainda não estavam desertas. O tráfego, de veículos ou pedestres, ainda seria intenso — funcionários públicos apressando-se a voltar para casa nos condomínios da periferia, estudantes universitários dirigindo-se a seus apartamentos. Ela esperava que ele entendesse isso. Sua preocupação fora a segurança dele. A segurança e o anonimato. Mas se ele guardava um segredo de um assassinato, precisava se manifestar.

Agora era quinta-feira à noite, e ela estava sozinha no cemitério. A placa na entrada dizia que o recinto fechava ao anoitecer, mas os portões sem tranca convidavam a ignorar essa regra. Tess observou o ponteiro de minutos do relógio da Bromo-Seltzer caminhar vagarosamente para o número 12. Ela havia debatido consigo se deveria aguardar junto ao memorial, que tanto perturbara Gretchen com sua data errada, ou ao lugar original do enterro, que era onde o Visitante havia deixado suas oferendas. Ela escolheu este último, mas não havia nenhum banco ali perto. Sentindo que seria um sacrilégio empoleirar-se em uma dessas velhas criptas de família das imediações, ela começou a andar de um lado para outro. Então, sentindo que seus movimentos iriam parecer ameaçadores, obrigou-se a ficar parada, o que dificultou ainda mais manter o corpo aquecido. A noite estava inesperadamente gelada, com fevereiro exibindo suas características, lembrando aos habitantes da cidade que o mês era curto, porém significativo.

As 18 horas chegaram e passaram, depois as 18h15 e as 18h30. Trinta minutos fizeram uma profunda diferença nos arredores, e Tess estava começando a perder a movimentação reconfortante de final de expediente com que havia contado. Às 18h45, ela estava pronta para pegar o celular e dizer a Whitney que abortasse a operação quando viu uma figura alta vindo em sua direção, no topo dos degraus que saíam do canteiro de obras da faculdade de direito. Um homem se aproximava de cabeça baixa, mas ergueu as mãos para a boca num gesto que ela recordava. Olhou para ela, reduziu o ritmo por alguns passos e depois acelerou a marcha. Vinha apressado, tentando passar por ela sem atirar-se numa corrida explícita.

— Espere — chamou Tess. — Por favor, espere. Eu preciso lhe falar.

O homem olhou rapidamente por cima do ombro e depois começou a correr de verdade, dirigindo-se ao portão da Greene Street.

Tess não soube se Whitney, que estivera patrulhando a área, ouviu o grito rouco ao telefone ou cortando o ar noturno. Em segundos, ela surgiu no portão lateral. Em sua longa capa de chuva preta, com os cabelos louros soprados pelo vento, ela podia ter surgido das páginas de um conto de Poe. O homem que corria mudou de curso, dirigindo-se às velhas catacumbas. Foi obrigado a se abaixar tanto que acabou praticamente engatinhando. Whitney começou a segui-lo, porém Tess alertou-a:

— Dá a volta, dá a volta! Bloqueie a passagem dele pelo outro lado; vou entrar lá.

Para conseguir atravessar as catacumbas, ela foi obrigada a se inclinar até ficar praticamente curvada e tropeçou umas vezes, depois bateu com a cabeça quando tentou se endireitar. O homem tinha chegado antes de Whitney ao pátio dianteiro da igreja, mas ela conseguiu chegar antes dele ao portão da frente. Com a passagem para a Fayette Street bloqueada, ele se voltou bruscamente para a direita e correu direto para o gradil de ferro terminado em pontas. Dando um olhar a Tess, que vinha em seu encalço, ele saltou por cima de uma velha cripta para poder agarrar uma das espiras do gradil. Estava quase passando para o outro lado quando Tess, agarrando-o pelo cinto, puxou-o de volta para baixo. Não havia planejado fazê-lo cair em cima dela, deixando os dois sem fôlego, mas funcionou.

Após segundos de aturdimento, ele rolou de cima dela, cobrindo a cabeça como se esperasse uma chuva de pancadas.

— Não me machuque — berrou ele. — Por favor, não me machuque.

— Por que você veio aqui, se era para fugir de nós? — perguntou Tess, com os pulmões queimando do ar frio.

O homem era jovem, tinha a pele marcada de acne, o cabelo emaranhado e a palidez característica do estudante de graduação que trabalhou em excesso.

— Meu Deus — disse ele, quase chorando de medo —, nunca mais farei isso, está certo? Não achei que fosse tão grave, mas se vocês vão se portar assim...

— Você vai parar de vir ao túmulo? Mas isso é a última coisa que eu desejo.

— Só fiz isso porque representa cortar boa parte do caminho até o edifício-garagem em Eutaw. Sei que o cemitério fecha ao pôr do sol, mas não vi mal nenhum em usar esse atalho quando estou tentando chegar ao meu carro. Nossa! Vocês não podiam dar um aviso por escrito ou coisa que o valha? Precisavam partir direto para a força bruta? Os policiais do município são mais delicados do que vocês, os capangas de aluguel!

Tess ainda estava esparramada no chão, apalpando a cintura em vários pontos para ver se o humilhado universitário, ao cair sobre ela, havia causado danos sérios. Whitney parecia alarmada, mas Tess não conseguia saber se seria por elas terem atacado um universitário que estava cortando caminho, ou por ele tê-la confundido com uma agente da segurança do campus.

— Desculpe, foi um caso de confusão de identidade. Mas você *é mesmo* alto e realmente *estava* com as mãos no rosto.

— O que tem isso a ver com alguma coisa? Perdi minhas luvas na semana passada — disse ele, mostrando as mãos, que estavam praticamente roxas. — Eu estava soprando ar quente nas mãos para aquecê-las. Isso é uma parte do motivo que tenho para cortar caminho e não precisar andar tanto no frio.

Whitney tirou as luvas de camurça preta, que jogou ao estudante.

— Elas são forradas de pele — esclareceu. — Provavelmente o tamanho vai servir, pois eu tenho mãos grandes, e o estilo não permite a ninguém saber que são luvas femininas. Mas você precisa arranjar um gorro. É verdade o que dizem sobre o calor do corpo escapar pela cabeça.

O estudante hesitou um momento, mas depois vestiu as luvas — com um último e desorientado olhar para Whitney, sempre de cabeça descoberta, que estava iluminada por trás pela luz rosada de uma das lâmpadas de vapor de sódio da rua — e foi embora pelo portão da Fayette Street.

— Por que você fez isso? — perguntou Tess.

— Imaginei que assim evitaria que ele fosse à escola ou à polícia para registrar uma queixa oficial. Afinal de contas, você o atacou. Além disso — Whitney arqueou uma sobrancelha —, eu daria muito mais que um par de luvas de camurça para ficar vendo você arrancar de cima de si um sujeito de 100 quilos. Foi a coisa mais engraçada que eu vi em semanas.

Mais tarde, no Owl Bar, local a que Corvo estava ficando extremamente afeiçoado, Tess descobriu que praticamente qualquer coisa ficava engraçada depois de alguns drinques. Whitney já havia transformado a história num prolongado monólogo, e Tess se deu conta de que iria ouvi-lo muitas e muitas vezes. Ser o alvo de uma piada não a incomodava.

Já o fracasso abjeto de sua missão era outra questão.

— Afinal de contas — disse Corvo, tentando consolá-la —, o Visitante não pode saber com certeza que é você quem está deixando aquele bilhete. Mesmo que ele tenha visto suas fichas e o anúncio, provavelmente estava apavorado demais para se apresentar.

— Ele tem que saber que o anúncio veio de mim. Foi por isso que acrescentei os versos que faltavam no poema. Só eu e ele sabíamos a respeito.

— Ele, você e Rainer — corrigiu Daniel. — Você entregou todo aquele material aos policiais, não entregou?

— Entreguei, mas você está achando que algum policial de Baltimore foi correndo buscar um livro do Poe para procurar os versos que estavam faltando?

— O que eu penso não tem importância, se o Visitante não confiar em você — disse Daniel. — Talvez fosse Ensor, afinal de contas. Eu tinha achado que o plano era bom, mas agora me convenci de que nada vai obrigar o cara a se revelar.

Os quatro ficaram olhando desanimados para suas bebidas. Estavam sentados ao longo do balcão do bar, sob o olhar atento das corujas entalhadas, e Tess se sentiu o alvo da zombaria de seus olhares amarelados que brilhavam intermitentemente. Ela preferia as corujas do vitral, que não pareciam tão soberbas.

— "Quanto menos dizia, mais ouvia" — murmurou. — Quem me dera saber o final dessa estrofe.

— "O que faz dela uma velha ave sapiente" — completou Daniel.

— Na última vez em que estivemos aqui você não conhecia o final do poema.

— Procurei a informação — justificou. — Que sentido tem ser bibliotecário, se você não souber procurar uma informação?

— Na internet? — perguntou Whitney.

— Não, na internet não — disse Daniel, com tom desdenhoso. — Não que eu seja inimigo da tecnologia, mas metade dos dados que se encontram ali são mitos urbanos, linkados várias vezes até ninguém ter mais certeza da fonte. Encontrei a resposta numa base de dados do jornal *Beacon-Light*.

— No jornal? — O grito de coruja que Whitney soltou estava perfeito para o local. — Você não confia na internet, mas acha que um *jornal* vai trazer a informação correta? Você *é mesmo* ingênuo.

— Talvez — disse Daniel —, mas as bases de dados dos jornais trazem anexadas as correções. É por isso que confio nelas.

— Você está supondo que todo erro seja corrigido. — Whitney, que nunca se intimidava em nenhuma circunstância, inclinou-se por cima de Corvo e abanou um dedo no rosto de Daniel. — Na metade das vezes, as pessoas sequer se dão ao trabalho de telefonar, limitam-se a aceitar. Os leitores são os primeiros a aceitar essa merda de "primeira versão da matéria"; imaginam que a primeira versão sempre terá alguns erros.

— Não foi só no jornal — defendeu-se Daniel. — Encontrei um guia de viagens sobre Baltimore que corroborava isso.

— Ah, sim, um *livro* — disse Whitney, fungando. — Isso é apenas um pouco melhor. E se o livro se baseou no artigo do jornal? Os livros também cometem erros. Eu prefiro sempre os documentos primários.

— "Os liiiiiivros" — disse Tess, dando uma risadinha consigo, pois os outros não conheciam aquela piada interna. Somente Gretchen sabia do vídeo da Poe House. E somente Gretchen podia dizer aquela palavra com tanto desprezo.

— "Procure por mim nos liiiiiiiiiivros, Michael."

Seu riso interrompeu-se tão de repente quanto havia começado, provocando um olhar preocupado da parte de Corvo. Ele provavelmente pensou que ela havia bebido demais. Tess não sabia como dizer a ele que os sentidos dela nunca tinham estado tão afiados, a mente tão aguçada. Ela devia ter imaginado há muito tempo. Todas as respostas se encontravam em plena vista. Todas as respostas estavam nos livros.

Capítulo 32

Do lado de fora do Hotel Belvedere, Tess puxou Daniel para um lado.

— Os títulos dos livros que Bobby roubou da biblioteca, você podia me conseguir a lista?

Ele precisou de um segundo para entender o que ela queria.

— Não existe lista, lembra? Bobby nunca admitiu que tivesse roubado os livros, somente a caixinha de comprimidos. Ao longo dos anos, a equipe foi descobrindo que alguns títulos raros estavam faltando, mas nós não os catalogamos. Que sentido teria isso? Eles não podem ser substituídos.

— O diretor da biblioteca nunca fez um relatório para o conselho administrativo? Suponho que os administradores devessem ser informados.

— Talvez. — Ele coçou o queixo. — Isso nunca me ocorreu. Acho que posso fuçar um pouco para ver se existe alguma coisa assim. Para quando vai querer a lista?

— Para assim que der.

— É provável que seja um documento confidencial, por motivos óbvios. Não tenho certeza de poder entregá-la a você no andar principal da Pratt.

— Eu iria a sua casa amanhã à noite. Aí poderemos repassar juntos os títulos.

— Você acha possível haver alguma pista nos títulos dos livros roubados por Bobby?

— Alguma coisa como isso.

Na noite seguinte, pouco depois das 20 horas, ela voltou à casinha onde vivia Daniel, levando comida do Helmand's, um restaurante afegão, e uma garrafa de vinho branco chileno. Daniel lutava para parecer corajoso, como um garotinho bem-educado que soubesse que não devia fazer careta diante da comida esquisita servida em seu prato. Tess tinha achado que almôndega de carneiro e carne moída eram uma boa maneira de conciliar o gosto plebeu de Daniel com a necessidade dela de alimentos exóticos.

— Eu avisei que forneceria a comida — disse ele.

— Nada disso, você já está me fazendo um favor. Agora vamos ver a lista.

Ele pareceu constrangido.

— Não consegui a lista. Não quis pedir a ninguém, pois é um documento confidencial, e nem imagino onde são guardadas essas coisas. Provavelmente no gabinete do diretor.

— Imagino que eu possa conseguir um FOIA — disse Tess, provando o *aushak*, ravioli recheado de alho-poró. — Mas pode tomar muito tempo.

— Um FOIA?

— Freedom of Information Act. A biblioteca não pode manter um documento sob sigilo pelo fato de que possa causar constrangimento. Podemos forçar o conselho administrativo a liberar a lista dos livros desaparecidos, mas isso levaria semanas.

— Você não pode fazer isso — objetou ele, com uma nota de nervosismo a invadir a voz. — Eles iriam me demitir. Saberiam que fui eu que lhe contei.

— Mas você também contou aos policiais, não é verdade? Quer dizer, eu podia ter sabido da lista por outra pessoa. Vou pedir a um dos meus amigos do jornal para dar entrada no requerimento. Acho que cidadãos comuns podem encaminhar um FOIA, mas quando o pedido vem de um jornal tem mais impacto.

— A questão é... — Daniel pareceu mais calmo, agora que sabia que a história dos roubos de Bobby Hilliard não podia ser rastreada tão facilmente até ele — ... a questão é que a existência de uma lista foi pura especulação de sua parte. Você não precisa saber que o documento existe, antes de poder — fez uma pausa, saboreando o novo termo — ... antes de poder entrar com um FOIA?

— Bem pensado.

Tess tomou um gole do vinho, que Daniel tinha servido num velho copo de geleia. Ele estava tomando uma cerveja chinesa direto na garrafa. Ela detestava ficar com esnobismos, mas o tipo adequado de taça permite ao vinho alcançar seu pleno potencial. De fato, o que realmente queria era um copo d'água. Daniel tinha acendido a lareira, mas estava quase quente demais; a casa apertada dava a sensação de um forno. Talvez fosse pura imaginação de sua parte, mas as lombadas dos livros ao redor deles pareciam ligeiramente inchadas com o calor, o que fazia o recinto parecer ainda menor.

— Quer saber? De todo modo, eu não preciso da lista. Vou só começar a anotar os nomes de todos os títulos que você tem aqui em sua biblioteca e depois levar a lista de volta à Pratt e verificar quantos deles foram roubados.

Daniel deixou cair no colo o pedaço de *aushak*.

— O quê?

— Quero dizer, suponho que alguns deles sejam mesmo de sebos, enquanto outros foram roubados da biblioteca. Mas quantos foram: a metade? Somente um terço? Elaborar uma lista vai demorar, mas eu tenho muito tempo.

Batidas galopantes lhe encheram os ouvidos, e ela se sentiu tentada a crer que o ruído era o coração revelador de Daniel, seus batimentos se acelerando num pânico descontrolado e súbito, diante da constatação de que fora descoberto. Mas as batidas vinham do próprio coração de Tess, de seu próprio sangue. Daniel, ao contrário, tinha ficado estranhamente calmo, afastando de si o prato de comida que mal tocara e tomando outro gole da cerveja.

— A última coisa que você tem é tempo — declarou.

Agora foi a vez dela de estranhar:

— Como assim?

— Você não tem tempo. Eu lhe daria quatro horas ao ar livre, talvez três. Afinal, não se trata de uma ciência exata, enterrar uma pessoa viva.

Tess levantou-se tão depressa que derrubou a cadeira e recuou, sacando a arma do bolso da capa. Em parte, esse era o motivo de estar sentindo tanto calor: não ousara tirar o casaco, pois talvez não conseguisse pegar o revólver.

Afinal de contas, o tempo todo ela sabia que estava marcando encontro com um assassino. Como dissera o filme do Poe Museum, sempre se pode encontrar a resposta nos livros. Daniel havia exibido seus exemplares roubados, fazendo-os parecer legítimos.

— Daniel, você não vai enterrar ninguém, vivo ou não. Vai pegar o telefone, ligar para a polícia e dizer que quer se entregar.

Ele ergueu os olhos, suas feições infantis tão suaves e divertidas quanto de hábito.

— Tarde demais.

— Não é tarde demais, é sua única opção. As pessoas sabem que estou aqui, Daniel. Eu não teria vindo sem revelar minhas suspeitas para alguém.

— Não, quero dizer que é tarde demais porque eu já a enterrei. Fui obrigado a tirar o dia de folga, telefonei para dizer que estava doente, pois sabia que você estava na minha pista, ou quase lá, e coloquei-a num lugar onde ela possa durar algumas horas. É a minha apólice de seguro.

— Quem? — Tess teve visões de uma criança pequena, sequestrada das ruas de alguma área urbana, na qual semelhante desaparecimento não iria merecer a atenção que talvez recebesse em regiões mais abastadas.

— Cecilia. Eu teria preferido Corvo, ou mesmo Whitney, pois acho que você se preocupa mais com eles. Mas eu precisava de alguém que pudesse dominar. Além disso, é dela que eu gosto menos.

Não me agrada gente ruidosa, gente que chama atenção para si mesma. Nunca me agradou.

Tess continuou a mantê-lo sob a mira da arma, desejando que sua experiência em blefar se baseasse em algo além de jogos de baralho em família.

— Você não ganha nada machucando os outros, Daniel. Agora você está flertando com a pena de morte. Avisei a Rainer e Tull que eu achava que você matou Yeager e Bobby. Você também atacou Shawn Hayes, não foi? Como no conto "A carta roubada", você deixou tudo à plena vista. Os livros que roubou, não Bobby, e sim você, e até a arma usada para espancar Hayes. Está ali, no canto, e aposto qualquer coisa como tem o sangue dele. Na primeira vez em que estive aqui pensei que fosse um bastão de caminhada.

Os dois olharam para o canto do cômodo, onde uma lança de 1,80m estava apoiada na parede, tão inocente quanto qualquer objeto poderia ser — levando em consideração que quase havia matado um homem.

— Um bordão de caminhada com um aguilhão na ponta? Pensei que você fosse mais esperta, Tess.

— Mas você não teve intenção de confundir? Se colocar uma lança Winans ao lado dos esquis e da bicicleta, ela recebe a cobertura dos objetos vizinhos. Ponha em exibição seus objetos roubados e todos irão supor que são seus. Um advogado já me disse que alcoólatras trabalham em bares, pedófilos em creches e fetichistas de elefantes procuram emprego no circo. Imagino que ladrões de livros sejam inevitavelmente atraídos pelas bibliotecas. Por outro lado, você já tinha dito isso, na primeira vez em que nos encontramos.

Daniel cruzou as mãos e inclinou-se para a frente. Em reação ao movimento, Tess recuou uns passos.

— Não sou idiota de querer lutar com você para lhe tomar a arma. Como já lhe disse, tenho minha apólice de seguro. Fui ao Medical Arts Building, onde Cecilia tem escritório. Aleguei que queria falar sobre uns problemas de discriminação na Pratt e pedi que me acompanhasse até o carro, para eu mostrar a documentação que trazia na mala. Foi muito fácil empurrá-la para dentro e depois levá-la... ah, levá-la para o lugar que eu havia preparado. Imagino se a namorada já terá dado pelo sumiço dela.

Alguma coisa em seu jeito de dizer "namorada" — um tom de desdenhoso desagrado — chamou a atenção de Tess.

— Você não gosta muito de gays, não é?

— Não me importo com eles, desde que deixem os outros em paz. Mas isso eles não conseguem. Estão sempre tentando... recrutar.

Ele parecia estar falando por experiência pessoal, ou sua versão distorcida de experiência pessoal.

— Foi Bobby?

— Não, Bobby era legal. — O rosto de Daniel se encrespou com certa lembrança, e se ruborizou.

— Shawn Hayes. — Dessa vez não era uma pergunta.

— Olha, você não tem muito tempo — disse Daniel impaciente. — Não o desperdice com conversa. É isso que eu preciso de você: para começar, preciso de dinheiro, muito dinheiro. Imagino que a vaca da sua amiga Whitney consiga botar as mãos numa boa grana, mesmo a essa hora da noite. E preciso daquela droga de cachorra, Miata.

— Miata?

— Não a cachorra, só a coleira. — Ele riu e seu riso assustava exatamente porque era tão espontâneo, porque soava muito natural. — Me fale de coisas a plena vista. Tenho que dar crédito ao Bobby: ele conseguiu armar mais uma traição antes de morrer. Pendurou o medalhão no pescoço de Miata e depois passou a corrente e o escaravelho para o Visitante. O medalhão é de ouro branco, e ele o virou ao contrário, para ficar parecendo uma plaquinha de identificação. Por que você acha que fiquei tão amiguinho do Corvo? Eu passava o tempo todo procurando uma chance de retirar o medalhão da coleira, mas a cadela nunca parava quieta por tempo suficiente. Acho que ela não gosta muito de mim.

— Você tentou matar o dono dela — assinalou Tess.

— Ela não sabia disso. Bobby a levou para dar uma volta. Lembra que lhe ofereci essa versão outro dia? Eu não conseguia aturar você tagarelando sobre isso o tempo todo, quando o que aconteceu deveria estar óbvio. Credo! Não sei como você consegue ganhar a vida fazendo o que faz.

— O que aconteceu, Daniel?

Ele apontou para um antigo relógio de console.

— Você não tem tempo para isso. Ou, acho que devo dizer que Cecilia não tem tempo para isso. Você precisa me conseguir o dinheiro e precisa me trazer o medalhão. Já me resignei a nunca possuir o escaravelho de ouro e entendo que serei forçado a deixar para trás minhas coisas, mas não vou embora sem o medalhão. Vou ter alguma coisa para mostrar em troca de tudo o que passei.

— Tudo que *você* passou? Você matou dois homens e deixou outro à beira da morte, tudo isso por algumas joias que podem ou não ter pertencido a Edgar Allan Poe.

Ele esticou os braços longos acima da cabeça, entrelaçando os dedos e depois estalando as articulações com um som hediondo.

— Dei a Cecilia um sedativo fraco antes de enterrá-la. Ela está dormindo agora, sua respiração vagarosa e regular, seus batimentos cardíacos mais lentos que o normal. Mas em breve ela vai acordar. Acordar num pequeno espaço apertado onde não consegue ver, não consegue se mexer. Imagine como vai ficar aterrorizada. É um pesadelo transformado em realidade. O coração vai disparar, e ela vai começar a respirar com dificuldade, desperdiçando muita energia e ar.

— Não acredito em você — disse Tess. — Nessa época o solo está duro demais para se enterrar alguém.

Ele mostrou uma carteira, abriu-a para mostrar o documento de motorista de Cecilia.

— É possível roubar a carteira de dinheiro de alguém sem a pessoa perceber — observou Tess.

— Sim, mas é muito mais difícil remover todas as joias que ela está usando. — Ele colocou sobre a mesa os dois brinquinhos turquesa e a aliança de prata que Cecilia usava no dedo anular, em sinal do compromisso com Charlotte.

— Não posso sair daqui até saber se ela está viva e onde se encontra.

— Mas eu não vou dizer — declarou Daniel. — Portanto, pode atirar em mim. Não sei como você vai justificar para a polícia, mas não estarei aqui para me preocupar com isso. Mas se eu morrer, ela também morre. Não seria mais fácil me dar o que eu quero?

Tess ainda não baixou a arma.

— O que você quer, uma explicação, uma confissão? Não estarei aqui para enfrentar a acusação, mas... tudo bem, eu confesso. Eu admito tudo. Eu espanquei Shawn Hayes. Eu matei Bobby porque ele me traiu, alegou que tinha entregado as joias quando na verdade estava com elas o tempo todo. Naquela noite, eu fui ao cemitério porque planejei seguir o Visitante até a casa dele e roubá-lo. Mas quando vi a segunda figura, e entendi até que ponto Bobby havia me traído, não pude aguentar.

— E Yeager? Você acreditou na alegação dele de que tinha conseguido o livrinho preto de Bobby? Porque ele não conseguiu. Era só um objeto falso.

— Yeager? — repetiu Daniel, como se não conseguisse se lembrar exatamente do homem. — Yeager. Eu matei... eu matei Yeager porque eu podia. Como uma oferta especial nessas lojas de roupa masculina barata. Compre um terno, ganhe de graça uma calça sobressalente. Yeager foi um brinde, e me ajudou a pôr a culpa no Visitante.

No silêncio que se seguiu, Tess ficou agudamente consciente da respiração, da dela e da de Daniel. A faculdade de respirar é uma dessas coisas estranhas que aceitamos como certa — até havê-la perdido. O ar penetra, os pulmões ficam cheios, o ar sai, os pulmões ficam vazios. Onde estava Cecilia? Será que ainda estava respirando? Ele tinha dito quatro horas, talvez três. Ela tomou cuidado em usar o tempo e não sair correndo do recinto em pânico desenfreado para atender ao pedido dele.

— Você e Bobby eram sócios na empreitada. Você o ajudou a cometer esses roubos a residências.

— Nem todos. A maioria das coisas que fiz, eu não saí fazendo logo de cara, mas quem faz? Na primavera passada, tropecei no

Bobby no Midtown Yacht Club, e ele estava se exibindo com aquela grana toda. Ele estava louco para contar o que andava fazendo Para ele era só uma fofoca, nada mais. Começar a roubar de volta as coisas foi ideia minha. Os objetos raros pertencem às pessoas que têm apreço por eles, que cuidam deles. Por isso eu precisei li berar todos esses livros da biblioteca. Não conseguia suportar ver os outros tocando nos livros, profanando os livros. Alguém tinha de protegê-los. Quando Bobby roubou a caixinha de comprimidos, eu achava que a biblioteca estava quase me descobrindo; portanto, eu o delatei. Ele nunca ficou sabendo. De certo modo, Bobby era muito ingênuo.

— Então você esteve envolvido nos roubos nas casas de Ensor e Pitts?

— É claro — disse ele com uma risada. — Está achando que Bobby Hilliard conseguiria carregar sozinho uma televisão de 31 polegadas? Nem pensar.

— O que não deu certo na casa de Shawn Hayes?

O riso de Daniel morreu subitamente.

— Aquilo foi ideia do Bobby. O sistema de segurança era complicado demais; não conseguimos burlá-lo. Foi ideia dele a gente ir a um bar local frequentado por Shawn Hayes, puxar conversa com ele e acompanhá-lo até em casa. A questão é que ele não me conhecia, e Bobby disse que eu era... o tipo dele. "Ele gosta de garotos à la Eddie Bauer" foi o que ele falou. Eu deveria conseguir que Shawn me mostrasse a casa, enquanto Bobby levava a cachorra para dar uma volta. A caminho da saída, ele colocou os objetos no bolso, e seu plano era escondê-los em algum lugar, onde nós pudéssemos apanhá-los mais tarde. Isso foi bastante fácil. Afinal de contas, Pitts tinha se gabado das coisas raras que ele e seus amigos possuíam e revelou ao Bobby o lugar onde Shawn guardava o escaravelho e o medalhão.

Daniel mergulhou num silêncio absorto e mordeu o lábio inferior. Tess supôs que ele estaria pensando sobre aquela noite. A noite em que ele havia cruzado os limites, quando seus delitos racionalizados cuidadosamente de "liberação", como ele os chamava, tinham entrado num território violento que lhe pareceu demasiado prazeroso.

— Shawn Hayes deu uma cantada em você.

Ela tentou fazer aquilo soar como uma afirmativa de fato, como se soubesse o que acontecera.

— Não foi bem assim. Ele me perguntou se eu estava interessado, e eu disse que não. Pareceu indiferente, mas um pouco ofendido. Ele me chamou de provocador e disse que não era a primeira vez. Ele disse... disse que tinha encontrado outros homens como eu. Como eu, como se soubesse alguma coisa a meu respeito! A expressão que usou foi "gente que fica em cima do muro". Ele disse isso: "Vai ficar mais feliz quando admitir o que você realmente é." Mas eu não sou, eu nunca seria, e não tinha que aceitar aquele desaforo de um veado nojento. Um veado que era ladrão, que roubava dos amigos, que queria possuir tudo que valesse a pena possuir. Quem era ele para ter todas aquelas coisas maravilhosas? Foi isso que me deixou furioso. Eu podia roubar o medalhão e o broche, mas ele ainda teria tanto, tanto mais do que eu jamais poderia ter. Se eu pudesse ter o que ele possuía... Mas eu não podia. Eu não posso. Não é justo gente tão grosseira possuir objetos tão refinados.

Ele ficava cerrando e descerrando os punhos ao lado do corpo, mas não parecia ter consciência disso. Tess se preocupou se não o teria pressionado demais. Queria que ele se sentisse encurralado, mas não desesperado.

— Daniel, não sei de quanto dinheiro você precisa, mas Whitney, Corvo e eu reunidos não conseguiríamos juntar mais de 900 dólares. O caixa automático tem um limite de 300 dólares, e os bancos estão fechados.

— Mas Whitney é rica — insistiu ele.

— A família dela é rica. Mas eles não têm grandes arcas de dinheiro pela casa afora.

Daniel pareceu surpreso, como se tivesse suposto que na verdade gente rica tivesse dinheiro em espécie espalhado pela casa — enfiado nos estofados, transbordando de cestos.

— Eu me conformo com o medalhão e uma vantagem inicial. Traga o medalhão para mim, e eu vou embora; aí eu telefono para você dentro de uma hora, da estrada, e digo onde ela está.

— Isso eu não posso fazer, Daniel. Como vou saber se você vai manter a palavra? Eu nem me arrisco a deixá-lo sozinho.

— Então ligue para Corvo e diga a ele que traga aqui a cadela. Quando eu pegar o medalhão, direi a você onde ela está.

Tess fez que não.

— Sem acordo. Olha, você matou Bobby por impulso. Até mesmo a morte do Yeager pode ser homicídio culposo, se seu advogado for esperto. É a morte de Cecilia que vai lhe garantir a execução por injeção letal neste estado.

— Francamente, estou me lixando se alguma sapatona morrer sufocada.

— Eu sei — disse Tess. — Você não se importa com ninguém. Mas eu sei com que você se importa.

Ela trocou o revólver para a mão esquerda. Tinha sido tolice de sua parte pensar que poderia intimidar Daniel, ou amedrontá-lo. Com tamanho menosprezo pela vida humana, ele nem sequer valorizava sua própria vida. Ela se dirigiu às prateleiras, tentando recordar onde ele guardava os livros de Poe.

— Este livro de poemas, aquele que você consultou na outra noite — ela o encontrou na prateleira —, aqui está carimbado ENOCH PRATT. Você o roubou?

— Não necessariamente — respondeu Daniel, passando a língua nos lábios, o rosto pálido. — Muitos de meus livros foram obtidos legitimamente, quando foram descartados ou postos à venda.

— Bom, acho que só há um jeito de saber.

Tess jogou o livro nas chamas da lareira. Daniel ficou sentado, embora pelo visto lhe custasse um esforço. Estava literalmente se agarrando na cadeira para se manter no lugar.

— Hum, acho que este não era um livro raro. Vou ser obrigada a ficar jogando livros no fogo, um atrás do outro, até você me dizer o que quero saber.

Ela correu os dedos ao longo das lombadas dos velhos livros, ligeiramente nauseada diante do que pretendia fazer. Encontrou um livro tão empoeirado e gasto pelo tempo que ou seria extremamente valioso ou praticamente sem valor, exceto pelas palavras que continha. Atirou-o ao fogo, e ele quase sufocou as chamas, depois pegou fogo e se incendiou numa explosão de labaredas mais azuis que amarelas, como se o fogo estivesse consumindo a tinta velha. Daniel não se mexeu. Ela apanhou outro livro, um velho exemplar de *A narrativa de Arthur Gordon Pym*. Esse ardeu em chamas vermelhas. Daniel ainda estava sentado, com o rosto tão cheio de ódio que ela ficou apavorava em olhá-lo, temendo ser transformada em estátua de pedra.

Os dedos dela se fecharam num livro fino, de fato era mais um panfleto, em cujo interior se encontrava uma única história, *Manuscrito encontrado numa garrafa*. Parecia uma edição especial daquele primeiro conto premiado, ou talvez as páginas tivessem sido retiradas do jornal *Saturday Visiter* e posteriormente encadernadas em couro. Era pequeno e leve, e lançá-lo no fogo foi tão fácil quanto lançar um disco de frisbee.

— Sua filha da puta! — Daniel mergulhou de cabeça no fogo, tentando agarrar o livro antes que entrasse em combustão, e seu suéter pareceu explodir em chamas. Indiferente, ele arrancou o livro da lareira e ficou rolando no chão de um lado para outro. Tess não conseguia saber se ele tinha tido a presença de espírito de lembrar a velha instrução para apagar incêndios, ou se aquilo era um ataque de nervos de uma criança geniosa.

— Ela está aqui embaixo, ouviu? — disse ele, soluçando. — O tempo todo estava aqui, embaixo das tábuas do assoalho. Eu queria *tê-la* matado. Queria ter matado *você*.

— Embaixo das tábuas do assoalho? Em que lugar, Daniel? Como?

Ele não respondeu, só continuou a rolar freneticamente. Era impossível saber se o lamento baixo e estridente que emitia era pela dor que sentia ou pelo livro chamuscado que apertava ao peito. Tess olhou em torno desatinada, e seu olhar caiu sobre a lança Winans no canto da sala. Com muita prudência enfiou a ponta da lança numa das brechas entre as tábuas, usando-a como se fosse um pé de cabra. As tábuas de pinho se levantaram facilmente; afinal, já tinham sido removidas uma vez naquele dia. Encontrou Cecilia abaixo da mesa onde os dois tinham fingido comer. Os olhos arregalados, as feições esticadas numa estranha combinação de terror e alívio. Se fora drogada, os efeitos já haviam sido dissipados há muito. Ela devia ter ouvido tudo. Provavelmente temera que Tess fosse deixá-la ali e permitir que a casa se incendiasse com ela dentro.

Tess arrancou o lenço da boca de Cecilia e começou a desatar-lhe os membros, esfregando os pulsos e os tornozelos para ativar a circulação. Após algumas respirações afogadas, Cecilia olhou para Daniel, ainda enrolado como uma bola e balançou a cabeça.

— Por quê?

Tess repetiu a resposta que Daniel lhe dera anteriormente, quando perguntado sobre a morte de Yeager.

— Porque ele podia.

— Então você tinha razão?

— E você também, à sua moda.

Todos tinham tido razão, percebeu Tess. Cecilia, ao dizer que Hayes tinha sido atacado por alguém que era intensamente homofóbico. Yeager também estivera certo quando adivinhou que o atacante de Hayes fora motivado pela inveja, tanto quanto por qualquer outra coisa — ele só havia citado o homem errado. Juntos, eles tinham todas as peças do quebra-cabeça. Até Miata tinha sabido alguma coisa o tempo todo.

Gretchen entrou na casa.

— Já faz 30 minutos; conforme você pediu, eu chamei Rainer, e eles estão a caminho. Cruzes, ele tinha mesmo uma porrada de livros — acrescentou ela, olhando em torno e examinando Daniel, que rolava e balbuciava, e Cecilia, de olhos arregalados, tão etérea quanto qualquer dos necrófilos objetos de amor de Poe. — Por que alguém ia querer ter tantos livros? Eles só fazem juntar poeira. E aí, que foi que você fez? Torturou o cara com um ferro quente? Ele abriu o jogo?

— Do jeito dele, abriu, sim — respondeu Tess. — Abriu mão porque não conseguiu abrir mão, se é que isso tem alguma lógica.

Agora as três mulheres ficaram olhando o homem, cuja pele parecia se abrir em bolhas diante dos olhos delas. O ambiente estava pesado de cheiros horríveis — cabelo queimado, lã queimada, papel queimado, carne queimada. O único som que se ouvia eram os soluços ásperos de Daniel Clary, e esses também eram horríveis.

Ele chorava como um animal ferido como uma mãe que chorasse por um filho. Chorava, mas não por si mesmo, nem pela dor que sentia. Chorava pelo livro danificado que tinha nos braços.

Capítulo 33

O último bilhete — e Tess nunca duvidou que se tratasse do último — chegou um mês depois daquela noite. Era direto e simples, impossível de ser mal interpretado.

Por favor, encontre-se comigo à 1 hora da tarde de hoje no Green Mount Cemitery, atrás do obelisco. Você saberá quando o vir.

Ela imaginava se o encontro de março tinha algum significado. Seria mais uma das alusões a Poe destinada a passar batida por ela, fora de seu alcance ou do alcance do radar ou de onde essas coisas passavam? Estava começando a entender as lições de geometria que a deixavam perplexa no ensino médio, a revelação de que o mundo estava cheio de planos infinitos que nunca se cruzavam.

O dia estava ameno, quase cálido. Ultimamente, os meses rebeldes do ano — março, novembro — vinham mostrando sinais de temperamentos surpreendentemente dóceis, enquanto os meses outrora confiáveis de maio e dezembro tinham se tornado rebeldes e turbulentos. Ela encontrou um zelador sentado num banco, comendo um sanduíche, e ele revirou os olhos ao ser interrompido, mas apontou o caminho.

— Não é permitido entrar cachorro — avisou ele às costas dela.

— Ela é um cão-guia — declarou Tess, sobre a cadela a seu lado.

— Você não parece cega.

— Deficiente visual — corrigiu ela.

— Isso também não — replicou o homem, mas deixou-a passar, em vez de perturbar o próprio almoço.

O túmulo atrás do obelisco era o local onde estava enterrado John Wilkes Booth. Aquilo deu a Tess um momento de trepidação — afinal de contas, tratava-se do túmulo de um assassino —, e ela procurou no bolso do casaco a forma reconfortante da arma. Ultimamente fazia esse gesto com frequência. O revólver estava se transformando numa versão adulta de um cobertor infantil, um desses farrapos que a gente carrega por demasiado tempo. Será que o revólver acabaria igualmente gasto em alguns pontos, por ela tocá-lo tanto como se fosse um talismã?

Uma da tarde foi o horário especificado no bilhete, mas ela não se surpreendeu quando se passaram dez, 15, 20 minutos. Se ele fosse esperto — e fosse quem fosse, ele era obviamente esperto —, trataria de verificar se ela viera sozinha, conferindo as entradas e saídas do local. Green Mount, um dos mais antigos cemitérios da cidade, era um lugar muito grande, no qual seria fácil perder alguém de vista. O problema era continuar vivo na vizinhança decadente que o cercava.

Finalmente, aproximou-se uma figura alta. Desta vez não estava usando um manto, mas sim o mais comum dos modelos de capa de chuva, um clássico de abotoadura dupla e cinto. Ele caminhava de cabeça descoberta ao sol, e os cabelos eram daquele branco brilhoso e rígido dos homens idosos que a levavam a pensar em fio dental. O cachecol de seda que trazia no pescoço era ainda mais branco. Ele não devia ter percebido que o tempo estava quente.

De perto seu rosto era familiar, mas isso talvez fosse um efeito enganoso do fato de ser tão banal. Mesmo assim...

— Nós já nos encontramos, não foi? — perguntou ela.

Ele inclinou a cabeça, numa saudação formal.

— Diversas vezes.

Ela o examinou, analisando as bochechas afundadas, as sobrancelhas hirsutas, os lábios finos. Mas cabelos podem ser pintados, principalmente quando são brancos como a neve. Vozes podem ser mudadas.

— O repórter da rádio norueguesa.

— Ya, você podia me dizer quanto cobra por hora? Posso ver sua arma?

— E... o cavalheiro que entrou na joalheria naquele dia, o emproado que usava monóculo e a mesma echarpe de seda que você está usando agora.

Ele pigarreou, como havia feito o homem na Gummere Brothers, todo irritado e pomposo, e ajustou a echarpe no pescoço.

— Algum outro lugar?

— Puxa, como eu gostaria de comer um desses sanduíches de peru — disse ele, e sua voz era um contralto plausível, e não o falsete idiota usado pela maioria dos homens quando imita a voz feminina. Tess estava em Cross Street Market, comprando um sanduíche para uma moradora de rua. Um instante depois a voz dele era de um rapaz descolado, parado na porta do KFC numa noite de inverno, aquele que havia atendido seu desesperado telefonema:

— Eu preciso saber quem é, entendeu?

Então, no que pareceu ser sua própria voz:

— Eu também estava no Paper Moon uma manhã, quando você entrou com seu namorado e terminou discutindo com aquela outra moça. Mas isso foi uma coincidência, o tipo de coincidência característica de Baltimore. Eu costumo comer ali sempre. Gosto da batata-doce frita à moda caseira e eu... — Ele parou, encabulado.

— Sim, a cidade é pequena — disse Tess, tirando-o do apuro, sabendo que ele quase informara que morava ali perto, revelando mais do que tinha intenção de fazer.

Seguiu-se um silêncio constrangedor, um constrangimento característico do voyeur e da pessoa observada. Tess não pôde deixar de se perguntar o que mais ele havia visto e observado enquanto a seguia. Também se sentiu vagamente tola. Não havia apenas comprado um sanduíche: também tinha comprado a certeza de que ele era uma mulher. Tinha dado uma entrevista a ele, observando-o lutar comicamente com o gravador e pedindo que repetisse as perguntas, porque seu sotaque era quase indecifrável. Na joalheria eles tinham fingido não se ver, concentrados cada um na própria missão. Se ele tinha sido emproado — bom, ela também tinha sido, e de sua parte não era fingimento.

— Você é um bom ator.

— Não o suficiente — discordou ele. — O palco era minha ambição, mas em vez disso acabei no ensino.

— Numa escola secundária municipal?

— Prefiro não dizer.

Tess presumiu que aquilo significava que estava certa.

— Por que os bilhetes? Por que não se apresentar ou mesmo pegar o telefone e contar à polícia o que você sabia? Por que precisou me envolver nisso?

— Eu me apresentei. Eu me apresentei naquela primeira noite. Bem, foi na manhã seguinte. Fui ao distrito e disse ao detetive da delegacia de homicídios que eu estava na Fayette observando, quando ouvi o tiro e tentei seguir um dos homens que fugia. Descrevi aos policiais a minha própria corrida, para garantir que soubessem que eu não poderia ter feito aquilo. Mas de fato não vi nada e não estava pronto a contar a eles... a outra coisa.

A outra coisa. Ela esperou, sabendo que a explicação viria. Ele puxou do bolso um lenço e o desenrolou. Dentro havia uma corrente simples de ouro branco e um broche de escaravelho de ouro. Vistos numa loja, pareceriam interessantes e nada mais. Mas Tess sabia a história deles, sabia nos bolsos de quem tinham andado e também o preço que cada um pagou. Com que presteza a alegria de Bobby em possuí-los devia ter se transformado em medo. Afinal, ele sabia do que era capaz Daniel Clary, quando realmente queria alguma coisa. Os olhos de safira do escaravelho refletiram o pálido sol de março, parecendo cintilar, como os olhos de âmbar das corujas do Owl Bar.

Quanto menos dizia, mais ouvia.

Tess apanhou a corrente e fez sinal a Miata para que se sentasse. Ajoelhando-se diante da cadela, removeu o medalhão com um par de pinças pequenas, e depois o pendurou na corrente a que pertencia. Durante todo esse tempo o cão havia guardado seu tesouro, mas agora estava pronto para entregá-lo. O que Tess não tinha certeza era se ela própria estaria pronta. Vale a pena matar por "eles", foram as palavras de Daniel ao telefone, na noite em que Yeager foi encontrado morto. Na expectativa de que se confirmasse o plural, ela havia evitado entregar o medalhão à polícia. Na expectativa de ver se o Visitante agiria de modo correto e reuniria o medalhão à corrente.

Até ali, tudo bem.

— Como você soube que devia me mandar à biblioteca? Você sabia sobre Daniel? Ou queria que eu encontrasse a placa na Mulberry Street, a que mencionava John Pendleton Kennedy?

— Nem uma coisa nem outra. Eu só queria que você aprendesse alguma coisa sobre Poe, e Bobby Hilliard.

— Vocês se conheciam?

— Só nos encontramos uma vez, mas não me dei conta até que ele tivesse morrido. Quanto a Bobby Hilliard, não tenho certeza se chegou a fazer a conexão. Mas talvez eu o tenha inspirado a passar os objetos a meu *alter ego*. É só o que posso esperar.

Encaminhou-se a um banco próximo e se sentou, convidando Tess a fazer o mesmo. Ela hesitou por um momento, depois o seguiu. Miata se deitou aos pés deles, apoiando o queixo na bota de Tess.

— De fato, Bobby e eu nos encontramos na Paper Moon em dezembro passado. A falta de lanchonetes abertas na madrugada em Baltimore reduz as opções, não acha? Eu estava me sentindo triste e deprimido por uma questão pessoal; num ataque de insônia, fui até lá no meio da noite. Um rapaz estava sentado ao balcão, e pude perceber que estava angustiado e infeliz. Como já disse, trabalhei no ensino durante muitos anos, e sou antenado para os estados de ânimo dos jovens. Nós dois estávamos sentados junto ao balcão, com um banco no meio, explodindo de segredos. Quando percebi, já estava perguntando a ele se sabia muito sobre Poe; ele olhou para mim como se eu tivesse acabado de jogar água fervendo em cima dele. Mas disse que sim, um pouco hesitante, ele estava interessado em Poe, embora tivesse mais interesse nele como figura histórica do que tinha em seu trabalho. Contou-me que havia trabalhado por um breve período no Poe Room. Perguntou o que eu sabia sobre o escritor, e acho que me lancei a fazer uma palestra muito enfadonha. Antes de dar pela coisa eu já estava recitando poemas.

Tess podia imaginar a cena: o restaurante vazio, um cozinheiro desinteressado e os dois homens, a distância de um banco a separá-los, como mandam as normas implícitas do espaço pessoal. Duas almas perdidas que tinham tropeçado numa das poucas estações intermediárias da noite de Baltimore.

— Mas ele parecia tão interessado — disse o homem, como se tivesse necessidade de se defender para alguém. Para ela? Para si mesmo? — Fez perguntas sobre a vida de Poe. Perguntou se eu tinha ouvido a teoria de que Poe, ao morrer, tinha objetos de valor. Que ele podia ter sido drogado e espancado como parte de um roubo. Eu estava ouvindo, e, no entanto, eu não estava *escutando*. Eu ficava divagando, na certeza de que finalmente tinha encontrado alguém a quem poderia passar a tocha. Eu o convidei... eu o convidei...

Sua voz falhou, tolhida pelo constrangimento. Tess aguardava.

— Eu o convidei a ir à minha casa naquela noite. Na empolgação por ter encontrado alguém que eu acreditava ser uma alma gêmea, imaginei-me mostrando a ele meus artefatos, perguntando se ele queria assumir o manto, digamos assim. Ele entendeu mal o meu convite. Foi muito gentil; era claro que tinha tido alguma experiência em dizer não a esses convites e talvez dizendo sim a outros. Tentei não ficar magoado por ter recebido uma recusa tão automática.

— Você é... — Tess procurou a palavra adequada.

— Gay? Não, mas mesmo assim ninguém quer ser rejeitado tão sumariamente. De qualquer forma, só fui entender com quem eu tinha falado quando ele morreu. Nunca mais eu o havia encontrado.

— Bom — ela tentou fazer a correção com toda a delicadeza possível —, você o viu pelo menos mais uma vez. Ele veio ao cemitério. Tinha dito uma mentira, e depois ela se tornou um plano Ele havia dito a Pitts que entregou a você o escaravelho de ouro e o medalhão. Repetiu a mesma história para Daniel Clary. Depois entendeu que não podia fazer apenas isso. Nunca lhe ocorreu que Pitts iria tentar descobrir sua identidade ou que Daniel Clary iria montar tocaia no cemitério. Ele nunca teve intenção de ferir ninguém.

— Daniel Clary é o bibliotecário, não é? Li a seu respeito nos jornais. Como está ele?

— Vivo, mas provavelmente desejando estar morto. Sofreu queimaduras de segundo grau no rosto e nas mãos. A justiça criminal nunca fará a ele nada tão terrível quanto o que ele já fez a si mesmo.

— Ah, fará sim. Aliás, já fez, ela pode tomar as coisas dele.

Tess estava pensando em Daniel Clary e Shawn Hayes, todos os dois enredados no mundo crepuscular de unidades de tratamento intensivo. Os filhos de Shawn Hayes simplesmente não conseguiam abandonar a esperança, e as implicações legais da decisão deles lhes importava pouco — o fato de que ele talvez morresse depois de um ano e um dia, marco temporal necessário para Daniel Clary ser acusado de matá-lo. Rainer estava pouco ligando. Ele tinha suas autorizações. Hilliard era o único nome do páreo que lhe importava, e agora aparecia resolvido. Assim como o nome de Yeager. Se pelo menos eles pudessem fazer alguma coisa sobre os outros quarenta homicídios já ocorridos em Baltimore naquele ano...

— Falando de objetos... — A voz dele era hesitante.

— Sim?

— Eles não são meus, não é? Não posso ficar com eles.

Tess olhou para os objetos agora no colo dele, mas ainda espalhados sobre seu lenço. Ela tocou no medalhão, maravilhada com o fato de que podia ter estado na mão de Poe certa vez, e o delicado desenho talvez contivesse um cacho dos cabelos de Virginia Poe. Ela quase — *quase* — entendeu o poder exercido por eles. Sobre Daniel Clary, sobre Hayes, e Pitts e Ensor e sobre Bobby

Hilliard, que gostava tanto de coisas bonitas, pouco se importando que não tivessem pedigree.

— É essa a razão, não é?

— A razão?

— De seus bilhetes, suas pistas elípticas. Você queria agir corretamente, mas não queria entregar os objetos. Tinha esperança de que o assassino de Bobby Hilliard fosse apanhado e de que você pudesse conservar a corrente e o escaravelho. Embora a corrente não valha nada sem o medalhão, e o pedigree do escaravelho nunca tenha sido estabelecido. Como a admiradora de Poe, supondo-se que tenha existido, era uma típica senhora recatada do século XIX, não deixaria atrás de si nenhuma prova de que tivesse dado esses presentes a ele.

— Mas eles devem ter sido caros a ele, pois de outro modo os teria vendido. Era tão pobre que a ideia de que estivesse usando uma joia tão fantástica na época de sua morte chega a ser comovente. Quem sabe terá morrido tentando proteger esses mesmos objetos.

— Supondo-se que ele os tenha possuído algum dia — lembrou Tess. — Trata-se de uma lenda, e nada mais. Como tantas das teorias sobre a morte de Poe, talvez nunca seja comprovada.

— Mesmo assim... — Ele suspendeu o escaravelho no ar, revirando-o à luz. — Você está só tentando fazer com que eu me sinta melhor em relação a devolvê-los.

— Cabe a você encontrar alguma consolação em fazer o correto. O fato de ter me pedido para encontrá-lo aqui me diz que você sabe o que deve fazer. Ou foi isso, ou então você achou que receberia minha permissão para ir embora com o escaravelho de ouro no bolso. Mas isso eu não posso fazer. São objetos que não pertencem a você. Não pertencem a mim. Deveriam estar em algum lugar onde todos pudessem vê-los e debater sua relevância. Pense na alegria que trará aos estudiosos de Poe ter um novo tema para polemizar.

Ela pensou em Ensor e Hayes tentando monopolizar o mercado de suvenires de Baltimore — ou "Baltimore-bilia". Pensou em Pitts, que empurrava objetos falsos aos parceiros. Então surgiu Daniel Clary, que roubou deles o precioso contrabando, convencido de que só ele era merecedor desses objetos. Onde teria terminado tudo aquilo? Quando eles teriam ficado satisfeitos? O que pode romper a cadeia mortal de semelhante ganância?

Ele dobrou o lenço, que entregou a Tess com um suspiro.

— Tentei me convencer que de certa forma eu os havia merecido. Por meu serviço. Mas sei que a racionalização não vai se sustentar. Guardei-os por dois meses. Agora eu os entrego a você, na esperança de que minha demonstração de boa-fé lhe sirva de inspiração para fazer o que é correto.

— Guardar seu segredo.

— Sim.

— Eu não sei seu nome, só conheço seu rosto. Posso inferir que um dia foi professor do ensino médio e que mora em North Baltimore, mas isso é praticamente tudo.

— É mais do que qualquer um sabe a meu respeito. Além disso, você poderia me seguir quando eu fosse embora. Ou poderia sacar a arma e exigir minha carteira, para examinar a habilitação de motorista.

— Você acha mesmo que eu faria uma coisa dessas?

Ele sorriu.

— Não, acho que não. Mas agora que você sabe o que sabe, você acha que... Será que não ficaria tentada a...

Ela demorou um instante para entender o que ele estava pedindo.

— ... Assumir seu lugar? Acho que não. É um compromisso muito pesado, ano após ano.

— Pois é, eu gostaria de ter entendido isso quando comecei. Mas, a vida é assim mesmo; um dia eu acabo achando alguém. Aliás, aquele rapaz que eu vi com você, ele parece...

— Não! — disse Tess. Corvo ficaria extremamente feliz em ser recrutado para esse clube secreto. Ela viu uma eternidade de 19 de janeiros se estendendo à frente deles, viu Westminster Hall como um ponto fixo na vida deles, viu Corvo comprando rosas e conhaque até ficar tão velho quanto o homem à frente dela. — Não.

— Bom, então vou ter que procurar outra pessoa. — Ajeitou a echarpe, bateu nos bolsos como quem procura as chaves do carro. — Eu vou embora. Confio em que vá entregar essas coisas às autoridades competentes. Deixarei a seu critério decidir quem serão elas. Espero — sua voz ficou subitamente nostálgica —, espero que elas acabem indo parar num lugar onde eu possa vê-las novamente, de vez em quando.

— Vou fazer todo o possível.

Ele saiu andando ladeira abaixo. Tinha uma ligeira oscilação na marcha, uma instabilidade que indicava que a idade, fosse qual fosse, talvez estivesse começando a pesar. Tess se esforçou para não ficar olhando. Não queria saber o tipo de carro que ele tinha, ou o rumo que tomaria. Sabia muito mais do que quisera. Sobre Poe. Sobre as pessoas e as coisas de que elas eram capazes. Na verdade, um dos temas favoritos de Poe.

Ela olhou para o escaravelho, indubitavelmente de grande valor, nem que fosse apenas pelo ouro e pelas safiras, e o guardou no bolso do peito do casaco. Abriu o medalhão. Tocar uma coisa que Poe talvez tivesse tocado, um objeto que ele teria apreciado mais que qualquer outro — o que significava aquilo?

Não significava nada. Significava demasiadas coisas. Ela queria estar imune à doença que tinha contaminado todos esses homens — Clary, Pitts, Ensor, Hayes e até Bobby —, mas sabia que estava igualmente suscetível. A maioria está. Mesmo sem matar por causa de objetos, nós fazemos outras concessões ao materialismo. Acumulamos dívidas, casamos por dinheiro, ficamos em empregos que detestamos.

"A doença que é a vida", escreveu Poe, mas Tess teria mudado isso para "a doença que é o afã de adquirir". Que não era absolutamente viver, e sim levar uma vida de morto-vivo — os faraós tão dedicados a aperfeiçoar seus túmulos que nunca chegaram a viver a vida.

Ela iria parar no escritório, guardar os objetos no cofre embutido na parede e depois pensar no que faria com eles.

E aí... ora, aí ela iria à Nouveau da Charles Street esbanjar dinheiro naqueles puxadores de gaveta em forma de estrela-do-mar.

Os armários da cozinha estavam finalmente terminados, e de manhã Corvo tinha começado a rejuntar o banheiro. Ele queria lajotas verdes para o piso, mas ela preferiu o antigo padrão preto e branco, o estilo usado na casa em que tinha sido criada, uma casa agora perdida para sempre.

Baltimore (AP) — Um doador anônimo legou duas peças rememorativas de Edgar Allan Poe ao Maryland Mu-sheum, uma instituição pouco conhecida até mesmo na própria cidade.

Os objetos em questão são um medalhão "fúnebre", ou *memento mori*, que se acredita conter cabelos de Virginia Clemn, a prima de Poe e sua noiva na juventude, e um exclusivo broche com um escaravelho de ouro, alegadamente um presente para Poe feito por uma admiradora.

Uma teoria sustenta que Poe tinha esses objetos em seu poder quando morreu em Baltimore, em 19 de novembro de 1849.

Sérios especialistas em Poe se opuseram quase imediatamente a essa ideia, apontando que não há provas que liguem as joias ao escritor. Nenhum dos objetos é mencionado na correspondência de Poe, nem nas cartas de Marie Clemm, a mãe de Virginia. Embora os itens sejam coerentes com o desenho de joias do começo a metade do século XIX, até mesmo os estudiosos de mente aberta concordam que sua autenticidade jamais será estabelecida. Se Poe tinha alguma joia consigo na ocasião de sua morte, seria mais provavelmente um anel de casamento para Elmira Shelton, com quem tinha esperança de se casar.

— Não me importa que não possam ser autenticadas declarou Mary Yerkes, que administra o Maryland Mu-sheum. Estou encantada em possuí-las e vou respeitar as condições estabelecidas pelo doador, embora não acarretem obrigação legal.

O doador anônimo não só exigiu que as peças fiquem em exposição permanente — com exceção de empréstimos a outros museus — como ainda estipulou que o museu mude o nome, segundo a nota que acompanhou os objetos, escrita em computador, "para algum outro nome, qualquer outro nome, desde que não contenha nenhum trocadilho".

Este livro foi composto na tipologia Sabon LT Std,
em corpo 11,5/15,1 e impresso em papel off-white
no Sistema Cameron da Divisão Gráfica
da Distribuidora Record.